NOT a Saint

DANIELLE
LORI

NOT a Saint

ROMAN

Traduit de l'anglais (États-Unis) par
REBECCA DEMONGE

&H

Titre original :
THE SWEETEST OBLIVION

HARPERCOLLINS FRANCE
83-85, boulevard Vincent-Auriol, 75646 PARIS CEDEX 13.

www.harlequin.fr

ISBN 978-2-2804-7363-7 — ISSN 2271-0256

À AJ

Mon unique inspiration pour tomber amoureuse.

PLAYLIST

World Gone Mad, Bastille
Rocket Man, Elton John
Human, Aquilo
Waterfalls, Eurielle
Her Life, Two Feet
Like I'm Gonna Lose You, Jasmine Thompson
Madness, Ruelle
Fireworks, First Aid Kit
Seven Nation Army, The White Stripes
Dirty Diana, Shaman's Harvest
Holocene, Bon Iver
Hurt For Me, SYML
Soldier, Fleurie

1

« Il n'y a pas d'argent sale ni d'argent propre.
Il n'y a que l'argent. »
Lucky Luciano

Long Island, New York
Elena

J'habitais une demeure grandiose. Avec une porte d'entrée grenat munie d'un heurtoir doré. Un carrelage à damier noir et blanc. Un escalier en bois vernis rutilant et un lustre scintillant. Toutefois, je m'étais longtemps demandé : pour peu que je décolle un coin du papier peint… du sang s'en écoulerait-il ? Si ce milieu était aussi transparent que du verre, des gouttes vermillon feraient floc-floc, et une flaque s'étalerait sur le sol en marbre.

Le regard rivé sur la télévision dans l'angle de la cuisine, j'écoutais la présentatrice d'une oreille distraite, hormis quand le terme *meurtre* franchit ses lèvres rouge rubis ; il se répercuta dans mon esprit. La gorge nouée, je fis tourner la bague autour de mon majeur.

Ma maison, ma *vie*, étaient certes bâties sur des montagnes d'argent sale, mais j'avais toujours été en mesure d'affirmer que je ne contribuais pas aux magouilles. Du moins jusqu'à cette année.

À présent, j'avais du sang sur les mains, et la culpabilité me traquait dans mon sommeil.

Des voix me parvenaient depuis le vestibule à chaque claquement de la porte battante, à chaque allée et venue de nos domestiques préparant le déjeuner.

Un rire féminin, ou plutôt des trilles, le timbre énergique de mon cousin Benito, ainsi qu'une voix que j'avais vaguement reconnue à la sortie de l'église ce matin. Profonde, suave et désinvolte. Les petits cheveux se dressèrent dans ma nuque. Elle appartenait à mon futur beau-frère.

Et c'était en partie – *entièrement* – le motif de mon repli dans la cuisine, ce que je n'admettrais à aucun prix.

— Tu es trop belle pour froncer les sourcils, Douce Abelli, observa ma maman sitôt apparue dans la pièce, la cacophonie des conversations de nos convives dans son sillage.

Je digérai le choc. Naturellement, je n'avais pas entendu ce sobriquet depuis des mois. Je m'en étais pour ainsi dire éloignée, en particulier quand j'avais réalisé que je n'étais la fille adorée que pour de mauvaises raisons : je n'étais pas dénuée de charme, je savais me taire au moment opportun, et le reste du temps, je m'exprimais poliment. Comme une robe d'enfance devenue trop étriquée, j'étais engoncée dans les attentes que le milieu cultivait à mon égard. Il m'avait fallu traîner l'impression d'être un oiseau en cage pendant de longues années avant de saturer… et de m'envoler.

— Je ne comprends pas pourquoi tu regardes ça, Elena, lança Mamma en remuant la sauce sur le réchaud. Toutes ces inepties sont déprimantes.

Mamma était mariée à Salvatore Abelli – patron très en vue de l'une des plus importantes associations de grand banditisme des États-Unis. Il m'arrivait de me demander si sa naïveté était un signe de déni, ou si elle préférait réellement regarder sa série *Days of our Lives*, plutôt que se soucier des affaires de mon papà.

— J'ai du mal à décider pour qui voter aux élections, me défendis-je pensivement.

Elle secoua la tête, incrédule, sans doute parce que c'était étrange que la fille d'un parrain de la Mafia s'intéresse au gouvernement officiel.

— Ton papà n'est pas content de toi, dit-elle en me scrutant entre ses cils noirs, ses lèvres pincées augurant des complications.

— Ces derniers temps, quand Papà n'est-il *pas* mécontent de moi ?

— Qu'espérais-tu, après tes écarts ?

Six mois s'étaient écoulés entre-temps mais, sans exagérer, elle les ramenait tous les jours sur le tapis. Comme un chien avec son os. Le fait est que mon faux pas n'était pas pour lui déplaire, puisqu'il lui fournissait enfin un motif de me recadrer.

— Pourquoi n'es-tu pas venue saluer Russo à la sortie de l'église, aujourd'hui ? questionna-t-elle, la cuillère tendue dans ma direction. Je ne suis pas dupe, je sais que tu n'as pas oublié et que tu ne patientais pas innocemment dans la voiture.

Je croisai les bras.

— Pas envie, voilà tout. Il est… grossier.

— *Elena*, gronda-t-elle. Tu ne le connais même pas.

— Mamma, avec la réputation qu'il trimballe, il n'est pas nécessaire de faire sa connaissance pour savoir quel genre de personnage il est.

— *Oh ! Madonna, salvami*, marmonna-t-elle.

— De toute façon, il ne comprendra pas Adriana, ajoutai-je sur un ton laconique.

Elle renifla.

— Rares sont ceux qui comprennent ta sœur, *figlia mia*.

Le jardinier, si… mais il n'était pas question de partager cette observation avec ma mère, sans quoi il terminerait la journée au fond de l'Hudson.

En début de semaine, Papà avait annoncé qu'Adriana épouserait Nicolas Russo, chef de l'une des cinq familles new-yorkaises. Mes transgressions passées restaient certes des sujets sensibles, mais ajouter cette nouvelle à la liste, c'était comme rouvrir de vieilles plaies.

J'étais l'aînée ; par conséquent, il m'incombait de me marier en premier. Or, en raison de ma faute, ma sœur avait été jetée en pâture à un homme précédé par sa réputation. Tout le monde savait que dans le milieu, quand quelqu'un traînait une certaine réputation, cela signifiait une seule chose : n'approchez sous aucun prétexte.

— Nico est un parfait gentleman. Si tu l'avais salué ce matin, après l'office, comme convenu, tu l'aurais constaté par toi-même.

J'avais traversé le portail de l'église et grimpé dans la voiture avant d'être acculée par le troupeau à rencontrer mon futur beau-frère. J'étais pratiquement une paria aux yeux de mon père, j'étais donc étonnée qu'il ait remarqué mon absence. En outre, j'étais sûre que les manières de gentleman de Nicolas Russo n'étaient que de la poudre aux yeux.

Depuis le décès de son père cinq ans plus tôt, le patron de vingt-neuf ans, le plus jeune en exercice, s'était taillé une solide réputation au sein de la pègre. Marchant dans les pas de son père, c'était un escroc, du genre qui a plus de sang sur les mains que l'intégralité de la prison d'État de New York, cela sans en éprouver le moindre remords. Ou du moins, je l'imaginais impénitent. Sinon, la présentatrice du JT n'aurait pas fait état, tous les matins depuis un an, d'une nouvelle victime du nom de « Zanetti » – la famille contre laquelle Nicolas menait une vendetta en représailles de l'assassinat de son père. À mon humble avis, il suivait un chemin tout tracé vers l'Enfer.

— Je l'ai rencontré, Mamma.

Elle leva un sourcil.

— Ah oui ?

— OK, pas vraiment.

Son expression s'assombrit.

— Mais j'ai échangé un regard avec lui, me défendis-je. Il ne m'en faut pas plus pour savoir qu'il s'entendra mal avec Adriana.

Elle roula des yeux.

— *Ridicolo.*

Se fusiller du regard ou échanger un regard, c'était du pareil au même… pas vrai ?

Sérieusement, c'était un accident. Alors que je descendais les marches de l'église, mon attention avait été attirée par le groupe que j'étais supposée rejoindre. Papà et Mamma se tenaient de part et d'autre d'Adriana, face à Nicolas Russo. En temps normal, c'est ainsi que deux futurs époux faisaient connaissance dans notre monde. Les mariages arrangés étaient la norme au sein de la Cosa Nostra.

Par pur agacement envers ce manège, mes yeux s'étaient sensiblement étrécis avant de se porter sur mon futur beau-frère, pour m'apercevoir qu'il m'observait déjà. Voilà comment s'était produit l'échange de regards assassins – par hasard, voyez-vous. Mais je pouvais difficilement lui en faire part, surtout que si j'avais souri, j'aurais paru condescendante, alors j'avais juste… continué à le regarder de travers, en espérant que cela ne signe pas mon arrêt de mort.

Le regard de Nicolas s'était endurci d'un iota pour exprimer sa désapprobation, mais après un contact visuel bref mais appuyé, il avait reporté son attention sur mon père, comme si je n'étais qu'une feuille morte balayée par le vent. J'avais expiré l'air que je retenais, avant de me retirer dans la voiture. Il était exclu qu'on me le présente après cette interaction. Ne me restait plus qu'à l'éviter jusqu'à la fin de mes jours.

— Cesse de te tracasser et fais confiance à ton papà.

Je fredonnai un *hmmm*, car j'avais entendu mon cousin Benito admettre que l'union scellait une collaboration sur une quelconque vente d'armes, rien de plus. Ma sœur était un pion dans un accord commercial majeur. Follement romantique. De toute façon, nous savions que ce jour viendrait. Je n'espérais en aucun cas faire un mariage d'amour, pas plus qu'Adriana.

Le problème était que ma sœur se disait amoureuse par ailleurs.

Du *jardinier.*

— Elena, vérifie si Adriana est prête pour descendre déjeuner.

— Elle m'a prévenue hier soir qu'elle sautait le déjeuner.

— Elle a intérêt à descendre ! tempêta Mamma, avant de grommeler en italien.

De mauvais gré, je me repoussai du plan de travail et sortis de la cuisine. La voix de la présentatrice du JT m'accompagna au-delà de la porte battante, et, tel un avertissement, le mot *meurtre* s'échappa une fois de plus de ses lèvres rubis.

Le tourne-disque d'époque jouant *On an Evening in Roma*, je me dirigeai vers l'escalier et avisai les convives dans le vestibule, à savoir la sœur de mon père et son époux, quelques cousins et mon frère Tony qui, appuyé contre le mur, les mains dans les poches de son costume noir, regardait fixement Nicolas. Sa petite amie n'étant pas italienne, elle était rarement invitée. Ma mère ne l'aimait pas juste parce qu'elle fréquentait son fils.

J'aimais mon frère mais il était intrépide, impulsif et vivait selon le code : « Je dégomme tout ce qui me déplaît. » Là, il semblait vouloir faire la peau à Nicolas Russo. Il y avait un passif entre ces deux-là, du genre peu reluisant.

Mon regard s'arrêta sur une femme renversante au style… intéressant. Elle se tenait près d'un homme, son grand-père supposai-je, jusqu'à ce qu'il promène la main sur ses fesses. Elle se contenta de pincer les lèvres comme si ce geste la contrariait.

Elle portait une étole en vison en *juillet*, sur une robe fine vert olive, et des cuissardes. Ses longs cheveux noirs ondulaient souplement, et avec ses faux cils et ses gros anneaux d'oreilles, elle évoquait une pub pour les *seventies*. Et, comme si elle avait besoin d'en rajouter une couche, elle fit une bulle de chewing-gum rose qui claqua, en me fixant les yeux plissés comme si j'étais celle dont le style accusait quatre décennies de retard. Si deux exacts opposés coexistaient dans cet espace, c'était indubitablement elle et moi.

Alors que j'étais presque tirée d'affaire, une main sur la balustrade, la voix de mon père tonna derrière moi.

— Elena, approche.

Mon estomac s'affaissa, et vaincue, je fermai les yeux, mais n'hésitai qu'une seconde car ce ton-là était non négociable.

Les mains soudain moites, je me dirigeai vers mon père, qui était en compagnie de Nicolas. Papà me prit le bras et me gratifia d'un sourire qui n'altéra pas son regard. Il faisait dix ans de moins que ses cinquante-cinq ans, d'infimes filets argentés parsemaient ses cheveux noirs. Il ne s'habillait qu'en costume, sur lequel je défiais quiconque de détecter le moindre faux pli, mais son élégance n'était qu'une façade. À dix-sept ans, j'avais découvert pour la première fois l'origine de sa réputation par l'entrebâillement de la porte de son bureau.

— Elena, dis bonjour à Nicolas Russo. Nico, voici Elena, ma fille aînée.

J'avais rejoué ce numéro un nombre incalculable de fois, en

d'autres occasions, avec un autre homme. Cette fois, ma respiration se coupa net, comme si le regarder était comme être jetée d'un ponton dans des eaux infestées de requins. *Ce n'est qu'un homme,* me rappelai-je. Un homme à la réputation la plus sombre de l'État de New York, haut la main.

Pourquoi l'avais-je regardé de travers ?

Je m'armai de courage et inclinai la tête pour mieux le discerner sous le bord de son chapeau. Un afflux de chaleur inonda mon échine sitôt que je croisai son regard appuyé. Il avait des yeux brun doré, de la couleur du whiskey sur glace, et des cils noirs fournis. Cela lui conférait une expression menaçante, un peu comme s'il affrontait le soleil ; pourtant, c'était moi qu'il toisait comme si on lui présentait une domestique, plutôt que sa future belle-sœur.

Je dépassai Adriana de cinq bons centimètres, et malgré mes talons, le sommet de ma tête n'atteignait pas son menton. Je fus prise d'une forte envie de détourner mon regard pour le braquer en face de moi, sur sa cravate noire. Mais comme esquiver donnait l'impression que je le laissais gagner je ne sais quoi, je soutins son regard. Mon intonation resta aussi polie que toujours en société.

— C'est un plaisir…

— Nous nous sommes déjà rencontrés.

Pardon ?

L'indifférence dans sa voix ruissela le long de mon dos et suscita un étrange frisson. À peine avait-il prononcé quelques mots que j'avais déjà la sensation de me trouver sur son territoire plutôt que sur celui des Abelli. Comme si un périmètre de deux mètres autour de lui était revendiqué comme appartenant à Russo, où qu'il aille.

Papà eut un froncement de sourcils.

— À quelle occasion vous êtes-vous rencontrés, tous les deux ?

Je déglutis.

Une lueur amusée et provocante anima le regard de Nicolas.

— Un peu plus tôt, à l'église. Vous savez bien, *Elena* ?

Mes battements cardiaques se percutèrent en file indienne. Pourquoi mon nom avait-il roulé sur sa langue comme s'il lui était familier ?

Mon père se raidit à côté de moi, et je savais pourquoi : il pensait que j'avais fait quelque chose d'inapproprié avec cet homme, ainsi que son ton le laissait entendre. La chaleur afflua vers mes joues. Pour la seule raison que j'avais fauté six mois plus tôt, mon papà me soupçonnait d'avoir dragué le fiancé de ma sœur ?

Pétrie d'inquiétude, je cillai. Tout cela à cause d'un regard sombre, extrêmement fugace, même pas si hostile que ça ? Cet homme avait identifié mes faiblesses et jouait avec moi.

La frustration m'enserra la poitrine. Je ne me voyais pas aggraver la situation en contrariant un chef de la Mafia que mon père était plus susceptible de croire que moi. Voilà pourquoi je me forçai à répliquer avec le plus de légèreté possible.

— Oui, Papà, nous avons fait connaissance. J'avais oublié ma veste dans l'église et en retournant la chercher, je me suis cognée contre lui.

Je réalisai trop tard mon erreur. Nous étions en juillet ; je ne portais pas de veste. Et Nicolas le savait.

Il sortit la main de sa poche et promena son pouce sur sa lèvre inférieure, secouant imperceptiblement la tête. Il semblait impressionné que j'aie joué le jeu, mais presque déçu par ma médiocrité.

Cet homme ne me plaisait pas – mais alors pas du tout.

Un murmure glacé traversa mon sang quand mon père nous regarda l'un puis l'autre comme s'il n'arrivait pas à se décider.

— Formidable, finit par répondre Papà, en me tapotant le bras. C'est bien ainsi. Nico aura peut-être quelques questions à te poser au sujet d'Adriana. Personne ne la connaît aussi bien que toi.

Mes poumons se relâchèrent, et j'inhalai.

— Avec plaisir, Papà.

J'aurais préféré avaler une poignée de terre.

La porte d'entrée s'ouvrit, et Marco, le frère de ma mère et bras droit de Papà, arriva avec sa femme. Mon père s'éclipsa pour l'accueillir, me laissant avec cet homme dont la présence commençait à m'irriter.

Il me prenait de haut.

Je le regardais par en dessous.

Alors qu'un coin de ses lèvres se relevait, je pris conscience que je l'amusais. Mes joues s'empourprèrent d'agacement. Autrefois, j'aurais murmuré quelque chose de charmant et pris congé, mais ça, c'était *avant*. Maintenant, je ne pouvais pas rester civilisée face au regard de Nicolas – ou Nico, quel que soit son nom.

— Nous ne nous connaissons pas, dis-je fermement.

Il haussa un sourcil désinvolte.

— En êtes-vous sûre ? J'ai pourtant l'impression que vous m'avez parfaitement cerné.

Mon cœur palpitait à une telle rapidité que ce ne pouvait être que nocif. Je ne trouvai rien à dire étant donné qu'il avait raison. Toutefois, cet échange n'aidait pas à prouver qu'il n'était pas celui que je pensais depuis le début.

Il lissa nonchalamment sa cravate d'une main.

— Savez-vous à quoi mènent les suppositions hâtives ?

— À la mort ? murmurai-je.

Son regard s'abaissa sur mes lèvres.

— Vous êtes perspicace.

À ses mots profonds et doux, une curieuse partie de moi susurrait que j'avais bien agi.

Ma respiration devint optionnelle quand, sur le point de s'éloigner, il s'arrêta juste à mon côté. Son bras qui toucha le mien me brûla comme les caresses lancinantes d'une flamme. Son souffle effleura mon cou.

— Ravi de vous connaître, Elena.

Il prononça mon prénom comme il aurait dû le faire tout à l'heure : sans aucune insinuation. Comme si j'étais une tâche à rayer de sa liste avant de décamper.

Plantée là, le regard droit, je retournai quelques sourires aux membres de ma famille.

C'était donc mon futur beau-frère. L'homme que ma sœur devait épouser.

Peut-être que j'étais une horrible personne, mais une partie de ma culpabilité s'échappa par la porte ouverte par un nouvel arrivant.

Parce que soudain, je me réjouissais que ce soit elle plutôt que moi.

2

« Rien de personnel, ce sont les affaires. »
Otto Berman

Elena

C'était pire que tout ce que j'avais imaginé.

Adriana pliait bien sagement une blouse, avant de la ranger dans une valise sur son lit. Elle portait un T-shirt ample de Titi avec des chaussettes de Noël, et des feuilles de papier toilette étaient éparpillées dans la chambre.

Quelques années plus tôt, ma sœur avait traversé une phase de rébellion et coupé ses cheveux ultra-courts. Je n'avais jamais vu ma mère plus horrifiée. Adriana avait été privée de sa carte bancaire, de ses cours de théâtre dans notre école pour filles, et foudroyée du regard au quotidien durant un mois. Ils avaient repoussé et formaient un carré net, mais j'avais appris que dans cette maison, se couper les cheveux était plus grave que commettre un crime.

Avec ses murs bleu foncé, ses moulures blanches et ses touches dorées, la chambre d'Adriana avait tout du havre de paix… sauf qu'un costumier semblait avoir vomi dedans. Des affiches de célèbres pièces de théâtre, dont *Gatsby le Magnifique* ornaient les murs. D'étranges accessoires de spectacle décoraient la coiffeuse, des plumes, des chapeaux et des masques de carnaval. Des choses qui vous donnaient la migraine à force d'essayer de deviner leur usage – comme l'énorme tête de lapin sur le lit.

Selon moi, Papà ignorait qu'il finançait intégralement les accessoires de scène de l'école d'art dramatique d'Adriana. Mais mon père ne se préoccupait pas tellement de ma sœur. Tant qu'elle répondait à ses attentes, il était content. Simplement, il ne la comprenait pas, et vice versa.

Dans un soupir, je repris une blouse dans sa valise et la suspendis dans son dressing. Elle m'ignorait, son épaule frôlant la mienne alors qu'elle apportait un jean.

— Pourquoi ce papier toilette partout ? demandai-je en ajustant le chemisier sur un cintre.

Elle renifla pour toute réponse.

La dernière fois que je l'avais vu pleurer, c'était à l'enterrement de notre *nonno*, quand elle avait treize ans. Ma petite sœur comptait parmi les êtres les moins émotifs que la terre n'ait jamais portés. En fait, l'idée même de l'émotion la rebutait. L'inquiétude me brûlait l'estomac, mais je savais qu'Adriana appréciait autant la pitié que les comédies romantiques. Elle les abhorrait.

J'attrapai le jean dans la valise et retournai dans son dressing.

— Alors, où vas-tu ?

Elle passa devant moi avec un bikini jaune à pois.

— À Cuba. En Arabie Saoudite. En Corée du Nord. Fais ton choix.

Nous prolongeâmes ce ballet autour de la valise comme un tapis de bagages humain.

Je fronçai les sourcils.

— Moyennement alléchante, ta liste. L'Arabie Saoudite l'emporte si tu projettes de porter ce maillot de bain.

Je le pliai et le remis en place.

— L'as-tu rencontré ? demanda-t-elle, en me dépassant avec un peignoir à imprimé zèbre.

Je savais qu'elle faisait allusion à son futur mari.

J'hésitai.

— Oui. Il est, euh… super sympa.

— Où vais-je trouver la place pour tous mes accessoires ?

Les mains sur les hanches, elle observa sa petite valise avec l'air de réaliser que ce n'était pas le sac de Mary Poppins.

— Je crois qu'ils vont devoir rester ici.

Son visage se froissa comme si elle était au bord des larmes.

— Mais j'aime tellement mes costumes, geignit-elle en libérant des larmes. Et M. Rabbit, alors ?

Elle s'empara de la tête de lapin géante et la serra contre la sienne.

— Eh bien… je connais mal la politique des transports de la Corée du Nord mais ça m'étonnerait que M. Rabbit passe la douane.

Elle se jeta sur le lit en larmoyant.

— Et à Cuba ?

— Probablement plus de chances.

Elle hocha la tête comme si c'était une heureuse nouvelle.

— Je prépare des représentations d'*Alice au Pays des Merveilles*.

Ayant déjà fini de pleurer, elle s'essuya les joues.

— Quel rôle joues-tu ?

Sûrement pas Alice. Ma sœur n'aimait rien de grand public, ni les blondes.

— Le chat de Cheshire.

Elle sourit.

— Ouais, ça te correspond.

Dans son dressing, je trouvai une robe noire à fines bretelles parfaite pour le déjeuner. Il me fallut un moment pour la localiser étant donné qu'elle était compressée entre un costume de la Légende de Zelda et un ensemble de Peter Pan.

J'étalai la robe sur son lit.

— Tu ferais bien de te préparer. Ils sont presque tous arrivés.

— Ryan a rompu avec moi, annonça-t-elle, impassible.

Mon expression se radoucit.

— Je suis vraiment désolée, Adriana.

— Il ne comprend pas pourquoi je me marie, il ne veut plus me voir. C'est qu'il ne m'aime pas vraiment, n'est-ce pas, Elena ?

Elle me regarda avec ses grands yeux bruns.

Je marquai une pause.

Valait-il mieux présenter un point de vue rationnel à ma sœur pour apaiser sa peine de cœur, ou arracher le pansement d'un coup sec ?

— Clairement.

Elle hocha la tête.

— Je me dépêche de descendre.

Retournée au rez-de-chaussée, je tournai à l'angle du vestibule non loin de la bibliothèque quand je heurtai un obstacle solide et chaud. Un souffle m'échappant, je reculai malgré moi. Je savais qui j'avais percuté avant même de le regarder.

Russo.

L'embarras se diffusa dans mon corps, semblable à une flamme attisée. Nous n'étions plus dans un hall rempli de gens, mais complètement seuls. Le silence était tel que j'entendais mon cœur battre dans ma poitrine.

Je fis un second pas en arrière, un peu pour me stabiliser mais surtout pour me placer hors de sa portée, en réponse à une sorte d'instinct de survie.

Il se tenait là en costume gris et cravate noire satinée. Dans ce couloir, il était impressionnant. À moins que ce couloir ne soit étriqué ? Non, ses dimensions étaient classiques. *Mince, reprends-toi, Elena.*

Il me regardait comme quelqu'un regarderait Animal Planet – comme si j'étais d'une autre espèce, un divertissement quelque peu monotone. Eu égard au téléphone qu'il tenait dans sa main près de sa cuisse, je supposai qu'il passait un appel privé.

Ce couloir était en réalité une alcôve constituée d'arcs, derrière l'escalier. De larges plantes en pot bouchaient la vue sur le vestibule, et sur un guéridon, une lampe en verre émeraude diffusait une faible luminosité. Cependant, il faisait assez clair pour apercevoir l'impatience dans ses yeux.

— Vous comptez passer la journée à me fixer, ou allez-vous bouger ?

Je clignai des yeux.

— Et si je compte rester là, à vous fixer ?

Ma réplique franchit mes lèvres sans que j'aie pu la retenir, et instantanément, je regrettai de ne pouvoir la ravaler. De toute ma *vie*, je n'avais jamais parlé sur ce ton à qui que ce soit – encore moins à un boss. Mon estomac se creusa comme un tourbillon.

Le téléphone dans sa main, son pouce se déplia pour longer sa mâchoire. Nul doute que ce geste stimulait ses réflexions quand il cherchait la meilleure manière d'éliminer un adversaire.

Il avança d'un petit pas.

À la manière de deux pôles d'un aimant, je reculai d'un pas.

Sa main se relâcha le long de son corps, et une pointe d'amusement éclaira son regard comme si j'avais réalisé un numéro comique. D'un coup, je sentis nettement que je ne désirais pas être son divertissement. Je ressentis avec encore plus de force que je l'étais déjà.

— J'aurais cru que la Douce Abelli était plus douce.

Comment connaissait-il mon surnom ?

Sans comprendre pourquoi, je me sentis soudain libérée de ce surnom – peut-être parce qu'il n'avait jamais rencontré cette fille-là auparavant. Je voulais être quelqu'un de différent. En particulier avec lui, pour une raison inconnue.

— Eh bien, nous voilà tous les deux bernés. Dire que je pensais qu'un gentleman présentait ses excuses quand il se cognait contre une femme.

— Encore des suppositions, railla-t-il.

Un étrange tambourinement retentit dans ma poitrine, et je secouai la tête.

— Je ne suppose rien du tout.

Quand il fit un pas vers moi, une fois de plus, je m'écartai d'un pas.

Il glissa les mains dans ses poches, son regard longeant mon corps. Plus observateur que concupiscent, comme si j'appartenais bel et bien à une autre espèce et qu'il se demandait si j'étais comestible.

Il plissa les yeux sur mes escarpins roses.

— Vous pensez avoir matière à appuyer vos dires, pas vrai ?

Je hochai la tête, bizarrement essoufflée par son regard insistant.

— D'après ma mère, vous vous êtes comporté en parfait gentleman à l'église.

— Je me suis *effectivement* comporté en parfait gentleman.

— Donc, vous êtes courtois quand ça vous arrange ?

Malgré son silence, son expression neutre conforta mes doutes, alors que son regard se détachait de mes escarpins et remontait vers mon visage.

— J'en déduis que dans l'immédiat, ça n'en vaut pas la peine ?

Je réalisai instantanément que ma réplique était de trop.

Son regard brûlant rencontra le mien, me transperça.

Il secoua lentement la tête.

D'accord.

J'avais suffisamment défendu mes positions, bien plus que la Douce Abelli ne le ferait jamais. Mais, en l'occurrence, j'avais juste besoin de passer ma route.

— Très bien… à plus tard.

Ne trouvant pas de meilleure réplique, je commençai à le contourner… lorsque, dès le premier pas, mon poignet fut saisi. *Il* saisit mon poignet. Ses doigts me faisaient l'effet d'une bande de flammes ; des flammes calleuses et agressives. Un souffle frais de peur mêlée à quelque chose de bouillant s'infiltra dans mon flux sanguin.

Il se tenait à une cinquantaine de centimètres de moi, sa main pour seule connexion entre nous.

— Faites-moi la liste des passe-temps de votre sœur. Ce qu'elle aime et n'aime pas, sa pointure, sa taille de robe et tout ce que vous jugerez utile. Compris ?

— Compris, dis-je d'une petite voix.

Combien d'hommes avait-il abattus avec cette main enroulée autour de mon poignet ? Il ne me serrait pas brutalement, mais d'un geste lourd, ferme et inébranlable. Sa main me faisait sentir à quel point j'étais plus petite, si bien que je me sentais déroutée, pas à ma place. Il m'était impossible de m'éloigner, à moins qu'il ne me lâche.

Il m'observait sans détour. Mon cœur semblait près de s'arrêter, et ma peau se consumait. C'était inapproprié qu'il me touche, futur beau-frère ou pas. Mon papà pouvait émerger de son bureau à tout instant, mais cet homme ne s'en souciait guère. Moi si, surtout après la récente scène.

— Je vous remettrai la liste vendredi, aux fiançailles, articulai-je en tentant de dégager mon poignet.

Il refusait de me laisser partir. Mon pouls palpita quand son pouce effleura mes phalanges.

— J'aurais cru que les Abelli avaient les moyens de s'offrir mieux qu'une bague à 50 centimes.

Je jetai un regard à la bague à mon majeur. Une babiole achetée dans un distributeur, ornée d'une pierre arrondie violette au centre. Cette pensée me dégrisa.

— Les choses les moins coûteuses sont parfois les plus précieuses.

Son regard revenant sur mon visage, nous nous regardâmes un instant. Sa main descendit le long de mon poignet, de ma paume et de mes doigts. La pulpe rugueuse de ses doigts caressa la mienne, plus souple, suite à quoi mon cœur loupa un battement.

— On se voit au déjeuner, *Elena*.

Il disparut dans le bureau de mon papà.

Cazzo…

Adossée au mur, je réalisai combien porter cette bague me pesait. Je pouvais l'enlever, la ranger là où elle cesserait de me hanter, même si je savais que je ne le ferais pas. Ou pas de sitôt.

Je quittai le couloir, sa poigne encore brûlante comme un tison autour de mon poignet. Une fois de plus, il avait prononcé mon nom d'une manière singulièrement inappropriée.

3

*« Nous commettions des meurtres avec le sourire,
ce n'était pas grand-chose d'abattre des gens pour nous,
les Affranchis. »*
Henry Hill

Elena

La radio vieillotte de la piscine diffusait Billie Holiday en sourdine. Des gouttes de condensation perlaient sur les verres en cristal, et les couverts chatoyaient sous la lumière vive du soleil. Par cet après-midi de juillet torride, la brise constante offrait un interlude bienvenu.

Des guirlandes étaient entortillées autour des lattes en bois de la pergola, et les rosiers de ma mère étaient en fleurs. Les fauteuils étaient moelleux et la nourriture succulente, en dépit de quoi déjeuner avec un groupe d'étrangers n'était pas ce qu'il y avait de plus confortable. Cela dit, la pub pour les années 1970 assise en face de moi ne partageait visiblement pas mon point de vue.

— De toute façon, le flic m'a laissée partir sans confisquer ma coke…

— Gianna.

Un avertissement discret provenant de la place de Nicolas autour de la table.

Levant les yeux au ciel, elle but une rasade de vin sans ajouter un mot.

Pourquoi Nicolas la remettait-il à sa place ? Quelle était la nature de leur relation ? Étaient-ils frère et sœur ? C'était clair qu'ils se tapaient sur les nerfs, mais j'étais sûre d'avoir entendu je ne sais où que Nicolas était fils unique. Le mari de Gianna, un homme du troisième âge assis à côté d'elle, n'ouvrait pas la bouche, hormis pour lâcher un petit rire inopportun. Je commençais à croire qu'il était dur de la feuille.

Gianna *était* mon antithèse. Alors que j'étais calme, elle s'exprimait sans retenue et riait bruyamment. Alors que j'étais pudique, eh bien… elle avait collé son chewing-gum dans sa serviette en tissu, avant d'engouffrer ses pâtes sans les enrouler autour de sa fourchette. J'étais un peu jalouse de son approche insouciante de la vie.

Tony avait pris place à sa gauche. Carré dans sa chaise, sa veste déboutonnée, il paraissait s'ennuyer, mais je le connaissais mieux que ça. Je l'avais vu gratter sa joue mal rasée avec une suffisance qui lui donnait un air furieux et amusé en même temps. Et ce n'était pas de bon augure. Même s'il était beau gosse, si je n'avais pas été sa sœur, je ne l'aurais pas approché à moins de dix mètres. Son imprudence mettait en danger toute personne impliquée, lui-même en premier lieu. Il avisa mon regard gêné et me décocha un clin d'œil.

Les bavardages mêlés au grincement des couverts emplissaient le jardin mais derrière cela, une tension persistait, des ondes inconfortables que le petit vent échouait à balayer. Tout le monde semblait discuter naturellement, alors peut-être que cela venait de moi. Je chassai cette idée.

Gianna ne resta pas tranquille bien longtemps, même si elle s'abstint d'évoquer ses sachets de poudre. Elle lança une discussion sur les courses de chevaux. Ce sujet acceptable rallia de nombreux convives. Nous n'évoluions pas pour autant dans un espace exempt de drogue – concrètement, la plupart des gens passaient dans cette maison avec de la drogue dans les poches – mais en surface, l'étiquette de la Cosa Nostra imposait une image de famille classique à la petite vie bien rangée. Même si nos demeures étaient clôturées par un portail en fer gardé par des agents de sécurité plutôt que par une palissade.

J'étais heureuse de constater qu'Adriana s'était pointée au lieu de sauter dans un avion pour Cuba. Elle était assise entre son fiancé et Papà à l'extrémité opposée de la table.

Peut-être par lâcheté, je me réjouissais de ne pas devoir m'attabler à côté de Nicolas. J'étais une hôtesse irréprochable qui conversait poliment avec tous les convives, si inconvenants soient leurs commentaires sous l'effet de l'alcool. Pourtant, avec lui, les mots me manquaient. Je me sentais sans voix en sa présence, désaxée de mon centre de gravité, et en toute honnêteté, *embrasée*, comme si un rosissement réchauffait en permanence ma peau.

Pour désagréable que soit sa conversation, ça l'était moins de le regarder. Hormis sa taille, il correspondait aisément aux penchants d'Adriana pour les beaux garçons, quand il affichait un air sérieux. Le teint hâlé, les cheveux presque noirs, je ne pouvais m'empêcher de remarquer ses biceps nettement définis à travers sa chemise. Mon futur beau-frère était encore plus charmant à la lumière du jour. Dommage que cela ne reflète pas son tempérament.

Ce qui m'intriguait par-dessus tout à propos de son physique, cependant, c'était le tatouage noir visible à travers sa chemise blanche. Bien qu'indistinct, il semblait se déployer de l'épaule jusqu'à sa montre en or. Nicolas Russo avait une manchette. Je *savais* que ces airs de gentleman n'étaient qu'un écran de fumée.

Il tourna les yeux dans ma direction, rencontrant mon regard, comme s'il sentait que je l'observais. À cinq chaises de distance, l'impact de sa nonchalance parvenait encore à toucher ma peau. La manière dont il n'aurait pas dû prononcer mon nom tournait en boucle, grave et suggestive, dans ma tête. Histoire de ne pas passer pour une dégonflée, je soutins son regard l'espace d'une seconde à couper le souffle, avant de tourner la tête. J'eus la soudaine impression qu'au nom de mon bien-être à venir… il valait mieux fuir toute interaction avec cet homme.

— Je crois savoir que tu donnes très bientôt un récital, Elena, dit mon oncle Manuel à quelques chaises de moi.

Sa voix s'était réduite au souvenir d'une effusion de sang, dont il avait été l'auteur six mois plus tôt. Je bus un peu de vin, ne trouvant que le goût de la culpabilité et de l'amertume.

Tous les yeux s'orientèrent vers moi, vingt paires, même si je n'étais consciente que d'une seule d'entre elles.

— Exact. Samedi, répondis-je avec un sourire forcé.

— Tu danses ? demanda Gianna. Comme c'est amusant ! J'ai un peu pratiqué la danse mais… (elle baissa la voix) nous ne parlons probablement pas de la même chose.

Mon regard pétilla.

— Des claquettes ?

Elle partit d'un rire léger et désinvolte.

— C'est ça, des claquettes. Tu danses depuis longtemps ?

— Oui, depuis toute petite.

— Tu es douée ?

Sa franchise me fit rire.

— Pour être honnête, pas tellement.

Ma mère marmonna son désaccord en bout de table. Naturellement, elle contestait, cela faisait partie de son rôle de mère, mais j'étais une danseuse médiocre, ce que j'admettais sans difficulté. C'était un loisir, une occupation qui remplissait mes journées monotones. Enfant, j'adorais danser mais à présent, ce n'était qu'une manche de la robe devenue trop étriquée.

Dans le silence qui s'installa, Gianna repoussa son brocoli autour de son assiette telle une enfant de sept ans qui n'aime pas les légumes. Son mari rit sans aucune raison. Elle leva les yeux au ciel et avala une goulée de vin.

Le déjeuner eut beau se poursuivre avec des conversations légères, de savoureux mets bien arrosés, la tension persistait. Elle pesait, sans s'alléger aucunement. Une sorte d'écho résonnant avant que les mots soient prononcés.

Mon frère recula sa chaise, un crissement se fit entendre, celui de son doigt autour de son verre de vin. Adriana dévorait, dans l'oubli total de l'homme imposant qu'elle ne connaissait pas et épouserait dans trois semaines.

Papà mentionna l'acquisition d'un stand de tirs usagé, thème qui alimenta la conversation jusqu'à l'autre bout de la table dans un effet domino. Le tiramisu venait tout juste d'être servi mais j'attendais que ce repas prenne fin. Hélas, la tension incommodante ne tarderait pas à trouver une porte de sortie en s'engouffrant dans l'inévitable.

Tout commença par une suggestion innocente, entre les hommes souhaitant visiter le stand de tir. Puis la suite se déroula comme dans un mauvais rêve. Le Russo assis à ma gauche grommela une remarque ironique. Il me semblait qu'il se prénommait Stefan, même s'il avait à peine ouvert la bouche.

Le tintement du verre de vin de mon frère s'étiola. Le regard sombre de Tony se centra sur l'homme.

— Ne t'imagine pas que je vais laisser couler, Russo.

Stefan secoua la tête.

— J'ai mieux à faire que regarder des Abelli louper leur cible.

— Oh-oh, marmonna Gianna dans un souffle.

Je fermai les yeux. Le jour où mon frère tempérerait ses ardeurs, le ciel nous tomberait sur la tête.

— Tony, pas ça, l'avertit Benito, assis à côté de mon frère.

Il était invariablement la voix de la raison de leur binôme. Mais Tony n'accorda même pas un regard à son cousin – à la place, il sourit froidement à Stefan Russo.

Prise d'angoisse, je portai mon regard en bout de table pour attirer l'attention de mon père, lequel discutait avec Nicolas et mes oncles.

— Je ne suis pas certain de te suivre, riposta Tony sur un ton traînant. Je n'ai pas raté… comment s'appelait-il ? Ah oui, Piero… ? ironisa mon frère, son regard montrant qu'il prenait un malin plaisir à cet échange. J'ai mis dans le mille sur ce coup-là.

Les propos de Tony furent suivis d'un silence de mort, qui alerta même la famille et les convives en bout de table. Tout se figea, comme un plan fixe dans un magazine.

Je ne vis rien arriver.

Un bras me ceintura et me tira sur mes pieds. Mon pouls bondit dans ma gorge. Ma tête fut repoussée de force sur le côté par un canon glacial pressé sur ma tempe.

Des cris en italien s'élevèrent. Des chaises basculèrent en arrière sur la terrasse alors que tout le monde se levait d'un bond. Des revolvers surgirent de toutes parts.

J'entendais mon père distribuer des ordres mais mon cœur étouffait sa voix. Boum-boum. Boum-boum. Boum-boum. Le rythme résonnait sous l'éclat froid de la terreur.

Je n'avais pas vécu une vie flamboyante, en dépit de ce que suggérait ma porte d'entrée grenat au heurtoir doré. J'avais vu mon père sectionner le doigt d'un homme à l'âge de sept ans. J'avais vu mon oncle flanquer une balle dans la tête d'un homme, son visage de profil sur le tapis maculé de sang, les yeux ouverts. J'avais vu des blessures au couteau, par balles, tellement de *rouge*. Et malgré tout, je n'avais jamais eu une arme pressée sur ma tête. Jamais senti le métal froid sur ma tempe. Jamais senti que ma vie ne tenait qu'à un fil.

Le froid dans mes veines se glaça, puis se figea.

La voix de Nicolas perça le bourdonnement du sang dans mes oreilles. Elle était basse et douce, et je m'agrippai à elle comme à un radeau.

— Baisse ton arme, Stefan.

— C'est lui qui a liquidé Piero !

Lorsque le canon trembla contre ma tête, mes poumons se resserrèrent, mais je ne bougeai pas un muscle, le regard fixé sur les haies bordant la clôture métallique.

— Tony ! Arrête ! gronda mon père d'un ton sec.

Je tournai les yeux vers mon frère mais ne vis que le bout du canon. Il allait tirer sur le Russo derrière moi, à ceci près qu'avec mes talons, l'homme ne me dépassait pas de beaucoup.

— Tu es un tireur pitoyable, Tony. Nous savons tous que tu toucheras la petite Abelli préférée de la famille ! vibra la voix colérique de Stefan dans mon dos.

— Pose. Ça.

La voix calme de Nicolas véhiculait une pointe d'animosité, comme l'océan avant la tempête.

Une, deux secondes. Stefan atermoyait…

Bang.

Quelque chose de chaud et humide se colla sur mon visage. Mes oreilles résonnèrent tandis que les voix autour de moi se noyaient. Le bras de l'homme me quitta, un bruit sourd se réverbéra quand il s'affala sur le sol.

La voix de la présentatrice du JT se rejoua dans ma tête, *meurtre* sur ses lèvres, encore et encore. L'engourdissement m'inonda. Les sons affluèrent, sortis de l'eau grâce à d'épaisses chaînes, dégoulinants.

— Rasseyez-vous, bon sang ! Tout de suite ! mugit mon père. Nous allons terminer ce déjeuner, nom de Dieu !

Il me fallut un instant pour percuter, pour réaliser que tout le monde s'était rassis avec raideur, excepté lui et Nicolas. Le regard pesant et indéchiffrable de mon futur beau-frère frôla ma peau pendant que je fixais son revolver dans sa main.

— Elena ! Assieds-toi ! me somma mon père.

Je me laissai retomber sur ma chaise.

Le sang chaud dégoulinait sur ma joue. Des gouttes vermillon avaient éclaboussé ma chaise et la nappe blanche. Les pieds d'un Russo mort touchaient les miens.

Je restai assise, détachant mon regard de Gianna qui me fixait pour me concentrer sur Tony qui savourait son dessert.

— Elena.

Comme le léger avertissement émanait de mon père, obéissante, je pris un peu de tiramisu avec ma fourchette et mâchai.

Une main à l'arrière de mon chapeau, je levai les yeux vers le ciel bleu sans nuage.

Abstraction faite de cette déconvenue, c'était une journée splendide.

4

« Quant à ce fruit des ténèbres, je déclare qu'il m'appartient. »
William Shakespeare

Nico

Le coup de feu se répercuta dans l'air, la tension plus assourdissante que les couverts contre les assiettes en porcelaine. Les Abelli me lançaient des regards circonspects, tandis que ma famille gardait les yeux baissés sur leurs desserts, plus raides que les chaises sur lesquelles ils étaient assis.

Penché en arrière, un avant-bras sur la table, je canalisai mon attention sur la cigarette que je faisais rouler entre mes doigts. Il me fallait contrôler ma rage. Elle était vive au point de me brûler la gorge, le torse et de voiler ma vision d'une brume rouge.

Mon regard remonta de quelques centimètres et se posa sur Luca, mon lieutenant et unique cousin fiable, qui s'essuyait la bouche d'un revers de la main dans une piètre tentative de camoufler son hilarité. Mes yeux s'assombrirent, menaçant d'éliminer un second cousin dans la foulée. Il recula dans sa chaise, toute trace d'humour évaporée.

Il venait de remporter un pari portant sur notre incapacité à terminer la journée sans la moindre altercation. Il le gagnait à double titre parce que tout ce qui avait trait à la Douce Abelli s'additionnait d'un bonus. Ma famille pariait sur tout et rien. Toute possibilité d'empocher un centime, ils l'exploitaient.

Je lui devais pas moins de 5 000 dollars. Et je reportais la faute sur la petite prima donna brune, car si je pensais à son frère dans l'instant, je lui collerais un plomb dans la tête.

Certains membres de la famille nous déplaisent, ceux que l'on buterait à la première occasion. Mais être acculé à en dégommer un… cela me tapait sur les nerfs, comme le claquement d'une cravache. Le fiel qui se diffusait dans mes veines me fit serrer la mâchoire.

Mon père se plaisait à me bourrer les côtes de coups de coude quand j'agissais sans réfléchir.

Ma maman fumait à la table de la cuisine, en chemise de nuit, après ses disputes avec mon père, durant lesquelles ils hurlaient à en faire trembler les murs.

Les côtes douloureuses et la cigarette dans ma main, je ne manquais pas de remarquer que la pomme ne tombait jamais loin de l'arbre. Et ceux qui avaient connu Antonio Russo, même ma propre famille, hésiteraient sûrement à envisager cela autrement que comme un regrettable événement. J'étais un moule façonné par mon père et la Cosa Nostra. Un combo aussi néfaste qu'un baril de poudre et une petite flamme. Alors que mon père faisait défaut dans mon éducation, ma mère essayait de combler les failles. Elle *essayait*, malgré ses pupilles dilatées et ses fréquents saignements de nez. La regrettée Caterina Russo faisait de son mieux pour enseigner à son unique enfant à respecter les femmes. Honnêtement, ça n'avait pas vraiment marché. C'était dur de respecter une mère qu'il fallait ramasser à la petite cuillère certains soirs. Sans compter que j'avais reçu pratiquement tout ce que je voulais depuis que j'étais en âge de le demander. Je n'avais besoin ni de charme ni de respect pour emballer les femmes – ma fortune naissante et ma position s'en chargeaient pour moi depuis le jour de mes treize ans.

La mamma de Luca fut la première à se ressaisir et à me lancer un regard un tant soit peu fâché. Ma famille pouvait se mettre autant en pétard qu'elle le souhaitait, j'aurais cependant apprécié un petit merci étant donné que j'avais évité qu'un bain de sang ne gâche un merveilleux dimanche.

Il ne s'agissait que de Stefan, après tout.

Personne n'estimait Stefan.

En vérité, ce n'était pas donné à tous les hommes d'assumer le fait d'être un Russo. Ma grand-mère répétait que nous avions le sang plus chaud que la moyenne. Même si ce n'était peut-être qu'une excuse pour justifier que tous ses descendants masculins soient cupides et possessifs envers ce qui ne leur appartenait pas et dont ils se prévalaient tout de même. Un Russo jetait son dévolu sur un truc, et dès qu'il le voulait, autant dire qu'il se l'appropriait. Vraisemblablement par le biais de diverses opérations illégales. Mais peut-être qu'elle n'avait pas tort, vu que je bouillais plus que de raison.

I'll Be Seeing You de Billie Holiday remplissait le spacieux jardin, les délicates notes du piano s'infiltrant dans l'atmosphère tendue piquée de raclements de gorge et de regards fuyants. Je roulai la cigarette entre mes doigts, dans l'idée de réprimer l'envie. Je fumais uniquement quand la fureur m'embrouillait l'esprit, ou plus rarement, lorsque j'étais troublé.

Salvatore se leva de table pour donner congé aux domestiques. Tous savaient qui était leur employeur et étaient liés à la Cosa Nostra d'une manière ou d'une autre, mais il y avait fort à parier que le cadavre étendu sur la terrasse, dont le sang imbibait les mottes de terre entre les briques, était difficile à supporter pour certains d'entre eux.

Je n'avais que partiellement suivi la conversation qui avait tout déclenché, mais il était clair que Tony se vantait d'avoir éliminé Piero, un autre de mes imbéciles de cousin. J'ignorais que sa mort était l'œuvre de Tony mais cela ne me surprenait guère. Ne me touchait pas davantage. J'avais réagi au décès de Piero comme avec celui d'un Zanetti : avec deux doigts de whiskey. Qui agit bêtement finit six pieds sous terre. C'est ainsi que le monde tourne, et mon cousin avait dépassé les bornes.

À vrai dire, j'étais certain que Stefan baisserait son revolver. Mais à ce stade, cela m'importait peu. Un accès de colère pulsait dans ma poitrine à cause de l'irrespect de mon cousin et, curieusement, était attisé par le fait qu'il menace la Douce Abelli. Ce fâcheux sentiment m'avait d'autant plus submergé que j'étais le seul autorisé à l'ébranler – alors j'avais fait feu et regardé le sang gicler sur la robe blanche d'Elena.

L'idée de me voir mort filait la trique à Tony depuis que son pote Joe Zanetti avait vu d'un peu trop près le bout de mon 45, il y avait suffisamment longtemps pour que je classe cela comme non pertinent. J'avais anticipé que Tony et moi aurions des différends, mais j'avais sous-estimé sa crétinerie, et qu'elle se manifesterait au cours du déjeuner. Sans doute que la perspective que je couche avec sa sœur l'irritait davantage que ma simple présence.

Je tapotai ma cigarette sur la table et, avant de pouvoir me contrôler, lançai un regard vers la Douce Abelli. Je plissai les yeux. Sans elle, ma dette envers Luca ne s'élèverait qu'à 25 000.

Malgré les filets de sang sur sa peau halée, elle mangeait son dessert parce que son père le lui avait ordonné. Je n'étais pas du genre sadique mais *mince*, c'était plutôt excitant. Un flot de chaleur afflua timidement vers mon entrejambe.

À propos de sadiques, mon regard trouva mon cousin Lorenzo deux chaises plus loin. Il fixait la fille comme si c'était une mission. Et pas une mission de base que je lui aurais attribuée – il foirait tout – mais comme une vocation ou un truc du genre. À le voir ou même à lui parler, personne ne le soupçonnerait de cultiver un penchant sadomasochiste. Sachant cela, et qu'il reluquait Elena Abelli, une pointe d'irritation me saisit.

Elle avait sûrement un faible pour le genre tendre et mignon à croquer.

Pour les types qui s'agenouillent et supplient un peu.

Lorenzo le ferait.

Je préférais encore me coincer la queue dans la portière d'une voiture.

Elle m'avait jeté des regards mauvais à l'église aujourd'hui, si bien que je m'étais demandé ce que la Douce Abelli avait à me reprocher. Je connaissais son surnom avant même de la rencontrer. Cet innocent petit nom était bien connu – du moins parmi les hommes – non seulement parce qu'elle était gentille mais aussi parce qu'elle avait le corps le plus souple de la région.

Ces deux dernières années, j'avais plus entendu parler de son physique que nécessaire. Franchement, je m'en étais lassé. Ce qui était survendu décevait systématiquement. Mon dicton se retournait contre moi, vu qu'elle était la preuve du contraire.

Depuis toujours, je faisais la sourde oreille quand il était question d'elle. Je ne l'avais pourtant jamais vue, mais quand mes couillons de cousins perdaient leur temps à parler de la même fille comme si je les rémunérais pour ça, cela devenait une nuisance. Son nom suscitait de l'agacement à la manière d'un réflexe de Pavlov. C'est pourquoi, quand son père m'avait informé qu'elle n'était pas faite pour le mariage, je n'avais même pas demandé pourquoi. J'avais signé le contrat pour l'autre.

Puis je l'avais vue à l'église.

Bordel de merde.

Mes cousins mataient toutes les femmes de moins de cinquante ans. *Toutes*, pourvu qu'elles présentent ne serait-ce qu'un seul attribut convenable, alors bien sûr je n'avais pas cédé au matraquage.

Tu parles d'un fantasme incarné !

Son corps… digne d'une double-page. Ses cheveux étaient ma petite faiblesse : noirs, soyeux et assez longs pour les enrouler par deux fois autour de mon poing. La pensée m'avait involontairement effleuré. Et à *l'église*. Bon sang.

C'était toutefois son expression douce et innocente qui consumait ma peau et la traversait droit jusqu'à ma queue. Tant de *douceur*, et j'avais compris l'origine de son sobriquet. Impossible que ce soit son côté Mademoiselle Je-te-regarde-de-travers.

Je l'avais observée depuis le fond de l'église, bien plus longuement que j'aurais dû. Je l'avais regardée distribuer le même sourire à chaque homme de l'assemblée allant à sa rencontre, rejoignant une file d'attente comme pour saluer Sa Majesté.

En dépit de mon mètre quatre-vingt-cinq assez peu discret, elle avait mis une demi-heure à me remarquer, pour aussitôt me regarder de travers.

La Douce Abelli était gracieuse avec tout le monde sauf avec moi. J'aurais pu en rire, si pour des raisons que j'ignorais cela ne m'avait pas mis en rogne. C'était la première fois, depuis que j'étais devenu le boss, que quelqu'un me manquait ouvertement de respect. Peut-être que c'était puéril mais je tenais à ce qu'Elena Abelli sache qu'elle me laissait pareillement indifférent.

Une femme bénéficiant à ce point de l'attention de la gent masculine ne pouvait être que bêcheuse et superficielle. Ses escarpins roses de créateur me disaient qu'elle aimait dépenser l'argent de son père. Sa sœur portait des tongs. J'économiserais des millions de dollars en l'épousant elle plutôt qu'Elena.

Adriana était un peu étrange mais attirante. Pour peu qu'on l'éloigne de sa sœur, elle était splendide ; certes, à côté d'Elena, elle se fondait dans le papier peint. Ce scénario me convenait à la perfection. J'aimais autant que mes cousins ne se masturbent pas en pensant à ma femme.

Non que je me soucie tellement de la personne que j'épouserais. Le moment était venu de me marier, et dans mon milieu, cela impliquait des bénéfices. Salvatore s'était querellé avec des Mexicains qui commençaient à poser un sérieux problème. Avec l'âge, il mollissait. Après le mariage, je l'aiderais à identifier la racine du problème et à la traiter ainsi qu'on me l'avait enseigné : d'une balle en pleine tête. Cette alliance m'enrichissait de plusieurs millions, sans compter qu'elle me donnait le contrôle sur la majeure partie de la ville.

Le côté de mon visage me chauffa et je pris conscience qu'Elena m'observait depuis le bout de la table. Pourtant décidé à l'ignorer, je me surpris à lui jeter un regard. Ma nuque me démangeait, toutefois je la fixai jusqu'à ce qu'elle tourne la tête.

Après son regard noir à l'église, je m'étais mis au défi de trouver pourquoi elle n'était pas apte à se marier. Il s'avérait que la Douce Abelli s'était enfuie, et acoquinée avec un type.

La perte de sa virginité ne justifiait pas que Salvatore ne m'offre pas la main de sa fille. Ce n'était qu'un prétexte. Salvatore ne voulait pas qu'elle soit mienne, même si je pouvais difficilement lui en tenir rigueur. À sa place, je ne m'accorderais pas non plus la main de ma fille. Je comprenais aisément que Salvatore préfère livrer sa cadette.

Dans une robe noire et les jambes croisées, Adriana était assise à côté de moi. Ses cheveux châtains coupés à hauteur d'épaule cachèrent son visage quand elle se pencha pour griffonner au stylo dans la paume de sa main.

Je ne lui avais pas dit un seul mot depuis qu'elle s'était pointée au repas en retard. Pour être honnête, j'avais presque oublié qu'elle était là. Il était sûrement temps d'apprendre à connaître ma future femme.

— Que dessines-tu ?

Après une seconde d'hésitation, Adriana retourna sa petite paume pour me montrer.

— Un lapin.

Pas de doute, c'était bien un lapin.

Lèvres pincées, elle retourna sa main pour continuer.

— M. Rabbit, précisa-t-elle sur un ton qui m'aurait agacé en temps normal.

Mais ayant déjà atteint ma limite, je l'ignorai pour planifier le sort que je réservais à son frère.

— Droite ou gauche ?

La mâchoire de Tony frémit, mais il ne souffla mot, assis devant le bureau de son père comme s'il assistait à une réunion du conseil. Malgré les gouttes de sang qui coulaient de sa lèvre sur sa chemise blanche, il se bornait à exprimer un sombre amusement.

Alors je le frappai. Encore.

Une brûlure parcourut mes phalanges fendillées.

Les dents serrées, il encaissait sans broncher. Tony était du genre tellement perché qu'il était insensible à la douleur. Il sentirait quelque chose avant que je quitte cette pièce.

Des filets de lumière traversaient les stores dans le bureau de Salvatore, éclairant des particules de poussière dans l'air. Maintenant que tous les invités étaient partis, il était raisonnable d'affirmer que ce déjeuner était raté. Ce qui signifiait que je devrais participer à d'autres déjeuners et réceptions. Aucune famille ne prenait le risque de faire connaissance avec qui que ce soit lors d'un événement d'ampleur, des dérapages comme aujourd'hui risquant de se produire et de dégénérer en bain de sang en présence de femmes et d'enfants.

Luca faisait le guet devant la porte, fixant froidement l'arrière du crâne de Tony. Benito et l'un de ses plus jeunes cousins, proche de l'âge d'Adriana, s'appuyaient au mur, bras croisés, pendant qu'un Salvatore visiblement contrit se tenait assis à son bureau.

Ce serait justifié que je déclare la guerre pour la mort de Piero, raison pour laquelle Salvatore me laissait faire. À cela s'ajoutait le fait que la vie de sa fille avait été mise en danger par la stupidité de son fils.

— Tu as fait le con, fils, déclara Salvatore, mains serrées sur le bureau en bois. Je t'avais prévenu, mais il a fallu que tu la ramènes. S'il était arrivé malheur à Elena, ton corps flotterait dans l'Hudson à l'heure qu'il est. Estime-toi chanceux.

— Chanceux, railla Tony en se passant la main le long de la mâchoire avant de répondre : Gauche.

La satisfaction gonfla mon torse.

Raté, c'était la droite.

5

« Il y a trois faces à chaque histoire.
La mienne, la vôtre et la vérité. »
Joe Massino

Elena

Je foulai le tapis du couloir, percevant les accords étouffés des *Misfits* qui filtraient sous la porte de ma sœur. À peine entrée dans ma chambre, je déposai une traînée de vêtements jusqu'à la salle de bains. Dépassant le miroir, je fis couler l'eau chaude et me glissai sous la douche.

Brûlante.

Il fallait qu'un quelconque remède efface ce souvenir. La journée m'avait renvoyée six mois en arrière. La dernière fois que le sang de quelqu'un d'autre m'avait éclaboussé le visage.

L'eau chaude qui jaillissait du pommeau plaquait mes cheveux sur mon visage et mes épaules. J'imaginais que c'était de la peinture, le rouge se diluant sur mon corps et tourbillonnant dans la bonde d'évacuation. Si seulement il était aussi facile d'évacuer la culpabilité.

Je fermai les yeux.

Des cris. Le canon froid sur ma tempe. Une seconde, deux secondes. Hésitation…

Bang.

Mes yeux se rouvrirent subitement.

Ce coup de feu-là n'avait pas retenti dans mon esprit.

Ma nuque frissonna. Avec de la chance, ce n'était que Tony qui dégommait l'un des vases de Nonna. Mais jusqu'à présent, je n'avais pas songé aux conséquences que Tony affronterait après les ennuis qu'il avait causés…

Je sortis prestement de la douche et me séchai en toute hâte. Les cheveux mouillés et emmêlés, j'enfilai un T-shirt et un short avant de me précipiter dans l'escalier. Le sol carrelé froid sous mes pieds, je bifurquai vers le bureau paternel et, pour la seconde fois, percutai un bloc rigide.

L'air quitta mes poumons. Dans la précipitation, j'aurais pu tomber sur les fesses si un bras n'avait pas enveloppé ma taille pour me stabiliser. Un bras singulièrement chaud et compact.

— Seigneur, marmonna Nicolas avec agacement.

Mon ventre pressé contre le sien se crispa. Le contact me recouvrit de picotements, mais je n'eus pas le temps d'analyser la sensation. Il m'écarta en me faisant pivoter sur moi-même. Je me retrouvai alors face à son dos, qui s'enfonçait déjà dans le couloir.

L'indifférence de son acolyte me glaça lorsqu'il passa devant moi, et soudain et à mon grand étonnement, je me réjouis d'avoir heurté Nicolas plutôt que lui.

Un échauffement demeurait autour de ma taille, mon cœur tambourinait en réaction à l'impact et à l'inquiétude.

— Avez-vous abattu mon frère ?

— J'aurais dû, me lança Nicolas pour toute réponse avant que la porte d'entrée se referme derrière les deux hommes.

J'inhalai de soulagement, sentiment qui se tarit aussitôt que

Tony émergea du bureau de Papà et longea le couloir en vacillant comme s'il était ivre. Il était torse nu, sa chemise nouée autour de sa main. Des gouttes de sang rouge vif coulaient sur le sol en marbre.

Mon frère était grand, un peu musclé et couvert de cicatrices. Ces deux blessures par balles, ainsi qu'un nombre incalculable d'autres dont je ne pouvais que deviner l'origine. Probablement des affaires illégales auxquelles je savais qu'il participait.

Tony me croisa sans un mot, néanmoins je le suivis dans la cuisine. La porte battante contre mon dos, je le regardai attraper une bouteille de whiskey dans le placard et batailler pour l'ouvrir d'une seule main. Il finit par réussir en la tenant contre son torse pour la dévisser. Il avala une rasade avant de s'asseoir devant l'îlot.

— Laisse-moi tranquille, Elena.

— Tu dois voir Vito.

Vito était le curé de l'église, par ailleurs pourvu de l'expérience médicale nécessaire pour rafistoler les plaies. C'était l'œuvre de Notre Seigneur, après tout.

— Je me sens bien.

Il but une gorgée au goulot, en renversant un peu sur son torse nu.

Il n'était pas en forme. Il déposait des traînées de sang sur le plan de travail. Et il semblait ivre avant même de commencer à boire, comme si on lui avait brisé le cœur.

— Je fais venir Vito.

Je me dirigeai vers le téléphone sans fil, suspendu près du réfrigérateur.

Tony me jeta un regard débordant de remords.

— Je suis désolé, Elena. Je ne savais pas que ça déraperait à ce point. Sérieux.

J'eus un pincement au cœur.

— Je te pardonne.

Il eut un rire sans énergie.

— Tu ne devrais pas.

Tony arborait généralement un air arrogant, mais quand il souriait, avec sincérité, sa morgue s'estompait, et il devenait plutôt charmant. Celui-ci était le frère que j'aimais, quoiqu'il se fasse rare. Parfois, il me semblait qu'il fallait être la plus infecte personne du monde pour survivre dans ce milieu.

Je ne savais pas pourquoi il avait descendu ce Piero, mais je voulais croire que c'était de l'autodéfense. Tony avait été parachuté dans cette vie très jeune, et si je disposais de peu de liberté, il n'en avait pas davantage, en un sens.

— C'est plus fort que moi, répondis-je.

Il secoua la tête pendant que je composais les premiers numéros.

— Oublie Vito. Je me sens bien.

— Tu ne vas pas bien. Tony, tu n'as pas bonne mine.

Sa peau mate était pâle et en sueur.

— Je vais *très bien*, Elena.

Je soupirai. C'était typique de Papà de laisser Tony saigner sans appeler un médecin. Je reposai le combiné parce que mon frère avait employé sa fameuse voix. De toute façon, Vito aurait beau se déplacer, Tony refuserait de le voir. Trop borné.

Bras croisés, je m'appuyai au plan de travail, mes cheveux humides gouttant sur le sol.

— Pourquoi tu n'aimes pas Nicolas ?

Il eut un rire nasal et but un peu de whiskey.

— Pour des tas de raisons.

— Bon, et la première ?

— Il a niqué ma meuf.

J'ouvris des yeux ronds.

— Jenny ?

Une gorgée.

— C'est elle qui te l'a dit ? demandai-je.

Il secoua la tête.

— Il m'a envoyé une photo.

Ouille.

— Es-tu certain que c'était elle ?

— Papillon. Bas du dos.

— Oh… eh bien, c'est rude de sa part.

Franchement, j'avais du mal à partager la peine de Tony. Il avait trompé Jenny avec Gabriella, une domestique, et sans doute d'autres filles. N'empêche que Nicolas ne me paraissait pas du genre à coucher avec la copine d'un autre juste pour l'asticoter. Donc…

— Quel sale coup lui as-tu fait ?

Un sourire odieux tordit les lèvres de Tony.

La voilà qui se révélait. La seconde face de l'histoire, car il n'y en avait jamais qu'une seule.

Pendant qu'il avalait une goulée, je regardai le sang longer le côté de l'îlot et former une petite flaque. Boire ne servirait qu'à aggraver les saignements. Je me repoussai du comptoir et lui arrachai la bouteille des lèvres. Du whiskey éclaboussa son menton et son torse.

Ses yeux s'étrécirent, puis il bredouilla d'une voix empâtée :

— Bon sang, Elena.

Il paraissait passablement ivre, ou à deux doigts de s'évanouir.

Déroulant la chemise qui entourait sa main, j'eus un mouvement de recul.

— *Oh non, c'est pas vrai !* File à l'hôpital, Tony ! m'écriai-je.

Un trou de la forme d'une balle perçait sa main comme si le canon avait été appuyé dessus. Je me recouvris la bouche, de la bile dans la gorge. Alors que je faisais volte-face pour aller chercher Benito, Tony perdit connaissance. De son tabouret haut, il bascula sur le côté, laissant une traînée rouge en travers du plan du travail, et atterrit dans un bruit mat sur le sol de la cuisine.

Zut, zut, zut.

— Benito ! hurlai-je.

— Pourquoi cries-tu ? s'enquit Adriana en passant tranquillement dans la cuisine, en leggings à motif cosmique et soutien-gorge de sport.

— Ton fiancé a tiré sur Tony !

— Il l'a tué ?

Elle leva un sourcil, occupée à sélectionner la plus belle pomme de la corbeille sur le plan de travail.

— Où est Mamma ? demandai-je.

Haussant les épaules, elle détacha un autocollant sur une pomme verte.

Je soupirai. Soit. *S'ils veulent jouer à ça…* Je poussai la porte battante d'un coup d'épaule et criai dans le couloir :

— J'appelle les urgences !

À point nommé, Benito, Dominic et mon père se précipitèrent dans la cuisine.

Papà me regarda d'un air courroucé, avant d'aviser son unique fils étendu sur le dos dans une mare de sang. Il s'adressa à voix basse à Benito – il s'exprimait doucement à moins d'être en colère – après quoi mes cousins soulevèrent Tony, l'un par les aisselles, l'autre par les chevilles, puis l'emportèrent hors de la cuisine.

— Pas Vito, dis-je à mon père. À l'hôpital.

— Oui, oui, Elena. Ils l'emmènent, dit-il d'un ton sans appel, son regard survolant le sang sur le carrelage.

Je le scrutai en me demandant s'il me disait la vérité. Mon père ne conduisait jamais l'un de nous à l'hôpital sans se faire prier.

Il me jeta un regard, nota mon air méfiant.

— C'est aussi bien que l'hôpital, assura-t-il.

Ah. J'ignorais donc où ils conduisaient mon frère. Probablement chez un médecin à la solde de mon père.

— Quelqu'un aurait vu mes crayons de couleur ? interrompit Adriana.

6

« Derrière toute grande fortune, il y a un crime. »
Lucky Luciano

Elena

Au début, je dénigrais Nicolas Russo sans raison particulière, mais depuis que je le connaissais, le fait qu'il ait tiré un peu trop près de ma tête et transpercé la main de mon frère me procurait un motif solide de le détester immensément.

Le pourquoi importait peu.

Tony n'était pas rentré de la nuit. Je n'avais appris qu'en revenant de mon cours de danse, voilà vingt minutes de cela, qu'il se rétablirait. On lui avait diagnostiqué 75 % de chances de recouvrer le plein usage de sa main.

Jenny avait proposé de s'installer chez lui afin de l'assister. Ce que ma mère m'avait rapporté en levant les yeux au ciel. Elle n'aimait pas du tout Jenny. Et depuis que j'avais appris qu'elle avait trompé Tony avec Nicolas, je ne savais plus quoi penser d'elle. Clairement, j'aurais plaqué Tony depuis un bail à sa place. Mais à quoi bon poursuivre une relation si l'on n'est pas disposé à rester fidèle. Cela me laissait penser qu'elle était là dans un but précis.

Assise en tailleur sur le canapé, je regardais un documentaire sur les récentes crises humanitaires, toujours en leggings moites de sueur associés à un haut asymétrique. C'était l'une des journées les plus caniculaires de l'été, si bien que Benito avait roulé vitres baissées au retour. Il prétendait que le vent accomplissait des miracles sur ses cheveux, raison pour laquelle je n'avais pas pu me rafraîchir avec la clim. Je pressai une bouteille d'eau froide sur mon visage.

La porte de la demeure s'ouvrit, la voix de mon père résonnant dans l'entrée. Un accès de conscience courut de ma nuque au bas de mon dos. Je réalisai que Nicolas l'accompagnait avant même d'entendre sa voix, grave et indifférente. Une danse étrange débuta dans mon ventre.

Même si je fixais l'écran, je n'aurais su dire ce qui s'y déroulait, ultra-consciente de chaque bruit dans l'entrée. Alors que leurs pas longeaient les doubles portes du salon, un téléphone portable sonna.

— Réponds, dit mon père. Je serai dans mon bureau.

Au vu du silence, j'imaginai que Nicolas hochait la tête. Mon père s'éloigna dans le couloir.

— Ouais, fit Nicolas d'une voix lente, suivi d'un blanc de quelques secondes. *Fils de pute.*

Je me contractai. Cela sonnait comme s'il allait tuer quelqu'un, et ses pas venaient droit vers moi. Avant que je m'en rende compte, il tendit le bras au-dessus de mon épaule et déroba la télécommande.

— Hé, protestai-je.

Il ne réagit pas ; il se contenta de changer de chaîne. *Alerte info* défilait au bas de l'écran pendant que la présentatrice blonde livrait les détails d'une vaste saisie de drogue à la frontière.

Nicolas se tenait derrière moi, assez près pour que ma queue-de-cheval effleure son ventre. Ses mains cramponnées au dossier du canapé, de part et d'autre de mes épaules, il s'inclina au-dessus de ma tête, son attention sur la télévision comme si j'étais invisible. Invasif et grossier.

Mon pouls tambourinait dans mes tympans, mon cœur s'emballait dans ce qui ne pouvait être que de l'anticipation. La réaction inopinée de mon corps apporta avec elle un accès d'agacement. Je n'aimais pas cet homme, et mon cœur avait beau s'exalter, je me contrefichais que ce soit inapproprié de le rembarrer.

— C'est la vôtre ? demandai-je sur un ton suave. La poisse.

Il tira sur ma queue-de-cheval.

— Attention…

Un mot peu audible, distrait.

La chaleur se déversa dans ma poitrine, comme une rescapée ayant joué avec le feu. Je voulais recommencer. Était-ce ainsi que l'on devenait accro ?

— Il y a sept autres téléviseurs dans cette maison, Russo.

Il tira de nouveau sur ma queue-de-cheval, mais cette fois, il entraîna ma tête en arrière, si bien que je le regardais, à l'envers. Il plissa les yeux.

— Je commence à me demander si la Douce Abelli n'est pas une légende.

Je déglutis.

— Vous avez tiré sur mon frère.

Était-ce son poing qui… ? Bon sang, il enroulait le poing autour de mes cheveux. Un tour. *Deux tours.*

Son regard se porta sur la télévision.

— Il méritait pire que ça.

Cet homme comptait regarder la télé en empoignant mes cheveux ? Mon Dieu. Peut-être que c'était dû à l'angle peu naturel de ma tête, mais mon cerveau ne recevait pas suffisamment d'oxygène. Et son parfum divin, une odeur virile mêlée au savon frais, embrumait ma vision périphérique.

— Vous n'êtes pas juge et partie, dis-je faiblement.

Son regard s'abaissa sur moi.

— Il a failli vous faire tuer, pourtant vous le défendez ?

— C'est mon frère.

Son expression se durcit.

— C'est un crétin.

La voix de ma mère dans le couloir dériva dans le salon, et lentement, il déroula son poing dans mes cheveux et s'écarta d'un pas.

Peu après, elle apparut dans la pièce.

— Nico, on ne m'avait pas prévenue que vous veniez aujourd'hui, dit ma mère d'une voix tendue. Elle n'appréciait pas non plus qu'il ait tiré sur Tony et, sans doute parce qu'elle le sentait venir, elle s'était terrée dans sa chambre toute la soirée. Restez-vous pour déjeuner ?

— Je suis sûre qu'il est débordé, Mam…

— Avec grand plaisir, Celia.

— Merveilleux.

Le ton de sa voix suggérait le contraire. La savoir de mon côté me galvanisait.

— Je fais ajouter un couvert pour vous, ajouta-t-elle.

— Merci.

Elle quitta la pièce, l'écho de ses pas s'évanouissant.

— Vous savez ce qui me met hors de moi ?

Un ton menaçant mais qui, d'une étrange manière, diffusait un frisson sous ma peau.

Je connaissais la réponse à cette question.

— Les suppositions ?

Je me focalisai sur la télé, faisant mine de ne pas me soucier de lui, mais mon cœur rata un battement quand il se rapprocha derrière moi. Je retins mon souffle pendant qu'il reposait lentement la télécommande sur mes genoux.

— Petite futée, murmura-t-il dans le creux derrière mon oreille.

Un frisson parcourut ma nuque. Il s'en alla sur une dernière phrase.

— Ne vous avisez pas de recommencer.

Le soleil cognait dur. J'imaginais que si je me couchais sur les briques de la terrasse, je me relèverais cuite à pointe, comme mon steak.

— Vraiment, Celia, se lamenta Nonna. Il fait plus chaud qu'en enfer, et il reste des taches de sang sur cette terrasse.

M'étant changée entre-temps, je ne portais qu'un short à taille haute et un débardeur court qui laissait entrevoir une bande de peau autour de ma taille, néanmoins une goutte de transpiration coulait dans mon dos.

— Prendre l'air te fera le plus grand bien, répondit ma mère.

— La nourriture mangeable aussi, bougonna Nonna en repoussant une crevette avec sa fourchette comme si elle était encore vivante.

Je mangeais en fixant mon assiette, principalement parce que Nicolas était assis juste en face de moi. Sans veste, il avait retroussé les manches de sa chemise blanche. J'avais l'œil. Son tatouage partait de son poignet et disparaissait sous sa chemise. Je rencontrais peu d'hommes avec des tatouages, du moins pas aussi voyants. Le seul motif que je pus identifier fut un as de pique tracé à l'intérieur de son avant-bras. Sans doute un rappel de son surnom, « Ace », qu'il tolérait. Il me semblait avoir lu quelques articles sur lui.

Il déjeunait à côté d'Adriana, tous deux visiblement plus complices. Elle lui avait même lancé un regard noir parce que sa jambe touchait la sienne. C'était étrange de les imaginer en couple, pourtant je les avais vus échanger quelques paroles, ce qui était en soi un exploit. Il me semblait que M. Rabbit avait même été évoqué. J'avais présumé qu'ils seraient extrêmement mal assortis, mais je commençais à questionner mon jugement.

Papà et Mamma papotaient entre eux, Nonna triait sa nourriture quand Adriana déclara soudain :

— Ça porte un nom : le *manspreading*.

Nicolas tourna la tête vers ma sœur.

— Pardon ?

— Le *manspreading*. Ta façon de t'asseoir les cuisses écartées.

Sans répondre, il s'adossa dans son siège, le bras sur le dossier de la chaise d'Adriana, puis, comme il n'était pas encore tout à fait à son aise, il étendit les jambes un peu plus loin.

Ma sœur se rembrunit.

Bon, même si elle le tutoyait et pas moi, j'avais trop vite évoqué leur complicité.

— Vous savez, Nico, intervint Nonna, je ne vous en tiens pas rigueur d'avoir tiré sur Tony. Ça lui pendait au nez depuis des années. Son père ne le reprend jamais.

Papà grommela.

— Ce garçon a fait exploser quatre de mes vases. Je ne sais pas comment je réagirai s'il en casse un de plus.

À l'entendre, Tony n'avait pas commis d'acte plus grave de sa vie.

— Vous m'en voyez ravi, articula Nicolas.

Mamma lui décocha un regard mauvais tandis que ma grand-mère souriait triomphalement à son assiette. Ces deux-là étaient tout ce dont j'avais besoin pour savoir que jamais je ne cohabiterais avec ma belle-mère.

Hésitante, je me mordillai la lèvre. J'attendais le moment opportun pour demander quelque chose à mon père, et l'instant idéal semblait se présenter. Il était toujours plus aisé de le persuader en présence de témoins, probablement parce qu'il ne voulait pas passer pour un sale type avide de contrôle.

Ces six derniers mois, j'avais à peine quitté la maison sinon pour danser. Il ne pouvait sûrement pas me punir éternellement ?

— Papà, commençai-je, un membre de la troupe donne une soirée autour de sa piscine, ce dimanche, pour fêter la représentation estivale. Je me demandais si je pouvais y participer… ?

— Quelle danseuse ? demanda-t-il.

Je remuai sous son regard acéré.

— Eh bien, il s'agit en fait de… Tyler.

Nonna s'offusqua.

— Depuis quand t'intéresses-tu aux garçons efféminés, Elena ?

Je la fusillai du regard, furieuse qu'elle donne de fausses idées à mon père.

Avec une moue boudeuse, elle se remit à piquer sa nourriture.

Le silence s'abattit sur la tablée pendant qu'il pesait le pour et le contre. Je déglutis, sous le regard de Nicolas qui réchauffait le côté de mon visage.

Papà but une gorgée puis reposa son verre.

— Je veux l'adresse et toutes ses coordonnées. Emmène Benito avec toi.

Je libérai un petit souffle. Étais-je pardonnée ? La culpabilité m'écrasa la poitrine, car je ne le méritais pas.

— Merci, Papà.

— Je retourne à l'intérieur avant de fondre, annonça Nonna en se redressant. Celia, tu n'aurais pas pu choisir un plus mauvais jour pour déjeuner dehors. Je ne sais pas où tu as la tête par moments.

7

« Nous ne renvoyons pas nos capitaines. Nous les éliminons. »

Vincent Gigante

Elena

— Miséricorde, grimaça ma mère, après que je lui avais expliqué l'intrigue du roman de son club de lecture. Je ne culpabilise pas d'avoir fait l'impasse sur celui-là.

Elle n'en avait pas lu un seul ; *je* les lisais pour elle.

— Je dois me dépêcher, dit-elle en chaussant son escarpin d'une main et en enfilant une boucle d'oreille de l'autre. Ton père et Benito se sont absentés, mais Dominic est au sous-sol. Oh ! et aide ta sœur à choisir le parfum de son gâteau. *Tua zia Liza* a besoin de savoir aujourd'hui. S'il te plaît, Elena !

Je soupirai et descendis du lit de mes parents.

— Je suis partie !

La voix de ma mère s'échappa de la chambre.

J'entendis un faible « enfin » prononcé par ma nonna qui franchit la porte, sa domestique Gabriella sur ses talons. Elle rentrait de sa promenade de l'après-midi ou, plus sûrement, s'était assise cinq minutes sur la terrasse pour s'aérer et cancaner.

Un instant plus tard, j'ouvris la porte de la cuisine. Adriana était assise en tailleur sur le plan de travail, deux assiettes de gâteau devant elle. Ses coudes appuyés sur les genoux, ses poings sous son menton, elle était seulement vêtue d'un bikini à pois jaunes.

— Quels parfums avons-nous ? demandai-je en me rapprochant de l'îlot.

Seule lumière de la pièce, le soleil projetait le reflet de la vitre sur le plan de travail.

— Champagne rosé et pulpe de citron.

Elle dit cela comme s'il fallait choisir entre chou puant et abricot avarié. Elle faisait traîner le plus longtemps possible. Demander à ma sœur de prendre une décision, c'était comme lui confier l'écriture de l'équation du voyage dans le temps.

Je goûtai les deux en récoltant une bouchée avec mes doigts.

— Citron, à plates coutures, dis-je en cherchant un verre dans le placard.

En temps normal, je n'avais pas cours de danse le mardi, mais à l'approche du récital, nous répétions tous les jours. Les cuisses courbatues, je me dressai sur la pointe des pieds pour attraper une tasse sur l'étagère du haut. Benito et mes autres cousins avaient beau être grands, ils raflaient les verres du bas juste pour embêter les filles de la famille.

— J'ai un faible pour Champagne Rosé, ronchonna Adriana.

— Alors prends Champagne Rosé, dis-je en remplissant mon verre à la fontaine du réfrigérateur.

Elle secoua la tête.

— Non. Maintenant je doute.

— Va pour le citron.

— Bof.

Je soupirai. Ma sœur aurait pu excéder une sainte. Je m'appuyai contre le réfrigérateur et la considérai par-dessus mon verre.

— Pourquoi es-tu en maillot de bain ?

— J'ai croisé maman en allant à la piscine. Elle m'a interdit de quitter la cuisine avant d'avoir arrêté mon choix.

Après un instant de réflexion, un sourire joua sur mes lèvres.

— Maman est sortie.

Le regard d'Adriana, flamboyant d'espoir, se détacha des assiettes.

Une heure plus tard, le choix du parfum du gâteau toujours en attente, *Don't Stop Believin'* jaillissait de la radio de la piscine. Le soleil brûlant scintillait sur la surface bleutée quand ma tête émergea hors de l'eau. Le liquide tiède ruisselait sur mes épaules pendant que je barbotais vers ma sœur, qui portait des lunettes de soleil, immobile sur un matelas gonflable. Elle était une diva de la piscine. En d'autres termes : *ennuyeuse.* Je la fis chavirer.

Elle remonta en crachotant, ôtant ses lunettes et écartant ses cheveux noirs de son visage.

— Je ne sais pas pourquoi tu n'es pas fichue de me laisser...

Sa voix s'estompa.

La piscine, qui s'étalait sur le côté de la demeure, permettait de surveiller le portail de la propriété. Mon regard suivit le sien, pour découvrir un fourgon d'entretien des pelouses descendant l'allée. *Oh non.* Avant que j'aie pu dire un mot, elle s'extirpa de la piscine.

— Ne fais pas ça, Adriana, l'avertis-je.

Mon ventre se noua. Elle avait falsifié son emploi du temps, ajoutant un cours dans la dernière plage horaire afin de pouvoir passer du temps avec lui, mais le voir à la maison était trop risqué.

Elle se tourna vers moi, son regard attendri et suppliant.

— Je veux juste lui parler.

— Pour lui dire quoi ? Que tu te maries quand même dans trois semaines ?

— Et de qui est-ce la faute ? rétorqua-t-elle.

Touché.

Elle ne se montrait jamais aussi abrupte avec moi. Nous parlions peu dernièrement (après tout, de quoi parlerions-nous ? de son mariage ?), mais elle n'avait jamais été hostile à mon égard auparavant.

— Je n'ai rien fait que tu n'aies jamais fait, me défendis-je.

— Je sais. J'ai juste besoin de lui parler. Tu n'aimerais pas parler avec…

Elle baissa les yeux sur la bague, à mon doigt, sous l'eau.

— … *lui* si tu le pouvais ?

Le voudrais-je ? Aucune idée. Peut-être que c'était pour cette raison que la culpabilité se traduisait par un poids écrasant que je trimballais quotidiennement. L'histoire entière était dénuée de sens. Ce n'était même pas de l'amour. Et j'étais la seule à en sortir vivante.

— Fais attention aux caméras.

Grâce au système de sécurité du rez-de-jardin, d'un coup d'œil, Dominic savait ce qui se déroulait à l'extérieur. J'inspirai profondément, m'efforçant d'ignorer le malaise qui traversait mes veines.

— Parle-lui dans le salon, comme ça tu pourras voir si quelqu'un arrive par l'allée, ajoutai-je.

Le jardinier venait le mardi et le vendredi pour entretenir la pelouse et la piscine, si bien que le camion n'éveillerait pas les soupçons de Dominic. Ne restait plus qu'à espérer que mon cousin soit comme toujours absorbé par son jeu vidéo *Skyrim* et reste au sous-sol. Par chance, Benito s'était absenté ; il avait l'œil plus aiguisé.

Mes yeux localisèrent Ryan tout près de son fourgon, le regard orienté dans notre direction. Il ne portait même pas son T-shirt de jardinier, mais une chemise et un jean. Je grognai. *Où avait-il la tête, bon sang ?*

Adriana affichait un sourire radieux.

— Merci, Elena !

Puis elle s'élança vers lui.

Je m'allongeai sur le dos, les bras écartés, le soleil réchauffant le devant de mon corps alors que l'eau rafraîchissait mes flancs. Mes yeux se fermèrent. Je me demandai comment ce serait de vivre ici sans ma sœur. Combien de temps me laisserait-on me la couler douce avant de me faire subir le même sort qu'elle ? Je me demandai si mon père m'autoriserait à reprendre les cours le semestre prochain, même si j'étais sûre d'avoir fait le nécessaire pour les compromettre.

J'avais été suspendue de tous mes modules d'écriture et sciences politiques voilà six mois de cela. Je n'étais pas forcée de travailler ni d'endosser la moindre responsabilité, mais même si l'eau me soutenait et me faisait lentement tourner en rond, je pouvais aisément me noyer. Me noyer dans une erreur commise naguère, irréparable, mais je pouvais tenter de me racheter. Je *ferai amende honorable*, de la seule manière possible.

Le léger ronronnement d'un moteur pénétra mes pensées.

J'ouvris aussitôt les yeux.

Nageant vers le côté, je m'agrippai au bord du bassin et regardai une voiture noire éclatante se garer à côté du fourgon de Ryan. Je ne savais pas à qui elle appartenait mais bien vite, la portière s'ouvrit, et la dernière personne censée apparaître en descendit.

Je fus prise de sueurs froides. La catastrophe se profilait. Encore du sang. Des yeux jeunes, inertes. *Non.* Pas question que l'histoire se répète.

Je me hissai hors de la piscine et me dirigeai devant la maison, ignorant l'envie irritante de partir dans l'autre sens. Nicolas, une enveloppe kraft dans une main, claqua la portière de l'autre. Ma peau vibrait d'une sensation de fraîcheur, et mes pieds nus s'arrêtèrent au bout de l'allée.

Je restai là en bikini blanc, dégoulinante, mon cœur battant à tout rompre.

Il s'arrêta dans son élan lorsqu'il m'aperçut. Nous nous fixâmes. Il était vêtu d'un pantalon de costume noir et d'une chemisette blanche. J'avalai ma salive. J'avais l'impression qu'il était plus déshabillé que moi. Des tatouages noirs recouvraient un bras, l'autre étant du pur muscle, lisse et bronzé. De la chaleur accourut dans le fond de mon ventre puis se propagea à travers moi comme du feu.

Ma respiration s'accéléra sous son regard qui suivait les filets d'eau le long de mon corps. Chaque goutte qui touchait le béton était une nouvelle allumette qui crépitait dans le petit espace qui nous séparait. Son attention se posant sur mon visage, il plissa les yeux.

— Est-ce ainsi que vous accueillez tous vos invités ?

Je cillai face à la rudesse de son ton. C'était bien la première fois que me voir à moitié nue contrariait un étranger.

— Certains.

J'optai pour la nonchalance, trahie par ma voix essoufflée.

Il secoua la tête une fois, laissant s'échapper un petit souffle amusé. Il n'était pas amusé, cependant, le muscle crispé de sa mâchoire ne laissait pas de place au doute. N'étant pas souvent source d'irritation, je ne savais pas trop si cela me plaisait ou non.

Comme il se dirigeait vers l'entrée, un vent glacial me survola. Je fis un pas.

— Nicolas, un instant.

Il marqua une pause, me lança un regard oblique.

— Papà est sorti, improvisai-je.

— Je suis au courant, répondit-il en reprenant le chemin de l'entrée.

Mon estomac s'affaissa.

Sans réfléchir, sans quoi je me serais débinée, je me déplaçai d'un bond de façon à lui barrer la route. Il pila et me considéra durement.

Mon cœur vibrait telle une corde pincée. Sans mes escarpins, sa carrure était encore plus intimidante.

— Vous ne pouvez pas entrer. Ce n'est pas… convenable en l'absence de mon père.

En aucun cas mon père ne l'aurait convié à entrer s'il ne se trouvait pas à la maison. D'ailleurs, comment avait-il franchi les contrôles du gardien ? Cela étant, je savais que Nicolas faisait ce qu'il voulait sans se soucier des règles, ce dont mon père avait sûrement conscience avant de signer le contrat de mariage.

Une étincelle s'éveilla dans ses yeux.

— Je vous accorde une seconde pour vous écarter avant que je m'en charge.

— Ne vous gênez pas. Vous serez trempé.

D'une certaine manière, j'étais fan de ma réplique, mais elle eut pour seul effet de concentrer l'attention sur mon corps quasiment nu et mouillé. La brise se réchauffa, l'air se densifia.

Mâchoire crispée, il fit un pas vers moi. Je ne bronchai pas. Sa chemise blanche frôlait presque le haut de mon bikini. Mes seins picotaient d'anticipation, les gouttes d'eau qui glissaient vers ma taille me titillaient. Sa chaleur corporelle était une créature vivante qui s'enfonçait sous ma peau et m'incitait à me rapprocher, à me presser contre lui.

Je haletais quand il se pencha vers moi, sa voix grave dans mon oreille.

— Vous avez de la chance que je sois très pris aujourd'hui.

La brutalité de sa voix se répercuta dans ma nuque, me donnant la chair de poule. Je ne pus m'empêcher de penser : *Qu'aurait-il fait sinon ?*

Ses doigts frôlèrent les miens quand il pressa l'enveloppe dans ma main.

— Déposez cela sur le bureau de votre père.

Il s'écarta d'un pas, à la suite de quoi mon corps entier resta embrasé.

— Et ne regardez pas ces documents.

J'aurais aimé pouvoir dire que son avertissement me fit l'effet d'une douche froide, mais ce serait faux.

Je l'examinai attentivement. Le soleil dorait ses yeux ambrés.

— Les affaires qui vous lient à mon père sont le cadet de mes soucis.

Sa voix s'assombrit.

— Parfait.

Nous nous observâmes un instant. Il agita les clés dans sa main et recula lentement avant de faire volte-face pour regagner sa voiture. Restée dans l'allée, je le suivis des yeux, car il était aussi plaisant de dos que de face.

Nicolas ouvrit sa portière.

— Au fait, c'est Nico. Personne ne m'appelle Nicolas.

Alors qu'il faisait marche arrière dans l'allée, je notai dans un coin de ma tête de continuer de l'appeler Nicolas. J'entrai déposer l'enveloppe sur le bureau de mon père mais avant de ressortir, mon attention fut attirée par un petit coffre-fort dans un angle de la pièce. La gorge nouée, je m'approchai et essayai d'actionner la poignée, même si je savais déjà qu'à l'évidence, elle serait verrouillée.

La culpabilité me poussait à me raccrocher à de microscopiques fragments d'espoir.

J'inspectai chaque tiroir du large bureau d'acajou même si, là encore, je savais que je ne trouverais jamais ce que je cherchais. Mon père plaçait toutes ses données bancaires en sécurité dans cette maison, mais un jour ou l'autre, il ferait un faux pas.

Un de ces jours, cette famille verserait des dédommagements pour la vie innocente qu'elle avait soustraite.

En sortant du bureau, je vis Adriana escorter Ryan à l'extérieur.

Je croisai les bras quand je remarquai son soutien-gorge de maillot de bain noué de travers sur le côté, le bas à l'envers. Pendant que je lui sauvais la mise, elle s'envoyait en l'air ? Quelle petite… *oups*.

Ryan parti, elle s'appuya contre la porte, visiblement pâle et apaisée.

Je pressai les lèvres de déception et me retournai.

— Citron, carillonnai-je en grimpant l'escalier.

8

« Avec les bonnes chaussures,
une fille peut conquérir le monde. »
Marilyn Monroe

Elena

Je m'arrêtai soudainement devant la chambre d'Adriana. N'en croyant pas mes yeux, je baissai les paupières.

— Papà va t'étrangler, lui dis-je.

— Super, marmonna-t-elle en peignant un long arc sur la toile appuyée au mur.

La peinture aurait représenté un arc-en-ciel pour peu qu'elle ne soit pas intégralement noire.

Ma sœur broyait du noir depuis qu'elle avait revu Ryan. Elle allait en cours, mais le reste du temps, elle se murait dans sa chambre. La semaine s'écoulait lentement, sous le signe du nuage sombre qu'elle jetait dans la maison avec ses toiles gothiques et sa musique à fendre l'âme. Je recommençais à éprouver de la culpabilité, mais pas la moindre partie de moi n'aspirait à me mettre à sa place. Je préférais un mari moins grossier, moins cavaleur et nettement moins séduisant. Peut-être que cela semblait étrange, mais pour moi, cela se tenait parfaitement.

Des rires s'élevèrent jusqu'à l'étage, et une fois de plus, je fermai les yeux. La célébration des fiançailles d'Adriana avait débuté depuis cinq minutes, et elle était assise en tailleur, par terre, en salopette pleine de peinture.

Je pouvais sentir monter la colère de mon père et même la sentir bouillir juste parce que j'étais une cible facile. Pour sa part, Adriana restait de marbre quand notre père déversait sa rage sur elle, et comme cela l'agaçait, il la retournait contre moi.

— À quoi penses-tu en ce moment ?

Je me dirigeai vers sa penderie, peu pressée de farfouiller dans ses costumes pour déterrer parmi l'une de ses rares robes celle qu'elle porterait.

— Je pense que je déteste mon fiancé. Il est grossier, et tu l'as vu, non ? Peux-tu ne serait-ce que nous imaginer au lit ensemble, Elena ?

Je m'arrêtai, secouai la tête et me remis à écarter les cintres remplis de vêtements.

— Euh, non. Je ne vais même pas essayer de l'imaginer.

Elle soupira.

— Il y a deux heures, j'ai réalisé que je devrai coucher avec lui.

J'acquiesçai d'un son, guère surprise qu'elle ne soit pas arrivée plus tôt à cette conclusion. L'évidence était souvent occultée dans l'univers de l'esprit excentrique d'Adriana. Surprenant, sachant qu'elle était une brillante étudiante et avait plus d'amis que je pourrais jamais espérer m'en faire.

— Et je n'arrête pas de me dire que ce n'est pas pour rien qu'il écarte autant les cuisses quand il s'assoit. Il *est* énorme. Comme ça me tracassait, j'ai commencé à regarder des photos. Bon, des vidéos, en fait, d'hommes de sa taille, nus, et depuis je m'inquiète encore plus.

— Tu as regardé du porno, dis-je sans détour, dans l'entrée de son dressing, la regardant peindre M. Rabbit sous l'arc-en-ciel noir.

La tête inclinée, elle admira son chef-d'œuvre.

— Ouais, c'est le terme qui convient.

— *Adriana !*

Ma sœur râla, et je tournai les yeux vers la porte. Mamma apparut, hors d'elle, en robe du soir rouge.

Une flopée de mots italiens s'envolant de sa bouche, elle s'empara de la robe dans ma main puis flanqua une tape sur l'arrière de la tête d'Adriana.

— File te doucher !

Adriana bougonna en se redressant.

— Du *porno* ! (Plus d'italien.) Où as-tu la tête ?

Un rire m'échappa.

Mamma me décocha un regard tourmenté, et je toussai pour le camoufler. Elle avait pour habitude de surgir aux instants les moins opportuns. Nous ne pouvions jamais rien cacher.

— Elena, va apaiser les Russo. Fais en sorte qu'il ne recommence pas à tirer sur les invités.

— Moi ? Que suis-je censée faire ?

Pour toute information, je reçus quelques phrases de réprimande en italien sans lien avec la question. Quand ma mère disjonctait, elle parlait de tout sauf du sujet qui la mettait en boule. Cette fois, elle se plaignait d'avoir brisé son plat en porcelaine préféré, de Nonna qui s'était encore plaint du déjeuner et du jardinier qui n'était pas venu aujourd'hui. Ce qui était sans doute préférable…

En bas, les invités arrivaient au compte-gouttes. Je portais une robe tour de cou rose ultra-longue, des escarpins noués autour des chevilles et les cheveux lâchés, relevés sur un côté. Même si je n'approuvais pas ce mariage, ce n'était pas pour autant que je passerai à côté de cette opportunité de me montrer élégante. Franchement, c'était le point culminant de ma semaine.

— Elena !

Ma cousine Sophia surgit sur le perron en poussant un cri perçant.

Je ne pouvais pas dire mieux. À dix-neuf ans, son expression espiègle ne la quittait pas.

— Tu m'as manqué !

Elle jeta ses bras autour de moi, l'impact me faisant reculer d'un pas.

— On s'est vues à l'église dimanche, riai-je.

— Je sais. (Elle fit claquer une bise sur chacune de mes joues.) Mais il s'est passé tellement de choses entre-temps.

Elle n'avait pas assisté à l'incident du déjeuner, mais je comprenais suffisamment ma famille pour savoir que Caitlin, ma cousine de trois ans, était en mesure de relater l'événement en détail comme si elle avait été présente.

— Où est Sal ? demandai-je.

Son frère aîné était une version masculine d'elle.

— Il est tombé sur Benito dehors. Tu sais, ils discutent entre mecs, dit-elle en roulant des yeux. Bon, je vais nous dégoter de l'alcool. Ensuite, il faut qu'on parle de ce fameux Nico.

— Va voir la tache de sang sur la terrasse. Il n'y a rien d'autre à ajouter.

— Ce n'est pas ce qu'on raconte. Mamma prétend qu'il est plus renversant que David Beckham.

— Je ne sais pas qui c'est.

Elle resta bouche bée.

— Tu vis dans une grotte, Elena. Trop de livres, pas assez de télé.

— Le dicton du siècle, grommelai-je ironiquement, alors

qu'apercevant une autre cousine, elle l'appela dans un cri perçant et m'abandonna là.

Un instant, je restai seule dans le vestibule. Les fenêtres et les portes de la terrasse, toutes ouvertes, laissaient l'air estival se répandre dans la maison. C'était une belle soirée, et je priais pour qu'elle ne se termine pas comme la dernière fois que nous avions reçu les Russo. Tony ne venant pas, toutes les chances étaient de notre côté.

Je m'apprêtais à aller trouver mon père pour l'informer qu'Adriana serait en retard à cause d'un problème de robe, en espérant qu'il relaye l'information auprès de Nicolas, quand la porte d'entrée s'ouvrit de nouveau. L'amertume rampa dans ma gorge, hélas trop tard pour me défiler.

De tous les hommes que j'avais rencontrés, Nicolas Russo remportait haut la main la palme de la plus mauvaise réputation. Toutefois, d'une certaine façon, je trouvais le courage de rester moi-même face à lui, au lieu d'être la Douce Abelli que tout le monde connaissait et s'attendait à ce que je sois en toutes circonstances. Mais comme toute personne systématiquement renvoyée à ses vieilles habitudes par ses proches, je retombais dans un gouffre de sourires forcés et de paroles creuses, dont je ne savais plus comment m'extraire.

— *Elena.*

Un courant chaud caressa ma peau quand la porte se referma, et j'eus une folle envie de me débiner par l'autre côté. Au lieu de quoi je souris poliment.

— Oscar.

Dans les trente-cinq ans, châtain clair, ses luxueux costumes toujours associés à des cravates colorées, Oscar Perez était bel homme, dans un sens classique et charismatique. Il n'était jamais à court d'attention féminine, pourtant il me prodiguait toute la sienne. Il travaillait pour mon père, et à ce titre assistait à la plupart de nos réceptions, mais comme nous n'avions pas donné de fêtes depuis des mois, je ne l'avais pas revu depuis l'incident, et même bien avant. C'était un immense soulagement mais tristement toutes les bonnes choses ont une fin.

— Toujours aussi resplendissante, commenta-t-il, ses baisers un peu trop appuyés sur mes joues. *Demasiado hermosa para las palabras.*

Je ne comprenais pas un traître mot de ce qu'il disait, mais c'était sûrement en lien avec mon visage symétrique.

J'examinai sa cravate du même bleu pâle que ses yeux.

Épouvantable.

Il était le Colombien le moins latin que j'avais jamais rencontré, et pour une raison qui m'échappait, je n'appréciais pas plus sa blondeur que sa nature avenante. L'hypocrite.

— Merci, dis-je en tentant de m'écarter mais sa main se posa dans le creux de mes reins et s'égara vers la naissance de mes fesses.

L'embarras me noua l'estomac. Il était fin mais grand, et sa présence me tourmentait à la façon d'un désagréable arrière-goût.

Bien qu'inapproprié, il était toujours resté subtil, ses doigts m'effleurant à peine. Assez près pour me mettre mal à l'aise mais pas trop, pour que Papà ne l'abatte pas. S'il allait plus loin à présent, mon père me croirait-il enfin ?

Oscar s'écarta pour me regarder dans les yeux, sans que sa main me quitte. Quelque chose rampa sous ma peau. Je réalisai au même instant pourquoi je ne pouvais échapper aux attentes de tous envers la Douce Abelli, excepté avec le fiancé de ma sœur. Je ne courais aucun danger avec Nicolas Russo. Il épousait ma sœur. Aucun risque que mes actions altèrent sa façon de me traiter s'il finissait par m'épouser. La plupart des hommes passant ces portes étaient pour moi des maris potentiels. Pourquoi aggraver mon cas ?

Les doigts d'Oscar se resserrant dans le creux de mes reins, il me parla à l'oreille :

— Je crois savoir que tu t'es attiré des ennuis depuis la dernière fois.

Mon cœur tambourina. S'il franchissait toujours la limite, il restait habituellement poli, pour peu que cela ait du sens. Jamais il ne faisait allusion à un sujet aussi personnel et indiscret.

La cruauté perça dans sa voix mielleuse.

— J'ai été terriblement déçu en l'apprenant, Elena. Tu comprends aisément pourquoi, j'imagine ?

Cela ne pouvait signifier qu'une seule chose – mon pire cauchemar – mais il était exclu que je l'accepte, ou que je le crois. Toutefois, je ne l'accuserai pas de mentir.

— Bien entendu, chuchotai-je.

Je ne m'étais pas rendu compte qu'il m'enlaçait aussi fermement avant qu'il me lâche, et que je titube en arrière, ma ligne de vision concentrée sur sa cravate hideuse. Il me fallut une seconde pour réaliser que nous n'étions plus seuls, la présence imposante contre mon dos ne pouvant se référer qu'à une unique personne.

Oscar jeta un regard circonspect au-dessus de ma tête, avant de reporter son attention sur moi avec un sourire surfait et de l'amertume dans les yeux.

— On se voit au dîner, Elena.

Il déposa un baiser sur le plat de ma main, lorgnant ma bague de pacotille avec une grimace, puis disparut au sein de ma maison tel un serpent en fuite.

Je fixai la porte, tandis que ses insinuations résonnaient dans mon esprit. L'animosité rampa dans ma poitrine, jusqu'au lieu où elle résidait. Cependant, peut-être qu'Oscar Perez était ce que je méritais…

Lentement je me retournai, mon regard remontant sur une veste noire, une cravate noire, jusqu'à des yeux pareillement sombres.

— Si c'était ça, la Douce Abelli, je ne suis guère impressionné.

La présence d'Oscar, semblable à une ombre menaçante, était aux antipodes de la carrure, plus large et plus chaude, de Nicolas. Il exerçait un effet magnétique, pas repoussant. Assurément plus dangereux.

Alors que le rappel de ma faiblesse imprégnait encore l'air, j'étais incapable d'opérer un revirement en deux secondes.

— Pardon, murmurai-je en faisant un pas pour le contourner, mais il me saisit la main.

Je n'eus pas l'occasion de jauger son expression avant qu'il m'entraîne au-dehors. Sa paume rugueuse brûlait pratiquement la mienne, une sensation torride irradiant vers le bas de mon ventre.

Il fallut un instant pour que je retrouve ma voix, encore qu'elle fût plus essoufflée et incertaine que jamais.

— Que faites-vous ?

Il était fou. Forcément, sinon il ne m'aurait pas touchée au beau milieu de l'entrée, avec des invités dans tous les coins.

Il dédaigna ma question.

— Où est ma liste ?

Mes sourcils remuèrent, puis je me rappelai celle que j'étais censée dresser.

— J'ai, euh… complètement zappé.

Sous le halo doré de l'éclairage du porche, j'entendis Benito et Sal s'esclaffer près d'une voiture dans l'allée, toutefois il faisait trop sombre pour les voir. Nicolas me tenait d'une main douce mais ferme, si bien que je n'avais pas d'autre choix que de le suivre sur le chemin pavé qui serpentait sur le côté de la maison.

Je n'avais pas la moindre idée de ce que nous faisions, mais je devais choisir entre le suivre et retourner à l'intérieur, où Oscar rôdait librement. Un choix facile, bien que singulier considérant que j'avais vu l'un d'eux abattre un membre de sa famille.

Nicolas s'arrêta à l'angle de la maison, libéra ma main et s'adossa au mur en brique de ma demeure. Peu après, la flamme orangée d'un briquet nimba son visage de tons dorés, et il alluma une cigarette entre ses lèvres.

— Vous fumez ?

Une question idiote, vu qu'il exhalait de la fumée en m'observant d'un air alangui.

— De temps en temps, répondit-il simplement, les épaules contractées.

Il leva les yeux vers les caméras de sécurité au-dessus de nos têtes. Il se tenait dans un angle mort, contre le mur. Je me trouvais probablement au beau milieu de l'écran, bien en vue pour Dominic. Que penseraient les gens si, une fois de plus, on me surprenait seule en compagnie d'un homme avec lequel je ne devrais pas me trouver ? Prise d'une pointe d'anxiété, je me décalai sur le côté, hors du champ de la caméra.

Le regard de Nicolas était intense, fâché même, et je n'aurais su dire ce que je lui avais fait. Je dirigeai mon regard vers la voûte étoilée. Un ciel splendide, même si je ne pensais pas qu'il m'ait entraînée dehors pour l'admirer. En fait, il donnait l'impression qu'il aurait préféré que je ne sois pas là du tout.

Je soupirai.

— Pourquoi m'avoir emmenée ici ?

Malgré la profondeur de la nuit, je perçus l'amertume sur son visage.

— J'ai vu ce connard vous malmener, vous toucher le derrière. Je me demandais si je pourrais faire comme lui, en toute impunité.

Mon cœur s'arrêta une fraction de seconde, avant que je plisse les yeux. J'avais des raisons de supporter Oscar, mais aucune d'endurer cela de la part de mon beau-frère. Je m'apprêtais à partir, quand sa main attrapa brutalement mon poignet.

— Restez.

Ce n'était pas une suggestion, mais pas davantage une exigence. Pourquoi voulait-il que je reste alors qu'il était clairement en rogne ? Il était grossier et déroutant. Et qui l'avait autorisé à me tenir la main, à m'entraîner ici et là, à susciter de la chaleur partout en moi ? Sans doute que Nicolas Russo avait obtenu tout ce qu'il voulait depuis l'enfance et, étant fils unique, il n'avait même pas eu à partager.

Je laissai échapper un petit souffle, et dégageai mon poignet. C'était idiot mais je décidai de rester. Je me dis que c'était uniquement parce que j'avais besoin de connaître son caractère pour le bien de ma sœur. Pas parce que sa seule présence éveillait quelque chose de chaud en moi.

Je lorgnai sa cigarette, petite et inoffensive dans sa main. De quoi aurait-elle l'air dans la mienne ?

Sûrement parce qu'il avait remarqué mon expression, il retira la cigarette de ses lèvres et me la tendit. Il voulait partager ? Il m'observa entre ses paupières lourdes comme s'il était ébloui par le soleil, sans un mot. Mon pouls palpitait.

Cela faisait six mois que je n'avais pas touché un homme, ce qui expliquait assurément ma vision d'adolescente sur le fait de se donner la main et de partager une cigarette. Le contact masculin n'était pas quelque chose d'anodin pour moi, cela bien avant que cette bague n'orne mon doigt.

Je pris la cigarette, et il me regarda la porter à mes lèvres puis inhaler. Aussitôt je me mis à tousser et mes yeux commencèrent à larmoyer.

Un sombre amusement passa dans son regard avant qu'il me la reprenne, ses doigts touchant légèrement les miens.

— Je n'ai pas fini, protestai-je, toujours en toussotant.

Si je devais fumer, autant le faire correctement. Mon côté perfectionniste m'empêchait d'abandonner ou de bâcler quoi que ce soit.

Je le vis poser ses lèvres sur la cigarette, au même endroit que les miennes. Fort heureusement, la pénombre dissimulait mes joues empourprées. Cet homme m'avait à peine adressé deux mots qui ne soient pas rudes, abrégés ou autoritaires, pourtant mon corps réagissait de façon presque magique à tout ce qu'il faisait. *Che palle*[1]. Je craquais pour mon futur beau-frère.

Il me rendit la cigarette.

— Doucement, cette fois.

Écoutant son conseil, je n'inspirai qu'un peu. Deux secondes passèrent avant que la fumée ressorte en douceur entre mes lèvres entrouvertes. La langueur emplit soudain mon sang, la tête me tournait.

Le vent était chaud, le chant des cigales régulier, pendant que je partageais une cigarette avec un homme dont j'ignorais tout.

— Ma mère va me tordre le cou, dis-je doucement, juste avant que le rire estompé de mes cousins me parvienne, porté par la brise.

Nicolas laissa tomber le mégot, relâcha un nuage de fumée et l'écrasa du pied.

— Vous dites tout à votre mère ?

Je tendis le regard vers le ciel étoilé. La réponse était non ; je ne me confiais pas beaucoup en général. Surtout pas sur les sujets importants.

— Elle va sentir la fumée, dis-je en admirant les constellations.

D'un regard, je m'aperçus qu'il m'observait. Je piquai un fard, chaque parcelle de ma peau s'embrasant.

1. Signifie « quelle galère », en français. (Toutes les notes sont de la traductrice.)

— Venez là.

Quelque chose d'apaisé et de charmant se tissait dans sa voix grave.

Mon cœur pila net.

C'était ainsi que cet homme faisait tomber les femmes : d'un simple « venez là », sur ce ton-là. Cela étant, son ton plus bourru ne me laissait pas froide.

J'avais toujours été obéissante, en particulier avec les soldats mafieux de ma vie, même si je n'avais pas effectué un pas pour cette raison. J'étais un papillon volant près d'une flamme, jusqu'à me rapprocher suffisamment pour me brûler les ailes.

Je retins mon souffle quand sa main se posa sur ma taille. D'un geste ferme, il m'attira contre son torse. Mon pouls battait dans ma gorge, et sa main si brûlante répandait sa chaleur dans le creux de mon ventre, au point que je remarquais à peine qu'il se penchait et passait son visage dans mes cheveux.

— Ça ne sent pas la fumée.

Des mots onctueux, prononcés avec une pointe de dureté.

Sa paume glissa de ma taille à ma hanche, avant qu'il s'écarte, laissant une traînée enflammée sur mon flanc. Il se repoussa du mur, et je m'éloignai un peu de lui. Il fit quelques pas, s'arrêta et se retourna vers moi. De sa voix tranquille, indifférente, il émanait une autorité dont il était le maître.

— La liste ? Je la veux pour demain, *Elena*.

9

« Je vous demande pardon ? Vous vous figurez que je garde sur moi une carte de membre de la "mafia" ? »

Willie Moretti

Nico

La tentation est à demi nue, innocente et dégoulinante.

Et je ne vaux pas mieux que mes imbéciles de cousins.

Telles étaient les deux conclusions auxquelles j'étais parvenu cette semaine, en les acceptant avec une facilité énervante. Je croulais sous le travail, pourtant je ne pouvais me concentrer que sur une seule chose.

Sur Elena Abelli, évidemment. Absolument trempée.

Sa façon de se tenir devant moi, l'eau s'égouttant sur le béton pendant que ses grands yeux bruns débordants de douceur me fixaient, sans oublier son expression adorable. Ses longs cheveux mouillés, son corps de star du porno. Bon sang, cela ne pouvait pas être réel. Voilà de quoi je m'étais persuadé, mais ensuite, cela m'avait poursuivi, s'était même mis en travers de mon chemin, me rappelant ce qui m'était interdit.

C'était regrettablement réel. Chaque centimètre carré de sa perfection l'était.

Pour une raison inconnue, l'idée qu'elle accueille les invités dans cette tenue se frayait sous ma peau. Son père l'autorisait-il à se balader à moitié dévêtue quand des hommes vadrouillaient dans les parages ? En tant que futur beau-frère, étais-je en droit de l'envoyer s'habiller ?

Je n'avais jamais fait le vœu qu'une femme se rhabille, encore moins une fille dotée de fesses de l'acabit d'Elena Abelli. La frustration me griffait le torse. Je savais que mes réactions irrationnelles ne signifiaient qu'une seule chose, en général néfaste pour les parties impliquées.

Sur la terrasse des Abelli, l'obscurité était compensée par des torches en bambou et des lampions suspendus au-dessus de la table. L'ambiance semblait détendue, probablement parce que tous les Abelli étaient regroupés d'un côté de la propriété, et tous les Russo de l'autre.

Une serveuse servit à Adriana son sixième verre de vin. Je le lui pris des mains et le posai de l'autre côté de mon assiette à dessert.

Son regard creusa un trou dans ma joue.

— Tu n'as pas l'âge de boire, expliquai-je.

Elle soupira, marmonnant je ne sais quoi sur la nécessité de boire pour oublier les vidéos, quoi que cela signifie.

Nous étions censés « apprendre à mieux nous connaître », à la suggestion de sa mère, néanmoins nous avions à peine échangé deux mots, et je ne trouvais pas en moi l'énergie de m'en soucier. Principalement parce que je savais où se trouvait sa sœur, et me concentrais pour éviter que mon regard ne s'échappe dans sa direction. Toute la population masculine new-yorkaise lui faisait de la lèche, et je me contrefichais d'être inclus dans ce cercle débile.

Un éclat rose dans un coin de la propriété attirant mon attention malgré moi, je ne pus m'empêcher de jeter un regard vers elle. Elle jouait au croquet avec ses cousines et Benito. Telle une prima donna, elle avait gardé ses chaussures à talons. J'avais cru que ma perception de sa personnalité serait un répulsif efficace, comme un épais nuage d'insecticides ou un peu de gaz lacrymogène. Malheureusement, cela ne me repoussait aucunement. Pas quand je la regardais, et surtout pas quand elle s'exprimait de cette voix douce et chaleureuse, qui imprégnait ma peau et touchait directement mon entrejambe.

Je comprenais à présent la fascination de mon cousin.

Le fait que je puisse être mis dans le même panier que ces crétins… ridicule.

Je savais de quoi il retournait. J'étais un Russo. Nous briguions ce qui était hors de portée, et ce qui m'était interdit, c'était Elena Abelli dans mon lit ne serait-ce qu'une fois.

— Tu n'aimes pas ma sœur ? s'enquit Adriana.

Ce qu'elle était perspicace. Il fallait que je m'en souvienne.

Je bus un peu de whiskey.

— Ta sœur est sympa.

— Hmmm, répondit-elle, comme si elle ne me croyait pas mais s'en fichait royalement.

Ainsi se déroulaient nos conversations. Succinctes et apathiques.

Difficile de dire si nous étions parfaits l'un pour l'autre ou si ses manies m'exaspéraient.

Mon regard localisa cet abruti de blond qui conversait avec un oncle d'Elena. Je ne le connaissais pas mais je savais que je ne volerais pas à son secours si je le voyais se vider de son sang dans la rue. Un coup d'œil, et une brûlure irradiait dans mon torse. Je m'étais retenu de justesse de lui écraser le visage contre la porte d'entrée, tout à l'heure. Elena Abelli ne me concernait pas, quand bien même le sang des Russo qui coulait dans mes veines s'échauffait en sa présence.

— Yankees ou Mets ?

Adriana avait vidé la salière sur la nappe et traçait des caricatures dans les grains.

— Red Sox, répondis-je sèchement.

— Slip ou caleçon ?

— Cul nul, mentis-je.

Son regard tomba sur mon sexe, puis se détourna aussitôt, et elle pinça les lèvres.

— Ce jeu est barbant.

J'eus envie de rire. Cette fille était décidément bizarre. Et j'étais conscient que c'était pour cela que Salvatore m'avait offert sa cadette. « Inapte », avait-il qualifié Elena.

Inapte, mon œil.

Pas un seul homme de la Cosa Nostra ne tournerait le dos à Elena parce qu'elle n'était plus vierge. Salvatore refusait de céder sa préférée, la Douce Abelli, en tout cas à *moi*. Il pensait probablement m'avoir dupé.

Je prenais la bizarroïde. Au moins, elle serait divertissante. Elle était aussi le choix le plus futé. Qui savait avec combien d'hommes Elena était sortie ? J'étais le chef. Épouser une femme qui avait couché avec plusieurs gars de la Cosa Nostra nuirait à mon image. Et honnêtement, je n'aimais pas partager. Je serais contraint de dézinguer chacun d'eux, alors que j'étais déjà débordé.

Appuyé contre le mur près des portes-fenêtres ouvertes, Luca échangea un regard avec mon cousin Ricardo qui, assis un peu en retrait, observait la scène. Levant deux doigts, il désigna de la tête des nanas sur la pelouse. Ricardo secoua la tête. Après quelques échanges silencieux supplémentaires, ils tombèrent visiblement d'accord.

Cette soirée était suffisamment ennuyeuse pour parier sur de stupides jeux de croquet, par opposition au dernier dimanche lourd en événements. Je ne serais sûrement pas celui qui gâcherait tout en fendant des crânes contre les portes.

Jetant un regard vers Elena, je trouvais son attention déjà sur moi. Elle avait le même air que lorsqu'elle avait déclaré « vous allez être trempé ». J'essayai d'ignorer la chaleur accumulée entre mes jambes. Ses mots étaient innocents, l'idée ne lui traversant pas l'esprit que tout homme lui laisserait tout le loisir de les tremper. De désir, pas d'eau chlorée.

Au début, je m'étais fait la réflexion que celui qui avait trouvé son surnom la connaissait mal, mais plus je l'observais, plus il faisait sens. Elle était tendue quand elle m'avait tenu tête, comme si c'était nouveau pour elle, ou qu'elle s'attendait à ce que je la saisisse à la gorge et l'étrangle. Pensée qui m'avait effleuré, mais dans un tout autre contexte.

La Douce Abelli se laissait pousser les ailes.

Putain, trop bien.

Quelque chose sous mes côtes cliquetait de satisfaction quand elle m'écoutait. Mon côté mâle au sang chaud se demandait jusqu'où allait sa docilité. Et le Russo voulait savoir quand elle me dirait stop.

Je l'avais déjà touchée au-delà des convenances. Avais partagé ma cigarette avec elle uniquement pour voir ses lèvres là où les miennes s'étaient posées. J'avais imaginé ses petits ongles roses autour d'une partie spécifique de mon anatomie, plutôt qu'autour d'une clope.

Je n'avais touché que sa taille, et sa chaleur et sa souplesse ne cessaient de chauffer ma paume.

La situation d'ensemble était sacrément emmerdante.

Le crétin de blond attrapa Elena par le bras en passant devant elle, l'attira pour lui glisser quelques mots à l'oreille. L'aversion s'immisça en moi. M'adossant contre le dossier de ma chaise, j'allongeai les avant-bras sur la table, à distance de mon arme, soudain pris de l'envie de dégommer un second type dans le jardin des Abelli. Le père d'Elena observait l'échange, encore qu'avec peu d'intérêt.

Ma langue glissa sur mes dents, une tension déstabilisante croissant dans ma cage thoracique.

Crispée, Elena hocha la tête avant que l'abruti la laisse partir. Elle s'engouffra dans la maison.

— Comment s'appelle ce type ? demandai-je à Adriana, en indiquant du menton le blond dont la seule présence était devenue harassante.

— Oscar Perry. Non, Pretzel. (Son front se plissa.) Non, c'est pas ça. Oscar quelque chose. Mince, j'ai envie de bretzels maintenant.

— Que fait-il pour ton père ?

Elle fronça les sourcils.

— Aucune idée. Il est flippant, ce gars. Il est collant, avec Elena.

Je laissai échapper un souffle sarcastique.

— Qui ne l'est pas ?

Ils la saluaient à l'église telle la Vierge.

— C'est pas faux, sauf qu'elle s'en cogne, d'eux tous. Ma sœur est amoureuse.

Je plissai les yeux.

— Elle est… quoi ?

— Amoureuse.

Quelque chose de sombre et d'indésirable s'infiltra dans mes veines.

Elle posa sur moi ses yeux écarquillés comme si elle réalisait à l'instant qu'elle avait trop parlé. Elle vida son verre cul sec. Je n'avais même pas remarqué qu'il était rempli.

Nerveux, je secouai la tête.

— Si tu vomis ce soir, je ne te tiendrai pas les cheveux. Je ne fais pas ce genre de trucs.

— Ma sœur le fera, répondit-elle comme si elle prévoyait de rendre ses tripes. Avons-nous fini de faire connaissance ?

— Pour l'instant.

— Pas trop tôt, marmonna-t-elle en se levant pour rejoindre en titubant l'une de ses bruyantes cousines.

La fille s'était déjà présentée à moi. En fait, elle était venue me dire : « Mamma avait raison. David ne t'arrive pas à la cheville », avant de m'adresser un clin d'œil et de s'éclipser.

Drôle de famille.

J'acceptai un autre verre de whiskey sur le plateau que me tendait le serveur, ignorant mon cousin Lorenzo qui vint s'asseoir à côté de moi. Il ouvrit les pans de sa veste et enfonça ses mains dans ses poches. Qui aurait su dire d'où il revenait ? Tout était mieux que savoir qu'il avait reluqué Elena Abelli. La seule idée m'irritait jusque sous la peau.

Dans un instant de silence, le regard de Lorenzo suivit le derrière de lolita d'une Abelli qui traversait la pelouse.

— Qu'est-ce qu'il t'a fait ?

Il indiqua d'un mouvement de tête le crétin blond. Sans doute avais-je mal dissimulé mon envie de lui tirer une balle.

— Il m'insupporte, dis-je sans élaborer, faisant tournoyer l'alcool dans mon verre.

— Il a dû en faire des caisses. Il en faut beaucoup pour t'énerver. Que je devine : il a insulté ta mamma ?

— Non.

— Ton papà ?

— Non plus.

— Ton cousin le plus séduisant ? Un mètre quatre-vingt-cinq, brun, bien membré…

— Lorenzo, le coupai-je sèchement.

— Ouais ?

— Ferme-la.

Riant, Lorenzo me tapa l'épaule assez fort pour renverser quelques gouttes de mon whiskey puis s'en alla.

Je l'avais bien dit, mes cousins n'étaient qu'une bande d'idiots.

10

« Que nous tombions par l'ambition,
par le sang ou par la convoitise, comme les diamants,
nous sommes tranchés par notre propre poussière. »
John webster

Elena

Argentée, minuscule et réfléchissante. Je me voyais dedans. La robe de Gianna. Des boucles d'oreilles à longues plumes, des talons verts, les cheveux amassés sur le dessus de la tête, et pas de maquillage sinon du rouge à lèvres écarlate, composaient sa tenue de la soirée.

— … si tu dois le faire, préfère un strip-teaseur. Crois-moi sur ce point.

Elle s'adressait à ma cousine de quinze ans, Emma, qui, assise devant l'îlot de la cuisine, dégustait son punch à la paille avec l'air de mourir d'ennui.

Toutes mes tantes s'entretenaient au sujet de l'enterrement de vie de jeune fille d'Adriana autour de la table où je me tenais à l'écart, en face de Nonna qui serrait une tasse de café devant elle. Nous n'avions entendu que cette bribe de la conversation de Gianna avant que le tintamarre familial étouffe la suite.

Je secouai la tête, vaguement amusée mais surtout perturbée. Les mots qu'Oscar Perez avait chuchotés à mon oreille sombraient dans le creux de mon estomac. Il m'avait prise à part, une fois de plus pour m'enjoindre de sourire, disant que cela parachèverait ma *hermosura*[1] – quoi que cela signifie. Je ne parlais pas espagnol et n'avais pas envie de m'y mettre. Dans sa bouche, cette langue pourtant chantante sonnait dure et agressive. Je détestais qu'on me dise de sourire, comme si mes sourires appartenaient aux autres et pas à moi.

Il avait omis d'expliquer pourquoi il était fâché que je me sois enfuie et que j'aie couché avec un homme, mais je ne parvenais à déterminer qu'une seule raison : il avait des vues sur moi. C'était difficile d'imaginer que mon père y consentirait alors qu'Oscar n'était même pas italien. Mais pour quel autre motif aurais-je été placée à côté de lui à table aujourd'hui pour la toute première fois ?

— Tu es malheureuse.

Mon regard quitta les éraflures sur la table en bois pour fixer les yeux marron de Nonna. Je secouai la tête.

— Pas du tout.

Jamais je ne laisserai un homme comme Oscar Perez saper mon bien-être.

— Tu mens très mal, *cara mia.*

Je ne répondis pas, faute de savoir quoi dire.

— On se fait une montagne d'un rien quand on est jeune, se lamenta-t-elle. Autrefois, je me faisais du souci, comme toi. Sais-tu ce que j'y ai gagné ? Rien du tout. Ne gaspille pas ton temps avec des choses que tu ne peux pas changer.

Elle se leva, une main agrippée à la table.

— Je vais me coucher.

— Dors bien, Nonna.

1. Signifie « beauté », en français. (Toutes les notes sont de la traductrice.)

Elle s'arrêta pour se tourner vers moi.

— Sais-tu ce qu'il convient de faire quand on est malheureuse ?

Comme je n'étais pas d'humeur à protester, je haussai un sourcil.

— Que faut-il faire ?

— Quelque chose d'enthousiasmant.

— Par exemple ?

— Je ne sais pas. Pourquoi pas fumer des cigarettes avec un garçon séduisant.

Oh non. Un sourire flotta sur mes lèvres. Personne d'autre qu'elle n'aurait qualifié Nicolas de garçon.

— Bonne nuit, *tesoro.*

Nonna me fit un clin d'œil.

La flamme de la bougie dansait, un morne rappel des faux sourires dans la captivante lumière orangée. Le petit vent soulevait les rideaux fins et une lampe projetait un halo diffus sur le mur des rayonnages de livres. Frank Sinatra filtrait sous la porte de la bibliothèque, aussi atténué que le souvenir lointain d'une nuit similaire un demi-siècle plus tôt.

Installée dans un fauteuil près de la cheminée, un livre sur le bras, je repliai mes jambes sur le côté. Je n'avais pas lu plus de deux pages avant de déclarer forfait et, la tête contre le dossier, observer la bougie qui diffusait un parfum de lavande. Mes escarpins étaient négligemment abandonnés sur le sol, les nœuds blancs déroulés en travers du tapis oriental rouge.

Je m'étais échappée de la cuisine au plus vite, ma mère qui blablatait sur le mariage devenant un brouhaha agaçant, de plus en plus bruyant jusqu'à ce que j'aie besoin de silence. Il ne s'agissait même plus d'Oscar Perez mais d'un problème de non-dits et d'avenir incertain.

Semblable à la coque dure d'une noix de coco, la Douce Abelli protégeait son véritable moi du monde. Elle était incassable sans de puissants outils. Abaisser cette barrière dénudait une partie de moi que peu de personnes avaient vue – le moi *sensible*. Un moi vulnérable. Je ne savais pas trop pourquoi j'avais laissé Nicolas Russo l'apercevoir. Peut-être parce que son indifférence m'amenait à croire qu'il ne me fendrait pas en deux.

Mes yeux s'ouvrirent brusquement quand la porte de la bibliothèque cliqueta. Comme si mes réflexions l'avaient conjuré, Nicolas apparut.

Levant les yeux, il m'aperçut et s'arrêta net. Un instant, je le crus prêt à tourner les talons sans un mot juste parce que j'étais là. Son regard était blasé, condescendant, comme s'il venait d'entrer dans *sa* bibliothèque et avait trouvé son domestique en train de squatter son fauteuil. Il ne voulait vraiment rien avoir à faire avec moi. Bon, je ne l'appréciais pas non plus. En toute honnêteté, c'était principalement parce qu'il ne pouvait pas me saquer.

Ses yeux s'étrécirent.

— Pourquoi n'êtes-vous pas en train de vous amuser ?

— Et *vous*, pourquoi vous ne profitez pas de la fête ? contrai-je.

Il lissa sa cravate tout en m'examinant d'un air calculateur, comme s'il pesait les avantages et les inconvénients de ma présence. Il ne trouvait pas beaucoup de positif, semblait-il.

Sa décision prise, il ferma la porte et se dirigea vers le minibar sans apporter de réponse à ma question. Il se prépara un verre pendant que je m'efforçais de me comporter comme s'il n'était pas là, comme si sa présence ne saturait pas la pièce, et ne faisait pas caler mon esprit. Néanmoins, je me surpris à étudier ses gestes fluides tandis qu'il versait du whiskey dans un verre droit.

Ma peau s'électrisait à la façon d'un câble dénudé, le tissu de ma robe me semblait lourd, la brise entrant par la fenêtre ouverte caressait mes épaules. Quand il passa à côté de moi, je feignis d'être captivée par les petites phrases noires devant moi, même si en réalité je n'assimilais pas un mot sur l'assassinat de John F. Kennedy. L'histoire, les faits, me réconfortaient dans les moments de doute parce que, un jour ou l'autre, je ne serai plus qu'un souvenir, tout comme eux.

Il s'assit dans un fauteuil gris près de la fenêtre et prit son téléphone. Il se pencha, les coudes en appui sur les genoux. Il déboutonna sa veste, révélant son gilet de costume noir qui soulignait son ventre plat. Sa cravate dénouée retombait en biais, image qui me fit soudain me demander : *Comment est-il le matin, tout ébouriffé ?* Je déglutis.

Si tant est qu'il porte le costume à la manière d'un gentleman, ses phalanges meurtries autour du téléphone me confortèrent dans l'idée que son style n'était qu'une façade.

Sa barbe repoussait à peine sur ses joues, et ses cheveux étaient aussi foncés que son costume, le dessus épais et en bataille. Il était intimidant, doté d'une présence vigoureuse et d'un regard perçant, mais sitôt que son expression se radoucissait, devenait plus posée comme en cet instant… il n'avait nul besoin de me regarder pour m'embraser.

Il me surprit en train de l'observer.

— Vous devriez améliorer ce regard.

Mon pouls palpita dans ma gorge, la chaleur envahit mon visage.

Ses yeux tombèrent sur mes joues.

Alors il fit quelque chose de totalement surprenant. Peut-être par incrédulité, ou parce qu'il me trouvait ridicule. Je ne savais pas et je n'en avais que faire. Il s'esclaffa. Sans forcer, mais sans gentillesse. Le genre de rire dénué de bonnes intentions. Le genre de rire que les murs n'oublient pas.

De la chaleur se diffusa dans mon bas-ventre, et sans pouvoir m'en empêcher, je le fixai toujours plus. Il avait des dents blanches et des incisives pointues, comme le diable qu'il était. Quand il me lança un regard oblique, une funeste hilarité dans les yeux, une flamme pulsa entre mes jambes.

— Mon Dieu, chuchota-t-il en se passant la main dans les cheveux.

Je laissai aller ma tête contre le fauteuil, mes dents tirant sur ma lèvre inférieure. Il m'envoya un coup d'œil alors que son rire s'estompait, son amusement s'évanouissant au profit d'une tension qui se mit à crépiter autour de nous. Un souffle d'air chaud s'engouffra dans la pièce, et je frémis.

J'ignore combien de temps nous restâmes assis là, en silence, à peu de distance. Le temps n'entrait pas en ligne de compte. Tout moment était enregistré, chaque fois qu'il se décalait, relevait les yeux de son téléphone, buvait une gorgée, donnait un coup d'œil dans ma direction dès que je tournais une page ou repoussais mes cheveux de mes épaules.

Je pensais m'en sortir habilement, que je tournais les pages au même rythme que si je les avais lues. Mais je fus déstabilisée par son attention qui quitta son écran pour se poser sur mon visage. Elle se maintint un instant avant de glisser sur mon cou et mes épaules dénudées. Ma respiration s'interrompit pendant qu'elle traçait l'arrondi de mes seins et les reliefs de mon ventre. Et je m'empourprai quand elle descendit encore, vers mes cuisses, mes jambes jusqu'aux ongles vernis en rose de mes orteils qui dépassaient de ma robe.

Il me regardait fixement à présent, cependant je n'avais pas le courage de le rappeler à l'ordre. On me fixait assez souvent pour que je sache l'ignorer avec brio, mais pas une fois cela m'avait procuré pareille sensation. En surchauffe, agitée, *haletante.*

La voix de Whitney Houston chantant *I Will Always Love You* se faufila sous la porte. Benito beuglait les paroles. Il se plaisait à ouvrir les séances de karaoké, et non sans ironie, c'était systématiquement avec des chansons d'amour iconiques. Mon cousin ne couchait jamais deux fois avec la même fille à moins qu'elle ne soit dotée d'un bonnet double D. Ses mots, pas les miens.

Quand il mélangea les paroles, un petit rire m'échappa. Je m'autorisai un regard vers Nicolas, m'attendant à de l'amusement au lieu de quoi mon rire s'éteignit en rencontrant son regard qui m'enveloppait. La noirceur dans ses yeux ombrait son expression grave.

La musique et les voix derrière la porte se fondirent en un bruit indistinct sous l'effet du tambourinement du sang dans mes oreilles. Il se leva, posa son verre de whiskey à moitié plein sur le guéridon et prit le chemin de la sortie. Il fit halte devant moi. Son pouce sur ma joue, à la fois soyeux comme du satin et âpre comme sa voix, me déroba de toute aptitude à respirer. Il me tint le menton pour orienter mon visage vers lui.

Nous échangeâmes un regard durant des secondes aussi longues que des minutes.

— Ne suivez pas les hommes dans les coins sombres.

Une étincelle s'alluma dans ses yeux. Elle faiblit pendant que son pouce traçait le contour de ma lèvre inférieure.

— La prochaine fois, vous n'en ressortirez peut-être pas vivante.

Cet avertissement suspendu dans l'air, sa main s'écarta de mon visage et il quitta la pièce sans un mot de plus.

La tête contre le fauteuil, je respirai normalement pour la première fois depuis qu'il s'était invité dans la pièce. J'ignorais de quoi il retournait, pourquoi sa présence me mettait constamment sous tension mais je refusais de l'analyser. Je savais que ce n'était pas une bonne chose. Tout ce qui bloque la respiration ne peut en aucun cas être bénéfique.

Mon regard chuta vers son verre sur la table.

Je n'avais plus toute ma tête.

J'étais *embrasée.*

Je refermai mon roman et me levai. Contournant le guéridon, je fis tournoyer le verre sur le bois laqué.

Le liquide resté dans le fond, doré et oublié.

Je n'aimais pas le whiskey.

N'empêche que je l'amenai à mes lèvres… et bus.

11

« Si je puis empêcher un cœur de se rompre,
je n'aurai pas vécu en vain. »
Emily Dickinson

Elena

Le whiskey n'étant plus qu'un souvenir brûlant dans mon ventre, je m'accroupis devant le meuble télé de ma sœur.

— *Vampire, vous avez dit « vampire » ? Evil Dead* ou *La Nuit des morts vivants* ?

Les DVD sur mes genoux, j'attendis sa réponse.

Les mots étouffés d'Adriana me parvinrent du lit.

— *Seize bougies pour Sam.*

J'écarquillai les yeux.

— *Seize bougies pour Sam* ?

— Mmmhmm.

Mauvais signe. *Très* mauvais.

— Sûre et certaine ?

Un soupir.

— Oui, Elena.

— Comme tu veux… je vais le chercher.

Je sortis en regardant ma sœur comme si elle avait développé deux têtes supplémentaires. Cependant, elle paraissait seulement éméchée et fatiguée, sous son plaid Star Wars.

Je revins peu après, insérai le DVD et me glissai dans le lit à côté d'elle. Chipant la moitié de la couverture, je l'étalai sur la robe que je n'avais pas eu l'énergie de retirer. La télé émettant une lumière douce dans l'obscurité, nous regardâmes le film en silence.

— Elena ? fit-elle d'une petite voix.

— Ouais ?

— Que penses-tu de Nico ?

J'hésitai.

— Je ne sais pas trop, répondis-je finalement.

— J'ai un peu discuté avec lui ce soir.

— Ah oui ?

— Ouais. Ça ne s'est pas trop mal passé. Il est un peu rude, mais je ne le déteste pas.

Je me concentrai sur le film parce que je ne savais pas quoi dire. J'étais contente que ma sœur ait trouvé un sujet de discussion avec lui… toutefois, ma poitrine se serrait curieusement.

— Elena ? reprit-elle à voix basse, attrapant quelque chose sur la table de nuit.

— Ouais ?

Elle me tendit son portable sans me regarder.

— Envoie-le, s'il te plaît. Je ne peux pas.

Je pris le téléphone, découvris le SMS adressé à Samantha – le nom de code de Ryan. Un simple « Au revoir ».

La gorge nouée, j'appuyai sur le petit bouton susceptible de changer des vies et de briser des cœurs, d'un simple mot électronique. Je le fis pour le bien de Ryan, déplorant de ne pouvoir revenir en arrière pour faire de même avec quelqu'un d'autre.

— Fait, murmurai-je.

Couchées côte à côte, nous regardâmes une fille tomber amoureuse.

L'une de nous l'avait déjà vécu, l'autre savait que cela ne lui arriverait jamais.

Assise à la table de la cuisine, en tailleur sur une chaise, je regardai une goutte de pluie serpenter sur le carreau.

— Non, non, non !

Mamma jeta la cuillère en bois sur l'îlot, après avoir goûté la sauce rouge préparée par Adriana. Ma mère portait un survêtement violet aujourd'hui, et ses cheveux étaient à moitié relevés comme d'ordinaire.

— Cette fois, tu l'as tué.

Adriana soupira, son expression crispée par la frustration.

— Comment ai-je déjà pu le tuer deux fois ?

— Cette sauce est tellement amère qu'il aura des remords.

L'amusement me submergea. Adriana avait tant tardé à faire mijoter la dernière marmite de sauce que le pauvre Nicolas était mort de faim.

Mamma secoua la tête.

— *Incredibile.* Je ne sais pas comment tu as tenu tout ce temps sans savoir cuisiner *una semplice salsa di spaghettis.* Je devrais te retirer de la fac pour que tu passes ce temps-là dans la cuisine.

Adriana s'appuya au plan de travail. Elle avait passé un tablier blanc sur son T-shirt Hamlet plus long que son short, et un bandana jaune retenait ses cheveux en arrière.

— Elena ne cuisine pas mieux que moi.

Je me renfrognai.

— Elena ne se marie pas dans deux semaines !

Le crépitement de la pluie contre les vitres se répercuta dans la pièce, un embarras silencieux remplaçant tous les mots. Le besoin d'atténuer la tension me submergea. Après tout, j'avais un don pour cela.

— Je doute qu'elle lui fasse la peau, Mamma. S'il a survécu à plusieurs coups de feu, comme c'est sûrement le cas, il résistera à la cuisine d'Adriana.

— Trois fois, intervint Adriana.

Je fronçai les sourcils.

— De quoi ?

— On lui a tiré dessus trois fois.

— *Mamma mia*, gronda ma mère. Ne parle pas de ces choses-là.

Gagnée par la curiosité, je demandai :

— Comment le sais-tu ?

Le regard pétillant de ma sœur s'orienta vers moi.

— Je lui ai posé la question hier soir.

— Tu as fait ça ? *Adriana !*

Je m'avançai sur ma chaise.

— Et il te l'a dit ?

— Bah… pas exactement. Je lui ai demandé, et il m'a juste regardée comme si je l'embêtais. Mais ensuite Gianna, qui écoutait la conversation, m'a dit trois fois.

— As-tu une cervelle sous ton crâne ? Pourquoi lui demander ce genre de choses ?

Nous évitâmes de regarder notre mère. Un sourire nous chatouillait les lèvres. Nous jouions à notre jeu préféré destiné à voir laquelle de nous deux choquerait notre mère au point qu'elle sorte en trombe en vociférant en italien. Cela commençait généralement en l'ignorant plusieurs fois.

— Gianna est sa sœur ? demandai-je, même si j'étais quasiment sûre qu'il était fils unique. Elle aurait pu être une cousine mais, d'une certaine manière, je savais que non.

Adriana pouffa.

— Non. Sa belle-mère.

J'en restai bouche bée.

— Elle est plus jeune que lui !

— D'une année, confirma Adriana.

— Mon Dieu. Peux-tu imaginer coucher avec un homme qui a plus de deux fois ton âge ?

— *Elena !*

Adriana ouvrit de grands yeux.

— Tu crois qu'elle a couché avec son papa ?

— Changez de sujet.

Je pinçai les lèvres.

— C'est-à-dire qu'ils sont mariés. Au moins en missionnaire…

— *Basta !*

Ma mère se dirigea vers la porte, lança son tablier sur le plan de travail et, ce faisant, vociféra en italien à propos de ses païennes de filles.

Nos rires emplirent la cuisine.

— J'ai du mal à croire que ce soit sa belle-mère, dis-je. Ou était.

— Je sais.

Adriana plongea le doigt dans la sauce et la goûta, ce qui la fit grimacer.

— Mais je ne pense pas qu'ils aient une relation mère-fils.

— Non, dis-je, plutôt le contraire.

Adriana secoua la tête.

— Pas non plus.

— Que veux-tu dire par là ?

— Je te parie toute ma collection de costumes qu'ils ont couché ensemble.

Mes yeux s'arrondirent.

— Sérieusement ?

— Ouaip, répondit-elle en essuyant les contours du réchaud.

Ma sœur naturellement réservée se fondait dans le décor durant les soirées et les événements, ce qui affûtait son talent pour déchiffrer les gens – du moins quand elle prenait le temps ou que cela éveillait son intérêt. Elle avait probablement raison. Ce que c'était… blasphématoire. Cela dit, je ne me serais pas attendue à beaucoup plus de la part du patron.

Je sautai du tabouret, me rapprochai de la marmite sur le réchaud pour goûter avec la cuillère en bois. L'amertume explosa dans ma bouche.

— Ouah, c'est, euh…

Adriana rit tout en s'efforçant d'attraper une tasse sur l'étagère supérieure. N'y parvenant pas, elle sautilla en pestant. Elle se retourna, capitulant, et plissa les yeux.

— Benito et Dominic sont en bas, l'informai-je. Ils ont sûrement faim.

— En quoi ça me concerne ?

Elle marqua une pause, percuta puis se repoussa du comptoir.

— Je vais les prévenir que le déjeuner est prêt.

Les lampadaires rouges et orange étaient flous derrière les filets de pluie qui coulaient sur les vitres. Le ciel était aussi noir qu'en pleine nuit alors qu'il n'était que 6 heures, un jour d'été.

Le téléphone de Benito clignotait et vibrait sur la console, *encore*. Non sans ironie, Benito me faisait penser à Manny Ribera dans *Scarface*, en raison de son physique et de sa personnalité. Je pouvais compter sur lui pour draguer au moins une femme où qu'il aille.

— Ouvre-le, Elena.

— Pas question, protestai-je. La dernière fois, j'ai vu quelque chose que j'aurais préféré ne pas voir.

— Alors ne t'en prends pas à moi si je veux le lire.

Soit. Je me penchai pour le découvrir.

— Envoyé par Angela Blonde.

Non sans surprise, ses contacts féminins n'étaient pas uniquement désignés par leurs prénoms, probablement parce qu'elles étaient trop nombreuses. Cela pour éviter de les confondre.

— Je ne souhaite pas te revoir, lus-je platement, avant de reposer le téléphone sur la console et que ne surgisse une « image d'au revoir ».

Une main sur le volant, il était pensif. Il portait un pantalon noir et une chemise blanche, sans cravate. Une tenue décontractée pour lui. Il y avait de fortes chances pour qu'il mette plus de temps que moi à se préparer le matin.

Mes parents dînaient avec une relation de mon père, et j'avais déconseillé à Nonna de venir car la pluie battait des records. Donc, cela me laissait avec Benito, lequel me déposerait comme à son habitude, avant de faire un saut au domicile de je ne sais quelle fille. Pas chez Angela.

Mon cousin soupira en se passant la main dans ses cheveux noirs plaqués en arrière à grand renfort de gel.

— En tant que femme, Elena, comment interpréterais-tu ce texto ?

Je laissai passer un moment.

— Eh bien, je pense qu'il signifie qu'elle ne veut plus te voir.

— Et cela inclut le sexe ?

— Ouaip.

Il se renfrogna.

— Fais chier.

— Bonnet DD ?

— Ouais, admit-il tristement.

J'adoptai un ton identique.

— Dommage.

Il se gara devant le théâtre et le bras tendu devant moi, il ouvrit ma portière.

— Fais des étincelles, cous'. Je serai de retour pour 9 heures.

— Merci.

Je sortis de voiture et attrapai mon sac de sport sur la banquette.

— Elena.

L'air solennel, Benito se pencha, son bras sur l'appuie-tête du siège passager.

— À ton avis, cela s'applique aussi au sexe oral ?

Je levai les yeux au ciel.

— Ce que tu es répugnant.

Il sourit de toutes ses dents.

— Casse la baraque !

Mon sac sur l'épaule, je pénétrai dans l'établissement et saluai quelques danseurs en chemin. Ce n'était pas un grand théâtre, mais il était chic – aucune chance que mon père m'autorise à danser dans un lieu bas de gamme. Des lumières étincelantes, les murs beiges relevés de notes dorées et rouges. Un splendide auditorium. J'aimais énormément l'aspect éclatant de la danse : le maquillage, les tenues, les amitiés que je nouais ici – quand bien même elles étaient superficielles – mais pour moi, danser était simplement un excellent sport. La petite quantité de passion que je nourrissais autrefois pour la danse s'estompait, et je n'aurais su dire combien de temps je continuerai.

Un courant d'air me balaya, suivi d'une voix grave.

— Dis que tu sortiras avec moi.

Sans regarder celui qui m'emboîtait le pas, je secouai la tête, un sourire jouant sur mes lèvres.

— Non.

— Sushi ?

Je fronçai le nez.

— D'accord, pas de sushi. Italien ?

— Haha.

— Tu viens demain ?

Tyler était grand et mince, comme la plupart des danseurs, avec des cheveux châtain clair et un sourire de filou. Il était mignon, bien élevé, mais pas mon genre. C'était un ami qui espérait davantage, et pour son bien, je ne laisserai jamais rien se produire. Je tirais les leçons de mes expériences.

Parfois je me demandais comment il réagirait si je révélais la vérité à propos de ma famille. Je doutais qu'il continue de m'inviter à sortir à chaque occasion. N'importe qui pouvait déduire qui était mon père rien qu'en tapant son nom sur Google. Mes camarades de classe, à l'école pour filles que j'avais fréquentée, l'avaient découvert, après quoi j'étais quasiment devenue une paria. Adriana s'était fait des tas d'amis dans son cercle de théâtreux, moi, je n'avais pas trouvé mon groupe.

— Ouais, j'y serai. Je viens avec mon cousin, si ça ne te dérange pas.

— Ah oui, ce Benito. Tes parents sont au courant que les femmes n'ont plus besoin d'un chaperon ?

Je souris.

— Ils sont au courant. Ça leur est égal.

Les bavardages s'intensifièrent dans les coulisses, où une dizaine de danseurs était rassemblée.

— Dernière offre, dit-il fermement. Cheeseburgers. Amène Benito. Nous ferons un plan à trois.

Je ris.

— Il n'est pas branché mecs.

Il lâcha à son tour un « ah ah » avant de bifurquer dans une direction différente.

12

« N'importe quel sauvage peut danser. »
Jane Austen

Elena

Je patientais contre la porte de la ruelle, le métal dur et glacial dans mon dos. Il bruinait, les gouttes se mélangeant à la sueur qui coulait vers mon ventre dénudé. Des bruits de pneus, des sirènes et un rire occasionnel fusant dans un bar proche pénétraient dans l'allée.

— Tu as la meilleure des idées.

Sierra émergea, écarta ses cheveux blonds de son visage en nage et les enroula en chignon.

Le rideau rouge s'était ouvert puis refermé. La représentation, avec ses échappés, ses pirouettes et ses grands jetés avait été un succès. Le ballet tournait autour d'un homme mort par amour – une version moderne de *Roméo et Juliette*. Je jouais la Mort.

La performance était lente et dramatique, avec une tonalité magnifiquement ensorcelante. Pourquoi fallait-il que tout se termine comme dans un conte de fées ? Les moments de l'histoire les plus mémorables et les plus poignants ne sont-ils pas tragiques ?

J'avais toujours apprécié les fins tristes. J'étais une réaliste, pas une romantique.

Je bavardai un petit moment avec Sierra de son fils de deux ans et de sa vie de maman solo, puis décidai que Benito se lassait sans doute de m'attendre.

— À plus, Sierra. À la soirée, demain, si tu viens.

— Bien sûr que je viens ! Ma mère gardera Nathan. Dis-moi que ton cousin hyper canon t'escortera.

Je grognai et roulai des yeux d'un air enjoué.

— Il sera là.

— Super. À demain, alors.

Elle m'adressa un clin d'œil.

J'enfilai un haut asymétrique et attrapai mon sac avant de prendre le chemin de la sortie. J'avais tout juste franchi les portes de la scène quand un bras s'enroula autour de mes épaules.

— Je sais que j'ai dit que c'était ma dernière offre mais j'ai omis de t'inviter à manger Chinois.

Je secouai la tête, souriant même si en toute franchise, il était exclu que je marche jusqu'à la voiture avec le bras de Tyler autour de moi. J'aimais Benito mais il était au service de mon père. Son propre père, mon oncle Manuel, était responsable du décès qui me tourmentait. Benito n'avait rien fait d'autre qu'assister à la scène, et je ne doutais pas qu'il laisserait cela se reproduire.

À l'entrée du hall principal, alors que j'allais ôter le bras de Tyler, mon cœur se tétanisa, de même que mes pieds.

Nicolas se tenait près des portes, appuyé contre le mur, les mains dans les poches. Son costume noir miroitant sous l'éclairage, il pouvait passer pour un chic type élégant. Il suffisait de croiser l'éclat inquiétant de ses yeux pour savoir que c'était une couverture. Ce qui me tracassait le plus, c'était que son regard, plein d'acrimonie, ciblait Tyler.

Le cœur en vrille, je repoussai le bras de Tyler d'un haussement d'épaules. Il parut aviser la présence de Nicolas au même instant.

— Quelqu'un de ta famille ? demanda-t-il sur un ton incertain.

— Euh… ouais.

Une presque vérité. Je ne comptais pas entrer dans les détails, avec le regard de Nicolas qui nous lançait des flammes. Sans doute se figurait-il que, vu qu'il s'unissait à ma famille, il avait pour obligation de faire le tri parmi les hommes que je côtoyais.

La frustration rampa lentement dans mon dos. J'avais une flopée de cousins, d'oncles et un frère caractériel – la dernière chose dont j'avais besoin, c'était d'un homme de plus qui interfère dans ma vie privée. Nicolas ne faisait sans doute rien à moitié, car même Benito ne prenait pas cette mine juste parce qu'un homme me tenait par les épaules.

— Du coup… je suppose que c'est non pour le Chinois ?

— Laisse-moi, Tyler.

— Très bien, convint-il en s'écartant, probablement découragé par ma brusquerie. À demain, Elena.

L'anxiété qui m'enserrait la poitrine se relâcha à mesure qu'il s'éloignait, sans pour autant disparaître. Juré, tous les hommes de mon existence étaient psychotiques. C'était dans des moments pareils que je la maudissais. Jusqu'à ce jour, je n'avais tenté d'y remédier qu'une fois. Quand j'avais eu le sentiment de n'être rien de plus qu'une belle fille enfermée dans un monde de sourires forcés, avec pour seul horizon un avenir maussade. Les fêtes, la danse, les rires outrés : tout cela avait explosé et m'avait projetée, seule pour la première fois, dans une ville que je connaissais mal. Il ne m'avait pas fallu longtemps pour réaliser que je n'y avais pas ma place, que j'étais déjà marquée par le cercle dans lequel j'avais grandi. Qu'un homme à la conscience irréprochable et aux mains propres ne me correspondrait pas. J'avais anéanti la vie d'un homme convenable, et s'il m'émouvait d'une manière qui était nouvelle pour moi, j'aurais aimé qu'il prenne moins de gants. J'avais déploré qu'il ne soit pas empreint de noirceur, comme les hommes de mon milieu.

Il était de notoriété publique qu'une femme ne tombe pas amoureuse d'un homme dans mon monde, notamment pas de celui qui se tenait en face de moi en ce moment même. Pas à moins de vouloir finir avec le cœur broyé. Non, je ne tomberais en aucun cas amoureuse. En réalité, je ne m'étais jamais attendue à ce que ça m'arrive. On ne pleure pas quelque chose dont on sait depuis toujours qu'on ne l'aura pas.

Au moins, cet homme n'était pas le mien. Il était trop déroutant, trop fascinant… je n'aurais eu aucune chance d'en réchapper.

J'ajustai la sangle de mon sac sur mon épaule et marchai vers lui, le cœur battant la cadence de mes pas. Je m'arrêtai à une bonne distance de lui. Avec cet air dans les yeux, mieux valait rester prudente.

— Votre papà sait que vous embrassez des hommes sur scène ?

Je vacillai, ma main moite resserrant ma bandoulière. Ainsi, Nicolas m'attendait depuis suffisamment de temps pour avoir assisté à la fin de la représentation. Mais où était passé Benito ? Son expression suggérait qu'il comptait me tordre le cou.

Mes pieds s'agitèrent.

— Je n'ai embrassé personne.

Techniquement, c'était un mensonge. Mais je devais m'en dissuader. Parce qu'après que Nicolas avait entendu Tyler m'inviter à sortir, et que, au demeurant, j'avais embrassé Tyler – eh bien, les apparences ne jouaient pas en ma faveur. Dans l'esprit des hommes de ma famille, je m'étais pour ainsi dire dénudée pour lui. *Psychotiques*, sans exagérer. Apparemment, cela s'appliquait aussi aux Russo.

Nicolas se repoussa du mur et avança à une trentaine de centimètres de moi.

— Ouais ? Éclairez-moi sur ce que vous trafiquiez, alors ?

Le feu me monta aux joues.

— J'étais la Mort. Je suçais… j'aspirais sa vie.

Possible que je m'explique maladroitement, considérant son expression furibonde. Selon moi, il tiquait sur « sucer ». Son regard infiltré sous ma peau me déconcertait.

— C'était complètement platonique, ajoutai-je.

Une lueur vacilla dans son regard.

— Vous avez posé vos lèvres, puis sucé celles d'un homme, ça n'a rien de platonique.

Il rendait cela obscène alors qu'il ne s'agissait que d'un baiser bouche fermée, sans émotion. La colère bouillonnait dans mes veines. Pour qui se prenait-il à dire qui je pouvais embrasser – Monsieur « Je couche avec ma belle-mère et les petites amies des autres » ?

La frustration se hissa dans ma gorge, annihilant toute réplique, en conséquence de quoi je me contentai de le dépasser en coup de vent. Il attrapa mon sac de sport sur mon épaule à l'instant où je passai à sa hauteur. En dépit du mécontentement dans ses yeux, il me suivit jusqu'à l'extérieur.

L'averse se déchaînait, à tel point que je battis des cils pour localiser sa voiture. Garée le long du trottoir, noire et rutilante. Pas question que je monte à bord ; j'attendrais Benito. Je restai plantée sur le trottoir pendant que Nicolas lançait mon sac sur la banquette.

Il claqua la portière puis se retourna pour me dévisager.

— Vous comptez rester là toute la nuit, ou grimper dans la voiture ?

— Où est Benito ?

Il ouvrit la portière du côté passager.

— Il a été retenu par une affaire avec votre papà.

Cela signifiait qu'un incident grave se produisait à New York ce soir. J'étais estomaquée que mon père ait mandaté Nicolas comme chauffeur, considérant son manque de confiance quand il était question de moi et des hommes. En prime, j'éprouvais un certain malaise à l'idée qu'il ait jugé bon que Nicolas me reconduise à la maison.

Je ne me sentais jamais en danger, et c'était sûrement sans importance, mais s'il existait une raison pour que Papà ressente le besoin de s'inquiéter de ma sécurité, j'étais heureuse qu'il ait choisi Nicolas. Ce type avait des ennemis à la pelle et était pourtant resté en vie jusqu'à aujourd'hui.

Malgré tout, à la perspective de me retrouver enfermée dans une voiture avec lui, mon ventre frissonnait d'anxiété. Je serais sûrement dans un état similaire juste avant de sauter d'un avion. Je ne savais pas pourquoi il suscitait en moi des réactions aussi viscérales. Cependant, mon aversion pour lui fut à son comble lorsqu'il aboya :

— Voiture. Immédiatement, Elena.

Je voulais le forcer à dire *s'il vous plaît*, mais quand mon regard percuta le sien, la tempête qui grondait dans ses yeux m'incita à me raviser au quart de tour. Je passai devant lui et m'installai dans sa stupide bagnole.

Ma frustration se combina à la tourmente. Que ferait-il de l'information sur Tyler ? Je ne pensais pas que mon père se soucie d'un baiser de scène, excepté que son bras autour de moi, son invitation à sortir… mon ventre fit un salto. Possible qu'il le prenne mal.

Je méprisais tellement Nicolas Russo à cet instant que je tentais d'ignorer le parfum viril et torride qui comblait la voiture. Bois de santal, peau récemment douchée, et un certain danger qui faisait dériver mes battements cardiaques entre mes jambes. Je m'appliquai à ignorer qu'il submergeait mes sens et embrumait les recoins de mon esprit. Il me monta à la tête aussi subitement qu'un shot d'alcool fort, ce dont je détournai mon attention en bouclant ma ceinture.

Quand, assis au volant, il referma sa portière, l'habitacle parut infiniment plus exigu. Assez silencieux pour que je discerne les battements de mon cœur et assez caniculaire pour que le chauffage semble tourner. Était-ce son corps qui dégageait toute cette chaleur ?

La pluie frappait le pare-brise, ruisselait sur la vitre et floutait le monde extérieur. J'étais seule avec lui dans un espace excessivement réduit. Fait qui résonnait dans mon esprit, chamboulait mon système nerveux.

Sans un mot, Nicolas rédigea un SMS. Probablement pour mon père. Je ne pouvais qu'imaginer qu'il disait quelque chose du genre : *Paquet bien réceptionné.*

Mes ongles creusèrent mes paumes.

D'ailleurs, comment étais-je censée m'adresser à lui ? Je n'avais jamais rencontré autant de difficultés à converser avec qui que ce soit auparavant, mais toutes pensées rationnelles s'envolaient sitôt du fait de sa proximité. Je n'arrivais même pas à le tutoyer.

— Nicolas, hésitai-je. Peut-être que nous sommes partis du mauvais pied… à l'église, le week-end dernier. Je n'avais pas l'intention de vous regarder méchamment, je vous assure.

Il me jeta un regard en biais. Une lueur d'amusement dansait dans ses yeux, bien que pas du genre classique. Cet homme assombrissait un peu tout.

J'eus le feu aux joues.

— Je souhaite m'excuser. J'avais des doutes à propos du mariage, mais maintenant… je pense que vous et Adriana serez… très bien ensemble.

Je m'obligeai à lui offrir mon sourire le plus charmant.

Je n'obtins pas la réaction escomptée.

Il laissa échapper un souffle railleur et balança son téléphone sur la console centrale.

— Ravi de l'entendre. Mais je dirai quand même à votre papa que vous entretenez une histoire de cœur avec un danseur.

Mon sourire se décomposa, mon ventre chuta.

Il inséra la clé de contact et démarra. Un morceau de métal passait en sourdine à la radio. Je ne pus m'empêcher de remarquer qu'elle était réglée sur la station qu'Adriana écoutait de temps en temps.

— Minute, m'empressai-je de dire, une main sur le levier de vitesse comme si je pouvais l'arrêter.

Son regard coula vers ma main puis sur moi, un avertissement qu'il l'ôterait lui-même au besoin.

— Croyez-moi si je vous dis qu'il ne se passe rien avec Tyler. Ce n'était même pas un baiser ! Je lui ai juste… pris la vie. C'était absolument platonique.

Derrière son mutisme, son immobilité suggérait qu'il fléchissait.

Je déglutis.

— Nicolas, soyez sympa…

Son regard se piqua de curiosité.

— Comment je m'appelle ?

Ma bouche s'ouvrit puis se referma. Hors de question que je le satisfasse. Nicolas Russo avait sa réputation. Nicolas Russo était un étranger. Nicolas était distant. Je refusais de l'appeler Nico. Son nom roulerait trop naturellement sur mes lèvres. Sa tonalité serait trop plaisante sur ma langue.

Au terme d'un silence tendu, il secoua la tête.

— Quelqu'un qui veut quelque chose essaye normalement de se montrer persuasif. Le B.A.-BA de la négociation.

Il dit cela comme si j'étais sotte et, irritée, je rougis.

— On ne négocie pas avec un tricheur.

Les mots quittèrent ma bouche sans que je puisse les retenir.

Il se passa la main sur le visage, effaçant une pointe d'amusement.

— Touché.

D'un regard oblique, il m'accorda son approbation, peut-être impressionné que j'aie le cran d'exprimer ma pensée. S'humectant les lèvres, sa voix grave la plus sérieuse m'enveloppa.

— Prouvez-le-moi.

Je fronçai les sourcils.

— Prouver quoi ?

— Que c'était platonique.

— Comment suis-je censée… ?

Une nuée de papillons envahirent mon ventre quand je percutai. Le choc de ce qu'il attendait de moi encombra l'espace aussi sûrement qu'un éléphant dans un magasin de porcelaine.

— Vous êtes sérieux ?

— Extrêmement.

À cet instant précis, sa réputation m'apparut clairement. Là où le meurtre de son cousin avait échoué. De même que les articles sur ses activités. Or, l'indifférence naturelle avec laquelle il me tendait un piège m'ouvrit les yeux.

Il attendait que j'affirme que c'était inapproprié. Après quoi mon excuse, à savoir que c'était platonique, serait pulvérisée en direct.

Je ne savais pas pourquoi il se souciait autant de Tyler, mais il m'était d'avis qu'il gagnerait un soupçon de fierté masculine à garder sa future belle-sœur à distance des hommes non italiens. Benito poireautait invariablement dans sa fichue bagnole. Qu'est-ce qui l'avait empêché de venir me chercher aujourd'hui ?

Pas question que je tombe dans son piège. Cela signifiait que ma seule option était de le mettre au pied du mur.

— D'accord.

Le calme de ma voix résonna dans l'espace étroit, comme si même l'air ne s'y était pas préparé.

Une infime lueur d'intérêt traversa le regard de Nicolas. Il frotta ses dents sur sa lèvre inférieure, peut-être surpris que je ne sois pas tombée dans le trou béant qu'il avait creusé pour moi. Son geste m'amena à fixer sa bouche. La chaleur se propagea dans mon ventre.

— D'accord, répondit-il enfin, son regard assombri sur les bords.

Quoi ?

Il pensait que je bluffais. Je ne bluffais pas – c'était lui qui était censé me faire un coup de bluff. Nicolas s'amusait avec moi. Il voulait me couvrir d'embarras. Ce qui se voyait à son apparente froideur. Elle déclenchait des brûlures de frustration à travers moi.

— D'accord.

Nous nous regardâmes fixement.

Nous n'étions pas plus disposés l'un que l'autre à convenir que nous avions bluffé. Moi, pour le bien de Tyler et lui, au nom de son ego démesuré. La gêne vibrait dans ma poitrine. J'avais peu de chances de m'en tirer à bon compte.

— Si je le fais, vous ne direz rien à personne ?

Je détachai ma ceinture de sécurité, mouvement suivi par son regard.

Soudain pensif, sa mâchoire vibrait, la tension de ses épaules indiquant que c'était la dernière chose dont il ait envie. Peut-être ne devrait-il pas sous-estimer ses adversaires. Son regard revint sur moi, un hochement de tête, et ces maudits papillons s'envolèrent dans mon ventre.

Je m'exhortais à en finir, mais les picotements de nervosité et d'attente sous chaque centimètre de ma peau ralentissaient mes mouvements.

Je posai la main sur la console, n'ayant aucunement l'intention de le toucher là où cela n'était pas nécessaire, et me penchai. Il m'observait avec le même air que s'il faisait la queue au service des cartes grises. Douze centimètres, dix, huit… je refermai la distance d'un bond.

Mes lèvres touchèrent les siennes, pendant que *Snap Your Fingers, Snap Your Neck* passait à la radio. Délicat et chaleureux, son parfum concentré m'engourdissait l'esprit. Je n'avais même pas bougé mes lèvres, les avais seulement pressées sur les siennes, pourtant un gémissement grimpait dans ma gorge. Je le gardai verrouillé à l'intérieur.

Je ne pouvais plus respirer, chaque parcelle de ma peau était attisée.

Tout comme avec Tyler, mais aussi très différemment, j'inhalai un mince filet d'air entre nos lèvres. Une, deux, trois secondes. Je dérobai son souffle, malgré cela la tête me tournait comme s'il me privait d'air.

Je n'entendais rien d'autre que le tambourinement de mon sang contre mes tympans. Ne sentais rien d'autre que la douceur de ses lèvres et les picotements sous ma peau. Une pression se révéla entre mes jambes.

Puis je fis ce que je n'aurais pas dû faire. Impossible de résister, ou même de penser à me retenir. Mes lèvres se refermèrent autour de sa lèvre supérieure, durant un instant humide et enfiévré. Je tirai à peine sur sa chair, un tout petit échantillon de ce que ce serait de l'embrasser réellement. Je m'écartai, retombai sur mon siège et regardai devant moi.

— Vous voyez, complètement platonique, dis-je timidement.

Un nombre excessif de secondes, son regard me transperça la joue. Sans doute était-il d'accord avec moi, étant donné qu'il redémarra et regagna la route.

13

« J'aime être moi-même. Le malheur ne vient jamais seul. »

Anthony Corallo

Nico

J'appliquais deux règles en toutes circonstances.

Ne jamais sortir sans mon calibre 45.

Et ne jamais me mettre dans une situation si je ne disposais d'aucun moyen de m'en extraire.

Je totalisais plus d'ennemis que le président des États-Unis et j'avais survécu aussi longtemps parce que je respectai ces deux règles simples. Je n'avais pas une fois été tenté de les transgresser – jusqu'à ce que je me retrouve enfermé dans une voiture avec Elena Abelli.

L'enseigne au néon de la station-service bourdonnait au-dessus de ma tête. La bruine transpirait d'un ciel noir sans étoiles, chaque goutte crépitant sur ma peau. J'étais littéralement en train de me consumer. Je retirai ma veste habillée et la jetai sur la banquette arrière. Tirai sur ma cravate puis m'appuyai contre la portière de la voiture. J'inhalai, le nez empli de pluie et d'essence, et écoutai les bruits de pneus sur la voie rapide.

J'aurais pu en rire, même si je n'étais pas du tout amusé. La plus infime interaction sexuelle que j'avais jamais partagée avec une femme me perturbait tellement que j'avais dû prétexter devoir faire le plein, afin de prendre l'air. La chaleur rampant sous ma peau, j'enroulai mes manches longues.

Elena Abelli qui appuyait ses lèvres sur les miennes constituait une infraction à la seconde règle. Je savais pourtant que je l'encaisserais difficilement, mais comme un crétin, j'avais laissé ma bite me diriger. Cela ne m'avait pas tué non plus, mais bon sang, ce n'était guère mieux. J'étais excité comme un ado en pleine puberté. Un désir charnel dans toute sa splendeur, tout ce qu'il y avait de plus aguichant et cuisant, inondait mes veines.

Je fichai une cigarette entre mes lèvres et enfonçai les mains dans mes poches. Je ne comptais pas l'allumer. Sinon, je serais forcé d'admettre qu'elle me déstabilisait, ce que je refusais de faire pour un baiser de niveau collège.

Je restai adossé à la voiture bien plus longtemps que nécessaire pour remplir le réservoir, à savoir avec l'équivalent de 5 dollars d'essence. Je réglai à la pompe – pas moyen de remonter en voiture à cause de cette satanée trique.

La bruine me rafraîchissait lentement, toutefois sans m'en rendre compte, je fus ramené au point de départ : ses lèvres satinées sur les miennes, son souffle rapide dans mes oreilles, sa langue brûlante et *moite* effleurant à peine la mienne, avant qu'elle s'écarte. Un truc de fou. La chaleur trotta directement entre mes jambes.

Je ne savais pas comment j'avais fait pour ne pas saisir sa nuque, l'attirer et glisser ma langue le long de la sienne pour goûter l'intérieur de sa bouche. Sur le moment, je ne l'avais pas vécu comme une envie, mais comme une *nécessité*. Et réaliser cela me donnait la force de me contrôler. Après la soirée de la veille, en particulier. Je la croyais matérialiste et superficielle, alors qu'elle regardait des documentaires, lisait des livres, était réservée. Je voulais savoir à quoi elle occupait ses journées, quels genres de pensées encombraient une si jolie tête.

Une portière se referma derrière moi.

Me retournant, je vis Elena me regarder par-dessus le toit de la voiture. Elle avait remonté ses cheveux en queue-de-cheval, du genre que je n'aurais jamais dû enrouler autour de mon poing. À présent, j'étais incapable d'oublier à quel point ils étaient soyeux.

Elle pencha la tête vers la station-service.

— Sanitaires.

Un hochement de tête, puis je lui tournai le dos, parce que la dernière chose dont j'avais besoin maintenant était d'admirer ses fesses pendant qu'elle s'éloignait. Elle portait des leggings – tout était dit.

Je l'avais sous-estimée. J'avais cru qu'elle refuserait de rejouer le baiser de théâtre, me laissant par la même occasion un argument valable de dédouaner son excuse « platonique ». En toute honnêteté, je ne me souciais pas de sa nature. Cela m'enrageait.

Je voulais la mettre au supplice après avoir passé la semaine entière à tenter de chasser son corps à moitié dénudé de mon esprit. Sauf qu'elle n'était pas mal à l'aise ; elle avait détaché sa ceinture et m'avait recadré. Platonique, à ce qu'elle prétendait, tandis que je n'étais pas loin de perdre les dernières miettes de sang-froid qu'il me restait pour la toucher partout où elle m'y aurait autorisé.

Merde, ce qu'elle était énervante – une petite nuisance qui s'était insinuée sous ma peau. Elle était supposée faire de la figuration, mais je ne pouvais pas empêcher mon regard de la localiser chaque fois qu'elle se trouvait dans la pièce.

Dans la bibliothèque, elle m'avait reluqué sans retenue, et clairement, cela me mettait sur les nerfs comme ce n'était pas permis. Aux limites du supportable, je l'avais défiée du regard, ce à quoi elle n'avait pas répondu verbalement mais avait continué à me regarder avec ses yeux d'une douceur infinie, les joues rosies.

Jamais je n'aurais cru que des rougissements puissent me faire autant bander.

À la regarder avec Tyler, je m'étais demandé s'il était celui dont elle était amoureuse. Elle n'avait pas hésité à m'embrasser pour le protéger. Mes mâchoires se contractèrent. Sa bague provenait d'un homme. J'aurais parié ma chemise là-dessus. Tyler ? Ou celui pour lequel elle s'était enfuie ?

Mais pourquoi je m'en souciais ?

Je n'avais pas l'intention d'adorer Elena comme toute la population masculine new-yorkaise. Resté en retrait, j'avais observé ces abrutis se languir de son attention. Je me passai la main sur le visage, ôtai la cigarette de mes lèvres et la replaçai dans la poche de ma chemise.

Alors que je revissai le bouchon du réservoir, mon attention s'égara jusqu'à Elena qui regagnait la voiture d'un pas rapide, le regard baissé.

Étrange. J'avais appris à décrypter le langage corporel au fil du temps. C'était un avantage d'anticiper que quelqu'un se prépare à vous tirer dessus en pleine réunion. Et la posture d'Elena déclenchait toutes mes alarmes. Évitement de mon regard, épaules crispées – elle était stressée.

— Elena, dis-je dans le but qu'elle me regarde.

Elle ne s'arrêta pas. Elle s'engouffra dans mon Audi et claqua la portière. La poitrine en feu, sans réaliser comment, je me retrouvai de son côté.

— Il s'est passé quelque chose ? demandai-je en ouvrant la portière.

Elle secoua la tête.

— Rien de spécial. On peut y aller ?

Peut-être que je l'aurais crue si elle n'avait pas été une boule de nerfs. Nan, même pas. Tout le monde savait qu'une femme qui répondait « rien de spécial » esquivait.

— Ouais.

Elle me décocha un regard, et là, je la tenais. Maintenant, je constatais le tourment dans ses yeux.

— Ouais ? murmura-t-elle.

— Ouais. Dès que je saurai ce qui est arrivé.

Soupirant, elle appuya la tête contre le dossier.

— Rien. Je veux juste rentrer chez moi.

Je m'accroupis et, d'un doigt sous son menton, tournai son visage vers moi.

— Je ne partirai pas tant que vous ne m'aurez pas dit ce qui s'est passé.

Ses dents mordillant sa lèvre inférieure, elle détourna les yeux.

— Je ne veux pas que vous en fassiez toute une histoire.

— Je ne le ferai pas.

Ça dépend.

— Promettez de ne rien faire.

— Promis.

Mensonge.

Ses yeux rencontrant les miens imprégnèrent jusqu'à mon torse.

— Le caissier… (Elle déglutit.) Eh bien, il m'a dit que je devais acheter quelque chose parce que j'avais utilisé les toilettes. J'ai répondu que je n'avais pas d'argent sur moi et…

Elle hésita.

— Bon sang, crachez le morceau, dis-je durement.

La colère serpentait sous ma peau, lentement mais avec *virulence.*

— Est-ce qu'il vous a touchée ?

— Non ! répliqua-t-elle trop promptement. Rien d'aussi grave… il a juste menacé de le faire si je ne dégageais pas.

Un calme funeste s'abattit sur moi.

— Vous déformez la réalité.

Elle rejeta sa tête en arrière pour repousser ma main.

Je la retins plus fermement.

— Où ?

Son regard contrarié se connecta au mien.

— Il m'a donné une tape sur la fesse en déclarant que j'avais un autre moyen de le payer. C'est bon, maintenant ?

Je dus prendre un instant pour ravaler ma rage bouillonnante avant de pouvoir former une phrase cohérente. Cette femme pouvait-elle aller quelque part sans que les hommes perdent leurs esprits ? Ma partie irrationnelle fut gagnée par l'agitation, martelant mon torse et secouant les barreaux de sa cage.

Je passai le pouce sur le petit creux de son menton.

— Avec quelle main ?

Elle ouvrit de grands yeux.

— Non, souffla-t-elle. Vous avez promis !

Sa voix était distordue par la rage qui s'accumulait en moi, cognant dans mes oreilles. Un voile rouge recouvrit entièrement ma vision. Je fermai les yeux, pris une inspiration chargée de vapeurs d'essence puis me redressai.

— Non, ne faites pas ça. S'il vous plaît, Nicolas, me supplia-t-elle.

— Je vais juste aller lui parler.

— Je sais bien que non…

Je fermai brutalement sa portière.

Un cri de frustration se fit entendre de l'intérieur.

Seul client à la pompe, un Afro-Américain faisait le plein de son vieux tacot. Un jerrican était posé sur le béton taché d'huile ; celui que je l'avais regardé remplir pendant qu'Elena se faisait *peloter* à l'intérieur. J'attrapai le bidon et me dirigeai vers les portes de la station-service.

— Qu'est-ce qu'vous fichez, mon gars ?

— Un conseil d'ami, dis-je sans me retourner. Je me tirerais d'ici si j'étais vous.

Il lui fallut deux secondes pour faire le rapprochement.

— Oh ! putain non, entendis-je derrière moi.

Une porte claqua, une voiture partit en flèche.

La lettre P de l'enseigne Pronto clignotait. Une clochette carillonna quand j'entrai dans l'épicerie violemment éclairée, dont le sol stratifié crasseux se décollait. L'employé feuilletait un magazine derrière la caisse. La quarantaine, le crâne dégarni. Sur son T-shirt rouge amidonné, David était inscrit en jaune.

— Il n'y a que vous ici ce soir ?

L'employé me jeta un coup d'œil, le bout d'un stylo pincé entre ses dents. Il le lâcha avant de répliquer avec un fort accent de Long Island.

— Ouais. Ça vous dérange ?

J'ignorai sa question et survolai ce trou à rats du regard.

— C'est joli ici. C'est vous, le propriétaire ?

Il baissa les yeux vers le bidon d'essence dans ma main.

— Ouais.

— J'imagine que c'est votre gagne-pain.

Son expression se crispa.

— Je ne sais pas ce que vous voulez, mais je ne suis pas intéressé.

— Pas les moyens de changer le sol, ni l'enseigne à l'extérieur. Je suis sûr que chaque centime sert à assurer votre quotidien. À votre femme… vos gosses peut-être.

Je dévissai le bouchon, puis versai du carburant sur le lino souillé.

Le pompiste lâcha son stylo et fit un pas en arrière.

— Qu'est-ce que vous fabriquez ?

— La fille qui était là à l'instant ? (Je secouai la tête.) Fallait pas la toucher, David.

De l'essence éclaboussa un présentoir de cartes postales.

— J'appelle les flics.

La voix de l'homme tremblait. Du coin de l'œil, je notai qu'il ne tendait pas la main vers le téléphone. Je constatai qu'il était concentré sur mon avant-bras – sur l'as de pique tatoué à l'intérieur.

Un souffle amusé m'échappa.

— Franchement, l'absence d'anonymat me gâche tout le plaisir. Je n'aurais jamais dû me faire ce tatouage.

— Je ne savais pas, bredouilla le pompiste. J'avais pas la moindre idée qu'elle vous appartenait !

— Je voulais ta main, dis-je en remontant l'allée, arrosant d'essence les rayonnages, les portes réfrigérées et les présentoirs de revues pornos. Tu parles d'un bazar, vraiment. Je n'ai pas le bon couteau sur moi pour la trancher correctement.

Le vendeur se leva, tétanisé et en nage.

— Tu as une assurance, David ?

Il déglutit.

— Évidemment.

Les vapeurs de carburant saturaient la station-service. Je lançai le bidon vide sur le sol et attrapai son briquet Zippo sur l'étagère. Non sans ironie, celui avec l'as de pique sur le côté. Je songeai un instant à son local, à sa catégorie.

— Une d'Hartford[1] ?

— Ou-ouais.

Je glissai une cigarette entre mes lèvres, un sourire sombre étirant les coins.

1. Hartford est surnommée la capitale des compagnies d'assurances en raison de sa principale activité économique.

— La réponse correcte est que tu *avais* une assurance.

— Attendez, implora-t-il. Putain, je suis désolé. Permettez que je présente des excuses…

Ses mots se fondirent en un bruit blanc dans ma tête, un gargouillis, un son agaçant. Devant les portes vitrées, j'allumai la cigarette à mes lèvres. L'extrémité rougeoyant, la nicotine fouetta mon sang.

Je posai mon regard indolent et tyrannique, celui qui était ma signature, sur le responsable pétrifié, aux yeux écarquillés.

— Si tu as une issue de secours, magne-toi.

Le temps d'exhaler un nuage de fumée, le pompiste s'évapora, dérapant sur l'essence d'un bout à l'autre jusqu'à la réserve. Juste avant qu'il pousse la porte, cependant, j'envoyai d'une pichenette ma cigarette sur le lino, priant en silence pour que David ne soit pas plus rapide qu'il en avait l'air.

La cloche retentit au-dessus de ma tête quand la porte usagée se referma derrière moi. Je plongeai mes mains dans mes poches. Le crachin me refroidissait le visage pendant que la chaleur des flammes me léchait le dos.

La cahute du Pronto s'illuminait comme un putain de sapin de Noël.

14

« Les mélodies que l'on entend sont plaisantes, mais celles que l'on n'entend pas sont plus plaisantes encore. »

John Keats

Elena

— Papà, j'apprécierais que la prochaine fois, tu envoies n'importe qui, littéralement *n'importe qui* venir me chercher, pourvu que ce ne soit pas Nicolas.

Je me tenais sur le seuil de son bureau, mon sac de sport sur l'épaule. Dès que Nicolas s'était engagé dans l'allée et que j'avais constaté que mon père était de retour, je m'étais éjectée de la voiture pour aller directement me plaindre.

L'incident m'avait suffisamment humiliée. Je n'étais pas le genre de fille qui espère être secourue ou vengée. Je voulais juste le rayer de ma mémoire. Ce qui était impossible étant donné que Nicolas avait incendié la station-service. Resteraient des débris calcinés (possiblement un *corps*) pour me le rappeler. Je n'avais pas vu l'employé s'en échapper. Bien sûr, c'était un sale type répugnant, mais méritait-il pour autant de périr dans les flammes ? Ma gorge se noua.

Papà posa son stylo et, pour la première fois depuis longtemps, prit son expression qui montrait que j'avais toute son attention.

— Pourquoi cela ?

Je croisai les bras et répondis simplement.

— C'est un psychopathe, Papà.

À point nommé, cette notion diffusa des picotements dans mon dos, et le regard de mon père s'égara au-dessus de ma tête. Apparemment, Nicolas entrait et sortait désormais de ma maison comme s'il était chez lui.

Je ne lui avais pas adressé un mot sur le chemin du retour, même s'il avait essayé d'entamer une conversation. Entre ses menaces envers Tyler, le presque baiser et la station-service en flammes dans mon rétroviseur pendant que nous redémarrions, j'en avais ma claque.

Depuis ce baiser, j'éprouvais un vif désir de recommencer, alors qu'il ne m'avait même pas touchée. Je détestais l'état dans lequel il me plongeait. Qu'il me fasse réaliser que j'avais gâché la vie d'un homme, sur la base d'une motivation insignifiante, dénuée de *passion*.

Papà assimila mes mots. Puis, à ma grande surprise, les sourcils arqués, il rit.

— Chapeau, Ace, c'est la première fois que ma fille porte de telles accusations. Qu'as-tu à dire pour ta défense ?

Nicolas se tenait si près que ma queue-de-cheval frôlait son torse. Aucune limite, notai-je avec agacement, cependant qu'en même temps, je m'évertuais à nier l'attraction enivrante qui me défiait de reculer pour que mon dos le touche.

— Le pompiste l'a pelotée, répondit-il d'une voix blanche. Alors j'ai incendié sa bicoque… et peut-être lui avec.

Le regard de mon père s'endurcit.

— Qui est assez idiot pour toucher ma fille ?

Oscar Perez, et tu continues de l'inviter à toutes nos réceptions...

— Plus personne, sauf s'il s'en est sorti.

— Bien, répliqua mon père. Espérons qu'il y est resté.

Pourquoi diable pensais-je avoir gain de cause ?

— Nico, nous devons discuter si tu as une minute. Elena, va voir comment se porte Benito dans la cuisine, assure-toi qu'il est encore en vie.

Mes yeux s'écarquillèrent.

— Pardon ?

— Il s'est fait plomber l'aile, hier soir. Mais peut-être que cela t'intéresse moins que de savoir qui te reconduit à la maison.

Rembrunie, je me retournai. J'étais tellement offensée par sa pique que j'en oubliais la proximité de Nicolas. Je me cognai contre lui, puis me stabilisai d'une main sur son ventre. La chaleur imprégna ma paume à travers sa chemise blanche. Une vraie chaudière. Mes doigts s'enroulèrent instinctivement contre ses abdos, avant que je m'écarte.

— J'ai un meilleur surnom pour vous : la Maladroite Abelli, lâcha-t-il avec une pointe d'agacement.

— Trop mignon.

Une amorce de sourire conciliant flotta sur ses lèvres, mais pour toute réponse, il saisit mon poignet et m'écarta grossièrement du passage avant de refermer la porte du bureau de mon père derrière lui.

Je chassai la chaleur irritante déposée par sa main et pris le couloir de la cuisine. Constater que Benito survivrait ne me prit qu'un quart de seconde. Poussant les portes battantes, je m'arrêtai brusquement devant la scène d'horreur que je découvris sans émotion.

Benito, appuyé au plan de travail, pressait un essuie-main sur son épaule, pendant que Gabriella, qui n'était même pas censée se trouver ici aussi tard, embrassait le coin de ses lèvres en lui susurrant des paroles inaudibles pour moi. Sûrement quelque chose comme « pauvre bébé ».

Bien qu'horripilante, ce n'était pas la scène qui me poussa à rebrousser chemin vers ma chambre. C'était plutôt sa main dans son pantalon. Mon cousin se faisait masturber dans la cuisine, et pour autant que ce soit peu hygiénique, je n'avais pas l'énergie de les expédier à l'hôtel.

Plus tard, étendue sur mon lit, je laissai mon regard errer sur le plafond, sur l'étoile phosphorescente solitaire qui restait de mon enfance. Parce qu'à chaque fois que je fermais les yeux, je ne voyais rien d'autre que des flammes dansant dans des iris ambrés.

Sitôt que je fermais les yeux, je ne sentais rien d'autre que les lèvres d'un homme prohibé sur les miennes.

— Je t'avais dit que nous n'étions pas obligés de partir, Benito.

— Je sais, et j'ai répondu que c'était sans importance, Elena.

Je retombai sur mon siège dans un soupir. J'avais tellement envie d'aller à cette fête au bord de la piscine, mais après la nuit dernière, je n'étais plus certaine que ce soit une bonne idée de passer du temps avec Tyler. Surtout maintenant que je savais avec quelle facilité Nicolas Russo torpillait la vie d'un homme en cinq minutes chrono.

Le paysage urbain, sous le soleil de 11 heures du matin, défilait en bande floue à travers la vitre tandis que nous roulions vers le centre-ville à vive allure. Benito conduisait avec son bras blessé, ses doigts battant la mesure sur le volant pendant qu'il chantait *How Deep Is Your Love* des Bee Gees. Comportement typique de mon cousin, sinon qu'il était atrocement silencieux depuis le départ… je l'examinai un instant et pinçai les lèvres.

— Es-tu sous antalgiques ?

Ses sourcils se rapprochèrent.

— Je n'en ai avalé que trois ce matin.

— Genre, juste avant de prendre la voiture ?

— Ouais, avec du jus d'orange.

Comme si ce détail était significatif. Je fermai les yeux. Benito était perché. Il savait sans doute que les antalgiques fournis par Vito, à fortes doses, pouvaient endormir un cheval, et il en avait pris *trois*.

Je me massai les tempes.

— Tu ne devrais pas conduire.

— Et ? souffla-t-il. Te laisser le volant ? Tu ne sais pas conduire.

— Non, j'allais dire que nous aurions dû rester à la maison.

Je m'en tins là, confuse de le voir prendre la sortie sur la voie express.

— Qu'est-ce qui te prend, Benito ? Tu ne peux pas sortir ici.

— Mais si. Le mariage, Elena.

Comment avais-je pu oublier ? Pendant que je remontais la rue des Russo pour la première fois, il commençait à devenir réel. Ma sœur épousait Nicolas. J'en avais la gorge serrée.

— Que faisons-nous dans ce coin ?

Je me sentais en excursion sur une planète, alors qu'il ne s'agissait que d'un quartier de New York que je ne connaissais pas. De quoi réaliser à quel point j'étais protégée. Les seuls pays que j'avais visités étaient l'Italie et le Mexique. Le premier, pour rendre visite aux parents de ma mère et à la famille ; le second, pour les vacances annuelles, qui cachaient tout de même des rendez-vous d'affaires de mon père avec les cartels mexicains.

— Je dois juste déposer quelque chose chez Nico.

Je déglutis, mettant toute ma volonté à passer en mode complaisant, mais je n'arrivai pas à contrôler l'impatience qui frémissait sous ma peau. Contrariée, je secouai la tête une fois. La vérité était que j'étais irrémédiablement attirée par le fiancé de ma sœur, que je l'apprécie ou pas. Et vraiment, je n'aimais pas du tout ce type. La perspective de l'apercevoir par la vitre de la voiture suffisait à me rendre nerveuse. Quand bien même cela m'insupportait, j'ignorais comment y remédier.

La ville se déroulait sous mes yeux à mesure que nous nous enfoncions sur le territoire des Russo.

Nous vivions dans un quartier chic et aéré de Long Island. Le seul voisin visible du jardin était Tim Fultz. Il dirigeait un cabinet juridique par lequel Papà blanchissait de l'argent ; aux dires de Benito, du moins. En outre, il était agréable. Notre voisinage était paisible et préservé, et je présumais que Nicolas résidait dans un coin similaire. À tort. Il habitait au cœur du Bronx, dans une maison en brique rouge dotée d'un petit porche blanc et d'une allée privée menant à un garage à l'arrière.

Benito remonta l'allée et se gara à côté de la voiture de Nicolas. La porte basculante du garage était relevée, laissant voir deux véhicules à l'intérieur, dont l'un avait le capot ouvert. Tous deux noirs, comme l'âme de Nicolas. Je n'y connaissais rien en voiture – qui pouvait me le reprocher ? Personne ne m'avait appris à conduire – mais je reconnus des voitures de collection. Une Gran Torino. Je le savais seulement parce que j'avais vu *Gran Torino* récemment. Benito avait pleuré, ce qu'il n'admettrait pas. Et comme voir un homme en larmes était triste au possible, j'avais aussi larmoyé.

Mon cœur bondit quand Nicolas se redressa, derrière le capot, en s'essuyant les mains sur un chiffon. Il portait un jean noir avec un T-shirt blanc uni. Je n'avais jamais vu un homme couvert de taches d'huile être si attirant. Je laissai ma tête partir en arrière contre le siège.

— Saloperie. Je pisse le sang.

Sans surprise, une auréole rouge tranchait sur la chemise blanche de Benito. Nous nous rendions à une fête au bord d'une piscine, mais il ne se baignerait pas et ne se dévêtirait pas davantage. Sinon, où rangerait-il son revolver ?

— Tu ne t'es pas fait recoudre ?

— Si, dit-il en retirant ses clés de contact. Mais j'ai déchiré deux points de suture.

— Comment tu as fait ? demandai-je bêtement.

— La faute de Gabriella, railla-t-il.

— À ce propos… (Je fronçai le nez). Tu peux éviter de faire ça dans la cuisine ?

Ses yeux se plissèrent, puis révélèrent de l'amusement quand il percuta.

— Je sais que nous avons tous nos bizarreries, Elena, mais tu es ma cousine. Trouve quelqu'un d'autre à mater.

Je levai les yeux au ciel, poussai la portière et descendis sans réfléchir. Je n'avais pas envie de rester dans la voiture surchauffée alors que ma peau était déjà plus brûlante que la normale à cause de la proximité d'une certaine personne.

Nicolas s'appuya contre le mur du garage, chiffon en main. Son regard trouva le mien, se froissa aux coins, avant de repartir vers Benito qui lui remit une enveloppe kraft. Assurément, ces hommes raffolaient des enveloppes en papier kraft.

— Dis, mon pote, je peux utiliser ta salle de bains ?

L'attention de Nicolas tomba sur la tache de sang, après quoi il acquiesça.

— Deuxième porte à gauche.

— Merci, fit Benito en s'enfonçant dans la maison.

Face à face, Nicolas et moi nous observions. Son regard se posa sur la bretelle de bikini blanc que je portais sous une robe de plage rose, associée à des sandales à semelle compensée. Un ensemble ravissant, qui ne me valut pourtant qu'un regard condescendant.

Renfrognée et sur la défensive, je croisai les bras.

Après un ultime regard, il retourna dans son garage. Je fixai son dos musclé sous son T-shirt blanc, jusqu'à ce qu'il plonge la tête sous le capot d'une voiture comme si je n'existais pas. Un hôte exemplaire, celui-là.

C'était l'une de ces journées où la chaleur ne laisse aucun répit. Nous avions joui d'un été doux jusqu'à ces derniers jours, mais à la veille du premier jour d'août, elle semblait nous écraser d'un coup. Un soleil implacable tapait sur nos têtes, au point de faire rougir ma peau mate pour peu que je reste un peu trop longtemps dehors.

Quelque chose dans la touffeur et dans le fait de voir Nicolas sécher son cou en sueur avec l'encolure de son T-shirt dispersait une brume torride dans les recoins de mon esprit.

Un ventilateur brassait de l'air près de la porte. Les échos d'un match de base-ball s'échappaient de la fenêtre ouverte de la maison voisine, et un petit téléviseur diffusait les informations dans l'angle du garage. Je souhaitais écouter les gros titres, mais le son était trop bas, et pour me rapprocher, il me fallait me tenir à moins de cinquante centimètres de Nicolas. Du coup, j'hésitai.

L'absurdité de mon comportement guida finalement ma décision. Les terminaisons nerveuses sensibilisées, je me faufilai derrière lui pour me rapprocher de l'établi en bois. J'attrapai la télécommande et montai le son, mais localiser le bouton du volume me prit un temps anormalement long. J'étais à l'unisson avec chaque mouvement, chaque bruit derrière moi. Connectée à lui par une sorte d'électricité statique. Une goutte de transpiration roula dans mon dos, la chair de poule recouvrit ma peau.

J'avais beau m'échiner à suivre le journal télévisé, c'était comme lire avec Nicolas à côté : utopique. Je rassemblai mes cheveux en queue-de-cheval en faisant semblant d'écouter les annonces de la présentatrice blonde.

Je pouvais sentir son regard sur mes omoplates nues pendant que j'enroulais l'élastique autour de mes longueurs. Essoufflée. Agitée. *Brûlante.* J'aurais dû aller à l'église aujourd'hui parce que c'était un péché de ressentir cela en présence de son futur beau-frère. Au lieu de quoi j'étais restée chez moi pour ne pas arriver en retard à la fête.

Mes ongles me piquaient les paumes. Pourquoi fallait-il que cet homme m'attire ? À choisir, j'aurais préféré craquer pour Tim Fultz, quinquagénaire marié. Peut-être que si je bavardais avec Nicolas, sa personnalité imbuvable affaiblirait cette étrange attraction. Ça valait la peine de tenter le coup…

Je me retournai et, appuyée à l'établi, j'ignorai la nervosité qui me gagnait à la perspective de papoter avec lui.

— C'est… joli chez vous. Très différent de ce que j'imaginais.

Au regard à la dérobée qu'il me lança, tout en s'affairant sous le capot de la Gran Torino, mon cœur eut un raté.

— Et qu'imaginiez-vous ?

Sous son attention, je déglutis. Quelques mots de lui m'exaltaient plus que de raison.

— Je crois que je m'attendais à quelque chose dans l'esprit… des flammes de l'Enfer.

Son regard trahit son amusement.

— Diable !

— Ou à des pièces capitonnées…

Il essuya sa joue avec sa manche, concentré sur sa besogne.

— Pour quelqu'un qui me prend pour un psychopathe, vous ne semblez pas avoir peur de vous retrouver seule avec moi.

— Je peux crier. Très fort.

Il me jeta un regard, comme si ma réplique recelait un sens

caché, comme s'il se préparait à m'entendre hurler. Ma respiration s'accéléra.

Les bruits du match de base-ball dans la maison d'à côté nous parvenant, je tournai les yeux à l'extérieur. J'avisai sa clôture grillagée, qui ne procurait pas d'intimité... bizarre, considérant ses activités.

— Vos voisins sont excessivement près, observai-je.

Une lueur amusée allégea son regard dur.

— Quoi ? Vous pensez que je dégomme des gens tous les midis ?

Je relevai une épaule, me mordant la lèvre inférieure.

Il m'examinait, et je faisais de même. Cet échange n'aidait pas du tout à saper son pouvoir d'attraction. Il était légèrement en sueur, taché de graisse, et tatoué. Rien de ce que je pensais apprécier avant cet instant. Cette étrange attirance s'infiltrait si profondément en moi que mes cellules enflaient en l'absorbant.

— Les seuls actes de violence que j'ai commis cette semaine tournent d'une manière ou d'une autre autour de vous, souligna-t-il.

— Vous faites référence à hier soir, quand vous avez promis de ne rien faire ? Est-ce un bon exemple ? dis-je avec douceur, la tête inclinée sur le côté.

— Ne m'avez-vous pas accusé de mentir, Elena ?

Comment se débrouillait-il pour que mon nom roule sur sa langue, grave et suggestif, puis ondoie sur ma peau dans un frémissement ? La chaleur s'accrut entre mes cuisses.

— Ne le dites pas de cette façon.

— De quelle façon ?

Le trouble m'envahissait.

— Vous savez pertinemment de quoi je parle. Arrêtez.

Il marcha vers moi, muni d'une pièce mécanique qu'il posa sur l'établi. Mon corps entier frissonna de le sentir à une cinquantaine de centimètres. Je me tournai dans sa direction et calai ma hanche contre la table. Je ne savais pas ce que je faisais, à le regarder bricoler, mais c'était presque… palpitant. Comme vivre sur le fil du rasoir. Qui à ma place aurait préféré faire le pied de grue dans la voiture ?

Il sélectionna une pièce de forme identique dans une caisse. J'avais du mal à croire qu'il se charge lui-même de ses réparations mécaniques. Sans doute que même les hommes comme lui avaient besoin d'un passe-temps.

— Que faites-vous avec Benito ?

L'intérêt perçait dans sa voix pourtant détachée.

— Nous allons à une *pool party*.

Il prit le temps de répondre :

— Chez Tyler Whitmore, j'imagine.

— Ouais…

Je m'arrêtai. Je savais bien que c'était louche que l'échange se déroule sans incident.

— Pourquoi connaissez-vous son nom ?

— On trouve tout ce qu'on veut de nos jours, Elena, répondit-il, une menace dans la voix, en s'essuyant les mains.

Voilà qu'il recommençait.

Mes dents se serrèrent.

— Je n'ai pas demandé comment mais *pourquoi*.

Son regard s'orienta dans ma direction, sévère et intimidant.

— Je vais me marier à un membre de votre famille. Vos faits et gestes me concernent maintenant.

— Absolument pas, contrai-je, les yeux plissés. La vie d'Adriana vous concerne, pas la mienne. J'ai déjà une ribambelle d'hommes dans ma vie.

— Ça vous en fera un de plus.

Ses mots étaient intenses. Fluides. *Sans appel.*

J'ouvris la bouche pour me défendre – lui dire que je le méprisais – mais avant que j'aie pu assembler mes pensées de manière cohérente, il reprit :

— Réfléchissez bien à ce que vous vous apprêtez à dire.

Je refermai la bouche. Il était si sûr de lui, imperturbable, pendant que mon ventre se tordait d'inquiétude pour Tyler. La dernière chose que souhaitait le commun des mortels, c'était apparaître dans le radar de Nicolas Russo. L'agacement éraflait mon épiderme. Il s'imposait dans ma vie comme s'il en avait le droit. Il en userait de manière catastrophique.

Je ne pouvais pas le laisser faire.

— Avez-vous toujours été aussi dérangé ? Ou votre penchant délirant qui veut tout contrôler est-il le produit d'un complexe d'infériorité ? raillai-je sur un ton mielleux, doucereux comme du *venin*.

Il continua à bidouiller sa pièce mécanique, son regard concentré comme s'il ne m'avait pas entendue.

Je devais admettre que vider mon sac me rassérénait. C'était même génial…

Bien vite, je reçus une douche froide quand il m'attrapa par la nuque pour m'attirer à trente centimètres de lui. La gorge nouée, mes yeux se fermèrent pour ne pas voir de quelle manière il me ferait taire. Tout ce que je sentais, c'était sa peau brûlante, la pression sur ma robe puis sa main qui quitta mon cou juste avant de disparaître.

Peu après, je rouvris les yeux pour constater qu'il s'éloignait, la pièce mécanique dans la main.

Je restai sur place, pétrifiée.

— Je n'y ai pas vraiment réfléchi, répondit-il tranquillement. Mais je crois que je suis né comme ça.

Sentant que quelque chose clochait, je baissai les yeux.

Mes lèvres s'entrouvrirent tellement j'avais du mal à y croire. Il avait cisaillé la lanière de mon bikini.

Je devinais que ce n'était même pas en représailles à mes propos ; il ne voulait simplement pas que je me rende à la fête.

La voix de Benito résonna dans le garage.

— Je me suis servi dans ton kit sous le lavabo pour rafistoler mes points. Ça ne te dérange pas, j'espère.

Je m'appliquai à retrouver mon souffle et à apaiser mes esprits pendant qu'ils discutaient. J'enlevai mon haut de maillot de bain sous ma robe, vu qu'il ne servait plus à rien. Je n'étais pas du genre à pouvoir me permettre de me promener sans soutien-gorge. Pas selon les critères de Benito, mais pas loin. Il me faudrait croiser les bras jusqu'à la maison, en arguant que ma bretelle avait lâché. Mon cousin me croirait, sans rien soupçonner. Les hommes ne se rendent jamais compte de rien.

— Tu es prête, Elena ? demanda Benito. En route.

— J'arrive.

Benito étant occupé à envoyer un SMS à côté de sa voiture, je lançai mon soutien-gorge sous le capot en passant devant Nicolas.

— Les psychopathes ne chérissent-ils pas les souvenirs ?

Juste avant que je quitte le garage, une minuscule touche d'amusement flotta sur ses lèvres et une main maculée de graisse se referma autour du tissu blanc.

Benito s'installa au volant, ses lunettes de soleil sur le nez.

— Désolé d'avoir été aussi long. J'ai failli m'évanouir en bricolant un point.

Comme je l'avais imaginé, il ne remarqua pas que mon soutien-gorge manquait. Donc il ne m'interrogea pas au sujet de la bretelle décousue. Il s'en tint à me reconduire à la maison. Mais peu avant la porte d'entrée grenat, il m'examina d'un air soupçonneux.

— C'est quoi, la trace dans ton cou ?

Passant la main dans mon cou, j'écopai d'une traînée graisseuse. L'embarras inonda mon corps.

— Hmm, aucune idée.

Il n'insista pas, n'entendit pas les ricochets de mon cœur contre mes côtes. Toutefois, quelque chose de sombre traversa son expression avant que je puisse m'échapper à l'étage.

Je n'avais pas demandé que Nicolas Russo, le fiancé de ma sœur, me provoque. Mais la triste vérité était que je craignais que Benito lise sur mon visage… à quel point cela m'avait plu.

15

« Je veux vivre ma vie, pas la documenter. »
Jackie Kennedy

Elena

Je commençais à croire que l'attirance était ma punition pour *LUI*. C'était le karma. Pendant qu'*il* me touchait, j'avais fait le vœu que ce soit quelqu'un d'autre, et ce quelqu'un s'était matérialisé sous la forme du fiancé de ma sœur.

Le reste du dimanche se déroula dans l'humidité, l'air conditionné et les cogitations. Avant lui, j'étais vierge, je n'avais même jamais embrassé personne. Un monde entier de désir sensuel et de sexe existait à mon insu jusqu'à ce que je déboule dans un immeuble de logements sociaux, donnant la main à un homme que je connaissais à peine. Il ne savait pas qui était la Douce Abelli et, pour moi, c'était tout ce qui importait.

En ressortant, mon cadenas sacré brisé et une bague de pacotille au doigt, j'étais une femme différente, avec une tache rouge ineffaçable et un désir plus profond et plus *obscur* dans mon âme. Une fois que l'on a posé le pied dans cette zone brumeuse et charnelle du monde, tout demi-tour est exclu. Le plus ingénieux étant que vous n'en aviez même pas envie. J'attribuai cela au fait que j'étais en train de perdre la raison.

Après avoir entendu mon futur beau-frère dans le vestibule, quelques minutes plus tôt, pendant que je triais mon linge pour tuer le temps, j'avais fait un détour pour croiser son chemin. Je n'avais pas besoin d'un verre d'eau, et encore moins de porter le plus petit short de ma penderie pour aller le remplir. Je n'étais pas loin de franchir la ligne, mais je ne savais pas comment m'empêcher de titiller les limites. Je comprenais mon attirance pour lui. Ses mains brutales, sa voix grave, l'autorité qui émanait de lui… il cochait toutes les cases dont j'avais besoin sans pour autant les rechercher.

Dès qu'il se trouvait dans les parages, un fil invisible me tirait vers lui, vibrant de la promesse d'un frisson si tant est que je m'abandonne à la force du mouvement. Avant lui, je ne savais pas que je manquais à ce point de maîtrise de soi. La partie qui me laissait un goût amer était que je n'avais pas le moindre désir de faire preuve de réserve.

Au moins je savais que je ne pouvais pas complètement dépasser la ligne. Encore heureux qu'il fallait être deux pour cela.

Je passai devant Nicolas, au téléphone dans l'entrée. Son regard remonta du carrelage à mes cuisses, jusqu'au short ridicule que je regrettai aussitôt, puis sur mon visage. Il me regardait comme si j'étais un chewing-gum collé sous l'un de ses somptueux mocassins. Comment pouvait-il m'attirer autant ? Mystère.

Depuis cette brève interaction muette, j'avais réfléchi à un plan visant à dépasser mon intérêt dévorant pour tout ce qui avait trait à Nicolas Russo.

Il m'était loisible de l'ignorer. Cela dit, j'avais testé et voilà où cela m'avait menée : dans la cuisine, à boire un verre d'eau sans avoir soif, vêtue d'un minishort facile à confondre avec une petite culotte.

Je pouvais aussi me confesser, et prier pour que notre Seigneur me vienne en aide, même si avec ma chance, père Matthews le rapporterait à mon père.

L'option la plus réalisable consistait à déplacer mon attention sur quelqu'un d'autre. Ce qui m'exposerait à des problèmes d'un genre nouveau, mais au moins je ne fantasmerais pas sur le fiancé de ma sœur. Le problème était que, si c'était possible, je l'aurais déjà fait.

Rongée par la frustration, je vidai le verre d'eau dans l'évier. J'étais ridicule. J'avais juste besoin de tirer un trait sur cette attirance. L'esprit plus fort que la matière. Facile, pas vrai ?

Tout compte fait, je n'avais pas tellement foi en moi. Si bien que lundi soir, alors que nous nous préparions à sortir dîner chez Don Luigi avec la famille Russo, je présentai une situation hypothétique à ma grand-mère. Je devais rester vague, sans quoi, perspicace comme pas deux, elle ferait illico le rapprochement.

— Nonna, commençai-je timidement, admettons que tu veuilles un… chien.

Installée dans la berline, elle fronça le nez.

— Je ne prendrai jamais de chien, je fais des allergies.

Assis entre nous, Dominic traitait ses SMS. Il était mon cousin le plus tranquille et taciturne. Et il fumait beaucoup trop d'herbe. Je la sentais sur lui en cet instant.

Benito conduisait, chantant *Rocket Man* d'Elton John, ses lunettes Aviator sur le nez, même si le soleil avait déjà plongé derrière les immeubles. À l'avant, Mamma retouchait son maquillage dans le miroir et se plaignait dès que Benito dépassait de plus de cinq kilomètres à l'heure la vitesse autorisée. Adriana nous suivait dans la seconde voiture avec Papà et Tony, bizarrement. J'étais sûre que mon père lui faisait la morale sur tout ce qu'elle n'était pas censée faire quand elle serait la femme de Nicolas.

— Nonna, imaginons que tu ne sois pas allergique, et que tu en veuilles un. Mais c'est le chien… de ton voisin qui te plaît.

— Il est hors de question qu'on adopte un chien, Elena, intervint ma mère.

— *Cazzo.* Je sais.

Je ne parlais italien que pour jurer. Très peu de gros mots sortaient de ma bouche, excepté *bordel*, *merde*, et parfois *cul*, surtout précédé de « trou du » depuis que j'avais fait la connaissance de Nicolas. Mais comme il s'agissait essentiellement de dialogue intérieur, ça ne comptait pas.

— C'est une hypothèse, dis-je. Alors, disons que le chien de ton voisin est… craquant et que tu as envie de le… ou de *la*, si c'est une chienne, garder pour toi.

— Je crois que, si je pouvais, je prendrais plutôt un chat, répondit Nonna en regardant le paysage défiler.

— D'accord, soupirai-je. Un chat. Tu veux le chat de ton voisin…

— Nous ne prendrons pas un chat non plus, Elena, martela Mamma.

Oh mon Dieu.

— Je sais. J'ai dit que c'était hypothétique…

— Pourquoi ça empeste la skunk ? s'interrogea Nonna, sourcils froncés.

Le regard sévère que Benito jeta à Dominic dans le rétroviseur ne m'échappa pas. Il n'était pas censé fumer de joints ; cela altérait l'esprit et ralentissait les réflexes. Papà pèterait les plombs s'il l'apprenait.

— Je sais, reprit Nonna en détachant une poussière sur sa jupe, c'est sûrement ton parfum, Celia. Il tourne au bout d'un moment.

Benito s'étrangla, et Dominic se passa la main sur son visage presque égayé, sans détacher son attention de son téléphone.

D'après moi, Nonna se plaisait à chambrer ma mère juste pour faire rire les garçons.

Mamma secoua la tête, projetant sans doute de boire pour cinq ce soir. Elle avait un faible pour le vin. Et les séries télé. Si seulement l'un de ses enfants avait joué au football.

— Alors, quelle était ta question, Elena ? Tu veux un animal ?

Nonna ouvrait principalement son sac pour picorer des friandises. Elle n'y rangeait que du chocolat et des mouchoirs en papier, qu'elle réutilisait à l'infini, comme si on n'en fabriquait plus.

— Elle n'aura ni chien ni chat, déclara ma mère avec fermeté.

Nonna se décala sur la banquette avec dédain.

— Tu sais que les animaux sont miraculeux pour les dépressifs. Peut-être que tu devrais t'inquiéter de la santé mentale de ta fille.

— Elle n'est pas dépressive.

— Elle veut un animal ! Dans la maison. Qu'est-ce qu'il te faut de plus ? Vraiment, Celia…

Je me fermais à leurs chamailleries comme on baisse le volume de la radio, jusqu'à ne plus entendre qu'un bourdonnement.

Selon toute vraisemblance, j'étais livrée à moi-même sur ce coup-là.

Des vues du Bronx en noir et blanc décoraient les murs. Des nappes à carreaux rouges et verts recouvraient les tables rondes. Un bar en bois courait le long d'un mur, que ma mère s'empressa de rejoindre. Dans les box, qui occupaient le côté opposé, quelques femmes de la famille Russo s'étaient rassemblées. Les appliques d'origine distribuaient une lumière dorée chaleureuse dans la salle. C'était le genre de restaurant où l'on dînait pour converser et s'enivrer, mais indécise, je restais près de la porte.

Je me trouvais sur le territoire des Russo, dans un de leurs restaurants.

Je ne me sentais pas dans mon élément, et à la façon dont mes deux cousins m'encadraient, scrutant la salle avec les mains dans les poches, ils n'étaient pas plus à l'aise que moi.

J'avais déjà fait la connaissance de quelques-unes des femmes installées dans les box, mais pas assez pour m'asseoir tranquillement avec elles, et il n'était pas envisageable que je me joigne aux hommes dans l'angle du bar. Je repérai Nicolas parmi eux ; il ne se démarquait pas seulement par sa grande taille mais aussi par sa simple présence.

La chaleur se répandit en moi dès que nos regards se croisèrent. Sa façon de me regarder me faisait douter de la décence de ma tenue. Il détourna son attention pour répondre à son interlocuteur, et j'expirai enfin.

— Qu'est-ce qui vous prend de bloquer le passage ? marmonna Nonna en nous écartant, Dominic, Benito et moi, pour entrer. Les enfants, de nos jours ! À force de tapoter sur leur téléphone à longueur de temps, leurs neurones pourr…

Sa voix s'estompa alors qu'elle se dirigeait vers une table pour s'asseoir.

Un courant d'air chaud caressa ma peau lorsque la porte s'ouvrit. Adriana apparut, l'air mécontent, ses yeux lançant des éclairs. J'examinai sa tenue : une robe-T-shirt jaune et des Converse noires. Un ensemble adorable, si ce n'est que nous étions à un dîner habillé, malgré la simplicité du restaurant italien. J'avais enfilé une robe longue noire pailletée, alors que je n'étais même pas la future mariée.

Son expression était un mélange à parts égales de fureur et de désespoir.

— Qu'est-ce qui ne va pas ? lui demandai-je.

Elle ouvrit la bouche, la referma, puis se précipita vers le bar, où elle hissa sa silhouette menue sur un tabouret haut. Mamma tenait un verre de vin devant ses lèvres à l'instant où elle vit Adriana. Ses yeux s'élargirent, son visage s'assombrit, puis elle secoua la tête comme si elle ne pouvait gérer ce problème dans l'immédiat, avant de déguerpir dans la direction opposée.

Me rapprochant du bar, j'interpellai le jeune barman en chemise blanche et gilet de costume noir, et commandai une bière. Mon choix lui fit hausser un sourcil.

Benito, de quatre ans mon aîné, veillait à ce que la bière ne manque pas dans le réfrigérateur du sous-sol. Je buvais en douce avec lui, à l'adolescence, alors que Mamma m'aurait réprimandée. Son goût me correspondait davantage que l'âpreté du vin. Sur le moment, je pensais commettre l'acte le plus scandaleux de toute ma vie. Ce que j'aurais aimé que ce soit vrai.

— Pourquoi la dinde a-t-elle traversé la route ? demandai-je sans regarder ma sœur qui cafardait en sirotant un petit verre de vodka.

J'ignorais totalement comment elle réussissait à avaler ça, et me demandai brièvement si ma mère avait eu une liaison avec un Russe. Auquel cas il serait aussitôt devenu un Russe mort.

— Pour prouver qu'elle n'est pas une poule mouillée, répondit-elle sur un ton sec.

Flûte. Celle-là, je la lui avais déjà sortie. Je lui avais toujours raconté des blagues idiotes quand elle était contrariée, mais cette fois, j'étais mal partie pour la dérider.

— D'accord, dis-je avant de placer la barre plus haut. Pourquoi les bananes mettent de la crème solaire ?

Elle ne répondit pas, but seulement un peu de vodka.

— Pour ne pas peler ! m'exclamai-je avec un tel enthousiasme que j'en eus mal aux tympans.

Avec un petit rire, le barman poussa la bière vers moi, sur le comptoir en bois laqué. Ma sœur, toutefois, ne cilla pas.

Je soupirai.

— Oh ! détends-toi, le barman la trouve marrante.

— Faux. Il veut juste coucher avec toi, contesta-t-elle sur un ton pince-sans-rire.

Mes yeux écarquillés se tournèrent vers le barman qui se tenait à portée de voix. Alors que je m'attendais à ce qu'il réfute, il ne fit que hausser une épaule, avec un sourire en coin, avant de servir un client.

Pour lorgner la fille d'un parrain, il fallait qu'il soit l'homme le plus courageux de la salle, ou le plus abruti.

Le feu aux joues, je secouai la tête à l'intention de ma sœur, puis bus au goulot. L'alcool était frais, désaltérant, avec une pointe d'amertume.

— Tu veux partager ton problème ou boire pour l'oublier ?

Je m'installai contre le bar, connaissant d'avance sa réponse.

— Boire pour oublier.

Donc, nous bûmes.

16

« Je ne vois rien dans l'espace d'aussi prometteur que la vue du haut d'une Grande Roue. »

E.B. White

Elena

La seconde bière qui tapissait mon estomac me montait à la tête.

Un peu éméchée, j'avais déjà troqué l'alcool contre de l'eau. Je ne buvais jamais beaucoup en public ; cela me déliait la langue, au point de redouter ce que je dirais ou ferais. Et si j'exprimais devant tout le monde le fond de ma pensée ? La Douce Abelli et l'alcool ne faisaient pas bon ménage. Je n'étais pas prête à plonger dans le monde les yeux fermés, en assumant pleinement ce que j'étais ; peut-être que je ne le serai jamais. Quand on est façonné et encensé pour correspondre à une certaine image depuis sa plus tendre enfance, il est difficile de s'en détacher.

Adriana ne partageait pas mon point de vue. Elle était ivre, pour le moins. Par chance, l'ébriété lui clouait le bec, même si elle mangeait nettement plus et avec moins de dignité que lorsqu'elle était sobre.

La famille, venue en nombre, remplissait presque la salle. Les

Russo étaient assis avec les Russo, et les Abelli avec les Abelli. Hormis Adriana qui se tenait à côté de Nicolas, avec ses oncles et leurs épouses. Je savais qu'il avait perdu sa mère à l'adolescence, et que son père avait été abattu lors d'une fusillade commandée par les Zanetti dans l'une de ses discothèques. Sans surprise, c'était parce que le père de Nicolas les avait doublés sur une transaction.

Cela me faisait tout drôle de ne pas avoir Adriana à notre table, mais après tout, dans moins de deux semaines, elle deviendrait une Russo. L'inconfort me noua la gorge.

J'étais attablée à côté de Tony, visiblement de bonne humeur. La main droite bandée, il ne cessait de me solliciter pour remplir son verre, lui passer ceci ou cela, couper son steak. Il me le demandait avec trop d'enthousiasme, comme s'il se délectait de cet état de fait. J'en vins à plaindre Jenny, infidèle ou pas.

Mes parents, Nonna, Dominic et Benito partageaient aussi notre table. Les hommes entretenaient une conversation monotone, qui tournait autour du travail. Papà détenait quantité d'établissements variés, aussi bien des clubs de strip-tease que des laveries automatiques, encore que ces dernières n'étaient probablement qu'une couverture pour l'emballage et la distribution de la drogue – ou en lien avec leurs paris sur les combats clandestins.

Gianna dirigeait la conversation dans la salle, invitant les Abelli à converser avec les Russo et vice versa. Elle ressemblait à Barbie aujourd'hui. Une robe rose à fines bretelles, queue-de-cheval haute, et maquillage rose poudré. Elle était charismatique, indépendante et maintenant que je la suspectais d'avoir couché avec Nicolas, je l'observais plus que de convenance. L'idée qu'elle sache comment c'était de coucher avec lui me fascinait. Mais bon, plus j'y réfléchissais, plus un sentiment étrange – une vague déplaisante non identifiée – louvoyait dans mes veines.

De la jalousie.

Voilà ce que c'était.

Je n'étais pas seulement attirée par lui, j'étais jalouse des femmes avec qui il avait eu des relations.

J'émis un grognement audible.

Tous les yeux autour de la table convergèrent dans ma direction, les fourchettes à dessert suspendues entre l'assiette et la bouche.

— Indigestion ? questionna Nonna.

— J'en ai peur, répondis-je sans réfléchir avant de repousser ma chaise. Je vais aux toilettes.

Je ne pris conscience de mes paroles qu'au moment de m'éloigner de la table, quand mon frère et mes cousins ricanèrent dans mon dos. *Ah les hommes…*

Entrouvrant la porte des sanitaires, j'entendis mon nom entre le bruit de l'eau coulant dans le lavabo et la chasse d'eau.

— Écoute, tout ce que je dis, c'est qu'elle est réputée pour être la Douce Abelli que tu vois là, mais en vérité, c'est parce qu'elle est gentille avec les hommes.

Un goût amer emplit ma bouche.

La voix appartenait à une Russo. Valentina. Mariée à un cousin de Nicolas, sans que je sache lequel. Grande, sculpturale, un pur physique de Sicilienne. Difficile à louper ou à oublier.

— Tu es jalouse parce que Ricardo a passé la soirée à la mater, répliqua une autre.

Peut-être Jemma, une cousine de Nicolas. À peu près mon âge, voire un peu plus jeune, des cheveux châtain clair et des yeux noisette. Je ne lui avais parlé qu'une fois mais elle avait l'air sympa.

— Je me fiche de ce que fait Ricardo. J'ai Eddie, rétorqua Valentina.

J'entendis les bruissements d'une main qui farfouille dans un sac, puis le silence, possiblement celui d'une séance de retouche de maquillage.

— Ils ont éliminé son amoureux. Un type de Staten Island. Tu l'ignorais ?

— Ils élimineront le tien aussi si tu ne la boucles pas, l'avertit Jemma.

Valentina eut un rire railleur.

— Ricardo ne me touche pratiquement jamais. Qu'espère-t-il de moi ?

— Stop. Je n'ai pas envie d'entendre réunis dans la même phrase toi, mon frère et le sexe.

— Compris, miss *Prude*.

Je laissai la porte se refermer sans bruit. J'ignorais que mon surnom était aussi populaire avant de faire la connaissance des Russo. Relayaient-elles la croyance populaire, à savoir que la Douce Abelli était une fille facile ?

J'en avais mal au cœur. Je me souciais peu de l'opinion des autres, mais cette rumeur me blessait cruellement. Un homme avait trouvé la mort parce que j'avais fait la bêtise de coucher avec lui, et maintenant je fantasmais sur le fiancé de ma sœur. Leurs verbiages me secouaient à point nommé.

Les filles sortirent des toilettes dans un nuage de parfum fraîchement vaporisé, sans remarquer que je me tenais dans l'ombre.

Je m'appuyai contre le mur, le passé remontant à la surface.

Je l'avais rencontré à une fête foraine.

Vent chaud, soleil et rires émanant de la Grande Roue tout là-haut. Les relents de chichis, de pop-corn et de barbes à papa. Du moins, c'est ce que j'imaginais vivre au cœur de l'été. Au lieu de quoi ce fut aussi creux qu'un sourire de la Douce Abelli. Rien que de la neige, du béton et le sifflement du vent polaire.

Il était agent de sécurité dans un centre commercial du coin, en plus de deux autres emplois à temps partiel nécessaires pour aider à subvenir aux besoins de sa mère et de sa sœur cadette, lesquelles galéraient sans doute pour s'en sortir tout en pleurant la perte d'un fils et d'un frère. La terrible vérité était que je ne connaissais même pas son nom. Comme je refusais de donner le mien, en souriant il m'avait répondu qu'il ne révélerait le sien que si je partageais le mien. Dorénavant, il n'aurait plus jamais la possibilité de dire quoi que ce soit à quiconque.

Il était blond, bourré de charisme et décontracté. Je ne savais pas qu'une telle légèreté était possible, ce qui m'avait charmée en un sens. Cependant, j'avais grandi et j'étais fermement implantée dans un tout autre monde. Un milieu qui avait mis fin à ses jours.

Plus acide que tout, la culpabilité s'estompait, comme l'image dans le rétroviseur d'une voiture qui s'éloigne.

J'appuyai ma tête contre le mur, le nez en l'air, et triturai la bague à mon majeur. *Il* me l'avait offerte pour rigoler. À présent, elle incarnait la promesse que je m'étais faite de me racheter. Et je ne l'ôterai pas avant cela.

Un éveil familier électrisa ma peau nue.

Je fis rouler ma tête sur le côté, et découvris Nicolas au bout du couloir, les mains dans les poches, son fameux regard lascif focalisé sur moi.

— Dire que je pensais ne jamais vous voir autrement qu'en rose.

Sa voix grave touchant mes oreilles, je frissonnai au son qui se répercutait dans le silence. *Ne jamais vous voir autrement qu'en rose.* Mon esprit transposa cela dans un cadre érotique. Où j'étais nue, et il m'examinait. Mes seins tendus, un filet chaud sillonnant langoureusement entre mes cuisses. Je déglutis, et contrôlai mon essoufflement.

Je portais rarement du noir, mais ce soir, je me sentais anxieuse. Peut-être parce que je savais qu'il serait là et que j'avais besoin de cette énergie nerveuse pour faire comme s'il n'existait pas. Il ne me voyait toujours qu'en blanc ou en rose, ce n'était donc pas étonnant qu'il me traite comme une bécasse. Mais je ne pouvais que m'en féliciter. Si la fascination avait été réciproque, cela aurait soulevé une pagaille sans nom, et il n'était pas question que je provoque un nouveau scandale. Plus jamais.

Toujours adossée au mur, je relevai ma robe pour révéler mes escarpins fuchsia.

Avec l'ombre d'un sourire, il passa son pouce sur ses lèvres, avant de remettre sa main dans sa poche. Des papillons s'envolèrent dans le bas de mon ventre. Si je me permettais de m'exprimer *très* grossièrement, ce serait pour décrire la portée de son charme. Il méritait un mot salace, sans quoi personne ne pouvait en saisir la magnitude.

— Selon vous, quel sens faut-il attribuer à Douce Abelli ? demandai-je avec prudence. Il fallait que je sache si l'intégralité de la Cosa Nostra me considérait comme une putain. Faire l'autruche n'était pas mon genre, quand bien même la vérité m'excédait.

Il arqua un sourcil, maintenant à une distance de trois mètres.

— Vous voulez me l'entendre dire ?

Je hochai lentement la tête, tirant ma lèvre inférieure entre mes dents.

À quel point était-ce affreux ?

Son regard se teinta d'un amusement sombre, quoiqu'une pointe d'amertume transparaissait.

— L'une des filles les plus douces à baiser.

Je cillai. Déglutis. Fis un *hmmm* pour camoufler mon souffle haletant. Il s'agissait juste de ce qu'il avait entendu dire, pas nécessairement ce qu'il croyait, n'est-ce pas ? N'empêche que je sentis une pression s'accumuler entre mes jambes. Ma robe me semblait abrasive et bouillante.

Cette attraction brûlait, et avant qu'elle m'effraie pour de bon, je devais le traiter différemment. Si je le considérais comme un membre de la famille – ce qu'il deviendrait sous peu –, peut-être qu'alors cela se dissiperait.

Je me repoussai du mur et marchai vers lui. L'atmosphère du restaurant vieillot était chargée. Je me demandai soudain si cette sensation était une simple réaction entre deux forces combustibles, ou si mon béguin s'était enfoncé si profondément dans ma peau que l'air devenait plus épais à respirer en sa présence.

Je répondis, après une exhalaison susceptible d'être identifiée comme du soulagement.

— Bon, c'est moins épouvantable que je ne l'avais supposé.

Je me tenais devant lui, assez près pour le toucher. Je me sentais plus importante chaque fois qu'il était là, comme si je bénéficiais de l'attention du garçon le plus populaire de l'école.

Le passé continuait de m'empoigner, assez pour que le présent semble facile et le courage aisé à trouver. Je me rapprochai et passai le doigt sur le contour du bouton de sa veste.

— Qu'ai-je dit sur les suppositions ?

Sa gravité habituelle était cette fois plus bourrue, et pas du tout amusée. D'une certaine manière, son tempérament exigeant, autoritaire embrasait mes joues. Cet homme disait aux autres quoi faire avec une facilité déconcertante, et il s'attendait à ce qu'ils obtempèrent. Il avait été nourri avec une cuillère en argent tout au long de son enfance.

— J'avais une bonne raison de craindre le pire.

J'enfonçai le bouton noir dans la boutonnière, détachant sa veste. Il m'observait, et chaque millimètre de ma peau me chauffait comme si je me tenais devant une cheminée.

— J'aimerais beaucoup entendre votre raisonnement foireux.

Son ton disait le contraire.

— Alors, que me voulez-vous ?

J'ouvris sa veste, révélant le gilet de costume noir qui moulait son abdomen et poursuivis :

— Vous venez juste vérifier comment je vais ?

— Votre sœur est ivre, vous l'avez encouragée à boire.

Ses mots étaient tranchants de sévérité.

— Oh ! j'ai des ennuis ?

Je glissai les doigts dans la poche de sa veste et dérobai une cigarette, que je savais rangée là. Je l'avais vu la prendre entre ses lèvres et la faire rouler entre ses doigts comme s'il essayait d'arrêter de fumer.

— Adressez-vous à mon père. Je suis une Abelli, pas une Russo.

Je m'apprêtai à me retourner quand il saisit mon poignet.

— Ne sortez pas seule.

— J'ai vu le personnel de cuisine sortir de ce côté.

Je tentai de me libérer mais cela ne fit qu'amener son attention sur ma main. Son regard s'obscurcit sur ma bague, comme s'il avait une folle envie de l'enlever. Étant donné que je l'en croyais capable, je repliai mes doigts pour la protéger. Dès que sa main lâcha mon poignet, je hâtai le pas vers la sortie de secours.

— N'allez pas dehors avec le personnel de cuisine.

Le traiter comme quelqu'un de la famille, disais-je ?

— Nicolas, trouvez quelqu'un d'autre à mener à la baguette…

Je me figeai, les battements de mon cœur ralentissant comme s'ils s'embourbaient dans la mélasse : il me tenait par la queue-de-cheval, m'empêchant de faire le moindre pas, comme au bout d'une laisse. Ma respiration se suspendit quand son torse se plaqua contre mon dos. Il était si chaud, si plaisant que j'aurais pu gémir pour autant qu'il me reste assez d'oxygène.

Il tira sans forcer sur mes cheveux, ma tête s'inclinant sur le côté, et ses lèvres effleurèrent le creux derrière mon oreille.

— Ne vous avisez pas de me donner des ordres.

Une envolée de frissons sur ma peau. Son ton rocailleux parcourut ma nuque avant de descendre le long de mon échine puis entre mes jambes. Par réflexe, mon dos se cambra.

— Vous ne sortez pas toute seule. Et pas avec le personnel de cuisine non plus.

Les paupières à demi abaissées et l'esprit embrouillé, il me fallut un instant pour tilter. Je clignai des yeux, m'efforçant de reprendre mes esprits.

— Avez-vous un briquet ?

Je sortirai, que cela lui plaise ou non. Ma question suggérait qu'il était invité à me suivre, même si je ne savais pas pourquoi. Cet instant prouvait que je n'étais pas capable de le traiter comme quelqu'un de la famille.

Tenant fermement mon poignet, il me pressa de faire un pas en avant. Sans doute avait-il lâché mes cheveux sans que je m'en aperçoive.

Quand il poussa la porte de la ruelle, l'air humide du mois d'août afflua sur mon visage. Je marquai une pause, hésitante.

Le dos contre la porte, il la tint ouverte et, les mains dans les poches, me laissa passer. Son regard était bordé d'un certain mécontentement, peut-être juste de l'agacement. Il n'avait pas envie de m'accompagner dans la ruelle.

La Douce Abelli en aurait tenu compte. Néanmoins, avec lui, rien ne m'obligeait à être cette fille.

Je sortis fumer avec Nicolas Russo.

17

« Les meilleures et les plus belles choses du monde ne peuvent pas être perçues par l'œil ni même être touchées ; elles doivent être ressenties avec le cœur. »

Helen Keller

Elena

Le passé était auréolé d'un charme simpliste dans mon cœur, mais ce n'était pas pour autant que j'étais aveugle à la beauté de la complexité de mon présent. L'expansion urbaine s'étendait jusque vers le ciel, sa pollution bloquant la vue sur les étoiles mais en dessous, la magie de l'humanité continuait d'opérer. Il y avait du bon dans ce monde, et il me semblait incompréhensible que la présentatrice blonde se concentre exclusivement sur les mauvaises nouvelles.

La ruelle était tranquille, le personnel de cuisine s'étant déjà dispersé. Les crissements des pneus, les klaxons et les sirènes entretenaient un bruit de fond constant mais, plus fort encore, il y avait les harmonies rythmées d'un saxophone.

Mes talons cliquetant sur l'asphalte, je fis quelques pas en direction de la musique. Une certaine réalité s'ancra en moi : je n'avais pas d'histoire d'amour ensorcelante à apporter à ce monde. La vérité la plus honnête était que je m'étais uniquement forcée à apprécier les fins tragiques, parce que je savais que la mienne serait sans comparaison.

La chaleur se déploya dans mon dos dénudé, le murmure d'une exaltation suivant de peu. Je me retournai et trouvai Nicolas si près de moi que je dus basculer la tête en arrière pour rencontrer son regard. Il prit la cigarette entre mes doigts, la planta entre mes lèvres puis, avec le clic métallique d'un Zippo frappé d'un as de pique sur le côté, la lueur hypnotique d'une flamme vacilla entre nous.

— C'est la dernière cigarette que vous fumez, appréciez-la.

Je souris, et alors qu'il l'allumait, j'inhalai lentement pour éviter de tousser comme une bleue, cette fois encore.

— Quelque chose de comique que j'aurais loupé ?

Un petit rire m'échappa.

— Oui. Vous.

Pensif, il reprit la cigarette entre mes lèvres, la plaça au bord des siennes et inspira.

La tête penchée, je le scrutai.

— Je peux vous appeler mon *fratello* maintenant ?

Je ne savais pas pourquoi j'avais dit cela, sinon que la question avait passé mes lèvres aussi naturellement que l'air. La nicotine diluée dans mes veines supprimait les filtres.

Il me regarda, recrachant un nuage de fumée au-dessus de ma tête.

Nous nous tenions si près l'un de l'autre que sa manche touchait mon bras. Si près que sa présence oblitérait la mienne. Ce qui ne semblait en aucun cas familial.

Il me tendit la cigarette.

— Non.

Un *non* ferme, pas ouvert à discussion.

— Pourquoi pas ? Vous le serez bientôt.

Sa mâchoire frémit.

— Je serai votre *cognato*, pas votre frère.

— Du pareil au même. Vous essayez déjà de me contrôler comme un frère.

Son expression me dit qu'il ne trouvait pas ça drôle et qu'il ne participerait pas à la conversation.

— Je vous autorise à me présenter comme votre *sorella*. Peut-être qu'une sœur, c'est ce qu'il vous manque pour comprendre que le monde ne tourne pas autour de vous.

Il laissa échapper un soupir amusé, qui sonnait plutôt comme s'il avait envie de me tordre le cou.

— Fumez votre cigarette en silence.

Je pivotai sur moi-même pour dissimuler l'absurde chaleur qui me montait aux joues et m'écartai de quelques pas. Le tintement atténué de mes talons en rythme avec la mélodie du saxophone était hypnotique. La nicotine se mélangeait certainement à l'alcool dans mon organisme. Ou peut-être que sa présence m'enivrait.

Me retournant, je focalisai mon regard sur lui.

— Ce n'est pas nécessaire de me baby-sitter, vous savez. Je me fais rarement agresser deux fois en un week-end.

Il s'adossa à l'issue de secours, son regard se teintant de sarcasme.

— Juste une fois, alors ?

— Juste une fois, répétai-je, un sourire aux lèvres.

— Je ne suis pas votre baby-sitter.

— C'est à s'y tromper.

Son expression se fit un peu plus grave. Je ne savais pas pourquoi je le titillais, sans doute parce que ma retenue habituelle avait été balayée par la dernière note du saxophone.

Son ton se fit brusque et cassant :

— Cessez de la ramener, sinon c'est moi qui vous agresserai.

Il ne l'entendait sûrement pas au sens sexuel, même si, de manière regrettable, c'est ainsi que je décidai de l'interpréter. Je rapprochai la cigarette de mes lèvres et inhalai. Son regard trouva le mien à travers le nuage de fumée.

— Je veillerai à informer mon prochain agresseur que seul mon *cognato* est habilité à m'agresser.

Les passants ne pouvaient pas rater la tension qui emplissait l'allée. Je pris une mine songeuse, même si mon cœur dansait la conga dans ma poitrine.

— De toute façon, je suis sûre que vous avez épuisé toutes vos méthodes destinées à briser la vie des hommes.

— Cela s'appelle un répertoire, Elena. On peut piocher dedans à l'infini.

— Hmm. Et quelle est la prochaine sur votre liste ?

— Qui est la victime ?

Sa voix était lasse, comme si nous causions météo pour la troisième fois.

Je haussai une épaule.

— Moi.

Malgré son regard glaçant, son ton demeura neutre :

— Le divertissement de la soirée serait de le voir se vider de son sang.

Rien dans son expression ne me disait qu'il exagérait.

— Ce ne serait pas une soirée normale avec vous, s'il n'était pas question de saigner quelqu'un. (Je marquai une pause.) Même si, je crois que vous avez bien agi lors du dernier dîner.

Un très léger sourire, bien que sombre, apparut sur ses lèvres.

— Je suppose que oui.

Des papillons se manifestèrent dans mon ventre. Ce sourire malicieux, de mauvais augure, était la raison précise pour laquelle les femmes en pinçaient pour les mauvais garçons.

Cazzo.

J'avais besoin d'air.

Me penchant, j'écrasai la cigarette sur le béton avant de jeter le mégot dans la poubelle du restaurant. Des mégots et des ordures jonchaient déjà la ruelle ; loin de moi l'envie d'y contribuer.

Comme Nicolas ne s'écartait pas de la porte, j'attendis devant lui. Il brandit son téléphone.

— Ma liste. Écrivez-la maintenant.

Stupéfaite, je regardai l'appareil puis lui.

Il avait l'air sérieux, et, franchement, avec cette attraction qui montait en spirale au point d'échapper à tout contrôle, sifflant sous ma peau comme de l'électricité, je n'avais pas l'énergie de me battre avec lui. Je m'emparai du téléphone et m'éloignai de quelques pas en arrière. Il me semblait incongru d'espérer me concentrer si près de lui.

Je déroulai ses notes et ajoutai la taille de vêtements, la pointure et même la taille de soutien-gorge d'Adriana. Il n'était pas du genre à négliger les détails. Pour la partie loisirs et passions, ce fut plus fort que moi.

Art dramatique

Films d'horreur cultes

Jardinage

Pas toi

Je souris, mais surprise par une notification, ces mots franchirent mes lèvres.

J'examinai l'écran.

Qui était-ce ? *Benito ?*

L'image montrait une femme, nue. Blonde, sourire lascif, forte poitrine.

Jenny.

Levant les yeux, je constatai qu'il attendait que je termine.

J'orientai l'écran vers lui. Son regard s'attarda un instant sur moi puis il consulta le message. Sans ciller.

— C'est la copine de Tony, accusai-je.

— Vraiment ?

Impossible de dire s'il trouvait ça drôle ou s'il était agacé. Ou s'il ignorait qui c'était, ou faisait l'idiot. Recevait-il tellement de photos de femmes nues qu'il ne pouvait les différencier ? La colère gronda dans ma poitrine.

— Ne couchez plus avec elle, dis-je froidement.

À présent, son regard noir était teinté d'amusement.

Je cramponnai le téléphone.

— C'est mal.

Il haussa une épaule.

— Un prêté pour un rendu.

Je laissai passer un instant.

— Vous n'avez pas une simple copine.

Vous avez une fiancée… même si cela ne revêtait guère d'importance pour un homme de ce milieu.

— C'est du passé.

Oh.

Un étrange inconfort s'enroula dans ma poitrine.

Je clignai des paupières, tentant d'y voir plus clair.

— Tous les deux, vous couchez avec les copines de l'autre dans quel but ? Pour vous venger ?

Pas un mot, mais son regard me dit qu'il ne répondrait pas.

— Il l'aime, Nicolas, qu'il le sache ou non.

Son expression se fit de glace.

— Vous êtes experte en amour, dites-moi. Grâce à votre expérience personnelle, peut-être ?

Pardon ?

Je plissai les yeux. J'ignorais à quoi il faisait référence, mais j'étais trop fâchée pour m'en soucier.

— Vous épouserez bientôt sa sœur, ce n'est plus équitable.

Je déblatérai, mais il n'y avait pas moyen que je le soutienne.

Son rire était sombre.

Il n'aimait pas que je prenne parti. Ou s'était-il figuré que je prendrais le sien ?

Une pensée soudaine, un besoin de savoir survint et passa mes lèvres inopinément.

— Serez-vous fidèle à Adriana ?

Mon cœur tambourinait à un rythme incongru. C'était la question la plus intrusive que j'avais posée à qui que ce soit, et celle-ci laissa un arrière-goût étrange, plein de regrets, sur ma langue.

Il me regardait sans détour, et bien qu'il n'apprécie pas ma question, il répliqua posément, sans s'énerver.

— S'attend-elle à ce que je le sois ?

Bien sûr que non.

Pas une seule femme espérait cela dans ce milieu – pas quand, pour un homme, aller dans un club de strip-tease était perçu comme une activité professionnelle. Pas quand l'argent et le pouvoir corrompaient. Pas quand les femmes comme Jenny se jetaient sur les hommes riches et attirants. Raison pour laquelle je ne voulais pas d'un mari aussi séduisant que lui. Il n'avait même pas d'effort à faire pour être infidèle – la tentation viendrait directement s'asseoir sur ses genoux.

Je secouai la tête, cette conversation jouant avec mes nerfs.

— Vous éludez. Répondez à ma question.

Peut-être que s'il le disait, s'il me montrait combien il était déloyal et malhonnête, je pourrais occulter ma fascination pour lui. J'étais plus intéressée par sa réponse que ma sœur ne le serait jamais.

Il se repoussa de la porte.

— Répondez à la mienne.

Je livrai une réponse calme et suicidaire.

— Je vous rendrai votre téléphone une fois que vous m'aurez répondu.

Son regard condescendant me consumant, il vint dans ma direction avec un minuscule mouvement de négation.

Le cœur bondissant, je reculai. Mon dos nu heurta le mur de la ruelle, et le béton frais diffusa un frisson le long de ma colonne. J'étais prise au piège, coincée, et suffisamment à bout pour ne plus avoir les idées claires. Je ne pensais même plus du tout.

Je fis glisser son téléphone dans le décolleté de ma robe.

Il se figea à deux pas de distance. Fixa son téléphone, là où il était retombé. Puis il se passa la langue sur les dents, avec l'air canaille de celui qui n'en revient pas.

— Vous pensez vraiment que je n'oserai pas le récupérer ?

Je n'aurais su justifier mon geste. Pour une fois dans ma vie, je priai pour que la Douce Abelli vole à mon secours. Pour commencer, avec ses manières calmes et réfléchies, elle ne se serait jamais retrouvée dans le pétrin comme moi en cet instant. Haletante, je déglutis.

— Ce serait inapproprié.

Nos regards s'abaissèrent au même instant, quand le téléphone chuta de ma poitrine à mon ventre, avant de se coincer dans les plis qui épousaient ma hanche. Son portable était coincé sous mon nombril.

Ses yeux remontèrent vers les miens.

— À ce qu'on m'a dit, embrasser est platonique ces jours-ci. Passer la main sous votre robe le serait nettement moins.

Mon bas-ventre frémit.

— Vous ne passerez *pas* la main sous ma robe.

— Trois secondes, Elena.

Une injonction succincte, irritée. Il m'accordait ce délai pour le lui restituer, je le savais.

En revanche, je ne savais plus ce que je faisais, ni quand j'avais soudain développé une pulsion de mort, toujours est-il que mon regard croisa le sien pendant trois secondes consécutives. Je repris sereinement et avec maturité :

— Vous n'avez pas répondu à ma question.

Son regard s'échappa sur les pavés, et quand il revint sur moi, animé de flammes, je sus que j'avais des ennuis. Un flot d'espérance se déversa dans mon système sanguin, mais l'embarras l'éteignit quand il couvrit la petite distance qui nous séparait encore.

Ses épaules bouchaient l'allée, sa présence massive ralentissant ma respiration. Il n'était pas tendre. Son regard noisette sur moi, il empoigna le tissu de ma robe à hauteur de ma cuisse et la remonta, et ce faisant me tira vers lui d'un coup sec.

Le poing serré, il releva ma robe le long de mes jambes. Chaque parcelle de ma peau grésillait, un douloureux désir s'éveillait dans le creux de mon ventre. Quand il entra en contact avec ma cuisse nue, je dus me mordre la lèvre pour retenir un gémissement. Sa paume rêche était assez chaude pour brûler. Mon dieu, un homme n'avait jamais senti aussi bon. J'avais envie de blottir mon visage dans son cou pour le humer davantage, et même entièrement.

J'avais conscience que je lui reprochais son infidélité envers Adriana, tout en fantasmant sur lui. Cette idée ne fut que fugace, chassée par sa présence, sa chaleur.

Sans que je sache s'il bougeait plus lentement, ou si ce moment était tellement intense que je le vivais au ralenti, le calme se fit, ma respiration saccadée emplissant désormais seule l'impasse. La petite brise qui se faufila dans l'espace réduit entre nous me fit prendre conscience que j'étais brûlante. Je n'avais jamais eu aussi chaud de ma vie.

Il accentua le contact, sa veste effleurant mes bras, sa montre froide sur la peau satinée de l'intérieur de ma cuisse. D'une main, il se tenait au mur près de ma tête, m'emprisonnant, mais ce qu'il ignorait, c'est que je ne voulais pas qu'il me libère.

Une fois qu'il eut touché ma peau nue, son regard se durcit, avant de s'abaisser avec ce qui semblait être de la réticence. Le désir inassouvi entre mes jambes pulsait. Je ne pus me retenir d'écarter les cuisses, de l'imaginer glisser une main entre elles. Me saisir à travers mon string. Le repousser sur le côté et introduire un doigt en moi. Les mains à plat contre le mur en béton froid, de part et d'autre de mon corps, un bourdonnement résonna dans mes oreilles.

Il crispa la mâchoire. Ses doigts agrippèrent l'intérieur de ma cuisse. Des étincelles couraient de sa main chaude à mon clitoris, tout mon sang bourdonnant dans cette partie. Il n'aurait qu'à passer la main sur le vêtement pour percevoir à quel point il me troublait et me faisait mouiller. La force de mon désir pour lui.

Mais il ne fit rien de tout cela.

Il se contenta de récupérer son téléphone.

Son pouce frotta la bande fine de mon string sur ma hanche, l'abaissant un peu avant que ses mains me quittent. Ma robe retomba dans un frottement sur l'asphalte, au moment où sa voix tonna près de mon oreille.

— Vous connaissez déjà la réponse.

Il s'écarta et inclina la tête vers la porte pour m'ordonner de rentrer, immédiatement.

Trop essoufflée pour faire quoi que ce soit d'autre, je m'exécutai, talonnée par le murmure d'un désir ardent.

18

« On ne m'assassinera jamais, personne n'oserait. »
Carmine Galante

Nico

Il n'y avait pas de meilleur endroit pour moi qu'au cœur de la Cosa Nostra. Comme la dernière pièce d'un puzzle, mon existence se mettait parfaitement en place.

Même si j'avais été le fils d'un avocat, d'un médecin ou d'un concierge, j'aurais trouvé le moyen de basculer du côté de l'illégalité pour faire la seule chose qui me plaît : arnaquer.

J'étais le fils d'Antonio Russo, c'est pourquoi j'étais particulièrement doué dans mon job. Mon papà aimait répéter *Non può provare il dolce chi prima non ha provato l'amaro* (« qui n'a pas goûté l'amertume ne peut apprécier le sucré »). C'était sa façon de me dire qu'il n'y avait pas la place pour les regrets dans ce monde, qu'un homme devait goûter l'amertume avant de pouvoir apprécier la douceur.

Je l'avais entendu à sept ans, devant le premier cadavre que j'avais vu : les yeux ouverts, dans une mare de sang sur le sol d'un entrepôt.

Dans mon métier, les regrets se trouvaient à la pelle. Ils s'entassaient, chacun érodant la détermination d'un homme. Je ne versais pas dans le regret, si bien que jusqu'à récemment, un seul me poursuivait. Je regrettais le temps où Gianna était encore mariée à mon père. Plus récemment, et plus encore que cela, je regrettais d'avoir signé pour Adriana.

Je voulais sa sœur.

Dans mon lit.

Contre un mur.

Agenouillée.

J'avais involontairement dépassé une limite susceptible d'annuler le contrat, ce qui n'était pas surprenant. Ma famille était réputée pour rompre les contrats – en fait, c'est ce qui avait conduit mon père à sa perte. Pas la meilleure motivation qui soit, mais je ne craignais pas les Abelli. Je n'avais peur de rien, en toute sincérité, ce qui finirait probablement par causer ma disparition.

Je convoitais Elena Abelli, et entamer une vendetta dans l'objectif de l'avoir s'apparentait un peu moins à une mauvaise idée à chaque fois que je la voyais. Cependant, je n'appliquerai pas le plan tordu généré par mon esprit.

Je voulais son corps.

Pas l'épouser.

Ma concubine était censée n'être qu'une femme respectable qui me donnerait des enfants. Pas une femme qui me fascinait au point de m'embrouiller la tête. Dans cette vie, je ne pouvais pas me permettre de me laisser distraire. Je ne voulais pas m'attacher. Or elle semait déjà la pagaille dans mes pensées.

Toutefois, même si c'était regrettable, je ne pouvais m'empêcher de m'intéresser à chacune de ses paroles. À tel point qu'elle ne pouvait pas faire un geste sans que je le remarque, en dépit de mes meilleurs efforts pour me maîtriser.

Je ne savais pas pourquoi elle s'exprimait avec autant de liberté et d'opiniâtreté avec moi, même si cela tenait sûrement au fait qu'elle me considérait comme un fichu *frère*. Si seulement elle savait que, lorsqu'elle me tenait tête, j'avais envie de poser ma main sur sa bouche, de la plaquer dos au mur puis de contempler ses yeux sous le choc, pendant que je glisserais la main sous ce petit string rose qu'elle portait aujourd'hui. *Rose*, putain. Pour une étrange raison, en découvrant ça, mon sang-froid avait été mis à rude épreuve.

Si j'avais commencé, je n'aurais pas pu m'arrêter.

Je l'aurais pénétrée contre le mur de l'impasse et j'étais tenaillé par le sentiment que cela n'aurait pas suffi. Le sang des Russo coulait dans mes veines. Il avait ses exigences, que le reste aille au diable.

Le clic de la porte de l'impasse se refermant derrière moi m'arracha à mes pensées. Je reboutonnai ma veste et suivis Elena dans le couloir, sa queue-de-cheval noir à portée de main. Quand elle avait pivoté sur elle-même dans la ruelle, ses cheveux soyeux m'avaient fouetté le torse. J'avais dû me rappeler que ce n'était pas une laisse, car depuis que je l'avais empoignée, je rêvais de la traîner par les cheveux jusqu'à mon lit, que cela lui plaise ou non.

L'échancrure de sa robe révélait sa douce peau hâlée, le dos n'était couvert que par de fins croisillons. Le tissu noir soulignait le galbe de ses fesses, laissant peu de place à l'imagination quant à leur apparence sans vêtement.

Bordel, tout ce que je pourrais faire à ce cul.

Ça n'aide pas de penser ça, Russo.

Je forçai mon regard à se détourner et ignorai la chaleur qui galopait vers ma queue.

Sans m'adresser un mot, elle rentra dans la grande salle et marcha vers sa sœur et leur grand-mère, qui s'amusaient à crayonner un jeu offert avec le menu enfant.

L'ambiance était légère, les bavardages amicaux, ce qui aurait dû me soulager – mais, en vérité, j'aurais été heureux qu'il y ait un peu d'animosité. J'étais à cran, les épaules tendues par une pulsion sexuelle refoulée.

Tony, assis dos à moi, riait avec ses cousins. Nous ne nous étions pas adressé la parole de la soirée. Comme je savais qu'à l'avenir, il faudrait qu'on s'accorde, j'avais invité ce crétin au dîner. À ce moment précis, avec l'insatisfaction qui piaffait sous ma peau, je m'en félicitai.

Je me rapprochai du bar et pris place à côté de Luca. J'avais besoin d'un verre. Rien qu'un, pour m'apaiser. La dernière fois que je m'étais soûlé c'était il y a six ans, et j'avais fini au lit avec ma belle-mère. Je n'avais pas oublié la leçon.

Luca m'examina d'un air joyeux en buvant un peu de bière. Il savait apparemment que je désirais Elena, comme à peu près tous les New Yorkais. C'était plus divertissant, supposai-je, parce que je ne cachais pas le peu d'estime qu'elle m'inspirait avant même de la rencontrer.

— M'emmerde pas, crachai-je, les dents serrées.

Son gloussement resta discret.

Peu après, je sirotais mon whiskey en écoutant vaguement mon cousin Lorenzo parler du cheval sur lequel il avait parié trop d'argent.

— Crois-moi, les probabilités sont encourageantes…

Sa voix s'estompa, son regard fixé sur ce qui devait être une fille derrière moi.

— Punaise, je veux épouser cette fille.

Une vague d'agitation me parcourut parce que je savais de qui il parlait, mais je me bornai à faire tourner l'alcool dans mon verre avant d'en boire une rasade.

J'entendis Elena rire doucement à quelque chose que Tony avait dit derrière moi. Rongeant mon frein, je déglutis. Elle était d'une loyauté sans faille envers son abruti de frère – celui qui aurait pu lui coûter la vie. Mes dents claquèrent.

Il me fallait un exutoire sous peine d'exploser.

C'était soit me battre soit baiser. Et comme je savais que le second serait imprégné de tout ce qu'était Elena Abelli, je devrais me contenter du premier.

Je repris mon téléphone dans ma poche.

Transférai la photo de Jenny à Tony.

Et patientai.

En toute honnêteté, elle n'avait jamais été ma copine. Elle était plus précisément une partenaire sexuelle régulière, ce qui se rapprochait le plus d'une petite amie par rapport à tout ce que j'avais connu à ce jour. Elena ne m'aurait sans doute pas accordé sa compassion en sachant cela, donc j'avais… raconté un bobard, comme le *tricheur* que j'étais. Tony avait couché avec Isabel, s'assurant que je l'apprendrais, raison pour laquelle, par principe, j'avais couché avec Jenny. C'était tellement simple que c'en était embarrassant.

Je n'avais pas eu de contact avec Jenny depuis un an. Eu égard à son récent message, je présumai que Tony ne la satisfaisait pas aussi bien avec sa main gauche qu'avec la droite.

— Euh, Ace…

Je fis tourbillonner mon whiskey.

— Laisse faire.

— Comme tu voudras, chef.

Lorenzo fit un pas en arrière.

Luca secoua la tête et déserta son siège.

Je n'aurais pas dû. Je n'étais pas du genre à semer la zizanie en public. Mais si je m'étais abstenu, je n'aurais plus répondu de moi. Si je tombais encore une fois sur Elena Abelli au cours de la soirée… je partirais en roue libre.

Une vague tension parcourut soudain mon dos avant qu'une douleur sourde éclate sur le côté de ma tête.

— Tony !

Celia poussa un cri de surprise en même temps que le verre à fond épais claquait sur le sol.

Le silence s'abattit sur la salle.

Un coin de mes lèvres se redressa malgré moi.

Heureusement que cet imbécile était téméraire.

19

« L'imperfection est belle, la folie est géniale, et il vaut mieux être absolument ridicule qu'absolument ennuyeux. »
Marilyn Monroe

Elena

— *Stupido !*

Mamma le répéta par trois fois, sa voix tombant dans l'oreille d'un sourd, avant de marmotter en italien que tous ses enfants étaient des imbéciles en quittant la cuisine.

— Putain, Elena, arrête.

Tony grimaça.

Je soulevai la boule de coton posée sur la vilaine entaille sur son visage.

— Tu es capable de frapper Nicolas avec une main blessée mais pas de supporter les picotements du désinfectant ?

Dire que je l'avais attendu toute la nuit alors qu'il était en mesure d'envoyer des uppercuts à pleine puissance. Il le regrettait à présent, à en juger par son air tendu et le sang qui suintait à travers le bandage autour de sa main.

Mon dieu, il avait une mine atroce.

Il n'y avait rien de plus effroyable que regarder deux hommes se rouer de coups jusqu'à finir à moitié mort. Surtout quand vous ne saviez plus qui vous vouliez voir gagner. Tony… n'est-ce pas ? Je déglutis, prise de l'impression d'être une traîtresse.

Après que Tony avait fait éclater un verre sur le crâne de son futur beau-frère, ce dernier avait enroulé le bras autour du cou de mon frère et l'avait projeté à terre. Le violent bruit sourd se répercutait encore dans mon esprit.

Nonna avait relevé les yeux de sa partie de tic-tac-toe qu'elle disputait avec ma sœur et soupiré.

— Enfin un peu de divertissement.

Adriana avait bu un peu de vin, son expression s'éclairant enfin après je ne sais quelle sombre nouvelle reçue un peu plus tôt, et bizarrement, avait parié 50 dollars sur Tony avec ma Nonna. Apparemment, Nicolas était une partie de la raison de sa contrariété.

Papà s'était simplement rassis pour observer la scène, tout comme les oncles de Nicolas. Personne n'intervenait, et à ce que j'en savais, ils étaient bien partis pour combattre à mort. L'idée s'était installée dans mon estomac, dérangeante au point que regarder m'était devenu insupportable. J'avais dû sortir patienter devant le restaurant avec Dominic.

Je ne savais pas précisément ce qui avait déclenché la rixe, mais j'imaginais que Tony avait su pour la photo, ou Jenny avait admis avoir récemment couché avec Nicolas.

Des traces rouges barraient le torse nu de Tony, des hématomes apparaissant sur ses côtes et dans son dos. Du sang suintait d'une vilaine coupure sur son visage, de son nez, de sa lèvre et maculait son torse. Et ça, c'était la conséquence.

Il se recula sur le tabouret haut, chaussé et en pantalon de costume, et composa un SMS.

— Avec quoi t'es-tu ouvert ?

Je me demandais comment une plaie aussi irrégulière, allant du coin de l'œil à la racine des cheveux, avait pu être produite par un coup de poing. Cela dit, la bagarre avait été sauvage comme s'ils avaient tous deux économisé leur agressivité pour ce moment.

— Un pied de chaise cassé.

Mes yeux s'arrondirent.

— Il t'a frappé avec un pied de chaise ?

Mauvais joueur…

— Ouais. Après que je l'ai tapé avec.

Oh.

En vérité, je ne savais pas pourquoi je m'embêtais à soigner Tony. Il n'était pas le meilleur des frères dernièrement. Cela me faisait me sentir comme une idiote, mais d'aussi loin que je me souvienne, j'avais toujours eu le gène de mère poule dont je ne pouvais me défaire. J'avais envie de porter secours. Je ne savais pas de qui je la tenais. Pas de ma mère et, considérant que Nonna ouvrit la porte de la cuisine du bout de sa canne puis remercia Tony de lui avoir fait gagner 50 dollars, pas d'elle non plus.

Ma peau bourdonnait à cause de l'irritation que j'avais éprouvé pendant cette soirée. Il fallait que je m'occupe, sans quoi des pensées de *lui* rejailliraient, et je recommencerais à m'embraser de partout. Et, pour être claire, c'était au *mauvais* lui que je pensais.

Je croisai les bras, toujours en robe et escarpins.

— Dis donc, tu as placé quelques coups ? Parce qu'à te voir, on jurerait que tu as été le plus touché.

Il me décocha un regard sarcastique avant de reporter son attention sur son téléphone.

— Je lui en ai collé un bon nombre.

— Par pitié, dis-moi que tu n'écris pas à Jenny.

— Je n'écris pas à Jenny, répondit-il sèchement.

Il écrivait à Jenny.

— Vous êtes deux infidèles. Ne crois-tu pas que ce n'est pas la relation la plus saine qui soit ?

Il posa son téléphone sur l'îlot et se passa la main dans les cheveux.

— Je l'aime, Elena.

Une petite boule me noua la gorge.

— L'amour ne suffit pas toujours, Tony.

— Bien sûr que non, admit-il avec sérieux.

Je crus que pour une fois nous allions avoir une conversation intelligente et significative, mais il rouvrit la bouche.

— Il faut aussi que ça se passe bien au lit.

Je soupirai.

Hilare, il se frotta le torse, étalant du sang sur sa peau.

— Tu es une gentille sœur, Elena. Viens faire un câlin à ton grand frère.

— Sûrement pas, protestai-je. Tu es couvert de sueur et de sang.

— Un câlin. C'est le moins que je puisse faire.

— Le moins que tu puisses faire c'est d'éviter… non, Tony, arrête !

Il m'étreignit, me pressant contre son torse, en essuyant sa saleté partout sur moi. Je râlai, plissai le nez et me débattis.

Il retient son souffle.

— *Putain.*

Je m'immobilisai.

— Qu'est-ce qui t'arrive ?

— Côte cassée, je pense.

Je grimaçai et m'écartai à l'instant où Papà poussait la porte de la cuisine. Il jeta un œil à ma trousse de secours sur le plan de travail, puis me toisa d'un air réprobateur qui m'interdisait de protéger Tony. Son attention se tourna vers son fils, il le scruta de ce regard critique qui était sa spécialité.

— Regarde-toi, une vraie épave.

Tony eut un petit rire.

— Merci, P'pa.

La porte se referma dans un claquement, puis la voix paternelle filtra à travers le battant.

— Dans mon bureau, *tout de suite.*

Pas le moins du monde fatiguée, mon cerveau tournant encore à plein régime, je montai dans ma chambre d'un pas traînant. Pendant que l'eau chaude se déversait en cascade sur ma peau, je me demandai si Nicolas était blessé. Qui nettoyait ses plaies ? *Gianna ?* Un poids désagréable écrasa ma poitrine.

Étourdie et agitée, je démêlai mes cheveux mouillés puis enfilai une petite culotte et un T-shirt moulant affichant « Dors encore, je mords. »

De mon lit, j'entendais le groupe gothique Type O Negative qui s'échappait de la chambre d'Adriana et parvenait jusqu'à moi. Une gentille sœur aurait cherché à savoir pourquoi Adriana était contrariée, mais je commençais à me découvrir égoïste. Je fermai les yeux, souhaitant pouvoir actionner un interrupteur susceptible de me délester de cette attirance pour son fiancé.

Quand je les rouvris, je la sentais toujours – une fascination aussi profondément ancrée dans ma peau que si elle avait toujours été là, en sommeil. Ma respiration s'accéléra pendant que je revivais la soirée : sa présence effleurant la mienne, sa voix grave dans mon oreille, sa main sur ma cuisse, relevant ma robe toujours plus haut.

La chaleur se répandait entre mes jambes, laissant un tel vide derrière elle que je craignais qu'il ne soit le seul à pouvoir le combler.

J'étais mordue.

Méchamment mordue.

Je désirais cet homme comme jamais je n'aurais cru possible de désirer.

Repoussant le duvet, je me levai et marchai vers mon dressing. Je pris le briquet Zippo dans ma pochette.

Un petit raclement de la pierre, et une flamme dansa devant mes yeux.

Après la bagarre, en récupérant mon sac, j'avais trouvé le briquet sur le carrelage. Le sien, avec un as de pique gravé sur le côté.

Je l'avais subtilisé aussi aisément qu'il avait volé ma raison.

Retournée dans mon lit, je restai là, ouvrant et fermant le Zippo, emplissant la chambre d'une flamme qui brûlait pour un homme qui m'était interdit.

Avant de l'étouffer.

20

« Une femme est comme le thé : sa force se révèle pleinement dans les moments difficiles. »

Eleanor Roosevelt

Elena

— Je vais courir ! criai-je depuis le rez-de-chaussée.

Un grognement ensommeillé résonna dans la tanière sombre, juste avant que je claque la porte.

J'aimais prétendre que je pouvais courir seule dans notre quartier sécurisé, ce qui était faux. Du coup, je m'assis sur les marches et pris le temps de lacer mes sneakers.

Il était tôt – dans les 8 heures – et deux domestiques s'affairaient à nettoyer la maison. Il y avait constamment quelqu'un ici. Quand je serai mariée et que j'aurai ma propre maison, je n'aurai pas de personnel. Je préférais me balader nue dans les couloirs. Avec de la chance, ce serait suffisamment stimulant pour que mon mari soit d'accord.

Peu après, Dominic apparut, ses cheveux épais froissés par le sommeil et l'air encore plus taciturne qu'en temps normal. Il portait un T-shirt sans manches, un short et des chaussures de running. Je savais qu'en dessous, son revolver était sanglé à sa cuisse.

Gabriella apparut à l'angle, chargée de draps, les cheveux noirs noués à la va-vite sur le sommet de sa tête. Son regard s'éclaira en me voyant.

— Oh ! super, tu vas courir ! Je commence par ta chambre dans ce cas. Ta nonna me hurle dessus quand je m'occupe de la sienne avant 10 heures.

Son sourire était si contagieux que je lui souris en retour.

— Avec elle, il faut respecter ses horaires de reine-mère.

Gabriella était dotée d'une beauté enjouée et de manières pleines de coquetterie. Je m'étais déjà demandé si les hommes de ma famille en tiraient profit, mais je sus que je faisais fausse route quand elle se dirigea vers Dominic (qui tapait un SMS, étonnant), se leva sur la pointe des pieds et murmura quelque chose que j'imaginais coquin à son oreille.

Sans qu'il détache un seul instant son regard du téléphone, un grand sourire apparut sur son visage.

— Plus tard, dit-il pour toute réponse.

Elle retomba sur ses talons et, avec un sourire espiègle, s'excusa en passant devant moi avant de grimper l'escalier.

Lui aussi ?

— Inouï, marmonnai-je une fois qu'elle fut à bonne distance. Tu n'as même pas besoin de regarder une femme pour la mettre dans ton lit.

Il rempocha son téléphone et me gratifia d'un petit sourire amusé.

— Allons-y, avant qu'il fasse trop chaud.

Nous parcourûmes tout le quartier. Au passage, je saluai Tim Fultz qui montait en voiture pour aller travailler au cabinet juridique. Partout ailleurs, c'était le calme plat, les résidents ayant les finances nécessaires pour s'offrir ces propriétés passaient la moitié de l'année en vacances, ou flemmardaient au lit avec un léger mal de tête et une prostituée hors de prix. Quand j'aperçus Ryan qui tondait la pelouse chez des voisins, un sentiment amer m'inonda.

À 10 heures, alors que la maison se profilait devant nous, le soleil cognait comme jamais. La transpiration sillonnait paresseusement dans mon dos, et j'avais les poumons en feu. Sauter dans la piscine semblait la meilleure idée de ma vie.

— Le premier qui arrive à la maison, haletai-je.

— Sans moi.

Dominic maintenait un rythme modéré, pourtant son T-shirt était trempé de sueur.

— Bouge-toi, ramollo.

— Si j'avais cinq ans, ça m'aurait peut-être motivé.

— Je vais dire à Papà où tu planques ton herbe.

Il poussa un souffle moqueur, secoua la tête puis piqua un sprint.

— Hé !

Les cuisses endolories, j'allongeai la foulée jusqu'à nous placer au coude à coude. Lui cognant l'épaule parce qu'il avait triché, je me débrouillai pour lui faire sauter une marche. Toutefois, je réalisai bien vite qu'il ne me rendrait pas la pareille, considérant que mon père me regardait depuis le perron, en compagnie d'un homme qui m'était inconnu.

Nicolas était en train de garer sa voiture dans l'allée, et quand il en extirpa son grand corps, mon cœur chancela, ce qui, par un effet domino, produisit des palpitations dans ma poitrine.

Dominic ralentit le pas, pensant apparemment qu'il était inapproprié de faire la course avec sa cousine en public. Je suivis ses enjambées jusqu'à ce que mes pieds touchent notre pelouse.

Les mains nouées derrière la tête, il respirait lourdement.

— J'en bave, ronchonna-t-il en haletant.

— Tu fumes trop, lâchai-je en m'étouffant à force d'inspirer trop rapidement.

Il haussa un sourcil, sa façon de s'enquérir de mon excuse.

— Les cookies de maman, dis-je sans la moindre gêne.

Il eut ce rire discret et attentionné qui n'appartenait qu'à lui.

Malgré mes cuisses en feu, je résistai à l'envie de m'effondrer à genoux. En toute autre occasion, j'en aurais fait des tonnes en m'affalant dans l'herbe mais malheureusement nous avions de la compagnie. J'étais certaine que si je me répétais que la présence de Nicolas était fâcheuse, je finirais par m'en persuader. Tenter n'importe quoi était tout ce qui me restait.

Les cheveux plaqués sur mon visage en sueur, mon cœur martelant dans ma poitrine, je plaçai mes poignets sur ma tête pour reprendre mon souffle pendant que mes yeux s'aventuraient involontairement vers Nicolas. En costume gris, T-shirt blanc et cravate noire, il était sublime comme toujours. Je fus subitement saisie par le désir de frotter mon corps en sueur contre lui.

Il coula un regard vers moi en descendant l'allée et m'accorda une demi-seconde d'attention, durant laquelle je remarquai qu'il arborait une expression peu agréable. Son pas était décidé et, de loin, rien ne laissait deviner que la veille au soir, il s'était bagarré à en fracasser des tables. Tony dormait probablement encore d'un sommeil réparateur. Il n'avait pas fermé l'œil de la nuit, et je ne pouvais qu'espérer qu'il cogitait sur sa relation avec Jenny.

La voix de Papà me détourna de mes pensées.

— Elena, viens me voir.

Je grognai intérieurement. C'était son ton « viens, que je te présente ce monsieur ». D'un regard, je tentai d'exprimer que je n'étais pas habillée pour rencontrer quelqu'un, à quoi il me renvoya un regard sans expression, sa requête était non-négociable.

Dominic contourna la maison pour rentrer par la porte arrière, me laissant verte de jalousie.

Soupirant, je me dirigeai vers le porche, plus près d'un certain futur beau-frère. En nage, ma peau était pareille à un câble sous tension.

Devant Papà et son invité, je n'entendis que vaguement la présentation faite par mon père, parce que Nicolas se trouvait tout près. Il s'appuyait à une colonne du porche, les mains dans les poches, son regard chaud sur mon visage. Une trace rouge marquait sa pommette, et le bord de sa lèvre inférieure semblait entaillé.

Ses airs de galant homme sont partis en fumée…

Je tournai mon attention sur l'invité de mon père.

— Enchantée, Christian.

J'avais la mystérieuse capacité à inconsciemment absorber des informations, en particulier quand mon père me présentait du monde.

Alors que je lançais un regard à Christian, j'eus un temps d'arrêt. *Atrocement* beau.

Brun, regard bleu perçant, des traits harmonieux mais angulaires, l'incarnation du charisme masculin. Pour autant, il émanait de lui quelque chose de froid. Peut-être à cause de sa montre parfaitement ajustée à son poignet, de sa cravate impeccable, de son costume parfaitement repassé ou de l'assurance de sa posture. Ce type était un perfectionniste – j'étais prête à parier cher. Quand il sourit, sa froideur se mua en charme, non sans une note d'indifférence. Il était d'une beauté tellement ahurissante que je me surpris à m'empourprer.

— J'aurais dû me présenter un petit peu plus tôt pour courir avec vous. On dirait que vous donnez du fil à retordre à votre cousin, plaisanta-t-il.

Mes neurones se mirent à mouliner. Il était charmant, s'exprimait avec raffinement non sans un brin de désinvolture dans la voix, en plus d'être un véritable Adonis.

Je souris timidement.

— Eh bien, Christian, je cours à 8 heures tous les matins.

C'était une invitation, et, étonnamment, Papà ne broncha pas. Son expression demeurait posée. Je ne savais pas si c'était une bonne ou une mauvaise chose.

Christian rit, passant le pouce de sa main droite sur sa montre, à son poignet gauche.

— J'en prends note, dit-il, son regard, bien plus chaleureux, quoique vaguement distant. C'était un plaisir, Elena.

Papà dit quelque chose qui fut noyé par les rouages qui tournaient dans ma tête. Lorsque Christian suivit mon père à l'intérieur, je les regardai s'éloigner.

Christian saurait éteindre la flamme que je cultivais pour Nicolas.

Il était le premier homme à piquer ma curiosité depuis que je connaissais le fiancé de ma sœur, et je ferais tout pour me rapprocher de lui. J'avais bon espoir que mon coup de cœur soit transféré à la façon d'une mauvaise transaction – ce qui ne manquerait pas d'advenir, si je me basais sur ses manières de perfectionniste excessif.

Tournant la tête vers l'endroit où Nicolas était appuyé, je remarquai qu'il n'avait pas bougé.

Il m'assénait son regard le plus sévère, ce qui, dans son cas, n'était pas peu dire.

— Depuis quand courez-vous tous les matins ?

Comment savait-il que j'avais menti ?

Je cillai.

— Depuis ce matin.

Sa mâchoire vibra, et il jeta un regard noir sur le côté avant de le focaliser sur moi. Je réalisai que c'était sa façon de lever les yeux au ciel pour manifester son écœurement.

C'était quoi, son problème ?

— C'est un flic.

Je ne pus me retenir de froncer le nez.

Bon, pas idéal mais je m'adapterais. Il n'avait pas un physique de flic, alors que je les repérais de loin habituellement. Même les ripoux détonnaient. Il appartenait peut-être au FBI. Pas possible qu'il soit simple agent de police. Ils ne venaient jamais à la maison, et le fait que Christian soit là impliquait qu'il était haut gradé et ne redoutait pas d'être repéré. Seuls les criminels savaient à quel point le gouvernement était corrompu. Peut-être que c'était pour cela que la politique m'intéressait autant, parce que je vivais immergée dans ce monde.

Je finis par hausser une épaule.

— D'accord.

La colère ombragea son regard.

— Gardez vos distances avec lui.

Je restai interdite devant sa soudaine irritation. Possible que ce soit en relation avec la soirée. M'en voulait-il pour l'incident du téléphone ?

— Nicolas, je n'ai rien dit à Tony à propos de la photo.

— Je sais, s'énerva-t-il. C'est moi.

Je plissai les yeux.

— Pourquoi faire une chose pareille ?

— Pour tabasser votre frère.

Je clignai des yeux, désarçonnée par la franchise de sa réponse puis laissai échapper un rire mitigé.

— Bon, et était-ce aussi satisfaisant que vous l'espériez ?

— Non.

Un mot sombre, lourd de sens et souligné par quelque chose de magnétique qui suscita des picotements dans mes seins. Il lança un regard à ma main, le long de ma cuisse puis revint à mes yeux.

— Pas très fidèle, dites donc.

Je fus prise de court, même si j'étais larguée.

— C'est-à-dire ?

Au lieu de me répondre, il se redressa et lissa sa cravate.

— Il n'est pas italien. Entre vous, c'est perdu d'avance.

Tout ça pour recommencer à m'attaquer sur Christian, semblait-il.

Nicolas fit un pas vers la porte ouverte, ayant apparemment épuisé le sujet.

Mon père ne semblait pas désapprouver mon échange avec Christian. Pourquoi Nicolas en faisait-il tout un plat ? La frustration enflant dans ma poitrine, les mots jaillirent d'eux-mêmes.

— Qui a dit que je pensais au mariage ?

Son regard noir m'agressa presque.

C'était un argument *pitoyable*.

— Je jure devant Dieu, Elena, si je découvre que vous avez laissé un homme vous toucher, je vous expédierai ses mains dans un colis.

Je déglutis.

— Et je ne bluffe pas. Vraiment pas.

Il claqua la porte derrière lui.

21

« Je résiste à tout sauf à la tentation. »
Oscar Wilde

Elena

Dans la vie vient un moment où l'on sait que l'on s'apprête à faire le mauvais choix, où il faut décider si l'on se soustrait à la tentation ou si l'on fonce malgré tout.

Je fonçais malgré tout.

L'avertissement de Nicolas avait de quoi laisser une mare d'effroi dans mon ventre. Toutefois, il eut l'effet contraire : il s'enfonça dans ma peau et généra un frisson jusqu'à la pointe de mes pieds.

Cet homme était discourtois, arrogant et légèrement névrosé.

La partie logique en moi le méprisait. Mais la partie charnelle… mince, elle exigeait de lui donner sans compter.

Ce qui posait un sérieux problème.

D'autant plus grave que je soupçonnais sa menace de recéler de la jalousie. Cette idée m'avait fait tressaillir, même quand il m'avait claqué la porte au nez.

Me laissant avec un dangereux, *dangereux* désir d'en avoir la certitude.

Ma tactique était manipulatrice et un brin puérile, mais je n'avais pas de temps à perdre. Je voulais piquer l'intérêt de cet homme, et vite. Encore que, de cette façon, il n'était pas exclu que je provoque avant toute chose la jalousie de Nicolas.

Il fallait que je sache si ce n'était pas, pour ma plus grande honte, à sens unique.

Quant aux résultats, j'ignorais ce que j'en ferais car je ne me projetais pas aussi loin. Ma seule certitude était que j'avais *besoin* de savoir.

Alors je le mis à l'épreuve.

Le taquinai.

Le *narguai.*

La scène, inspirée de *Ça chauffe au lycée Ridgemont* mais sans la nudité, incluait un maillot de bain et l'attention d'un certain homme.

Le corps ruisselant d'eau, je sortis de la piscine en essorant mes cheveux et m'installai sur un transat.

Un petit vent balayait le jardin, et la radio jouait en sourdine du rock des années 1970. Mes mains en appui derrière mon dos, j'offrais ma peau à la brûlure du soleil quand je réalisai que j'étais aussi faible que mon visage était symétrique. Mon petit jeu aurait pu être innocent, mais le *pourquoi* n'induisait que de mauvaises raisons.

J'avais déjà prévu de nager avant que Christian, Nicolas et Papà se réunissent autour de la table de la terrasse avec leur paperasse, toutefois cela devint une priorité *après* que j'avais remarqué qu'ils étaient là.

Je portais un maillot une pièce rose clair. Mon père m'étranglerait si je déambulais en bikini devant ses associés. Or, j'aimais jouer avec le feu, surtout parce que c'était la seule chose qu'il me pardonnerait.

C'était le maillot une pièce le plus audacieux de ma collection. Muni de deux bretelles entrecroisées dans le dos, il était un peu trop serré et me rentrait dans les fesses.

Papà se trouvait de dos, Christian en bout de table, Nicolas en face de moi. Le regard de ce dernier incendiait et exaltait ma peau à chaque coup d'œil. Il s'adossa dans son fauteuil, tapota son stylo sur ses documents, son attention s'évadant de temps à autre sur moi.

Je n'étais pas consciente de ce que je faisais. Je n'avais jamais éprouvé mon pouvoir de séduction auparavant. Avant de rencontrer Nicolas, passer inaperçue me convenait.

Sincèrement, mon comportement était irrationnel.

J'obéissais à une sorte de sentiment inné qui pulsait dans ma poitrine et manipulait mes faits et gestes.

Christian me lançait des regards occasionnels, bien que plus détachés, comme s'il appréciait une silhouette féminine mais sans plus. Sans doute serais-je contrainte de le conquérir avec ma personnalité. Flic ou pas, il était suffisamment intrigant pour me donner envie de mieux le connaître. Avec Christian, la noirceur subsistait sous le froid, tandis que Nicolas portait la sienne en bandoulière. Je n'aurais su dire lequel était pire.

Ils se connaissaient. Je le voyais à leur façon de se tenir côte à côte, à leur facilité à communiquer. Ils étaient amis. Je concevais mal que quelqu'un se propose de devenir l'ami de Nicolas Russo, mais s'il fallait brosser le portrait de cette personne, Christian pouvait coller.

Je me relevai et détachai ma queue-de-cheval, sentant la chaleur de leurs regards sur mon dos. C'était fort probablement dû à mon maillot de bain coincé entre mes fesses qui en dévoilait un peu trop. Un frisson parcourut mon dos.

Cela ne plaidait guère en faveur du féminisme, mais ce mouvement n'existait pas vraiment au sein de la Cosa Nostra.

Pendant que leurs regards ardents s'attardaient sur moi, la voix de mon père mourut comme si cela ne lui avait pas échappé. D'un instant à l'autre, il me sermonnerait. Je le sentais venir.

Je soupirai, ramassai ma serviette et me dirigeai vers la porte, négligeant d'arranger mon maillot. Lançant un coup d'œil à Nicolas avant de rentrer, j'avalai ma salive. Son stylo sur ses lèvres, son regard bouillant de rage ne me quittait pas.

Je ne savais comment interpréter sa réaction. Possible qu'il soit agacé que je barbote pendant qu'il essayait de travailler. D'ailleurs, qu'avais-je fait ? Une fois à l'abri dans mon domicile, loin de mon futur beau-frère, mon comportement me parut ridicule.

La maison était paisible. Adriana assistait à son dernier cours du stage d'été de théâtre, ma mère enchaînait probablement les épisodes de sa série dans sa chambre, pour Nonna, c'étaient les talk-shows de Jerry Springer, et les garçons s'étaient rassemblés au sous-sol, leurs rires montant l'escalier pour se diffuser dans la cuisine.

Tony était automatiquement impliqué dans les affaires de Papà, mais celui-ci lui avait sans doute octroyé une demi-journée de repos considérant la raclée qu'il avait reçue hier soir et qu'elle était l'œuvre de Nico.

Je restai interdite. *Nico.*

Merda.

Pieds nus, je marchai vers le plan de travail pour attraper un verre. Nager me laissait à tous les coups une impression de mourir de déshydratation.

Ouvrant le placard, je me retrouvai face à une étagère vide. J'en arrivais à un point où je songeais à poser un cadenas, dont seules les femmes de la maison connaîtraient le code.

Soupirant, je me dressai sur la pointe des pieds et essayai de saisir le verre dans le fond de l'étagère du haut. Alors que je m'apprêtais à renoncer et à grimper sur le comptoir, je le sentis.

Les petits cheveux dans ma nuque se dressèrent.

La chaleur corporelle de Nico caressait mon dos en même temps qu'un avant-bras tatoué se tendait au-dessus de ma tête, attrapait un verre puis le posait devant moi.

Je me crispai, mon regard concentré sur ses phalanges meurtries et l'as de pique dessiné sur sa peau bronzée.

La colère émanait de lui, et dans la pénombre de la cuisine, elle faisait ressortir en moi un agréable mélange de peur et d'anticipation. Retombant sur mes talons, je pris le verre et respirai.

— Merci.

Je tentai de m'écarter de lui, sitôt forcée de reculer quand ses mains cramponnées au plan de travail de part et d'autre de moi me piégèrent.

Mon cœur cognait si fort qu'il me coupait le souffle.

— Vous savez ce qui arrive quand on se trémousse devant des hommes dans cette tenue ?

Je déglutis et secouai la tête.

— Ils ne vous respectent pas.

Sa voix râpeuse, tout près de mon oreille, suscita un frémissement dans ma nuque.

— Qui a dit que je voulais qu'ils me respectent ?

Il s'agrippa plus fermement au comptoir.

— Vous voulez qu'il vous baise ?

Je battis des paupières.

— Comment ?

— Christian, gronda-t-il.

— Et si la réponse était oui ? demandai-je tranquillement.

— Ce que j'ai dit continue de s'appliquer.

J'inhalai lentement, m'efforçant de penser droit malgré sa présence.

— Et vous, vous me respectez ?

Je ne savais pas du tout d'où ça sortait, pourtant c'était là, flottant dans l'air avec une lourde insinuation.

Il ne répondit pas.

Une onde de choc me traversa quand la pulpe de son doigt suivit le contour de mon maillot de bain sur mes fesses, là où il en montrait toujours trop. Ma respiration se figea quand son autre main saisit ma taille, sous mon sein. Ma poitrine se contracta, picotant d'espérance. La chaleur pulsant entre mes jambes, je luttai contre le désir de m'emparer de sa main et de l'amener sur mon sein pour qu'il le touche. Je vacillai, combattant la nécessité de m'adosser à lui, de sentir son corps contre moi.

Son doigt s'aventura sous mes fesses, longea leur galbe jusqu'à la naissance de la cuisse. Tout le sang dans mon corps crépitait quand il se rapprocha un peu trop de mon intimité. D'ailleurs, elle n'était sans doute défendue que pour moi vu que personne ne m'avait jamais touchée de ce côté-ci.

L'humidité s'accumulait entre mes cuisses. Le désir qu'il me touche, introduise ses doigts en moi au beau milieu de la cuisine, était si puissant que je me dressai sur la pointe des pieds et arquai le dos, incitant sa main à descendre.

Il jura, écartant le tissu du sillon. Sa main dériva autour de ma hanche, saisit ma taille comme son autre main. Elles étaient si près de mes seins que je perdais mes esprits. Je basculai en arrière jusqu'à m'adosser contre lui, et mon corps entier vibra comme jamais.

Mes terminaisons nerveuses s'électrisaient et grésillaient comme des câbles sous la pluie. Il était si torride, si *ferme*. Son érection se pressait dans le creux de mes reins. Nicolas Russo était excité, et je n'avais jamais rien vécu de plus exaltant.

Ma tête se posa sur son torse, les boutons de sa chemise titillant mon dos. Je portai ma main à ma taille, mes doigts entre les siens. Nos souffles emplissaient la cuisine.

Quand j'entendis le rire de mon frère au sous-sol, je réalisai que je risquais gros. N'importe qui pouvait entrer à tout moment.

— Vous voulez que je vous respecte ?

Une question piège, à laquelle je ne connaissais qu'une unique réponse. Je ne voulais qu'une seule chose de lui, n'en avait besoin qu'une fois, histoire de voir ce que ça faisait.

Je secouai la tête.

Je voulais qu'il me manque de respect. À chaque millimètre de mon corps.

Ses mains serrèrent ma taille presque douloureusement, comme s'il luttait pour les garder à cette place. Il frotta son visage sur l'arrière de ma tête.

— Vous aimez que les hommes se montrent irrespectueux envers vous ? demanda-t-il d'une voix glaciale.

Des frissons me traversèrent.

Ma main toujours sur la sienne, il tourna lentement ma bague pour amener la pierre vers le bas. Ses dents griffèrent mon oreille.

— Ou peut-être juste les énerver, les faire baver.

Ses lèvres qui frôlaient ma nuque semaient la chair de poule sur mon corps.

— Alors, c'est quoi ?

J'étais une traînée ou une allumeuse.

Voilà les options qu'il me proposait, ce qu'il pensait de moi. L'exaspération se répandit dans ma poitrine.

— Les deux.

Il s'immobilisa, avant que sa gorge produise un bruit de colère et qu'il me repousse.

Je me rattrapai au plan de travail, puis pivotai sur moi-même.

Son regard flamboyait.

— On dirait que vous êtes aussi *tricheuse* que moi, Elena.

Qu'était-ce censé vouloir dire ? C'était la seconde fois qu'il sous-entendait que j'étais déloyale, d'une façon ou d'une autre.

Un filet glacé coula dans mon sang quand quelqu'un remonta du sous-sol. Gabriella. Son regard navigua entre nous à plusieurs reprises, puis, avec un drôle de sourire, elle quitta précipitamment la cuisine.

Je n'étais pas en position d'analyser pourquoi elle se trouvait en bas, avec trois hommes de ma famille, et de toute façon, je ne m'en souciais pas assez pour creuser. Qu'elle ne soit pas entrée un instant plus tôt me procurait un soulagement palpable.

— Montez vite vous changer, Elena.

La voix de Nico était autoritaire, inflexible.

Espérait-il sincèrement que j'obtempérerais ? C'était impossible d'être aussi imbu de soi-même.

Mes yeux s'étrécirent.

— Non.

Il passa sa langue sur ses dents, et avant que je comprenne son intention, son bras s'enroula derrière mes cuisses, et mes pieds quittèrent le sol. L'air fut expulsé de mes poumons quand il me hissa sur son épaule.

— Soit, je m'en charge, dit-il d'un ton mordant en m'emportant vers le couloir.

— D'accord ! C'est bon, j'y vais.

Comme il ne me reposait pas, je gigotai pour lui échapper. Son bras se resserra autour de mes cuisses comme une vis, si fermement que je ne pouvais plus bouger d'un centimètre. Au moment où il poussa la porte battante, je paniquai.

— Stop ! sifflai-je, la tête en bas. J'ai dit que j'y allais.

— Demandez gentiment.

Je serrai les dents.

— S'il vous plaît, reposez-moi par terre.

Il me reposa par terre dans le hall d'entrée. Ses yeux s'orientèrent vers l'escalier, m'enjoignant à filer dans ma chambre.

— Il y a vraiment un truc pas net chez vous, lançai-je en m'éloignant, le cœur tambourinant au point de sentir un élancement sous mes côtes.

Il lâcha une expiration cynique.

— Vous n'avez encore rien vu, Elena.

C'était bien ce qui me tracassait.

22

« C'était le début de la fin de ce truc entre nous. »
Anthony Casso

Elena

— Entrez !

La porte de l'appartement-terrasse du vingt-deuxième étage s'ouvrit subitement sur Gianna. D'après moi, même quelqu'un qui connaissait bien Gianna ne réussirait jamais à deviner ce qu'elle porterait le lendemain.

Ce soir, il s'agissait d'une petite robe noire coupée en diagonale, de la hanche au genou opposé. De talons rouges. De bas résille. Ses cheveux ondulés étaient en partie relevés, noués en deux tourbillons sur le sommet du crâne, et elle ne portait pas de maquillage. Vraiment, elle n'en avait pas besoin.

— Tu es en avance ! s'exclama-t-elle.

Ses yeux brillaient d'un éclat un peu trop vif, ses pupilles étaient trop larges. Elle était perchée. Cocaïne, probablement.

— J'ai apporté de la bruschetta et une salade de fruits de mer, déclara Mamma à l'entrée de la cuisine, tenant un minuscule bol de tomates pendant que Benito jonglait pour porter tout le reste.

Je restai avec Adriana dans le couloir, incertaine.

Pourquoi Gianna ouvrait-elle la porte de Nicolas ?

Quelque chose de déplaisant se lova dans ma poitrine, et l'espace d'un instant, Gianna m'agaça. Un sentiment si puissant et si soudain que je dus inspirer pour le dissiper.

C'était une réaction déraisonnable de jalousie, totalement déplacée, *surtout* après hier. Le hic, c'est que je pouvais encore sentir les mains de Nicolas sur moi, comme s'il m'avait marquée à vie. Le seul autre homme qui se soit approché aussi près avait des mains douces et bienveillantes, leur souvenir s'étant volatilisé en une poignée de secondes. Je donnerais n'importe quoi pour revenir en arrière.

Adriana fit son entrée dans l'appartement, qu'elle survola d'un coup d'œil.

— Alors c'est ici ma future prison.

Offusquée, ma mère fit volte-face pour lui jeter un regard assassin.

Ma sœur s'enfonça dans la pièce, avec moi sur ses talons.

Gianna éclata de rire.

— Par chance, cette prison dispose de formidables équipements. Je vous fais visiter !

Apparemment, Nicolas, qui possédait quelques biens dans New York, avait choisi celui-ci pour Adriana. Il n'avait ni le charme suranné ni le côté simple mais accueillant de son pavillon de brique, mais c'était chic à de nombreux égards.

Il était décoré dans un style contemporain, avec un carrelage en marbre blanc et argenté, une forêt de tables en verre et de détails chromés. L'éclairage, atténué et romantique, scintillait sur la paroi vitrée derrière laquelle s'étalait la ville. Une vue à couper le souffle, que ma sœur détesterait.

— Je déteste, cracha-t-elle amèrement devant le panorama.

— Oh ! allons, tempéra Benito, son bras autour de ses épaules. Ce n'est pas si mal. Regarde, il y a même une piscine.

En effet. Derrière le bassin d'eau bleutée immobile, le garde-corps en verre protégeait d'un dénivelé de soixante mètres.

— Puisque ça te plaît tellement, installe-toi ici, grommela Adriana.

— Ça m'étonnerait que Nico m'apprécie de cette façon.

L'ombre d'un sourire se dessina sur les lèvres de ma sœur.

Gianna et Mamma firent le tour ensemble, les « ooh » et les « aah » de ma mère dérivant dans le couloir.

Personne d'autre n'était encore arrivé, même pas le futur marié. Il projetait sans doute de laisser Adriana ici et de ne passer que lorsque les visites conjugales s'imposeraient. Ma cousine Cici, qui habitait Chicago, connaissait un destin identique. Quoiqu'elle ne s'en plaignît pas trop, étant donné que son mari l'insupportait.

La notion de « visites conjugales » persistant tel un arrière-goût, je décrétai que j'avais besoin d'un remontant. Raison pour laquelle je partis en quête d'une bouteille.

J'avais la tête dans le frigo quand je l'entendis derrière moi.

— Regardez un peu qui furète dans mes affaires. À croire que c'est vous que je vais épouser.

Sa voix suscita un frisson dans mon dos, que j'ignorai pour attraper un vin aromatisé sur l'étagère.

Refermant le frigo, je me retournai.

De l'autre côté de l'îlot, son regard sur moi, Nicolas lâcha un dossier à côté des amuse-bouches de ma mère. Sans doute rentrait-il directement du travail, vu qu'il ne portait qu'une chemise et un pantalon noirs. Pas une tenue de fête. Ses cheveux décoiffés portaient la trace du passage de ses mains, et je fus soudain saisie du désir d'y enfoncer mes doigts.

Je m'appuyai contre le réfrigérateur.

— Merci Seigneur pour les petits miracles, hein ?

Son regard se détourna le temps qu'il détache sa montre et la pose sur l'îlot, un petit sourire traversant ses lèvres.

Mon pouls frappait à un rythme saccadé. J'avais fini par me convaincre que, même si j'avais dû épouser cet homme, il n'aurait rien eu de mieux à céder à mon cœur que d'infimes fissures et craquelures. Ce que mon cœur ignorait, hélas. Ou s'il savait, il prenait des risques que la raison rejetterait. Fort heureusement, étant de nature réaliste, je me fiais couramment aux indications de mon cerveau.

Seul bémol, avec lui, une partie bien différente de ma personne contrôlait mes actions : mes bas instincts. C'était ainsi que l'espèce humaine assurait sa survie. Attraction inflexible et désir charnel. Et Mère Nature ne concevait pas de me permettre d'oublier qu'un mâle rôdait dans ma proximité immédiate.

La veille, nous avions joué avec le feu. Certes, nous n'avions pas non plus clairement franchi une limite, mais le bout de nos orteils avait indéniablement mordu la bande blanche. Ce serait ainsi plus facile d'aller plus loin la prochaine fois. S'étalait devant nous une pente glissante, dont je devais à tout prix me tenir à distance.

Je n'aurais su dire comment il m'aborderait à l'avenir, maintenant que j'avais appelé de mes vœux son *irrespect*. Mon intention était de faire comme s'il ne s'était rien passé, à ceci près que mon corps n'avait pas oublié. Il s'affolait en sa présence, mon imbécile de cœur se réchauffait, à défaut de distinguer ce qui était bon pour lui.

Alors qu'il contournait l'îlot, j'inclinai la bouteille vers lui pour lui demander de la déboucher.

Son regard indiquait qu'il se souvenait très clairement que j'avais sollicité son irrespect hier, et qu'il ne prétendrait en aucun cas le contraire, en dépit de son expression indifférente, comme si c'était pour lui du déjà-vu. Ma main au feu que ça ne l'était pas. J'avais tenu son téléphone entre les mains, tout au plus pendant deux minutes, et il avait reçu la photo d'une fille nue. Je préférais ne pas penser à ce que je découvrirais si je le gardais une journée entière.

Il prit la bouteille et dévissa le bouchon. Juste avant de me la rendre, il but au goulot sans me quitter des yeux. Des papillons envahirent mon estomac à l'idée de la partager avec lui, sentiment absurde que je chassai de mon esprit.

J'avalai ma salive quand il me la rendit et se tourna vers l'évier. Sourcils froncés, je regardai la bouteille à moitié vide. Comment les hommes faisaient-ils pour encaisser pareilles quantités d'alcool ?

La hanche contre le frigo, la bouteille au bord de mes lèvres, je le regardai se savonner les mains.

Ses yeux s'aventurèrent de mon côté, allant de mes cheveux lissés et détachés à ma robe dorée arrivant à mi-cuisse. Il plissa légèrement les yeux, comme s'il désapprouvait. Son attention se posa sur mes talons blancs, avant de remonter tranquillement le long de mon corps, et je sus qu'il cherchait du rose.

Danger. Humeur enjouée. *Fièvre.* Un cocktail de tout cela envahit ma poitrine, mes veines pour se ruer entre mes cuisses. Sous le string rose pâle qui me semblait soudain pesant, étouffant et trempé.

Un peu étourdie, je passai les dents sur la bouteille et mordillai.

Son regard s'assombrit.

La température grimpait.

Cazzo.

Beau-frère. Beau. Frè. Re.

Alors que mon regard chutait, je marquai une pause.

L'eau qui coulait était rose.

Il lavait du sang de ses mains.

— La journée a été tranquille, au boulot ? m'enquis-je avec une douceur teintée de sarcasme.

Il me lança un regard amusé.

— Quel talent pour jouer l'épouse ! Je commence à me dire que j'ai perdu à la courte paille.

Mon regard suivant le sien, je vis Adriana assise par terre en tailleur dans un coin. Concentrée, elle jouait sur son téléphone. Au moins, elle s'était habillée pour l'occasion avec une robe jaune à col licou assortie à des ballerines. Pour lui faire porter des talons, il faudrait au moins recourir au chantage.

La télé était en marche derrière le muret qui séparait la cuisine du salon. À coup sûr Benito se prélassait sur le canapé, les bras étirés le long du dossier, dans sa position habituelle. Au loin, ma mère criait d'émerveillement devant les généreuses proportions de la douche.

J'inclinai la tête.

— Je pense que nous nous accordons nettement mieux en tant que *fratello* et *sorella*, pas vous ?

Il s'humecta les lèvres, passant les dents sur celle du bas d'un air songeur, plutôt orienté vers des pensées *malvenues*.

Les papillons reprirent leur envol.

— Si vous le dites, *Elena*.

— Je le dis. *Ace*.

Il se sécha et lança l'essuie-mains sur le plan de travail. Un vrai bonhomme, même pas fichu de le raccrocher.

— Vous avez effectué des recherches sur moi ?

— Possible, dis-je en haussant une épaule. Mais personne ne sait d'où vient ce surnom, Ace. Êtes-vous capable d'abattre un homme avec une carte à jouer ?

Il se dérida.

— Pourquoi faut-il que cela se rapporte au meurtre ? Peut-être que j'excelle aux jeux de cartes.

J'arquai un sourcil

— Est-ce l'explication ?

Les battements de mon cœur s'emballaient à mesure qu'il marchait vers moi, donnant davantage l'impression de me *traquer.*

— Je suis plutôt bon joueur.

À son expression s'ajouta un sombre amusement, comme s'il savait quelque chose que j'ignorais. À une trentaine de centimètres de moi, la main sur le frigo au-dessus de ma tête, il se pencha au point d'obstruer mon champ de vision.

Je retins mon souffle.

Il avait le regard contemplatif, comme s'il cherchait à cerner si j'étais digne de confiance, au cas où il souhaiterait me révéler ses secrets.

— Vous n'avez pas tellement fouillé dans ma vie, devina-t-il.

Je secouai la tête.

Il passa son pouce en travers de mon menton, juste sous ma lèvre, le long du petit creux.

— Le premier homme que j'ai éliminé, je lui ai enfoncé un as de pique dans la gorge.

Je déglutis.

— Ce nom ne m'a plus quitté, ajouta-t-il en s'éloignant.

— Et elle, alors ?

— Acariâtre et bisexuelle, répondit platement Adriana qui, assise avec moi autour de l'îlot, but une gorgée de vin.

— À quoi vois-tu qu'elle est bisexuelle ?

— Elle mate les nibards de Gianna *et* Benito.

Je réfléchis.

— C'est vrai que ses seins sont perturbants.

La tête inclinée, ma sœur jaugea la poitrine de Gianna.

— Ouais, tu as raison.

L'appartement était occupé par une vingtaine de Russo que

je connaissais vaguement. Les femmes, dans un coin, discutaient entre elles, et la dernière chose que je souhaitais, c'était parler chiffon. Adriana était censée faire connaissance avec elles, hormis qu'elle ne suivait jamais les règles.

Papà s'entretenait avec Nico, tout juste sorti de sa chambre en costume noir, après s'être douché. Avec un sourire exagéré, Mamma feignait médiocrement de s'intéresser aux bavardages de la tante de Nicolas. Et Adriana et moi restions là, à jouer à juger les gens en deux mots, parce que ma mère avait confisqué le téléphone de ma sœur, avec *Angry Birds*, après l'avoir incendiée parce qu'elle était assise par terre.

Jusqu'à présent, Adriana estimait que tout le monde avait l'air amer et cachait une sorte de sexualité secrète. Elle ne se donnait, me semblait-il, pas à fond dans le jeu.

J'attendais encore qu'elle me confie ce qui l'avait bouleversée, la soirée passée, et son silence ne pouvait signifier que deux choses : après réflexion, elle avait dédramatisé ; ou, celle qui me tracassait, elle avait décidé de refuser les demandes de Nicolas. Comment le prendrait-il ? Mon ventre se resserra.

— À toi, lança Adriana, en grattant l'étiquette de ma bouteille vide.

Au même instant, la porte s'ouvrit brusquement et un « Pourquoi ? » bougon s'échappa de ma bouche.

Tony se tenait dans l'embrasure avec Jenny. Elle portait une robe près du corps bleu marine, de la même couleur que ses yeux, et ses cheveux blonds étaient détachés.

— Oh mon Dieu, salut ! s'écria-t-elle lorsqu'elle nous aperçut. Ça fait un bail !

Adriana leva les yeux au ciel. Elle exécrait la joie forcée ou même, la joie en général. Ce n'était pas ma tasse de thé non plus, mais je comprenais mieux que quiconque qu'on fasse semblant.

Je cognai mon épaule contre celle de ma sœur, lui intimant sans mot d'être gentille.

Le hurlement suraigu de Jenny rameuta l'attention de l'assemblée. Nico, qui discutait toujours avec mon père, posa le regard sur elle. Je ne m'attendais à rien de particulier, mais il me surprit en détournant aussitôt les yeux, sans manifester le moindre intérêt pour elle.

Tony alla retrouver Benito et Dominic, campés à proximité du bar pendant que Jenny trottait droit vers nous. Je me raidis quand mon frère passa à la hauteur de Nicolas, mais comme il n'en découla pas d'altercation, je relâchai mon souffle. Ils se contentèrent d'échanger un coup d'œil indifférent. Je ne comprendrais décidément jamais les hommes.

— Je suis tellement heureuse pour toi, Adriana, s'exclama Jenny, parvenue devant nous. Ton mariage est imminent.

Jenny donnait l'impression de vouloir l'étreindre, alors que l'expression de ma sœur montrait clairement que la toucher était proscrit. Décontenancée, Jenny s'écarta d'un pas.

J'offris un sourire pour désamorcer la tension.

— Quoi de neuf, Jenny ? Il me semble que tu termines bientôt ton école de cuisine.

— Exact, mais je ne cuisinerai sûrement jamais aussi bien que Celia.

Ce qu'elle dit suffisamment fort pour que ma mère l'entende, cette dernière se contentant de faire la moue, avant de siroter son cocktail.

Je jure qu'Adriana marmonna « fayotte ».

En vérité, personne n'appréciait Jenny.

Papà se rembrunissait dès qu'il la voyait, et Mamma faisait comme si elle n'était pas là. La raison de mon père était qu'elle n'était ni italienne ni liée à la Cosa Nostra et était par conséquent un boulet. Jenny savait dans quoi ma famille trempait, même si elle n'en laissait rien paraître. Elle trompait Tony, et en conséquence elle ne l'aimait pas. Dans ce milieu, une seule raison poussait une femme étrangère au cercle à fréquenter un homme qu'elle n'aimait pas : l'argent.

Jenny était une croqueuse de diamants.

Sympa, mais néanmoins intéressée par le fric avant tout.

Tony avait financé ses études, son appartement, ainsi que le bracelet en diamants à son poignet.

Je m'étais longtemps efforcée de lui accorder le bénéfice du doute, mais après l'avoir vue nue sur le téléphone de Nicolas deux jours plus tôt, j'avais pris conscience de mon erreur.

Elle avait été élevée par une famille d'accueil, dans le dénuement. Loin de moi l'idée de la rejeter parce qu'elle se battait pour améliorer son existence de toutes les façons possibles, mais je n'appréciais pas qu'elle joue avec les sentiments de mon frère pour son profit personnel.

Toutefois, je ne prenais jamais personne à partie.

Excepté Nicolas Russo.

— Oh ! tu cuisines certainement mieux qu'Adriana et moi réunies, dis-je avec un rire, attirant le regard de Nico qui, s'attardant sur moi, me fit déglutir. Il faudra que tu nous confies tes astuces, un jour.

— Avec grand plaisir ! s'exclama Jenny.

On donna deux petits coups à la porte, et Gianna interrompit sa conversation avec Valentina Russo pour aller ouvrir.

Quand je vis Christian sur le seuil, je me redressai sur mon siège. Les cheveux châtains rabattus en arrière, en costume bleu marine et cravate rouge, il donnait l'impression d'un homme affable. Seuls ses yeux d'un bleu glacial semblaient en harmonie avec la froide résonnance qui irradiait de lui.

Chaque femme présente orienta son regard sur lui, même ma

mère arrondit les yeux en le voyant. C'était si peu discret qu'elles auraient tout aussi bien fait d'enlever leur petite culotte et de la lui lancer. Le regard de Nico réchauffa mon visage, mais je refusais de le regarder.

Dès que Gianna le reconnut, elle fit un non agacé en tentant de lui refermer la porte au nez.

D'une main et avec aisance, Christian entrava son geste.

Gianna se retourna, prête à le planter là, quand il la saisit par le poignet et l'attira vers lui.

J'observais l'interaction, émerveillée.

Je ne voulais pas que Gianna fricote avec Christian parce que *j*'avais besoin de lui, mais il y avait quelque chose de fascinant autour de cet agent tiré à quatre épingles, et de la désastreuse victime de la mode qu'était Gianna. Ils étaient différents en tout point, et en même temps… pas tant que ça.

La tenant par le menton, Christian l'examina dans le blanc des yeux.

Faisant une petite grimace, il secoua la tête avant de repousser son visage. Gianna grommela quelque chose qui sonnait comme *stronzo* (« connard ») puis s'éloigna en faisant claquer ses talons aiguilles.

Christian avait sans doute remarqué qu'elle était défoncée, mais son opinion ne semblait pas tracasser Gianna. Quelle était la nature de leur relation ? Possible qu'elle soit sa belle-mère à lui aussi. Elle était mariée à un homme qui avait trois fois son âge, même si j'avais remarqué qu'elle ne portait pas d'alliance.

Le regard d'Adriana tomba sur Christian, après quoi elle annonça « perfectionniste ». Après une pause, elle pencha la tête. « Droit dans ses bottes. »

Au moins, cela penchait en ma faveur.

23

« Les juges, les avocats et les politiciens ont besoin d'un diplôme pour frauder. Pas nous. »
Carlo Gambino

Nico

Je me servais deux doigts de whiskey, pas une goutte de plus, quand Adriana se faufila à côté de moi. Elle saisit la carafe de vodka puis remplit un verre aux trois quarts.

Elle me jeta un regard, tourna la tête et reporta son attention sur moi dès qu'elle s'aperçut que je l'étudiais.

— *Quoi ?*

— Tu devrais peut-être me cacher tes problèmes d'alcoolisme à partir de maintenant.

— Si tu me laisses continuer mes cours.

— À choisir, préfères-tu être en sécurité ou heureuse ?

Elle cligna des yeux comme si elle était face à une question d'une grande complexité.

— Les deux, je pense.

— Tristement, il faut choisir.

Son soupir exprima toute son indignation.

— Ce n'est pas ma faute si plusieurs personnes veulent ta peau.

Plusieurs, c'était peu dire.

— Et la tienne maintenant.

Elle fronça les sourcils.

— Pardon ?

— Ils voudront aussi éliminer ma femme, clarifiai-je. Ils te violeront deux ou trois fois d'abord.

Elle se renfrogna.

— Du genre de ce que tu vas me faire ?

D'une certaine façon, je m'attendais à cette remarque. Je la fixai, impassible. Elle coinça une mèche de cheveux cuivrés derrière son oreille. Elle avait des éclats dorés dans ses yeux noisette, comme Elena. Je souhaitais qu'elles partagent d'autres similitudes, et cela me perturbait.

— Tu ne contestes pas que tu vas me violer ? se fâcha-t-elle, portant son verre à ses lèvres tout en regardant dehors, par les fenêtres hautes.

J'admirai la vue en même temps qu'elle.

— Non.

— Pourquoi pas ?

— J'ai du mal à tenir promesse.

Elle s'étrangla avec une gorgée de vodka, les yeux écarquillés sur moi.

— Je vais mourir, grommela-t-elle avant de détaler.

Un amusement sans saveur m'emplit, et je secouai un tout petit peu la tête. Cet échange avec ma future femme s'était bien déroulé. Je n'avais jamais violé personne et je ne commencerais pas maintenant, encore que, pour une raison étrange, la conversation me laissait avec une impression d'échec. Probablement parce que j'étais déjà sur des charbons ardents, alors que la soirée ne faisait que commencer.

Elena discutait avec Lorenzo dans la cuisine, lui accordant toute son attention. Ses cheveux longs raides comme la justice, elle portait une robe dorée qui accentuait ses formes. Nettement trop moulante, elle lui valait assez de regards de la part de mes cousins pour me mettre en rogne. Même Luca l'avait zyeutée avec un sourire entendu, avant de pointer sa bière vers moi dans un geste détestable.

Lorenzo se ridiculisait. Ce type était un tueur de sang-froid, pourtant parler avec Elena Abelli portait un coup dur à son flegme. Ce faisant, il se massait la nuque, le visage rouge comme une putain de tomate – et rien qu'à imaginer Elena ligotée au lit de Lorenzo dans une sorte de scénario BDSM dégueu fit bouillonner mon foutu sang de Russo.

— Calme et douceur, commenta Gianna sur un ton sec, qui avait apparemment écouté ma conversation avec Adriana. Pourquoi a-t-il fallu que tu l'invites, *lui* ?

Ses pupilles étaient tellement dilatées que seule une fine bande ébène les entourait. Une vague de déplaisir me parcourut. Cela me renvoya à l'âge de quinze ans, quand j'avais trouvé ma mère inerte, les yeux grands ouverts.

— Qui ? fis-je avec détachement, en connaissant d'avance la réponse.

Ses yeux s'étrécirent.

— Christian.

— Tu n'as pas ton mot à dire sur qui j'invite dans *mon* appartement, Gianna.

Je ne l'aurais pas invité si j'avais trouvé une raison valable, autre que l'attitude aguicheuse d'Elena devant lui, hier. Le salopard avait une belle gueule, et convenir que celle-ci avait éveillé l'intérêt d'Elena m'insupportait plus que je ne voulais bien l'admettre.

— Je ne veux pas de lui ici, Ace.

Elle regardait avec dédain Christian converser avec mon oncle Jimmy.

— Je n'en ai rien à foutre, ripostai-je.

Gianna avait détesté Christian dès la première seconde. Son lien avec le FBI arrivait au sommet de la liste de ses motifs, mais elle était aussi aux antipodes de l'agent, sur tous les plans. Son perfectionnisme la hérissait, alors que Christian tiquait devant son mépris de la bienséance.

Le doux rire d'Elena flotta dans la pièce et me frappa le torse.

Ma mâchoire se crispa.

Lorenzo n'avait pas un sens de l'humour si développé, bordel.

— Tu te trompes de sœur. La tienne est de l'autre côté.

Gianna tendit son ongle peint en blanc vers Adriana, qui était assise sur le canapé à côté de Benito, les jambes repliées sur le côté.

— Elle reprend probablement ses esprits, après ta menace de viol.

Un rire cynique m'échappa quand Adriana gloussa devant je ne sais quoi que Benito lui montrait sur son téléphone.

— Elle a l'air affreusement traumatisé.

Il y avait quelque chose de détaché et d'intrépide en elle, cependant l'idée de coucher avec moi la rebutait suffisamment pour qu'elle craigne d'en mourir. Peut-être était-ce une menace efficace, à noter dans un coin de ma tête, puisqu'avec elle, j'aurais besoin d'y aller fort.

Honnêtement, je n'avais jamais associé le sexe et Adriana ensemble. Toutes mes pensées d'ordre sensuel concernaient sa sœur, surtout depuis qu'elle avait arqué son cul contre moi hier, de cette manière universelle que tout homme interprétait comme un feu vert.

Elle m'avait fait comprendre sans une once de timidité qu'elle me laisserait la toucher, mais je n'avais pas pu contrôler ce soupçon de conscience quand elle avait posé sa main sur la mienne et que j'avais senti cette fichue bague. Elle avait un amoureux. Portait sa bague de pacotille à son doigt aussi crânement qu'un diamant.

L'irritation m'avait saisi. Elle voulait prendre son pied et m'utiliser à cette fin. Au moment de me rendre à l'évidence, j'avais ressenti quelque chose de nouveau pour moi : l'impression d'être superflu. Ce qui m'avait révolté.

Néanmoins, son *Me respectez-vous ?* m'avait poursuivi toute la journée et toute la nuit, murmuré par sa voix d'une douceur si particulière. Partout où j'allais, putain.

Il y avait inexorablement un vice qui précipitait la fin d'un Russo.

Irrationalité. Imbécillité. Une appétence pour le sexe sans protection avec des putes de bas étage. Pour mon père, ç'avait été la cupidité.

Je commençais à penser que le mien se nommait Elena Abelli.

J'avais envie de la baiser, de la déposséder de sa chance d'être avec un autre. Je voulais lui broyer les ailes, puis les reconstituer pour qu'elle devienne dépendante de moi. Je voulais qu'elle ait besoin de moi. Ce sentiment néfaste, possessif et dangereux s'immisçait en moi chaque fois qu'elle croisait mon chemin.

Elena Abelli était mon vice, et je ne le laisserai sûrement pas m'anéantir.

Cependant, mon idée de coucher avec elle pour me la sortir de la tête me consumait, indépendamment du fait qu'elle veuille que je sois quelqu'un d'autre. C'était une épine qu'il fallait que je m'ôte du pied. Et quand j'en aurais fini avec elle, elle ne se souviendrait plus d'un autre que moi.

Gianna secoua la tête tout en me considérant d'un air supérieur, quand bien même je la dépassais de trente centimètres, même lorsqu'elle était en talons.

— C'est une idée catastrophique, dit-elle.

— Laquelle ?

— Coucher avec Elena.

Bon sang.

Le père d'Elena se tenait à un mètre de moi, bien que trop concentré sur sa discussion pour m'avoir entendu.

— Gianna, l'avertis-je.

— Quoi ? C'est à ça que tu pensais.

— Et à quoi je pense à cet instant ?

Gianna se figurait qu'elle était clairvoyante quand elle planait, à savoir la plupart du temps.

Elle avança sa bouche en cul de poule.

— Que tu as envie de m'étrangler.

Les sourcils levés dans un geste approbateur, je bus un peu de whiskey.

— Je ne comprends pas comment j'ai pu coucher avec toi, soupira-t-elle en observant la réception.

Cela m'échappait aussi, toutefois je ne pouvais que me sentir soulagé que cela ait été son initiative. À vrai dire, nous étions tellement avinés qu'il me restait à peine un vague souvenir de la nuit.

Mon regard se posa sur Tony, visiblement rabroué par sa mère. C'était à peine divertissant qu'il ait amené Jenny, laquelle essayait présentement d'écouler ma marijuana.

Gianna commença à s'éloigner mais avant de savoir ce que je faisais, je lui attrapai le bras.

— Et pourquoi ce serait une si mauvaise idée ?

Je ne la regardais certes pas mais je sentis son sourire attristé.

— Parce que tu tomberais amoureux d'elle. Et elle ne t'aimera pas en retour.

Elena

Les bavardages étaient assourdis, la chanson *Can't Help Falling in Love* d'Elvis Presley passant à bas volume. Les lumières tamisées se réverbéraient sur le panorama vitré de la ville, ce que la silhouette en costume noir de Nicolas, debout près du bar, ne faisait que souligner.

Je ne savais pas comment cela s'était produit, mais j'étais pompette. Pelotonnée dans une sensation de chaleur et de complaisance, je ne pus m'empêcher de me diriger vers ce qui devait être un homme. Le problème étant que si je m'arrêtais pour lui demander de l'aide, il profiterait sans doute de moi. Ou alors, je prenais mes désirs pour la réalité… ou, plus probable, il se contenterait de me dévisager impoliment.

— Ça me surprend que vous soyez fan d'Elvis.

J'émettais une supposition, juste pour avoir la possibilité de lui parler.

Nicolas posa sur moi son regard ambré aux paupières alourdies, qui avait le don de stimuler mon rythme cardiaque.

— Chacune de vos suppositions est erronée.

Je réduisis la distance, absorbant l'électricité qui s'intensifiait entre nous à chacun de mes claquements de talons.

— Ce n'est pas vrai.

Debout à côté de lui, j'analysai les carafes d'alcool. Assez près pour que mon épaule frôle son torse. Assez près pour que ma peau sensible bourdonne.

— Ah oui ? Alors quand avez-vous mis dans le mille ?

Je tendis le bras devant lui pour m'emparer du gin, faisant comme si le frottement de nos bras ne m'affectait pas outre mesure, alors qu'en réalité cela projetait une onde torride dans le bas de mon ventre.

— Dès le premier jour, je suis partie du principe que vous êtes un connard, et je ne me suis pas trompée.

Je m'arrêtai, la main sur la carafe, ne croyant pas ce qui sortait de ma bouche.

Un petit sourire railleur apparut sur ses lèvres, un peu comme s'il pensait à quelque chose d'inapproprié.

— Est-ce la première fois que vous dites « connard » ?

— Oui. L'ai-je employé à bon escient ?

Je tirai sur le bouchon et versai de l'alcool dans mon verre.

— Peut mieux faire.

Je me renfrognai, un peu vexée. La première fois que j'avais insulté quelqu'un en proférant un juron, et c'était minable ? Peut-être que ce n'était pas mon truc. Je lui lançai un regard, soudain prise d'un accès de timidité dû au fait qu'il m'observait.

— De quelle façon ?

J'ajoutai un trait de tonic et du citron vert.

— Ça manquait d'émotion.

Il porta son verre à ses lèvres, tout en promenant son regard autour de la pièce.

— Alors, comment s'y prendrait Nicolas Russo ?

Son regard se fixa sur moi.

— Si je devais vous insulter, je ferais en sorte que cela vous fasse cogiter après coup.

Je remuai mon cocktail, avec l'impression qu'autre chose remuait en moi.

— Montrez-moi.

Il plissa les yeux.

— Vous me demandez de vous insulter ?

Je hochai la tête, bus une gorgée, puis léchai le gin sur mes lèvres. Ma respiration se fit lourde quand son regard tomba sur ma bouche et s'assombrit.

— Il me semblait l'avoir fait hier.

— Ah bon ? J'ai déjà oublié.

Une infime lueur d'amusement survola son visage, et il se passa la langue sur les lèvres, son regard calculateur parcourant la pièce. Nous étions, en quelque sorte, isolés, les invités les plus proches de nous étant de dos. Toutefois, quand je me trouvais avec lui, j'avais à coup sûr la sensation que nous étions seuls.

Il secoua la tête.

— Je ne vais pas vous insulter.

— Pourquoi ? Vous vous glissez dans la peau du gentleman, ce soir ?

— Nan. Je ne m'embête pas avec ça.

Je soufflai.

— C'est parce que vous ne connaissez pas de bonne…

Interloquée, j'exhalai quand il agrippa rudement le côté de mon cou et me rapprocha de lui. Ses lèvres se pressèrent sur mon oreille.

— Vous avez l'air d'une *traînée* dans cette robe, Elena.

Un violent frisson me parcourut.

Mes yeux se fermèrent, son parfum chaud et viril imprégnant ma peau et faisant fredonner mes veines.

Ses mots s'adoucirent.

— Bonne qu'à une seule chose, et ce n'est *pas* à ouvrir votre jolie petite bouche.

Je ne pouvais plus respirer avec son corps contre mon flanc, ses insultes licencieuses dans mon oreille. Son pouce suivit la chair de poule qui recouvrait ma nuque, puis le contact se rompit. Ébahie, je le vis reprendre son verre et s'en aller sur une ultime déclaration.

— Voilà comment je m'y prendrais.

24

« On peut être la lune,
et tout de même être jaloux des étoiles. »
Gary Allan

Elena

— Mamma, à ton avis, cette robe me donne-t-elle l'air d'une fille… légère ?

Ma mère but un peu de cocktail à la paille, un pli se creusant entre ses sourcils.

— C'est-à-dire que, *cara mia*… Tu as bel et bien couché avec un homme que tu ne connaissais pas très bien.

— Mamma ! gronda Adriana.

Dans ma vie, rares étaient les moments comme celui-ci où les rôles de ma mère et de ma sœur s'inversaient.

— Je n'ai pas demandé si j'étais une fille légère. J'ai demandé si j'en avais l'air, soupirai-je.

En vérité, cette robe était serrée. Et par « serrée », je veux dire que je ne l'avais pas essayée dans la boutique, et au moment de l'enfiler, elle était deux tailles trop petite. Mais elle était trop jolie pour moisir dans la penderie.

— Tu n'as pas l'air d'une fille facile, Elena, me certifia Adriana.

Benito était assis à côté d'elle sur le canapé, le bras étiré sur le dossier. Il examina ma robe d'un œil circonspect et se gratta la joue.

— Ben…

— Oh ! laissez tomber.

Je fendis la masse d'invités en direction de la terrasse avec piscine. Dès que je fus sortie dans la nuit tiède et immobile, le brouhaha des discussions s'estompa. La terrasse était désertée ; j'avais pour seule compagnie des gratte-ciel qui bouchaient l'horizon et leur éclairage ocre.

Les bras croisés sur la poitrine, je levai les yeux vers le ciel nocturne.

— Pas d'étoiles, remarquai-je à voix basse.

Sans doute était-il possible de les observer depuis la maison de brique rouge de Nicolas.

— Scorpion, dit une voix détendue.

Christian vint se placer à côté de moi, son corps effleurant le mien.

— La constellation du Scorpion se trouve ici.

Il souligna d'un mouvement de tête la direction de mon regard, où s'étalait un ciel gris sans relief.

— Et là ?

Je montrai un point un peu plus à gauche.

Il fit un petit sourire.

— L'Aigle.

J'avais le sentiment qu'il était capable d'identifier toutes les constellations et toutes les étoiles qui les constituaient. J'eus soudain la conviction qu'il n'était pas du tout pour moi. *Flic* ou pas.

Un soupir quitta mes lèvres. Je me sentais étourdie, mes inhibitions dissoutes par l'alcool.

— Vous n'aimez pas les soirées ? demanda-t-il.

— Si, j'aime bien. Honnêtement, je suis assez superficielle de ce côté-là.

Il rit. Un son grave et rude qui causa un frisson dans mon dos. Même sa façon de rire était séduisante.

— Comment se fait-il que vous connaissiez aussi bien les étoiles ? demandai-je.

— J'ai grandi dans une vieille ferme de l'Iowa. Par moments, il n'y avait rien d'autre à faire qu'observer le ciel. J'en ai eu marre de ne pas savoir ce que je regardais.

— Une explication parfaitement convenable, mais un mensonge. Deuxième essai.

Je clignai des yeux. Je n'aurais jamais osé dire cela un an plus tôt. J'aurais accepté qu'on me mente et poursuivi la conversation. Peut-être que j'avais juste besoin d'être ivre pour trouver le courage de me libérer des chaînes de mon enfance.

Je détectai un sourire microscopique du coin de l'œil.

— J'ai étudié l'astronomie à l'étranger. Pour impressionner les Françaises afin de les mettre dans mon lit.

— Encore plus incroyable. Vous vous êtes vu ?

Avec ce visage, il n'avait aucun mal à charmer.

Un autre sourire.

— Comment avez-vous su que la première était fausse ?

— Vous êtes plus glacial que l'Arctique. On ne devient pas ainsi dans une petite ville de province. C'est la vie urbaine, probablement solitaire. Normal que vous ayez basculé du côté du crime.

Petit non de la tête.

— J'ai entendu beaucoup de choses sur vous, Elena Abelli. J'avoue que vous ne correspondez pas à l'image que je m'étais faite de vous.

Je ne voulais même pas savoir ce qu'il avait glané sur mon

compte. Je semblais être un sujet prisé, et certainement pas pour de bonnes raisons.

— Personne ne vous a prévenu ? Les suppositions conduisent à la mort.

— Ça sonne comme un extrait du manuel d'Ace, ironisa-t-il.

L'incertitude s'installa dans ma poitrine. Il savait qu'il se passait quelque chose entre Nicolas et moi, même si moi-même, je n'aurais su dire quoi. Ou dans quelle toile complexe je m'étais empêtrée.

— Christian, vous buvez ?

— À l'occasion.

— Je vais me rafraîchir et je reviens avec un verre. Qu'est-ce qui vous ferait plaisir ?

Je détachai enfin mon attention du ciel pour le regarder. Des épaules carrées dans un costume bleu foncé se découpaient sur l'horizon piqueté de lumières vives.

Sa présence, bien que pas désagréable, était lointaine, comme s'il se tenait sur une seconde terrasse, dans un autre monde. Son regard rencontra le mien, et j'attendis que l'alchimie opère, au lieu de quoi je me sentis seulement scrutée par ses yeux froids, au cœur d'un séduisant visage rempli de secrets.

Son pouce caressa sa montre, un tic qui lui prenait quand il réfléchissait, d'après ce que j'avais pu observer.

— Je m'occupe des rafraîchissements, on se retrouve ici.

Son regard s'évada vers la gauche, suivi du mien. Mon papà nous surveillait à travers la vitre du salon, non pas par précaution mais avec intérêt. Tout à coup, je sus. C'était un coup monté.

La déception pesa aussi lourd que du plomb dans mon estomac. J'aspirais à gagner le contrôle de certains aspects de ma vie, dont cette conversation, mais alors que mon père m'adressa un signe m'invitant à la sagesse, je sus que tout était arrangé.

Encore que, si mon père nourrissait des projets pour Christian et moi, cela signifiait qu'il n'avait pas arrêté son choix sur Oscar Perez. La possibilité atténua un peu la pression qui se resserrait autour de moi. À choisir, ce serait sans hésiter Christian plutôt que le pervers.

— Excellente idée.

Je le gratifiai de mon sourire de Douce Abelli.

Alcoolisée, l'esprit encombré de réflexions, je retournai à l'intérieur.

Mes pieds se figèrent quand je vis Nicolas adossé au mur du couloir. Une main dans sa poche, il tenait de l'autre une cigarette qu'il faisait tourner entre ses doigts. Son expression avait de quoi faire fuir le commun des mortels.

Comme je n'avais pas d'autre choix que passer devant lui, je déglutis, puis m'obligeai à mettre un pied devant l'autre, alors que j'avais envie de prendre la direction opposée.

Son regard intense me suivait pas à pas. Le cœur tambourinant, je priai pour que quelqu'un se pointe derrière le muret et me sauve de cet homme.

Je le dépassai, la peau vibrant d'embarras, mais il resta muet, se contentant de me fusiller du regard. Son silence me semblait plus ardu que ses requêtes ; quand il les énonçait, je connaissais au moins ses intentions.

Après l'avoir dépassé, je m'arrêtai, me retournai et lançai :

— Un problème ?

— Que vous ai-je dit à propos de Christian, Elena ?

Sa voix, bien que maîtrisée, était assassine sur les bords.

Je n'avais pas envisagé que sa mauvaise humeur puisse être imputable au fait que je discute avec Christian sur la terrasse. Nous n'avions fait que bavarder, au vu et au su de tous. Était-il sérieux ?

— Je ne sais pas. Je n'ai sûrement pas fait attention.

Une réponse sarcastique qui lui déplut à en juger par le plissement de ses yeux.

— Permettez ce rappel. Ne vous approchez pas de ce type.

— Je l'ai déjà dit et je le redis : je suis une Abelli, pas une Russo. Rien ne vous autorise à me dire ce que je dois faire.

— Je commence à me lasser que vous ne me témoigniez pas le respect qu'un chef est en droit d'exiger, riposta-t-il.

— Et j'en ai ma claque des hommes !

Son regard prit un éclat assassin.

— Faites attention à ce que vous dites.

Je n'en revenais pas de mon effronterie, mais j'étais soûle, contrariée, et fatiguée de m'interdire de ressentir ceci ou cela. Je pouvais encore sentir le juron sur ma langue, lequel me laissait une étrange sensation, immorale et *libératrice*.

— Pas Christian.

Deux mots. Il espérait que je me plie à une injonction de deux mots.

Je secouai la tête. Dans mon esprit, c'était Christian ou Oscar. La décision la plus commode que j'avais eue à prendre.

— Non.

Il rangea la cigarette dans sa poche. Mon pouls bondit quand il fit un pas vers moi.

Je reculai, guidée par sa main légère mais torride sur ma gorge qui me repoussa doucement. Faisant un pas en arrière, je me cognai au mur. C'était un geste agressif mais exécuté avec une délicatesse aussi absolue, il provoqua des palpitations dans ma poitrine qui se répandirent dans mon corps. Envie. *Besoin.*

Il s'avança jusqu'à ce que sa veste frotte ma robe et mes seins crispés d'anticipation. Respirer m'était impossible avec lui aussi près, sa main autour de mon cou, et l'idée que n'importe qui risquait de surgir dans le couloir. Les gens buvaient ; ils allaient au petit coin.

Il s'appuya d'une main au mur à côté de moi, et je me sentis consumée comme jamais. Sa tête s'abaissa, légèrement appuyée sur la mienne.

Qu'est-il en train de se produire ?

J'avais des brûlures d'estomac.

— Nicolas. C'est inapproprié.

Son pouce caressait mon cou, faisant sursauter mon pouls.

— Platonique, se défendit-il d'une voix cassée.

Je fondais intérieurement. Mes lèvres s'entrouvrirent, et ma vision se voila. J'avais envie de goûter ce mot à la sortie de ses lèvres. Un rire derrière le mur me parvint à travers le bourdonnement dans mes oreilles. Je secouai la tête pour le dissiper, mais son visage si près du mien entravait mes pensées.

— Non, haletai-je. Ça ne l'est pas. Laissez-moi passer s'il vous plaît.

— Pas Christian.

Son ton était dépourvu de gentillesse, contrairement à ses mains. Cela jouait bizarrement avec mes sens.

Puis je tiltai.

Il me faisait du chantage.

Il me retiendrait là jusqu'à ce que je plie. Il savait que me sentir piégée m'exaspérerait à un point inimaginable en raison de mon vécu.

La frustration se resserra dans mes poumons. Plus nous restions ainsi – lui me tenant d'une manière intime – plus la panique me gagnait, irritante. Je repoussai son torse dans un ultime effort, mais c'était comme essayer de déplacer un mur en brique.

— Entendu, concédai-je. Pas Christian.

Ma réponse dut le satisfaire puisqu'il s'écarta.

La seconde d'après, quelqu'un apparut à l'angle. Le froid me saisit à la gorge. Benito s'immobilisa dès qu'il nous vit, ses yeux étrécis en deux fentes.

Nicolas et moi nous tenions à une soixantaine de centimètres de distance, même si nous étions seuls, et que mes yeux de biche apeurée étaient éloquents. Je me forçai à sourire, et Nicolas lança à mon cousin un regard d'indifférence avant que je me précipite aux toilettes.

Adossée à la porte, je poussai un soupir de délivrance.

Je n'épouserais pas Oscar Perez.

Maintenant que je savais qu'il existait une issue de secours, je m'autorisais à faire preuve d'optimisme. Et je ne laisserais pas ma chance m'échapper pour les beaux yeux de Nicolas Russo.

Après un passage aux toilettes, je retournai directement sur la terrasse et, au bord de la piscine, je pris le gin tonic que me tendait Christian, qui avait apparemment remarqué que je les appréciais – une qualité chez un homme – et bus une belle lampée pour me donner du courage.

Puis je lui parlai. Avec animation. Comme si c'était mon choix, pas du fait de l'entremise de mon père. Comme si on ne m'avait pas soumise à un chantage pour me détourner de lui.

Tout cela divertit Christian, qui semblait savoir tout ce que je faisais, ce dont je ne doutais pas. Il était perspicace et *canon*. Son attrait ne fit que s'accroître avec l'alcool mais, pour une raison illogique, je ne pouvais repousser Nicolas de mon esprit une seule seconde. J'étais continuellement consciente de sa présence, malgré l'attention avide de cet homme attirant à un point insensé.

Mon regard fut arrêté par celui de Nicolas à travers la vitre. Il m'épiait, les mains dans les poches, tout en causant avec Luca. Son expression était plus inattendue : indifférente et tranquille. Comme si l'échange dans le couloir ne s'était jamais déroulé.

Pour le moins déroutant.

Il m'avait assuré qu'il ne bluffait pas, et, par malheur, j'en recevrais la preuve sans tarder.

Cinq minutes plus tard, les joues en feu après mon cinquième verre de la soirée, je commençais à penser que j'avais inventé la mauvaise humeur de Nicolas. La conversation avec Christian était fluide, même si je m'interrogeais sur la part de vérité dans ses propos. Je l'écoutai me décrire son chalet dans les Rockies, où les étoiles étaient d'une luminosité exceptionnelle.

— Ça a l'air magnifique, commentai-je. J'adorerais voir ça.

— Voir quoi ?

Mes épaules se contractèrent au son de la voix de Nicolas, derrière moi.

— Mon chalet dans le Colorado, clarifia Christian pendant que je rétorquais en même temps « ce ne sont pas vos oignons ».

— Vous êtes tendue, Elena, remarqua Nicolas d'une voix teintée de menace. Vous devriez vous rafraîchir les idées.

Je fronçai les sourcils.

— Hein ? Mais non…

Je n'eus pas l'occasion de terminer ma phrase.

Parce que, d'une main sur ma hanche, Nicolas me poussa dans la piscine.

25

« Le drame n'est rien d'autre que la vie,
sans les instants insipides. »
Alfred Hitchcock

Elena

Pendant que je m'extirpais de la piscine, détrempée, ils se fixaient, à trente centimètres l'un de l'autre.

Les lèvres retroussées, Christian rapprocha son verre de sa bouche, sans pour autant détacher son regard de Nico.

— Elena ! s'écria ma mère dans un souffle en accourant sur la terrasse. Que s'est-il passé ?

Derrière la baie vitrée, tous les regards incendiaient ma peau, au point que j'eus l'impression d'être exhibée dans un zoo.

Je serrai les mâchoires.

— J'ai glissé.

— *Madonna !* Combien de verres as-tu bus ?

— Plus que ce que je pensais, apparemment, grommelai-je.

Son regard hésitant bifurqua vers Nicolas et Christian, les deux hommes les moins galants que la terre n'ait jamais porté, le premier parce qu'il m'avait poussée dans la piscine, le second parce qu'il ne m'aidait pas à en sortir.

Gianna s'empressa de m'apporter une serviette, et Christian leva lentement les yeux vers elle par-dessus son verre, dans un réflexe qui semblait à la fois involontaire et non désiré.

— Merci, murmurai-je.

— Je dois avoir une tenue à te prêter.

Elle ramassa les talons que j'avais ôtés pour m'extraire de l'eau. J'aurais mieux fait de les lancer à la tête de Nicolas, mais avant même d'y penser, l'attention de tous les convives s'était focalisée sur moi.

Pendant que je suivais Gianna à l'intérieur, tous me fixaient les yeux écarquillés – enfin, toutes les femmes. Je m'attendais au pire venant de mon père, mais il ne me regardait même pas. Son attention se concentrait sur les deux hommes présents sur la terrasse, son expression des plus combattives.

Un poids me tomba sur l'estomac.

Combien d'entre eux avaient vu Nicolas me pousser ? Et pourquoi ce geste ? Je me doutais que les Russo faisaient tout ce que bon leur semblait. Mon père aurait dû savoir dès le début qu'il était préférable de ne pas se lier à Nicolas.

Je suivis Gianna dans une chambre, apparemment une chambre d'amis, tout en me frottant les cheveux avec une serviette. Elle retourna le contenu d'un sac sur le lit, et quelque chose se serra dans ma poitrine. Prévoyait-elle de passer la nuit ici ? D'ailleurs, pourquoi je m'en souciais ? Nicolas m'avait poussée dans l'eau, quand même. Je n'avais aucune estime pour lui.

Gianna dégota un short rouge rehaussé d'un liseré blanc sur les bords, et un T-shirt uni. Une tenue sortie des années 1970, inspirée directement de Farrah Fawcett. Je commençais à me demander où Gianna faisait son shopping.

J'acceptai les vêtements, ainsi qu'un soutien-gorge de sport

– par chance, nous faisions à peu près la même taille de poitrine – et me retournai pour me changer.

— Merci beaucoup. Je suis désolée pour le dérangement. Je suis vraiment… maladroite.

Bof.

Gianna pouffa.

— Inutile de mentir. J'ai vu Ace te pousser.

Je m'arrêtai, la robe autour de la taille le temps d'enfiler le T-shirt.

— Combien de personnes l'ont vu exactement ?

— Oh ! presque tout le monde.

Évidemment. Je soufflai, me dandinai pour abaisser la robe sur mes hanches, puis passai le short.

Me retournant, je vis Gianna étendue sur le lit, ses pieds sur le sol et les bras étirés au-dessus de la tête. Une pose pas du tout digne d'une dame, que la Douce Abelli n'aurait jamais reproduite. Et je l'enviais pour ça.

— Merci encore pour les vêtements, dis-je. Je les laverai et te les renverrai.

— Tu peux les garder.

Un silence pesant suivit, que je me fis un devoir de combler.

— C'est une habitude chez lui, de jeter les filles à l'eau ?

Elle se redressa en riant.

— Loin de là. Il faut déjà que la fille ne le laisse pas indifférent.

Je restai interdite, réalisant qu'elle insinuait qu'il s'intéressait à moi. *Dans quoi me suis-je fourrée ?* Seule certitude, je devais me sortir de ce bourbier.

— Ce n'est pas du tout ce que tu crois.

Je voulais injecter de la fermeté dans ma voix, mais elle sonna plus incertaine qu'autre chose.

Elle sourit, toutefois ses yeux recelaient des années de tourments secrets.

— C'est ce qu'on dit toujours, répondit-elle calmement.

Peu après, je découvris que tout le monde avait en réalité vu le fiancé de ma sœur me pousser dans la piscine. Apparemment, c'était difficile à comprendre même pour les Russo, étant donné que les femmes, en particulier Valentina, m'observaient avec insistance, comme si elles avaient enfin remarqué que j'étais de la fête. Jemma, cependant, me regardait avec compassion, comme si je me retrouvais impliquée dans une situation qui se solderait par ma mort. Je ne savais pas quoi en penser.

En sortant de l'appartement, je dédaignai les questions avinées et curieuses d'Adriana, le regard furieux de Benito sur l'arrière de ma tête et le silence glacial de mon père et de mon frère. Avant de franchir la porte, je jetai un regard par-dessus mon épaule.

Les mains nouées sur l'îlot, Nico m'examinait, son regard telle une caresse chaude sur ma peau. J'avais suffisamment croisé ses yeux pour m'y habituer, mais ce soir, quelque chose avait changé. Il n'était pas grossier. Plutôt pensif, calculateur, un peu sournois. Comme s'il réfléchissait à l'éventualité de commettre un impair.

Je déglutis, détachai mon attention de lui et ne me retournai plus.

Je me préparai à ce qu'on me cuisine dans la voiture, mais personne ne m'adressa un seul mot. Mamma évoquait le mariage, qui avait lieu le week-end suivant, et Papà, au volant, répondait en conséquence.

Adriana tombait de sommeil, sa tête contre la vitre.

Tony enroula un bras autour de mon épaule et me serra. J'écoutais le crissement des pneus, regardais défiler le halo jaune des lampadaires puis se répandre dans la voiture à travers les vitres.

Ce faisant, je continuais de voir le visage calculateur de Nico, de sentir sa caresse sur ma peau.

Et je savais aussi sûrement que la Terre était ronde qu'il pensait *à moi.*

Arriva le jeudi après-midi. Le soleil carbonisait le trottoir, pendant que les arômes de pain frais et d'ail embaumaient l'air, à l'extérieur, devant les doubles portes vertes de chez Francesco.

Je marchais vers le restaurant, le regard concentré sur mes pieds car la lanière de mon escarpin s'était détachée. Pour la remettre, je sautillai sur un pied, et quand je commençai à basculer, une main vigoureuse surgit derrière moi et me saisit par la taille pour me stabiliser.

— Vous êtes un danger ambulant, vous savez ?

Je me tendis. Sa voix grave courut sur moi et emplit mes tripes d'une chaleur inconvenante.

Je me détachai de sa main, sa paume longeant ma taille jusqu'à ma hanche. Une caresse incandescente. Son contact me semblait obscène, comme si ses mains ne touchaient pas seulement ma taille. La sensation était frustrante, car je ne pouvais ni l'arrêter ni endiguer l'exaltation qui vibrait sous ma peau quand il se trouvait dans mon périmètre.

Mes yeux se plissèrent, mais je me gardai de répondre. Après réflexion, je savais comment le gérer : en ne faisant rien. *Ne pas entrer dans son jeu.* C'était à ma connaissance la meilleure solution.

Tandis que je continuais de marcher clopin-clopant, ma lanière pendouillant sur ma cheville, un souffle amusé se fit entendre derrière moi.

— Vous me boudez maintenant ?

Je serrai les mâchoires. Il se trouvait drôle, peut-être. Comment pouvais-je me sentir troublée et partagée, si tout cela n'était qu'un jeu pour lui ? Je pivotai vers lui.

— Vous m'avez poussée à l'eau ! Pourquoi devrais-je vous adresser la parole ?

Chemise bleu ciel, veste et pantalon gris, cravate noire, visage d'une beauté absurde. Je déglutis. *Pourquoi me suis-je laissé entraîner dans la conversation ?* Il était trop tard pour reculer à présent.

Il passa son pouce sur sa lèvre inférieure, son regard dérivant sur ma robe-bustier couleur chair et mes talons roses.

— C'est *vous* qui mentez, Elena.

Sans surprise, il retournait les choses contre moi ; il était vraiment doué à ce jeu.

— *Moi ?* Vous m'avez fait du chantage !

— Si vous aviez bien voulu m'écouter, je n'aurais pas eu besoin d'en arriver là.

Il ne parlait pas sérieusement, quand même ? Son regard restait pourtant stoïque. Mais si, il était *sérieux.*

Je me retournai, et manquant de m'affaler, je me tins au mur de brique chaud et me débrouillai pour rattacher ma chaussure d'une main.

— Où est votre cousin ? demanda-t-il, en tapotant un message sur son téléphone. Vous ne devriez pas traîner ici toute seule.

Benito m'avait déposée à la porte le temps de trouver une place de parking, mes parents étaient dans une seconde voiture avec Adriana. Cela ne concernait en rien Nicolas.

— Arrêtez de vous prendre pour mon frère. J'en ai déjà un.

Je dis cela dans l'objectif de l'agacer.

Sa mâchoire frémit.

— Rentrez, Elena.

— Demandez gentiment, ripostai-je en l'imitant.

Son regard quitta son téléphone, amusé et sombre.

— Magnez-vous de rentrer, Elena, sans quoi ce sera vous qui me crierez *s'il vous plaît.*

Mon Dieu…

— Inapproprié, lâchai-je en marchant vers l'entrée.

— Parfaitement platonique, contesta-t-il.

C'est alors que je réalisai que je m'étais arnaquée moi-même avec ce mot.

L'écriteau « fermé » en lettres rouges était visible à travers la vitrine, près de quelques rayonnages de pain frais, mais en poussant la porte, je fus aussitôt accueillie par un « *Mia bella ragazza !* ».

Je me sentis sourire.

— Zio.

Mon grand-oncle saisit mon visage et fit claquer un baiser sur chaque joue. Il sentait bon l'origan et la nostalgie. Certaines choses resteraient associées à cette odeur, peu importe qu'elles demeurent ou disparaissent.

Francesco Abelli évoluait du côté moins audacieux de la Cosa Nostra. Chaque centime blanchi au nom de notre famille était un produit de cet homme violent de soixante-cinq ans, toujours en pantalon habillé, chaussures de marque et tablier de cuisine. Quand il ne traficotait pas la comptabilité, il faisait tourner ce restaurant.

— Prends une chaise près de la fenêtre. *È una bella giornata.*

La journée n'était pas *belle* à proprement parler. Il faisait aussi chaud qu'en enfer, mais il n'avait sans doute pas mis le nez dehors. Il habitait à l'étage.

Je m'installai à une table et pris le pichet pour me servir un verre d'eau. Un soleil aveuglant abondait par la large vitrine. Cette place était pour le moins affreusement mal choisie, mais la parole de Zio, comme celle de mon père, ne se contestait pas, qu'importe qu'elle accable tout le monde.

Benito entra et s'assit, se raclant la gorge avant de se servir une infusion. Les yeux plissés, je bus à la paille.

— Tu as un suçon dans le cou.

Il massa ce point précis et bougonna :

— Je lui ai pourtant dit d'arrêter.

Je secouai la tête, ne voulant pas savoir comment il avait pu prendre son pied entre le moment où il avait garé la voiture et maintenant.

Un quart d'heure plus tard, Mamma et Papà s'assirent en face de moi, Adriana d'un côté et Nico de l'autre. Ma mère se rembrunit quand elle constata que ma sœur et Nico n'étaient pas côte à côte, mais les intéressés n'avaient pas l'air de s'en soucier. Tony, Benito, Dominic, Luca et mon oncle Manuel, assis à la table d'à côté, bavardaient entre eux.

Face au soleil, Mamma faisait les gros yeux et battait des cils, alors mon père le bloqua en consultant le menu, qu'il connaissait par cœur.

Le déjeuner fut moins tendu que je le craignais, compte tenu de la manière dont s'était terminée la soirée. Cependant, l'aspect le plus étrange venait d'Adriana. Elle paraissait distante, comme si elle était là mais que ses pensées voguaient dans la stratosphère. Pourtant connue pour aimer s'occuper, elle regardait obstinément dehors.

Des documents furent étalés sur la table, Mamma reprenant les ultimes détails du mariage avec Nico, sollicitant son approbation sur certains arrangements.

— Avez-vous prévu de partir en voyage de noces ? demanda ma mère.

Un malaise sautilla sur ma peau à un rythme néfaste. Je remuai sur ma chaise.

Nico se passa la main sur la joue, puis jeta un coup d'œil par la vitre. Mon regard suivit le sien, vers le trottoir et le soleil de Long Island.

Ma conscience fut titillée par une berline noire qui roulait au pas. Le temps que j'aperçoive le tatouage MS sur le visage du conducteur, la voix de Nico résonnait dans le restaurant.

— *Giù !*

Baissez-vous.

Des cris s'entrechoquèrent. *Giù ! Giù ! Giù !* psalmodié à la façon d'un enregistrement défectueux repris par une myriade de voix. L'alarme perça l'air si épais que je le sentais sur ma langue.

Puis l'air se vida de mes poumons quand je fus tirée vers le sol. Un corps lourd recouvrit le mien, alors que le verre explosait dans tous les sens. *Des coups de feu.* Les battements de mon cœur grondaient dans mes oreilles, et je ne pouvais pas les différencier des balles qui filaient au-dessus de moi.

Je savais qui était couché sur moi, essayant de faire concorder nos respirations, pendant que se jouait le chaos. Un sentiment de sécurité m'enveloppait pendant que le restaurant se métamorphosait en champ de bataille de la pègre new-yorkaise.

Cela se poursuivit pendant ce qui sembla une éternité, avant que l'immobilité retombe sur la salle, où résonnait encore l'écho d'un tir.

— *Stai bene ?*

J'entendis les mots, mais mes pensées étaient focalisées sur du rouge. Devant moi, du sang gouttait sur le parquet.

Des mains saisirent mon visage et le firent pivoter.

— Est-ce que ça va ? répéta Nico.

Je hochai la tête, les tintements s'estompant dans mes oreilles.

Ses mains et son regard explorèrent mon corps, m'examinant néanmoins, mais je ne sentais rien tellement j'étais obnubilée par le goutte-à-goutte écarlate. L'angoisse me lacérait la poitrine, dépiautait ma conscience pour ne laisser que l'émotion. Je repoussai les mains de Nico.

— Poussez-vous !

— Du calme, répondit-il en tenant mes poignets. Tout le monde se porte bien.

Hébétée, je cillai.

— Ouais ?

— Ouais. Respirez, dit-il en passant son pouce sur ma joue.

J'inhalai un souffle stable, et c'est alors que j'entendis leurs voix. Ils s'assuraient réciproquement que personne n'était blessé, ce que, pétrie d'effroi devant les gouttes de sang, je n'avais pas pu entendre.

C'était Benito qui saignait. Il râlait en se tenant le bras :

— Fils de pute. Le même bras, putain.

Papà tempêtait en italien au téléphone, et Mamma était en larmes. Adriana se rassit, entourée d'éclats de verre et de désordre. Alors que les sirènes résonnèrent au loin, le restaurant s'enfonçait dans le silence, comme si le changement dans l'air nous irritait la peau.

Puis, regardant droit devant elle, ma sœur marmonna trois petits mots qui transformeraient définitivement le cours de notre destin.

— Je suis enceinte.

26

« Le sort en est jeté. »
Jules César

Elena

Dans certaines circonstances, il n'y a rien à dire.

Quelquefois, les mots ne feraient qu'encombrer un espace déjà rempli d'une désagréable vérité.

Assise avec ma sœur sur le canapé, nous regardions distraitement un épisode de *The Office.*

Les moments hilarants, tous les « c'est ce qu'elle disait », se succédaient sans même nous arracher un sourire.

Ma mère, enfermée dans sa chambre avec une bouteille de vin et un Xanax, n'était pas descendue depuis des heures.

Après avoir fait une vague déposition à la police – on nous avait formées à nous adresser aux autorités dès nos quatre ans – nous étions rentrées et nous étions installées dans le salon, que nous n'avions pas quitté. Notre oncle Marco et son fils Dominic étaient tous deux chez nous, mais depuis l'incident chez Francesco, les autres membres masculins de la famille étaient absents.

Rouge sang.

Il coulait en ce moment même ailleurs qu'au restaurant de mon oncle.

Et je n'en éprouvais aucun remords, juste de l'engourdissement.

Il était deux heures du matin quand ils se pointèrent. La lumière du salon s'alluma, puis le son des pas et des voix emplirent l'entrée. Un poids me comprima la poitrine.

Papà contourna le canapé. Les manches de sa chemise relevées, il avait ôté sa veste, alors qu'on ne le voyait jamais sans, même les jours de grande chaleur. Mauvais signe. Je déglutis en avisant les taches de sang sur sa chemise blanche.

Marco, Dominic, Manuel, Tony, Benito, qui avait dû signer une décharge pour quitter l'hôpital, Luca et enfin Nicolas se réunirent dans la pièce. Mon regard suivit Nico, lequel ne m'accorda pas la moindre attention. Resté dans sa tenue du déjeuner, l'expression impassible, il s'appuya au support de la télé.

Sa fiancée était enceinte d'un autre. N'importe quel homme accompli le prendrait comme une insulte personnelle gravissime, mais quand il se décida à me lancer un regard, je me demandai si cela le préoccupait ne serait-ce qu'un peu.

Huit hommes fixaient ma sœur. Ils se préparaient à l'intimider pour lui arracher un nom.

— Téléphone, aboya mon père.

Adriana était assise en tailleur sur le canapé, dans la robe blanche qu'elle portait au déjeuner. Pour ma part je m'étais changée et avais enfilé un short et un T-shirt. Adriana fit mine de ne pas avoir entendu. Ce qui le fit grincer des dents.

Je m'emparai de son téléphone, posé sur le canapé entre nous, et le tendis à mon père. Nous avions déjà supprimé toute allusion à Ryan.

Papà le remit à Dominic, qui entreprit de le fouiller.

— Nous trouverons le fautif, Adriana, alors autant parler, intervint Marco qui tentait une approche plus douce, à laquelle mon père n'adhérait pas.

— Tu vas nous le dire, Adriana. Tout de suite. Sinon je jure devant Dieu que tu ne verras plus la lumière du jour.

Ma sœur croisa les bras, une lueur de défi dans les yeux. Cette stratégie-là serait sans effet sur elle, et Papà le savait. Sans doute croyait-il qu'un jour elle deviendrait soumise par magie.

— Nous ne le tuerons pas, affirma Marco. Il y a un bébé dans le tableau, c'est différent.

Il n'eut pas besoin de préciser pour que nous entendions tous : différent de *moi*. Différent de ma situation.

L'espoir qui éclaira le regard d'Adriana me fit un pincement au cœur.

— Il t'embobine, bredouillai-je.

Ils me fusillèrent du regard.

Je déglutis, lançant un regard à Nicolas, qui continuait d'arborer son air lointain.

Oncle Marco secoua la tête.

— Pas moi. Nous ne le tuerons pas, Adriana. Tu as ma parole.

Dans ses yeux, la lueur d'espoir s'accrut.

La panique me saisit. Je connaissais cet air dans le regard de Benito, dans celui de mon frère.

Balivernes. Un énorme bobard.

— Ils mentent, Adriana, la pressai-je. Ne les écoute pas.

La main de Manuel se rapprochant de mon visage, mon pouls sauta dans ma gorge. Je tressaillis, prête à encaisser une gifle. Seul le souffle de l'air toucha ma joue, et je rouvris les yeux à temps pour voir la main de Nicolas bloquer le poignet de mon oncle.

— Frappez une femme devant moi, et vous n'aurez plus l'occasion de recommencer, menaça Nico.

Au bout de plusieurs secondes, Manuel s'arracha à la poigne de Nico et s'écarta d'un pas, le visage rougi par le mépris.

Papà observa l'échange d'un air neutre, mais quelque chose de semblable à du mécontentement se refléta dans ses yeux quand il se tourna vers Nico. Mon père ne m'avait jamais frappée – son aversion avait une autre origine que l'intervention de Nicolas, mais je n'aurais su dire laquelle.

Les frères de ma mère étaient cruels, à l'exception de Marco. Il était prévenant, réservé mais au plus petit écart, l'agneau devenait un loup en chasse.

— Elena, aboya mon père. Laisse-nous.

De toute ma vie, je n'avais jamais tenu tête à mon père. Cependant, je connaissais ma sœur ; bien que tenace, elle était facile à duper. Elle voulait croire au conte de fées. Si elle s'y accrochait, ce serait la mort de son prince.

Je ne bronchai pas.

— *Elena*, tonna mon père d'une voix polaire teintée d'incrédulité.

Bien que tentée de lui obéir, mes pieds étaient ancrés au sol. À la moquette élimée d'un appartement miteux, où j'assistais à une scène similaire.

Papà décocha un regard à Tony qui, l'air contrit, fit le tour du canapé dans ma direction.

— Je reste, protestai-je.

— Viens avec moi, Elena.

Quand Tony voulut me prendre le poignet, je me dégageai. Soupirant, il enroula le bras autour de ma taille et me souleva.

— Adriana, ne fais pas ce qu'il demande, implorai-je pendant que Tony me forçait à avancer en me portant à moitié, d'un seul bras. Crois-moi, ils te mentent.

Je connaissais le type de culpabilité que cela suscitait – sans compter la peine de cœur, et je refusais qu'Adriana endure les mêmes tourments.

Dès que je posai le pied dans le couloir, Tony referma la porte, m'isolant à l'extérieur. Je poussai un souffle de frustration, avant de frapper le montant en bois du plat de la main. Me laissant glisser au sol, les cuisses ramenées contre ma poitrine, j'écoutai leurs voix par les interstices.

J'attendis longuement que le nom de Ryan franchisse les lèvres de ma sœur.

Il ne s'en échappa pas.

Nico

Le tic-tac d'une pendule. Le tintement des glaçons dans un verre épais. La fumée de cigare en apesanteur. Une certaine répugnance émanait de Salvatore, assis à son bureau.

J'occupai le fauteuil visiteur, adossé, le bras sur l'accoudoir. Je savais que ma posture qui exprimait de l'ennui l'insupportait, aussi restai-je dans cette position.

Sans pouvoir dire depuis combien de temps nous étions dans son bureau, dans un silence absolu pendant que Salvatore fumait un cigare, je sentais que quelque chose couvait, mais pas en moi. Honnêtement, j'appréciais l'ambiance. Je pouvais subsister rien qu'avec des silences tendus et embarrassés.

— Tu ne peux pas l'épouser.

Sa déclaration fendit le silence comme une lame trancherait l'air. Mon regard trouva celui de Salvatore à travers le nuage de fumée.

— Je n'ai jamais dit que je voulais d'elle.

Sur un souffle narquois, il secoua la tête.

— Ne me prends pas pour un con, Ace. Je sais que tu veux Elena, mais elle est hors-jeu.

Ma mâchoire frémit. Je ne supportais pas qu'on m'impose des limites.

— Vous n'êtes pas en position de me dire ce qui est en jeu ou pas, Salvatore. Vous m'avez berné.

Techniquement, sa fille avait couché avec quelqu'un, ce qui revenait au même point : il n'avait pas respecté le contrat.

Salvatore inspira sur son cigare une dernière fois, avant de l'éteindre, l'air songeur.

— Elena n'est pas une option, même si j'étais disposé à te la donner. (Son regard me dit qu'il ne l'était pas.) Elle est fiancée.

Je le regardai avec désintéressement, pendant que mon cœur était piétiné par le dégoût, avant de se refroidir jusqu'à la brûlure.

J'avais mûrement réfléchi à la situation, à ce que je pouvais obtenir de Salvatore en réparation de la rupture de contrat, à ce que je *voulais* plus que tout. La réponse commençait par un « E » et avait de longs cheveux noirs. Elle était aussi ma faiblesse.

J'avais beau la convoiter, je ne pouvais pas m'autoriser à l'avoir.

Néanmoins, maintenant que je savais qu'elle était destinée à un autre, quelque chose de violent se déversait dans mes veines comme un cas de gelure interne.

Mon côté irrationnel prit la parole en mon nom.

— Un contrat a été signé ?

Salvatore opina, une étincelle de satisfaction dans les yeux.

Je l'examinai soigneusement. J'étais sûr qu'il avait garanti la signature peu après l'incident de la piscine, quand j'avais poussé Elena dans l'eau.

Je n'avais rien à reprocher à Salvatore, mais il y avait quelque chose qui l'irritait dans le fait de partager le même grade qu'un homme deux fois plus jeune que lui. Sans oublier que j'étais nettement plus fortuné. Il n'aimait pas la portée de ma réputation, ni les détails de celle-ci. Mais désormais, il savait qu'il ne pouvait pas se permettre de passer du côté de mes ennemis. Nous avions découvert que les Mexicains étaient les instigateurs des coups de feu tirés de la voiture en marche, cependant il restait quelques membres auxquels régler leur compte.

J'avais plus d'hommes de main dans les rues que Salvatore. Même des hommes parmi les siens, que j'avais utilisés pour identifier les responsables de la fusillade d'aujourd'hui. Salvatore n'avait pas apprécié ma méthode. Je ne respectais pas les règles, et le chef à l'ancienne n'avait pas confiance en moi. N'empêche qu'il avait besoin de moi. Sans doute était-ce avant tout pour cette raison qu'il ne m'aimait pas. De surcroît, il ne voulait vraiment pas de mes mains de Russo sur sa fille préférée.

— Qui ?

La question m'échappa, et je priai pour qu'il me laisse dans le flou.

Les yeux plissés, il prit un peu de whiskey.

— Oscar Perez. Colombien.

Nous nous fixâmes du regard, le froid lacérant mon torse.

— Ce problème avec les Mexicains a compromis mes contacts parmi les fournisseurs. Oscar est… une vieille connaissance. Sa marchandise est de qualité, en revanche il veut Elena.

Salvatore essayait de se convaincre, semblait-il. Oscar était le genre d'homme issu d'une famille divinement nantie mais dotée d'un sens de l'ennui désaxé. Assorti de penchants odieux qu'il évacuerait sur Elena.

Je me levai, reboutonnai ma veste et m'apprêtai à partir.

— Nous en reparlerons demain, il se fait tard.

— Et Adriana ? dit-il au moment où j'ouvrais la porte.

Je n'avais guère exprimé le désir de me venger de l'homme

qui avait osé coucher avec ma fiancée, cela uniquement parce que je convoitais la possibilité d'avoir sa sœur.

— Le registre d'appels de son téléphone. Ils se sont contactés, répliquai-je avant de m'en aller.

Savoir avec qui Adriana avait couché alors qu'elle était fiancée avec moi m'importait peu.

C'était une simple question de principe.

Elena

À 8 heures du matin, j'étais assise sur le canapé, vêtue d'un T-shirt rose trop grand des Yankees et d'un short. Je grignotais un bol de céréales en écoutant la présentatrice blonde relayer l'actualité.

Je suivais les informations matin et soir. À travers ce biais-là, il n'y avait pas grand chose qui se passait dans le monde que je ne connaissais pas, que ce soit la crise du travail des enfants coréens, ou les injections de Botox foireuses administrées à L.A.

Quand un visage familier apparut sur l'écran, mon pouls se figea. Et quand les mots « Oscar Perez » suivis de « retrouvé mort par balles, probablement exécuté devant son appartement » furent articulés par les lèvres rouge rubis de la journaliste, je m'étranglai avec mes céréales.

Moins de dix secondes s'écoulèrent avant que « FILS DE PUTE ! » retentisse dans le bureau de mon père.

Mes yeux s'élargirent.

Alors que je me détendais sur le canapé, soulagée par la disparition d'Oscar, j'entendis Nicolas entrer dans la maison avec mon frère. Il était question du journal d'appels d'Adriana. Mon cœur s'affaissa. Si le relevé montrait tous ses messages, ils n'auraient aucun mal à identifier Ryan.

Tony et Nicolas s'étaient trouvé une activité commune maintenant ? Le dégoût s'entortilla dans mon ventre.

Ils passèrent devant le salon, en direction du bureau de Papà, pendant que je suivais les informations en fulminant.

La colère de mon père se propageait dans le couloir tel du brouillard, je me demandais si j'allais entendre des coups de feu, mais cinq minutes passèrent avant que son cri emplisse mes oreilles.

— Elena ! Dans mon bureau. *Immédiatement !*

J'hésitai, puis me levai et marchai pieds nus vers son bureau. L'appréhension me submergeait à chaque pas.

Je frappai avant d'entrer. Papà se trouvait derrière son bureau, Tony dans le fauteuil en face de lui et Nico contre le mur, près de la fenêtre.

Je m'arrêtai au centre de la pièce, triturant le bas de mon T-shirt. Le soleil réchauffait ma peau moite.

— Félicitations, déclara mon père sur un ton mordant, le regard noir de fureur, dans une colère telle que je ne l'avais jamais vu. Tu vas te marier.

Une sensation de froid glissa dans ma gorge et emplit mes poumons.

Lentement, je tournai la tête vers Nicolas et m'aperçus qu'il m'observait avec indifférence. Soutenant son regard, j'exhalai un souffle tremblant.

— Avec qui ? demandai-je, même si je le devinais. Sans vraiment savoir pourquoi, je n'avais pas anticipé ce dénouement.

— Avec Nico.

Mon cœur battait si fort que je luttais pour ne pas m'étrangler.

Le silence surchargea la pièce : profond et haineux en ce qui concernait mon père, pensif du côté de mon frère, et apathique du côté de celui qui n'était plus mon futur beau-frère mais mon *fiancé*.

Pour ma part, je tombai instinctivement dans le silence, comme une proie se faisant discrète pour éviter d'être capturée. L'instinct de survie prenant le dessus, je secouai la tête.

— Non, chuchotai-je.

Une étincelle clignota dans les yeux de Nico.

Mon père mit de l'ordre dans la paperasse sur son bureau.

— C'est chose faite, Elena.

Sans doute était-ce le contrat dans sa main.

Nicolas signait à ma place, et c'était « fait » ? Évidemment, la méthode ne sortait pas de l'ordinaire mais que Nicolas la suive me laissait un goût amer.

La nouvelle me faisait l'effet d'une gifle. Comment imaginer qu'en à peine cinq minutes, le fiancé de ma sœur soit devenu le *mien* ?

Ça ne s'arrêtait pas là.

Je n'avais jamais souhaité un mari comme lui. Il était tout ce dont mon corps pensait avoir besoin, et tout ce que ma raison savait qu'il ne lui fallait pas. Je me perdrais en Nicolas Russo et je ne saurais pas remonter à la surface pour m'oxygéner.

Mon cœur s'éprendrait de lui, et il le pulvérisait sous ses pieds. Je pouvais vivre sans amour. Je ne pouvais pas survivre à une vie brisée.

Je remuai de nouveau la tête.

— *Papà*…

— Assez, Elena ! C'est réglé. Monte préparer tes affaires. Tu habiteras chez lui jusqu'au mariage.

J'écarquillai les yeux.

— *Pardon ?*

Il dirigea un regard sarcastique sur moi.

— Ce n'est pas comme si tu étais vierge, Elena.

— Papà, intervint Tony d'un ton cinglant.

Ses paroles me transpercèrent la poitrine. Je savais que, hors de lui, il se défoulait sur moi, mais la douleur n'en était pas moins cuisante.

— Comment peux-tu cautionner ça ? Penses-tu que du fait que ma réputation soit déjà entachée, tu peux continuer de la piétiner ?

— Toi et ton fiancé êtes les seuls à blâmer pour ta mauvaise réputation. Après ces déconvenues avec ta sœur et ton… passif, j'ai consenti à ses conditions.

En clair, Nicolas ne me faisait pas confiance pour ne pas batifoler avec d'autres hommes derrière son dos avant le mariage. Papà, vraisemblablement, n'avait pas son mot à dire sur la question, considérant que la responsabilité de la rupture de contrat lui incombait.

J'étais à court d'arguments, mais je n'étais pas prête à donner mon aval.

— Je suis une cuisinière déplorable, bredouillai-je avant de regarder Nicolas, toujours contre le mur, les mains dans les poches.

— J'en ai une, se contenta-t-il de répondre d'une voix grave et détachée.

J'avais le sentiment que ce mariage lui inspirait aussi des réticences, alors pourquoi l'avait-il accepté ?

— J'adore faire les boutiques. Je dépense beaucoup trop d'argent.

C'était vrai, mais par ailleurs, je faisais des dons aux foyers locaux pour alléger ma conscience de panier percé. Du coup, cela signifiait que je dépensais encore davantage.

— J'ai compris.

Comptait-il ne s'adresser à moi que par des phrases de moins de trois mots maintenant que j'étais acquise ?

— Ça suffit, Elena, intervint mon père. Obéis.

Un son de frustration escalada ma gorge mais j'entravai son passage.

— Je ne suis pas d'accord, dis-je calmement à mon père.

J'esquivais le regard de Nicolas même s'il m'irritait la joue comme de l'urticaire.

— Le sujet est clos.

Papà copia mon intonation, mais ses paroles étaient sans appel.

Alors je quittai son bureau, montai dans ma chambre et, en remplissant ma valise, je me demandai comment diable survivre à Nicolas Russo.

27

« Le désir charnel causera notre perte. »
Anonyme

Elena

Rien ne troublait le silence. En fait, l'absence de sons me rongea jusqu'à l'arrivée. Le pire étant que la voiture sentait divinement bon. Les événements de la journée étaient pareils à une douche froide, laissant dans leur sillage un engourdissement que seul son musc pénétrait. Plutôt que les picotements de la panique, sa proximité extrême et l'idée de ses mains sur moi me faisaient perdre la tête.

C'était comme si mon corps se concentrait sur l'assaut bestial dont j'avais une folle envie, pour enrayer le traumatisme de l'événement. Un mécanisme de protection.

J'assimilais mon mariage avec Nicolas à un traumatisme sévère.

En vérité, la différence était infime.

Il y avait tout un monde entre désirer un homme et vouloir qu'il devienne le père de ses enfants. La perspective me tirait dans deux directions opposées : enchantement et affolement.

Des sensations tellement tenaces que je demeurais dans la torpeur, ne laissant la place qu'à un unique état émotionnel. La touffeur bourdonnait entre mes jambes, ma peau était à la fois électrique et glacée.

Ma mère, quand elle m'avait regardée quitter la maison avec Nico, et mon sac, avait les yeux humides comme si je partais pour l'abattoir. Même ma sœur s'était ruée dans l'entrée pour articuler « pardonne-moi », avant que la porte se referme sur moi. Papà s'était abstenu de sortir de son bureau, et Tony et mes cousins s'étaient contentés de considérer Nico comme un voleur.

Avec lui, j'avais décidé de rester détachée, indifférente si possible, mais alors que la ville défilait devant mes yeux dans un méli-mélo de béton et d'éclats de soleil, que nous nous rapprochions de son domicile, impassible n'était pas un mot que j'étais à même de connaître.

Sa voiture freinant devant la maison de brique rouge déjà familière, ma gorge se resserra.

— Pourquoi pas à l'appartement ?

— On espérait plus d'extravagance ?

Je plissai les yeux.

— Comment ? Pas du tout. Je m'attendais à aller à l'appartement. C'est ce que vous aviez choisi pour Adriana.

— Ce n'est pas ce que je choisis pour vous.

Je me crispais. Il ne me laissait pas oublier que j'étais sa propriété à présent, et cela éroda le flou et l'engourdissement qui m'emprisonnaient.

Je ne savais pas quoi ressentir : nervosité, terreur, détermination à conserver un tant soit peu d'autonomie, ou excitation à l'idée de ses mains sur moi. Pour finir, tout se mélangea, dansant sur ma peau quand je descendis de voiture.

Nico saisit mon sac sur la banquette, et je le suivis. La maison était plus vaste qu'elle n'en donnait l'impression de l'extérieur. La porte de derrière ouvrait sur la cuisine, équipée d'appareils en acier, de plans de travail en granit gris et d'un éclairage étudié.

Dans une pièce sur ma droite, j'aperçus un bureau en merisier par la porte entrebâillée. Exception faite de ces pièces, d'une petite salle de bains et d'une buanderie sur ma gauche, le reste n'était qu'un vaste espace ouvert, prolongé par un escalier menant à l'étage. On pouvait regarder l'écran plat depuis l'îlot. C'était simple, masculin et confortable.

Je déglutis lorsqu'il referma la porte dans un cliquètement sonore. J'étais toujours sous le choc et je ne savais comment digérer ces évènements dans leur globalité, ou ne serait-ce qu'en partie. J'étais en pilotage automatique, mes pensées à la traîne.

Il déposa mon sac dans un fauteuil, puis ses clés sur le plan de travail. Ce logis avait beau être un condensé de confort, il m'était difficile de m'imaginer à mon aise un jour.

Je restais plantée près de la porte, pendant qu'il se servait un verre au minibar près des fenêtres côté rue. J'étais saisie par le puissant sentiment que, si je bougeais, quelque chose m'attaquerait – peut-être lui. À travers les rideaux fermés, seuls de petits éclats de lumière filtraient, laissant la pièce dans la pénombre.

Il était 9 heures du matin, et il carburait au whiskey. Je priai pour qu'il ne soit pas alcoolique. Peut-être qu'il avait empêché mon oncle de me frapper hier soir, mais connaissant quelques alcooliques, en particulier du côté maternel, je les savais imprévisibles à tous points de vue.

Alors qu'il était entièrement vêtu de noir, sa façon de me regarder en travers de la pièce me rendait pleinement consciente de sa réputation. Il était l'homme le plus dangereux de la ville, et bientôt, je devrais l'appeler « Mon mari ».

Il m'observait, appuyé au bar, et les minutes s'égrenant, les battements de mon cœur s'accéléraient et distillaient ma nervosité dans mes veines.

Les pensées censées germer au fil du temps refluèrent d'un seul coup. Combien de femmes avait-il eues dans sa vie ? Qu'attendait-il de moi ? Je n'étais certes pas vierge, mais seulement de peu. Je n'avais couché qu'avec un seul homme, et juste de quoi remplir un week-end. Inexpérimentée, je m'inquiétais qu'il me mange tout cru et me recrache.

Il dénoua sa cravate en se rendant dans la cuisine. Il posa son verre sur l'îlot puis me dévisagea.

— Vous comptez passer la journée devant cette porte ?

Je déglutis et hochai la tête.

Se tenant au plan de travail, il opina légèrement. Mon ventre frémit de le voir lever sur moi des yeux semblables à de la lave en fusion.

— Approchez.

Je pensais inconcevable qu'une femme, quelle qu'elle soit, refuse de lui obéir. Un élan infiniment effroyable me poussait à obtempérer.

Mon cœur cognant à un rythme désordonné, je fis quelques petits pas dans sa direction.

À peine l'eus-je rejoint qu'il me saisit par la nuque, plongea les doigts dans mes cheveux, puis enfouit son visage dans mon cou. Son gémissement de satisfaction masculine se répercuta dans le creux de mon estomac avant de se loger lourdement entre mes jambes. J'eus un sursaut de recul, non pas que je luttais contre lui, mais j'étais ébranlée par la foudre qui frappa ma poitrine et mit mes veines en effervescence.

Mes seins pressés contre ses abdos fermes et chauds, un frémissement me parcourut. Il frottait son visage dans mon cou comme s'il savourait mon parfum, ou le fait qu'il avait capturé son prochain repas.

— Putain, c'est bon, grogna-t-il près de ma gorge.

Un bras enroulé autour de ma taille, il me souleva, me déposa sur le marbre froid de l'îlot et se plaça entre mes cuisses, m'obligeant à les écarter un peu plus. Ainsi installés, nos regards s'alignaient presque.

Mon cœur martelant mes tympans, une sensation de froid se faufila en moi. De la *peur.* Il posa ses lèvres dans mon cou, sema un chemin de baisers. Chacun déclenchant un crépitement entre mes jambes, j'inclinai la tête pour lui faciliter l'accès, un gémissement sur mes lèvres.

Cet homme était passé du rôle de tentation taboue à possesseur, amant et fiancé. La soudaineté du changement ne m'avait pas laissé le temps d'agir autrement qu'instinctivement. Je le désirais, mais à mon insu, le souffle frais de la peur s'infiltrait dans ma conscience.

Je me cramponnais au plan de travail de part et d'autre de mes cuisses, essayant de redescendre sur terre, pendant qu'il couvrait mon cou de baisers lents et de frottements de dents. Sa présence consumant la mienne, ma retenue partit en fumée.

Ses mains larges descendaient sous mes seins, vers le bas de mes hanches, ses pouces effleurant la peau nue sous la bande de mon short. C'était une sensation entêtante, et je me languissais qu'il aille un peu loin, vers le haut ou vers le bas. Qu'il se décide, bon sang.

Son érection frottait l'intérieur de ma cuisse, et pour peu qu'il avance de quelques centimètres, elle serait exactement là où je la voulais, où j'en avais *besoin.*

Je chancelais, les paupières alourdies, quand une main saisit fermement le côté de mon cou pour me maintenir immobile pendant qu'il distribuait des baisers chauds et humides sur ma gorge. Ma tête bascula en arrière dans un gémissement, mes cheveux effleurant le plan de travail à chaque mordillement.

Ses hanches alignées aux miennes, ses mains cramponnant le haut de mes fesses, son sexe se pressa sur mon clitoris dans un lent mouvement circulaire qui me coupa le souffle. Un léger grognement caressa ma nuque pendant qu'une sensation de vide pulsait entre mes jambes.

Il ne s'était frotté qu'une seule fois avant de s'écarter, alors que j'avais besoin qu'il s'attarde tellement plus. Ses mains me quittèrent pour s'accrocher à côté des miennes.

Ses yeux étaient plus ténébreux qu'ambrés.

— Enlève ton T-shirt.

Chaque manifestation de son autorité, jusqu'au tutoiement rocailleux, était un lent vrombissement dans le vide lancinant entre mes jambes. La peur revint en serpentant dans le brouillard. Une partie de moi aspirait à se soumettre, à se plier à toutes ses requêtes. À lui donner tout ce qu'il exigeait, excepté que je ne pouvais pas. Pas pour l'instant.

Le souffle tremblotant, je secouai la tête.

Le bord de ses yeux se froissa.

— Promets-moi de ne pas tuer le père du bébé d'Adriana, et je le ferai.

Son expression s'endurcit encore.

— Je n'aime pas les ultimatums.

— Ce n'est pas un ultimatum. C'est… une motivation.

Il secoua la tête et commença par s'écarter de moi mais je le rattrapai par la boucle de sa ceinture.

— S'il te plaît…

Ma voix sonnait rauque, différente à mes oreilles. Empreinte d'un désir dense. Il s'immobilisa, me prodiguant toute son attention.

— En cadeau de mariage.

Il baissa les yeux sur mon doigt crocheté à sa ceinture, les frémissements de sa mâchoire montrant qu'il cogitait.

— Tu enlèves tout. À chaque fois que je te le demande, finit-il par lâcher.

L'euphorie me submergea, ce qu'il remarqua sans doute considérant la brutalité que prit sa voix.

— Et il recevra néanmoins une raclée.

Je hochai la tête sans conviction. Pas idéal pour Ryan mais nettement préférable à la mort, et je n'allais pas pousser le bouchon.

— Et mon papà ?

— Je lui parlerai.

— Qu'est-ce qui me garantit que tu ne mens pas ?

— Je suppose que tu vas devoir me faire confiance.

Peut-être étais-je naïve, mais j'avais réellement confiance en lui – sur ce sujet, tout du moins. Mon doigt lâchant la boucle, un poids colossal s'envola de mes épaules. Sans doute que je prenais la situation de ma sœur trop à cœur ou que je pensais que réparer ses torts gommerait les miens. Ils ne seraient certes pas effacés, mais au moins, Adriana n'aurait pas à passer sa vie dans le chagrin et les regrets.

Nico reprit son verre et, appuyé en face de moi, avala une petite gorgée de whiskey comme s'il s'installait dans un club de strip-tease. Quoiqu'à son expression, il avait plutôt l'air de faire la queue à la caisse d'une épicerie.

Alors la peur se déversa à la façon d'un ruisseau glacé sous la surface de ma peau. Le souffle court, je saisis le bord de mon T-shirt. Le cœur battant de manière irrégulière, je le fis tomber au sol. Le bruit assourdi du tissu sur le parquet sonnait de manière suggestive et l'air immobile de la cuisine rencontra ma taille dénudée. Mes seins se tendirent contre mon soutien-gorge, picotant d'anticipation. Sans y avoir vraiment réfléchi, je dégrafai le sous-vêtement et le laissai retomber sur le sol.

Des rougeurs se répandirent de mes joues à ma poitrine sous son regard brûlant qui caressait mes seins découverts. Le silence faisait écho au martèlement de mon cœur.

Malgré sa posture indifférente, le contour de ses yeux se froissa comme du papier. Il se passa la langue sur les dents, détourna le regard et but un peu de whiskey. Je sentais qu'il tâchait de se défaire de son attirance. Il ne voulait pas me désirer. Je ne savais pas comment j'étais supposée le prendre, mais pour une raison que j'ignorais, un accès de confiance me submergea.

Je ne m'étais jamais dévêtue devant un homme avant ce jour. Le seul partenaire que j'avais eu s'en était chargé de son propre chef, mais j'aurais dû savoir que Nicolas Russo m'ordonnerait de me déshabiller pour lui. Je voulais faire cela pour lui, de même que toutes ses requêtes.

Saisissant la taille de mon short, je l'abaissai sur mes cuisses et le laissai retomber sur mes pieds. Je restai debout, en string rose fuchsia, face à lui en costume-cravate.

Je concentrais toute son attention à présent, ce qui m'exaltait à en avoir le souffle coupé.

Lentement, ses yeux dans les miens, il posa son verre sur le plan de travail et parcourut les quelques pas qui nous séparaient.

— Je n'ai pas fini, soufflai-je, mais il n'entendit pas ou cela lui était égal.

Sa main saisit ma nuque, remonta dans mes cheveux, me faisant frissonner. Il rapprocha mon visage du sien, si près que son souffle toucha mes lèvres – il était chaud et avec une pointe de whiskey. Mes terminaisons nerveuses se mirent aux aguets, sentant qu'il allait m'embrasser. Mais au moment où il se pencha pour poser ses lèvres sur les miennes, je tournai la tête.

Il s'immobilisa, le corps tendu.

Je me dérobai à son regard.

— Tu peux avoir tout ce que tu veux, Nicolas. Tout… sauf ça.

Je ne connaissais qu'une manière de me protéger dans cette situation. Je ne pouvais pas me perdre en lui, d'autant que je sentais déjà combien ce serait facile. Il fallait que je préserve mon autonomie, ma distance. Mon cœur n'avait pas besoin d'incitations supplémentaires pour tomber dans ses griffes. Je savais que je ne pouvais pas refuser de coucher avec lui, que je n'étais pas forte à ce point, mais rien ne m'obligeait à faire l'amour avec lui.

Lui faire l'amour pour qu'ensuite il couche avec une autre était au-dessus de mes forces. Or, je savais déjà que la fidélité n'était pas au nombre de ses valeurs, ainsi qu'il l'avait insinué dans l'impasse. Je ne pouvais pas me donner à quelqu'un avec autant d'insouciance, autant d'indifférence, en particulier maintenant, après l'erreur que j'avais commise par le passé. De ce fait, je ne pouvais donner qu'une partie de moi – la seule qu'il réclamerait – en espérant survivre.

Je ne m'attendais pas à ce qu'il proteste, ou même que mon refus lui importe. Les baisers étaient une forme de romantisme, et je ne l'imaginais pas vouloir partager cela avec moi.

Mes mains cramponnaient le plan de travail, et quand il jeta un regard sur la gauche, du côté de la bague, son regard s'assombrit. Je pouvais goûter sa soudaine animosité sur ma langue. La colère n'était pas une réaction à laquelle je m'attendais venant de lui, mais sans doute que lui refuser quelque chose l'incitait à la convoiter davantage.

— Écarte les jambes, m'exhorta-t-il d'une voix froide et bourrue qui stimula ma peur.

La respiration saccadée, j'obtempérai.

Ses paumes remontèrent sur mes jambes, ses pouces pressant l'intérieur de mes cuisses avec une brusquerie qui me noua le ventre. Ses mains fermes me semblaient dominatrices sur ma peau soyeuse.

Les jambes écartées, l'air frais frôlant mon string, je réalisai soudain qu'il était trempé. Son regard me toucha là, torride et troublant, quoique teinté d'énervement.

Une main sur ma nuque, il me tira contre lui jusqu'à appuyer mes seins nus contre son torse. Ma respiration était saccadée quand il gronda dans mon oreille.

— Tu es tellement bandante que ça me met en rogne.

Puis il mordit ma nuque sans ménagement.

Une douleur éclair m'arracha un petit cri, qui se mua bien vite en gémissement quand son pouce pressa mon clito à travers mon string. Sa main se resserra dans mes cheveux, me forçant à basculer la tête en arrière puis il aspira mon mamelon dans sa bouche. Une étincelle s'alluma dans le bas de mon ventre, la flamme se répandant à travers mon corps comme un feu de forêt.

Son pouce effleura mon clitoris, de haut en bas, son autre main empoignant mes cheveux pour entraver mes mouvements. Avec un râle vibrant, il cajola mon autre sein, léchant puis suçant en grattant légèrement avec les dents. Un son embarrassant m'échappa, mais je m'embrasais tant que je m'en contrefichais.

Je pris appui sur mes mains derrière moi, mes hanches se berçant sous son contact. La bouche incandescente, il léchait et titillait mes seins gonflés. Je crus en mourir. Quand ses mains me quittèrent, la protestation hurla dans mes veines.

Le regard noir, même si sa colère était à présent mitigée, il saisit mon string sur ma hanche et, l'abaissant sur mes cuisses, le jeta sur le reste de mes vêtements.

J'ouvris largement les jambes, au-delà de toute pensée rationnelle. Son regard tomba entre mes cuisses. Il secoua la tête et lissa sa cravate.

— Putain, grogna-t-il.

Il encercla mes genoux de ses bras, me souleva sur le bord du plan de travail et abaissa la tête entre mes jambes. Je frémis au premier assaut de sa langue humide et chaude. Un profond afflux de plaisir m'inonda, une vague plus forte me traversant à chaque passage langoureux de sa langue sur mon clitoris.

L'homme impitoyable s'avérait étonnamment doux, respectueux, dans ce qu'il faisait. Quelque chose remua dans ma poitrine.

Pour autant, il n'était pas docile non plus.

Ses bras, qui me retenaient solidement, empêchaient tout mouvement de mon bassin, pendant qu'il me léchait à loisir, comme s'il faisait cela pour lui-même et pas pour moi.

— Oh ! mon Dieu, Nicolas, gémis-je, les mains enfoncées dans sa tignasse épaisse, passant mes ongles longs sur son cuir chevelu.

J'avais prononcé son nom à quelques reprises depuis que je le connaissais, mais je le surpris à glisser hors de ma bouche quand sa langue s'enroula autour de mon clitoris avant de le suçoter.

Il se contracta, et je réalisai trop tard qu'il n'aimait pas que je l'appelle Nicolas.

— Comment je m'appelle ? dit-il la voix éraillée, avant que sa langue s'introduise en moi.

Je fis un bruit rauque, érotique dont j'ignorais que j'étais capable.

Comme je ne répondais pas, sa bouche me quitta, et son regard de braise trouva le mien. Ses mots étaient secs.

— Comment je m'appelle ?

— Nicolas, murmurai-je.

Son regard s'enflamma, puis un sentiment de plénitude m'envahit quand il enfonça un doigt en moi. Le plaisir s'enflamma, la mèche se consumant au gré de mon flux sanguin. Il garda son doigt immobile, et j'essayai de remuer, mais sa main sur ma cuisse bloquait tout mouvement.

— Mon nom ? me pressa-t-il.

Je secouai la tête, détestant ce jeu. J'avais « Nicolas » sur le bout de la langue, mais quand il retira son doigt puis en enfonça deux *brutalement*, « Nico » sortit d'une voix étranglée.

Des tremblements me secouèrent sitôt que sa bouche trouva mon clitoris, léchant et suçant pendant que ses doigts allaient et venaient en moi, sans répit. Tout cela avec nonchalance et des grondements de satisfaction intermittents.

Il prenait son temps, ralentissant quand la pression grimpait, me faisant perdre la tête jusqu'à ce que je l'implore. Alors ses doigts s'enroulèrent en moi, alimentant la flamme.

Quand il modéra encore ses caresses, de panique, je secouai la tête, mes mains tirant sur ses cheveux. Je ne savais pas ce qui advenait de moi, toutefois je me surpris à psalmodier des « s'il te plaît » en rafales. Il finit par me donner ce que je réclamais. Sans que sa langue ferme me quitte, ses doigts s'activèrent plus rapidement, plus fermement jusqu'à ce qu'il ne reste plus qu'une pression profonde et brûlante.

Son regard sombre trouva le mien.

Ma dernière pensée avant que l'ultime *s'il te plaît* franchisse mes lèvres, et que la pression explose dans mes veines comme un brasier fut *Il aime qu'on le supplie.* La fièvre se dissipa en une chaleur langoureuse, répandant une profusion de picotements. Abandonnée contre l'îlot, je pulsai autour de ses doigts, tandis que concentré entre mes cuisses, il bougeait lentement ses doigts dans et hors de moi jusqu'à ce que les mouvements cessent.

J'exhalai un souffle tremblant, passant mes doigts dans ses cheveux, guère disposée à le lâcher. C'était l'unique partie de lui qu'il m'avait été donné de toucher.

C'était le premier orgasme que je partageais avec un homme,

et pour autant que je déteste l'admettre pour ma santé à venir, c'était la plus addictive de toutes mes expériences.

Lorsque ses mains remontèrent sur mes cuisses, je me sentais à fleur de peau.

Désirait-il que je lui renvoie l'ascenseur ?

Ou voulait-il me pénétrer ?

Saisie d'une timidité soudaine, je m'assis. Nos regards se croisèrent. Appuyé contre le comptoir, il me déchiffrait.

Il n'avait même pas retiré sa cravate, alors que j'exposais ma nudité. Le feu de la passion s'étiolant, l'obscénité du moment se révélait clairement.

— Tu m'appelleras Nico dorénavant. Je ne veux plus entendre Nicolas.

Je hochai la tête sans conviction. Tous mes « s'il te plaît » résonnaient encore dans la cuisine, ses mots les tranchant de leur lame abrasive.

Si je n'aurais pu dire à quoi je m'attendais, je savais que ce n'était pas à ce qu'il tourne le dos, quitte la maison et referme la porte derrière lui.

J'expirai, retombant contre le plan de travail.

Merda.

J'étais dedans jusqu'au cou.

28

« Je suis aussi mauvais que le pire mais, grâce à Dieu,
je suis aussi bon que le meilleur. »
Walt Whitman

Elena

Je me laissai glisser de l'îlot, mon regard attiré par le tic-tac des aiguilles de la pendule. Je n'étais fiancée à Nico que depuis une heure que déjà je me sentais sens dessus dessous, comme s'il avait fait tomber plusieurs de mes barrières, que je ne récupérerais jamais. Je savais que ne pas me donner entièrement était la bonne décision. Dans le cas contraire, l'inévitable surviendrait, et je serais réduite en poussière sous ses pieds pendant qu'il règnerait sur la pègre new-yorkaise.

Je suivis le bord du verre de whiskey, l'air conditionné glaçant ma peau dénudée. Je m'appuyai au comptoir et goûtai un peu d'alcool en espérant atténuer l'irritation de sa barbe naissante dans mon cou et effacer ses senteurs viriles de mon nez. Peine perdue.

Le grincement de la porte du garage me parvenant, je regardai au-dehors. Je me demandais s'il comptait me laisser seule ici, mais n'entendant pas le moteur démarrer, je supposai qu'il bricolait ses voitures.

Je vidai le verre cul sec et le reposai mais avant de sortir, des feuilles captèrent mon attention. J'hésitai, m'approchai et saisis le premier document entre mes doigts.

Je survolai les coordonnées du compte en banque privé de mon fiancé, le cœur pris de battements contradictoires. Mes mauvaises intentions me faisaient vaciller. Pourtant, je sentis l'espoir de l'absolution, qu'importe qu'il soit infime.

Ce milieu dans lequel j'étais née avait beau être sombre, il était également transparent. La Cosa Nostra n'était qu'une version sans fard des sourires des politiciens officiels. Je connaissais ce monde, sa noirceur, son éclat. Et je savais que j'étais quelqu'un de bien, mais même le meilleur a ses parts d'ombre.

Avant de pouvoir y réfléchir davantage, je cherchai un stylo et du papier dans les tiroirs du buffet. Satisfaite, je recopiai les informations que je glissai dans le fond de mon sac de sport.

Dans la vie, soit on nage, soit on coule.

On ne peut pas nager dans la Mafia, mais j'avais toujours entendu dire qu'avancer sous l'eau était la plus sûre des solutions.

Une fois habillée, je visitai la maison. À l'étage se trouvaient trois chambres. Je déposai mes affaires sur le lit double d'une des chambres d'amis. Parée de murs beiges, de mobilier et de linge de lit blanc, elle avait une élégance discrète qui n'était pas l'œuvre de Nico.

Une baie vitrée, devant laquelle se trouvait un siège, s'étalait sur le mur opposé et ouvrait sur le jardin et le garage à l'arrière. Mes doigts sur la vitre, je repérai Nico, la tête sous le capot de l'une de ses voitures dans l'allée. Je ne le voyais que de profil, mais mon cœur s'emmêla dans ses battements. Il portait un T-shirt blanc, avait abandonné sa chemise et sa cravate sur un transat.

Qui s'occupait de sa lessive ? Il avait fait allusion à un cuisinier mais midi approchait et personne n'était là. Je n'étais vraiment pas douée aux fourneaux. C'était un pastiche pour une Italienne, je le savais, mais la responsabilité revenait en partie à ma mère qui ne m'avait même pas enseigné les rudiments. Perfectionniste en cuisine, elle distribuait des tapes sur les mains au moindre faux pas, moyennant quoi j'estimais plus simple de garder mes distances.

Sortant de ma nouvelle chambre, je m'arrêtai devant la suite parentale. Ornée de murs gris et d'un mobilier en acajou, elle avait une touche masculine. Le grand lit était défait, des chemises et des cravates étaient jetées sur le dossier d'un fauteuil et jonchaient le sol. On aurait dit qu'un roi désordonné habitait là. D'instinct, je fus tentée de remettre de l'ordre mais je me contrôlai et m'éloignai. Je ne savais pas comment il réagirait si je touchais à ses effets personnels, et je ne tenais pas à le découvrir. J'étais certes obligée de vivre avec lui, mais il s'agissait d'un arrangement – pas d'un vrai mariage.

Toutefois, à l'idée de mes autres alternatives, je ne pouvais m'empêcher de tirer du soulagement de la disparition d'Oscar Perez. Je ne doutais pas que si j'avais été envoyée passer la journée chez lui, je ne me serais pas liquéfiée sur son plan de travail, profitant d'un orgasme sans devoir rendre la pareille. Ma peau se hérissa à la pensée qu'il me touche.

J'aurais pu embrasser celui qui l'avait éliminé, qui qu'il soit.

Dans le frigo, je me réjouis de trouver des repas préparés, à réchauffer au micro-ondes. Une main féminine avait clairement ajouté les étiquettes sur les couvercles. Ainsi, il avait bien une cuisinière. J'allais me sentir moins femme, si une autre femme me préparait mes repas maintenant que je me mariais. Sans doute devrais-je ajouter des cours de cuisine à la liste de mes tâches, qui n'était pas vraiment pleine.

Je mis un plat à réchauffer puis partis en quête d'un téléphone dans la maison.

Pendant que je m'attachai les cheveux en queue-de-cheval devant l'îlot, contrariée d'avoir fait chou blanc, la porte de derrière s'ouvrit. Mon pouls s'apaisa.

Nico entra, son regard allant du sol à moi. Décidément, ce T-shirt blanc me conduirait à ma perte. Des taches de graisse sur les bras et les mains, il transpirait d'une manière érotique. Je terminai d'arranger mes cheveux, puis laissai retomber mes mains moites.

Il passa non loin de moi, me jetant un regard comme si m'avoir sous son toit était la chose la plus normale du monde, qu'il n'était cependant pas certain d'apprécier. J'eus la nette impression que sa présence encombrait tant la cuisine qu'il n'y avait plus de place pour moi.

Immobile, je le vis de dos prendre un verre dans un placard et le remplir au robinet. Ses cheveux noirs dépeignés frôlaient son encolure, et la chaleur m'inonda à la pensée que moins d'une heure plus tôt, mes mains étaient enfoncées dedans.

— Il me semble que nous avons déjà convenu que se regarder fixement était impoli, dit-il d'une voix grave qui rampa dans mon dos à la façon d'une caresse brutale. Il vida son verre d'un trait sans se retourner.

— Nous n'en avons pas parlé, contrai-je posément. Tu l'as dit et présumé que j'écoutais.

— Tu m'as écouté, se contenta-t-il de répliquer, ses mains tenant le rebord de l'évier.

Un poids alourdit l'air et mes poumons. Incertitude. Suggestivité. Chaque seconde de silence pareille au tic-tac d'une bombe au bord de la détonation. Cette lourdeur dans ma poitrine, cette exaltation sous ma peau qui pulsait dès qu'il se trouvait près de moi, ne me serait en aucun cas bénéfique. Il ne voulait même pas de moi ici. Toutes mes réticences concernant nos fiançailles rejaillirent.

Je remuai.

— Est-ce le bon moment pour discuter ?

— À quel propos ?

La tension dans ses épaules était immanquable.

— De… nous ?

— Est-ce une question, ou as-tu quelque chose de particulier à dire ?

— J'ai quelque chose à dire.

Il se décida à se retourner, croisa les bras et s'appuya sur le plan de travail.

— Alors dis-moi.

Je déglutis.

— Je suis sûre que mon papà tirerait un trait sur le contrat de mariage pour peu que tu lui demandes.

Un sombre amusement dansa dans ses yeux.

— Je n'en doute pas.

Je n'ajoutai rien, même si je n'attendais pas de réponse. Je m'étais figuré que mon père avait poussé Nico à consentir à ce mariage, que la cause de sa colère était ailleurs. Seulement, je n'avais pas trouvé d'autre manière de lancer la conversation.

— Alors… fais le nécessaire.

— Ah, et pourquoi ferais-je une chose pareille ? rétorqua-t-il lentement, une légère note hostile dans la voix.

Je fronçai les sourcils.

— Pourquoi ne pas le faire ?

Son regard se glaça.

— Excellente question.

Je savais que je m'étais mise dans cette situation, que jeméritais en quelque sorte, néanmoins son insinuation me hérissait. Si toutes nos conversations à venir devaient se dérouler dans le même esprit, je disjoncterais avant même d'être mariée.

Totalement larguée, j'essayais de gagner du temps.

— Nous sommes comme chien et chat, me risquai-je alors que j'avais plutôt envie de dire : *à ma connaissance, tu es le seul homme qui soit capable de me causer des dégâts permanents.*

— Pourtant, tu m'as semblé dans de bonnes dispositions tout à l'heure.

Îlot de la cuisine et *nue* étaient gravés sur son expression.

Il m'était impossible d'empêcher les rougeurs de se diffuser sur mes joues à l'évocation de cet épisode mais aussi parce que je perdais le contrôle de cette discussion et me laissais gagner par la confusion à une vitesse record.

— C'est une autre histoire, et tu le sais. Si c'est le cœur du problème… tu n'es pas obligé de m'épouser pour l'obtenir.

Cela me donnait des airs de fille facile, surtout avec ce qu'il savait de mon passé, mais je n'en avais cure.

— Nous avons un marché, dis-je calmement, en me remémorant que j'avais promis de me dénuder chaque fois qu'il en ferait la demande. Et je le respecterai.

L'air se chargea d'un courant d'amertume qui me fit regretter mes mots. Il expira nerveusement, avant que sa langue longe ses dents.

— Et comment se fait-il que tu sois contre le mariage ?

— Je ne suis pas contre le mariage.

Mon intention n'était pas de lui renvoyer une insulte acerbe mais sa lecture de mon insinuation était que je m'opposais au fait de l'épouser *lui*. Son expression se fit encore plus tourmentée, un muscle tressaillant dans sa mâchoire.

— Du coup, que se passera-t-il quand ton père annulera le mariage ? Continueras-tu à baiser avec moi à la demande ?

Je me mordillai la lèvre inférieure. Si je répondais par la négative, il cesserait de protéger Ryan, risque que je ne pouvais pas courir.

— Nous avons passé un accord.

Plus la noirceur s'accumulait comme du plomb fondu dans ses yeux, plus je saisissais la portée de mes propos. Cela laissait entendre que je n'honorerais pas mes engagements, et considérant que j'étais fiancée à cet homme, ça ne faisait pas bonne impression. Dans le silence tendu, je rencontrais des difficultés à respirer.

Il fit un pas soudain vers moi. Mon cœur rata un battement. Reculant, je me cognai à l'îlot.

Il s'arrêta. Une amertume ironique traversa son visage, au moment où il secoua très légèrement la tête.

— Nom de Dieu.

Non que je le craigne excessivement, mais mes pensées s'emballaient et mon corps était en mode instinctif. Et quand un homme de sa trempe marche vers vous d'un pas assuré, il n'y a rien de plus naturel que reculer.

Je retenais mon souffle pendant qu'il traversait l'espace restant, s'arrêtant à quelques centimètres. Il sentait le mâle, la sueur fraîche et le whiskey. Son odeur glissa sous ma peau, s'incrusta en profondeur.

Les mains sur l'îlot, de part et d'autre de moi, il approcha jusqu'à ce que son corps me touche partout. Il se pencha, ses lèvres effleurant mon oreille.

— Pourquoi as-tu peur de moi ?

— Je n'ai pas…

Je bondis lorsque sa main s'abattit sur le plan de travail à côté de moi, claquant bruyamment dans la cuisine. Mon cœur battait si fort qu'il l'entendait certainement.

— Ah non ? railla-t-il sur ce ton qui aurait dû m'insupporter, alors que sa proximité, cet échange, me stimulaient. D'une étrange manière, la chaleur s'accumulait entre mes jambes.

Il saisit le côté de mon cou, inclina ma tête pour m'obliger à le regarder dans les yeux. Sa voix intense, basse, était néanmoins teintée de frustration à la perspective de devoir apporter cette précision.

— Je ne te ferai pas de mal.

C'était ce qu'il disait à présent, mais j'avais entendu des histoires sur le sort qu'un chef de la Mafia réservait aux voleurs.

— Cela, au moins, je peux te le promettre, Elena.

Ses paroles trouvèrent le chemin de ma poitrine, leur chaleur comblant les fêlures. Sa voix réduisait ma détermination en cendres. Toutefois, je lus ensuite entre les lignes, et cela signifiait : *c'est tout ce que je peux te promettre.*

Je ne savais pas pourquoi cela importait – de toute façon, je n'avais rien de plus à lui offrir que la trahison.

— De toute façon, ce mariage aura lieu.

— Pourquoi ?

Je ne pouvais m'empêcher de penser que j'étais son second choix. Il avait préféré Adriana à moi, n'est-ce pas ? Pourquoi voulait-il de moi maintenant ? N'étais-je qu'un objet ?

— J'ai besoin d'une femme. Tu as besoin d'un mari. Et je pense que nous savons l'un et l'autre que tu n'aimerais pas laisser à ton père la responsabilité de choisir à ta place.

Un objet, donc.

Il n'avait pas tort. Je n'avais jamais vraiment eu confiance en mon père dans ce domaine. Je croyais qu'il avait encouragé Oscar à me courtiser, et il n'était nul besoin d'être psychologue pour cerner sa personnalité. J'étais prête à me détacher de l'autorité de mon père, même si je n'étais pas sûre que tomber sous celle de cet homme soit un progrès.

Si Nico pouvait aborder ce mariage comme un accord, sans doute le pouvais-je aussi. J'hésitais, le sentir si près reléguait mes réserves dans le fond de mon subconscient.

Pas moyen de savoir si je me leurrais mais même si j'aimais croire que j'avais voix au chapitre dans ce mariage, ce n'était pas le cas. Il me faisait juste plaisir en prétendant se préoccuper de mon opinion.

— D'accord.

Mon discret assentiment emplit l'espace étriqué entre nous.

— D'accord, répéta-t-il en passant son pouce sur mon menton, et, à la pointe d'amusement dans ses yeux, je sus qu'il avait déposé un peu de graisse sur ma peau.

Mon ventre frémit, mais s'affaissa au ton menaçant qu'il prit ensuite.

— J'ai dit que je ne te ferai pas de mal, Elena, mais si j'apprends que tu as touché un autre homme, rien dans ce monde ne pourra le sauver.

29

« Tout nouveau commencement découle de la fin d'un autre commencement. »
Sénèque

Elena

— *Oh ! cara mia ! È cosi bello ascoltare la tua voce !*

— C'est bon d'entendre ta voix aussi, Mamma, répondis-je sèchement, même si je n'étais absente que depuis quelques heures. Un minuscule amusement s'éleva en moi.

Avant de grimper les marches quatre à quatre, comme s'il n'avait pas menacé d'évincer le premier qui me toucherait, Nico m'avait remis son téléphone parce que je m'étais plainte d'avoir besoin de contacter mes parents. Je ne voulais pas de la grenade qu'était son portable mais manifestement, c'était l'unique appareil de la maison.

Mamma digressa autour de « comment ton père a-t-il pu accepter ça » et « tous mes projets pour le mariage sont fichus ! » pendant cinq bonnes minutes.

— Tu vis avec lui sans être mariée ! C'est *osceno* !

— Ce n'est pas mon choix, marmonnai-je.

— Nous ne faisons que reporter le mariage d'une semaine. Je ne laisserai pas ce Russo avoir la vache et l'argent de la vache.

Je fermai les yeux.

— Mamma, ce n'est pas le dicton exact.

— Qui s'en inquiète ! Il tire sur mon fils, décide d'épouser ma fille, puis vole ma seconde fille ! *Non ci posso credere.* Comment vais-je organiser un autre mariage dans les temps ? Et cet arrangement ? *Disonora la famiglia, lo è…*

— Tu n'es pas forcée de l'organiser. Envoie-moi la liste par e-mail de ce qui reste à faire, et je te relayerai.

Elle fondit en larmes, son italien devenant inintelligible.

— *Mia figlia… sposata.*

J'eus un déclic et déclarai :

— Très bien, nous irons voir les robes demain.

J'inspirai, le souffle court. J'allais me marier. Même à moi, ça faisait bizarre.

Nous passâmes en revue quelques détails pour le mariage, puis je demandai quelques recettes simples que je sois capable de tester. Je notai les instructions dans un carnet, debout devant l'îlot, griffonnant sitôt qu'elle s'écartait du sujet (ce qui était fréquent) et évoquait de sa fille célibataire et enceinte. Je souhaitais parler à Adriana, pour la tranquilliser au sujet de Ryan, mais pas avant de m'assurer que Nico ne m'avait pas menti. Hors de question de lui donner de faux espoirs.

Je me tournai vers la porte de derrière en l'entendant s'ouvrir, et l'incertitude m'inonda quand je rencontrai un regard froid. Luca marqua un temps d'arrêt, une main sur la poignée, puis m'observa pendant ce qui sembla une minute. Il secoua la tête et, un petit sourire aux lèvres, prit son téléphone dans sa poche pour composer un SMS tout en marchant vers le canapé.

Je déglutis, prise de l'impression que j'étais le sujet dudit message, puis répondis par la négative à ma mère qui lança : « Je parle au mur ? »

Pendant que Luca prenait ses aises sur le canapé et réglait la télévision sur un match de football, je retranscrivais la suite des recettes.

Ce ne fut pas avant de dire au revoir et de raccrocher que je réalisai que pour Mamma, une escalope à la milanaise était un plat pour débutants. Dans un soupir, je songeai, non sans un petit penchant masochiste, à convier Jenny à me donner un coup de main. Mais non.

Nico reparut dans l'escalier, les cheveux humides, en chemise blanche, cravate et pantalon gris. Il s'arrêta un instant, les yeux plissés sur Luca qui se prélassait sur le canapé, un bras étendu sur le dossier, avant de descendre les dernières marches.

Le minuteur du four se déclencha, et je sortis les rigatonis gratinés. Je salivai en humant l'ail et le basilic qui embaumaient la cuisine. Il en fallait beaucoup pour me gâcher l'appétit – vraisemblablement, plus qu'épouser un criminel de la Mafia.

Pendant que je remplissais mon assiette, Nico me frôla sur le côté. Je jetai un œil vers lui et souris comme une femme des années 1950.

— Tu as faim ?

L'amusement étira ses lèvres.

— Nan, j'ai un déjeuner d'affaires, répondit-il avant que son regard tombe sur son téléphone sur l'îlot. Tu n'as pas de téléphone ?

Je secouai la tête. Je n'avais pas envie d'expliquer qu'on me l'avait confisqué six mois plus tôt, pourtant Nico parut le lire sur mon visage. Quelque chose d'obscur voila son regard. Je me demandais si un jour, il me questionnerait sur ce point, sur *lui*, mais il dit simplement :

— Nous irons t'en chercher un demain.

Franchement, mon téléphone ne me manquait pas. Mes amis se limitaient à ma famille. Ceux de l'extérieur ne pouvaient pas vraiment me comprendre. J'étais un moulage confectionné par la Cosa Nostra, un triangle essayant de rentrer dans le carré de la société.

— Sers-toi dans la cuisine, dit-il avant d'ajouter lentement, d'une voix légère : Enfin, à ce que je vois, tu ne t'es pas gênée.

— Quand vient ton cuistot ? J'aimerais faire sa connaissance.

Peut-être qu'elle aurait la gentillesse de partager quelques astuces, même si ce n'était pas forcément une idée lumineuse, étant donné que dès que je maîtriserais les rudiments, je la pousserais à trouver un nouvel emploi. L'idée de tenir ma maison me procurait une exaltation inattendue, peu importe que je doive la partager avec Nico.

— Isabel vient le lundi et le jeudi. Elle s'occupe aussi du ménage.

Elle était donc venue hier, pourtant sa chambre était un vrai bazar. Il n'était pas exclu qu'il ait une étrange relation vis-à-vis de ses possessions. Je rejetai cette hypothèse.

— Aurais-tu un ordinateur que je pourrais emprunter ? Je dois aider Mamma sur deux ou trois choses pour le mariage.

— Il y a un portable dans mon bureau. Tu peux le prendre. Et… (il sortit son portefeuille et lança une carte bancaire noire sur le plan de travail) pour tes dépenses excessives.

Dépenser l'argent de cet homme à des fins personnelles me fit tiquer. Surtout quand je repensai à ses coordonnées bancaires cachées dans mon sac, à l'étage.

— Je n'en ai pas besoin. J'ai celle de mon père, répondis-je, en pinçant ma lèvre inférieure entre mes dents.

— Tu utiliseras la mienne à compter d'aujourd'hui, affirma-t-il sur un ton non négociable, pendant qu'il attachait sa montre.

Traduction : *maintenant, tu es dépendante de moi, pas de ton père.*

Je hochai la tête, puis me figeai quand la pulpe de son pouce tira sur ma lèvre inférieure pour la déloger d'entre mes dents.

— Ne me tente pas, gronda-t-il avec une brusquerie qui fit réagir ma peau.

Je compris qu'il résistait à l'envie de m'embrasser.

Ma respiration se bloqua quelque part dans ma poitrine. Ce que j'avais envie de passer ma langue sur son pouce, de l'aspirer dans ma bouche. C'était un besoin que je pouvais difficilement assouvir, d'autant que je savais qu'il lisait le désir sur mon visage.

Ses yeux incandescents comme du charbon, son pouce retraça mes lèvres, me défiant de succomber. Je n'étais pas aussi vaillante, ce que nous savions tous les deux. Il s'écarta d'un pas et glissa les mains dans ses poches, laissant une empreinte chaude sur mes lèvres.

Il jeta un regard à son cousin qui, assis les coudes sur les genoux, suivait le match.

— Luca va rester ici avec toi. Dans mon *bureau.*

Les larges épaules de Luca se tendirent sous sa chemise blanche.

— Ace…

— Si tu as besoin de me contacter, prends son téléphone en attendant que tu aies le tien, m'informa-t-il en s'emparant de ses clés sur le plan de travail.

Luca déplia son grand corps de presque deux mètres.

— Je ne suis pas baby-sitter, chef.

Le regard droit, je priai en silence pour que Nico ne me confie pas à ce type.

— Tu l'es, jusqu'à ce que je dégote un cousin homo, riposta Nico.

Je fermai les yeux.

C'était peu probable, étant donné que la Cosa Nostra soutenait encore plus mal la communauté LGBT que le mouvement féministe. La route était encore longue.

La mâchoire de Luca frémit.

Nico ouvrit la porte de derrière puis s'arrêta.

— Elena ?

— Oui ?

— Brûle ce T-shirt.

Il sortit sans un autre mot.

Je baissai les yeux sur mon T-shirt rose des Yankees. Sûrement que Nico était fan des Red Sox.

Décidément, ça ne collait pas entre nous.

Luca me lorgnait comme s'il avait envie de m'étrangler.

Il me mettait les nerfs en pelote.

— Il n'y a pas de télé dans le bureau, finit-il par dire.

Je clignai des yeux, réalisant qu'il me demandait avec une arrogance affolante la permission de regarder la télé dans le salon, alors que Nico lui avait ordonné d'aller dans son bureau.

Je ne tenais vraiment pas à l'avoir dans les pattes toute la journée. Il était exaspérant, mais s'il devait passer des heures ici, je ne voulais pas qu'il soit contraint de se terrer dans le bureau de Nico. Sans quoi je me sentirais coupable jusqu'au soir.

— Bon, disons que ce qu'il ignore ne peut pas lui nuire.

Au lieu de me remercier, il désigna la nourriture d'un mouvement de tête.

— C'est quoi ?

Dans un soupir, je poussai mon assiette vers lui.

Nico

À l'aise dans mon fauteuil, je fis craquer mes phalanges. Ce n'est qu'alors que je reconnus la fébrilité qui courait sous ma peau.

Je ne savais pas comment j'allais tenir toute la journée avec Elena chez moi, disposée à se dévêtir sur commande. L'idée persistait dans un coin de ma tête, raison pour laquelle je ne voulais pas l'épouser. Je me trouvais dans la salle de conférences de mon club face à cinq hommes qui me tueraient s'ils le pouvaient, et j'étais infichu de penser à autre chose qu'à elle nue dans ma cuisine, à la douceur de sa peau, à sa saveur.

Elle avait meilleur goût que l'arnaque.

Je ne l'avais pas anticipé. Je comptais réclamer un dédommagement d'un autre ordre à Salvatore, mais quand il avait évoqué Oscar Perez… l'échauffement irrationnel concernant Elena avait électrisé mes veines. Aussi avais-je déniché son adresse et lui avais-je collé une balle dans la tête. J'avais bien tenté de me raisonner mais Salvatore l'aurait refilée à quelqu'un d'autre, et je savais que pour une mystérieuse raison, je ne le tolérerais pas.

— J'ai une idée, pourquoi ne pas…

— J'ai une idée, coupai-je Rafael d'une voix placide. Pourquoi tu ne dégages pas le plancher ?

La tension rampait à quatre pattes dans la pièce. Je ne pouvais pas écouter sa proposition consternante une seconde de plus.

Le teint hâlé du baron de la drogue mexicain tourna à l'écarlate, et son visage gonfla.

— C'était un simple conseil commercial, d'homme à homme, siffla-t-il en se levant.

— Si j'avais voulu prendre conseil auprès d'un homme moins riche que moi, je l'aurais fait.

Rafael claqua la porte de la salle de réunion avant que trois de ses hommes de main aient pu lui emboîter le pas.

— En avons-nous terminé ? demandai-je à la tablée.

La mine contrite, et après quelques échanges de regards, les hommes se levèrent et quittèrent la pièce.

— Bon, dit mon oncle Jimmy assis à mes côtés, quelqu'un a besoin de se soulager, et ce n'est pas moi.

Un doux euphémisme.

Cela faisait presque deux semaines, si bien que le désir se faisait pressant, bouillonnant jusqu'à devenir une absolue nécessité. Même moi, je sentais que je devenais imbuvable dans les périodes d'abstinence sexuelle. Je ne me souvenais même pas de la dernière fois où j'avais tenu aussi longtemps. Il n'y avait pas de raison particulière à cette parenthèse, hormis le fait exaspérant que ces derniers temps, je bandais spontanément pour des longs cheveux bruns, qui se trouvaient n'appartenir qu'à une seule personne.

— Pas bon pour les affaires, de se mettre les fournisseurs à dos, commenta Jimmy en allumant un cigare, décontracté dans son fauteuil.

— C'était une entreprise risquée, et tu le sais.

— Un faux pas, ce que tu as fait à ce Perez, Ace.

Il secoua la tête.

Ainsi, le type était un peu plus influent que je ne l'avais présumé. Il manquerait à certaines personnes.

— Mon unique regret est de ne pas avoir fait durer un peu plus longtemps.

Reportant mon regard sur la table, je rencontrai trois paires d'yeux. Lorenzo se berçait dans sa chaise, me regardant comme si j'avais flanqué un coup de pied à un chiot ; il était encadré par Ricardo et Dino – l'un de mes lieutenants – qui m'accordaient leur attention la plus fervente.

Au même instant, Gianna déboula dans la salle de conférences. Mes yeux se plissèrent, avisant sa robe noire près du corps, tenue imposée à toutes les serveuses des clubs, mais qu'elle avait détourné avec un tour de cou et des couettes.

Elle s'arrêta auprès de Lorenzo, la paume tendue. Sans la regarder, il sortit une pile de billets de sa veste et les fit claquer dans sa main. Elle se lécha l'index et entreprit de les compter comme si Lorenzo la bernait. Étant un Russo, il essayerait sans doute.

— Et quel était le pari ? demandai-je avec une pointe de menace dans la voix.

Lorenzo se gratta l'arrière de la tête.

— Que tu épouserais Elena plutôt que sa sœur, chef.

Je serrai les dents.

Gianna fit la moue et tendit la main une seconde fois. Lorenzo soupira, replongea la main dans sa poche et lâcha le reste des billets dans sa paume.

— Merci, Lo, lança-t-elle en pivotant sur ses talons.

— Attends, intervins-je.

Elle s'arrêta devant la porte, les épaules contractées.

— Tu ne travailles pas ici.

Elle tourna vers moi un regard noir.

— Pourquoi pas ?

— Parce que tu es une épave, voilà pourquoi. Quand tu seras négative au test antidrogue, je réétudierai la question. Rends ton uniforme avant de partir.

Je n'aurais pas dû la laisser choisir avec qui elle se remarierait après le décès de mon père. Le capo était trop âgé pour les affaires, encore plus pour contrôler Gianna. Ce qui était indéniablement ce qui avait motivé son choix.

Ses yeux *smoky* se glacèrent.

— Soit.

Puis, à sa manière bien à elle, elle remonta sa robe d'un geste provocateur.

Je secouai légèrement la tête, gagné par l'agacement.

Lorenzo recula son fauteuil de façon à mieux reluquer son

soutien-gorge, son string et ses talons noirs. Ricardo siffla, Jimmy gloussa avant de tousser, s'étouffant avec sa fumée.

Gianna était attirante et elle le savait. Même son style au goût douteux semblait avoir la faveur des hommes. Avec moi, elle était on ne peut plus pénible depuis la disparition de mon père. Et son air furax me laissait penser qu'elle comptait me lancer sa robe au visage.

— Ne t'avise pas de faire ça, l'avertis-je.

Un son frustré lui échappa. Elle opta pour la sécurité – la jeter par terre – avant de faire volte-face et de disparaître.

Lorenzo émit un faible sifflement en la suivant des yeux.

Par malheur, ses fesses découvertes me firent penser à d'autres fesses nues, de sorte qu'un accès de chaleur irradia vers mon entrejambe.

— Fais tourner, Ricky, dit Jimmy en inhalant sur son cigare.

Ricardo lança de l'argent sur la table, avant de m'adresser un mouvement de tête et de quitter la salle.

— Toi aussi, alors ? demandai-je.

Le moment avec Elena, sur le plan de travail de ma cuisine, commença à se rejouer en boucle dans mon esprit. Ses petits bruits, son odeur – putain, ce que j'avais besoin de sexe.

Jimmy rafla son argent.

— Qui a lancé le pari, d'après toi ? Cela remonte à tes fiançailles.

Je n'étais même pas surpris d'avoir été aussi transparent.

Je n'étais qu'un parmi tant d'autres à me languir d'elle.

Merde, alors.

Mais elle était mienne à présent, que cela me plaise ou non. Or, je n'aimais pas ça. Elle était trop perturbante. Son corps me donnait envie de m'enfouir en elle, pour ne plus en bouger, et c'était pour cela que je m'interdisais de rentrer ce soir. Il fallait que je recouvre un semblant de contrôle sur elle. Je m'étais déjà promis de ne pas la toucher avant le mariage, juste pour me prouver que j'en étais capable. Après quoi elle s'était retrouvée dans mon espace… et putain, c'était plus fort que moi.

À peine avait-elle franchi la porte que je l'avais fait monter nue sur le plan de travail.

Le plus drôle, encore que ce soit un grand mot, étant qu'elle ne voulait pas être avec moi. J'étais mordu d'elle, méchamment, et elle était amoureuse d'un autre. Quelque chose crépitait dans mes veines comme une mèche allumée, je me passai la main sur la joue.

Ils avaient assassiné son copain avec qui elle s'était enfuie, mais ils n'avaient pas été surpris dans une situation compromettante, et l'appartement n'appartenait pas à ce type. Il était possible qu'ils aient éliminé la mauvaise personne, et que son amoureux soit encore dans la nature. Du moins, c'était ce qui se disait, et malgré mon envie d'en apprendre davantage, je ne creuserai pas.

J'avais toujours considéré mon sens moral légèrement en deçà de médiocre mais à ce moment-là, je sus que j'étais bien loin d'accéder à la rédemption.

Parce que, innocent ou pas, si cet homme n'était pas mort et croisait ma route, son corps sans vie serait méconnaissable.

30

« Si je dois me marier, je veux être très mariée. »
Audrey Hepburn

Elena

Le contact était innocent. Ses mains, qui tenaient la surface de travail, frôlèrent les miennes, pourtant le feu qui m'envahit était comme un soleil inondant une pièce sombre et poussiéreuse.

— C'est quoi ? s'enquit-il d'une voix traînante qui fit frissonner mon échine.

Il se tenait derrière moi, me coinçant contre l'îlot.

— Rien qui te concerne, répondis-je.

Je me mordis la lèvre.

Ce matin, j'avais été tirée du sommeil par la pluie contre les carreaux, le floc-floc s'infiltrant dans mon inconscient. Bien qu'étendue dans un lit étranger, j'avais étonnamment bien dormi. Il était 8 heures du matin quand mon fiancé avait décidé de rentrer.

J'ignorais où il avait passé la soirée, et avec qui, mais décrétai que cela m'importait peu. C'était le commencement de ma nouvelle vie avec lui, et je savais à quoi m'attendre.

J'avais occupé ma journée avec les tâches de la liste de ma

mère, pendant que Luca regardait le sport en faisant comme si je n'étais pas là. J'étais partie du principe qu'il avait dormi sur le canapé, n'ayant pas entendu les craquements caractéristiques des vieilles marches en bois.

Il se trouvait à présent dans le bureau de Nico, où il suivait les actualités sportives sur l'ordinateur. Je m'étais demandé pourquoi il ne l'avait pas fait la veille, avant d'en arriver à l'hypothèse que le canapé était sans doute nettement plus confortable que la chaise de bureau.

— C'est à moi d'en juger.

— Des trucs de mariage, dis-je. Tu sais, la formalité qui nous liera l'un à l'autre jusqu'à la fin de nos jours ?

— Tu donnes l'impression de chercher à m'effrayer.

— Et ça marche ?

— Nan, je prends quand même le risque.

L'amusement dans sa voix produisait un étrange effet sur mon système nerveux. Comment pouvait-il être aussi nonchalant et insistant à propos de notre union, et pourquoi cela n'était pas dénué de charme ?

Il rapprocha de lui la liste imprimée de ma mère, ses doigts frôlant les miens. Il avait de belles mains. Grandes, masculines, avec des ongles soignés. J'aurais aimé trouver un détail qui me déplaise en lui, mais cela devait sans doute concerner sa personnalité plutôt que son apparence.

Son corps se pressa presque contre mon dos au fur et à mesure qu'il lisait la liste comme si je n'étais pas prisonnière de ses bras.

— Que penses-tu de la couleur rose ? chuchotai-je.

Sa main s'enroula autour de ma taille, réchauffant ma peau à travers ma robe rose festonnée.

— Je n'y ai jamais vraiment réfléchi. J'aime bien, je crois.

J'eus le feu aux joues.

— Tant mieux, étant donné que tu porteras une cravate rose.

Il eut un souffle amusé.

— Ça ne m'ennuie pas mais Luca risque de se rebeller. Il n'a pas été désagréable hier avec toi ?

— Non, il s'est montré parfaitement respectueux. Il ne m'a pas poussée dans la piscine ni rien de ce genre.

— Il est resté dans mon bureau ?

J'hésitai, car je mentais extrêmement mal.

— Bien sûr.

— Mmm.

Ses mains glissèrent de ma taille à mes hanches, ses doigts pétrissant ma peau avec une fermeté qui fit palpiter mon pouls. Il murmura au bord de mon oreille :

— Je ne te crois pas.

J'inspirai.

— Tu espérais qu'il reste dans ton bureau toute la journée et toute la nuit ?

— Précisément, confirma-t-il, comme s'il ne demandait pas grand-chose. Dis-moi ce que vous avez fait.

— Nous avons joué au Monopoly et partagé un cône glacé.

Je le sentis sourire dans ma nuque.

— Petite menteuse, dit-il langoureusement.

— Tu n'as pas de cafetière, fis-je remarquer à défaut de trouver mieux.

— Je ne bois pas de café.

— Tu n'es pas un être humain, chuchotai-je.

Sa paume passa de ma hanche à mon bas-ventre. Un tourbillon de chaleur virevolta en moi, sous l'infime pression de sa main. Chaque doigt me brûlait à travers ma robe, ses lèvres effleuraient la base de ma nuque. Mes entrailles étaient en fusion, se dissolvant en un vague souvenir alors qu'il mordillait puis léchait ma peau. Je m'agrippai au plan de travail, un gémissement vibrant dans ma gorge.

— Pourquoi es-tu habillée pour sortir ?

J'inspirai un souffle tremblotant.

— J'ai rendez-vous pour un essayage avec ma mère à 10 heures.

— Ah oui ? fit-il, son visage survolant mon épaule nue, sa barbe mal rasée titillant ma peau. Qui te conduit ?

— Benito passe me prendre.

Dans le silence qui suivit, je me demandai soudain s'il allait s'y opposer. Serait-il strict ? Irrationnel ? Percutant enfin que je mettais mon avenir entre les mains de cet homme, je fus traversée par les possibilités les plus ignobles. Je le connaissais si peu. J'avais *envie* de le connaître, ne serait-ce que pour comprendre ses réactions. C'était du moins ce que je me disais. Je voulais savoir ce qu'il avait fait toute la nuit. Quel était son second prénom. Qui il avait aimé, qui il *aimait*. Je voulais tout savoir, mais j'avais déjà mal au cœur à l'idée de penser à sa rupture inévitable.

— Prends un téléphone à carte, en attendant que je t'en apporte un.

J'expirai. De soulagement ? Pas sûr. C'était trop peu pour cerner sa personnalité, mais c'était mieux que rien.

— Nico, ce n'est pas nécessaire que Luca reste ici avec moi. Je n'ai pas besoin d'un gardien.

Un silence tendu s'étira entre nous, avant qu'il s'écarte.

— Ton passé me porte à croire le contraire.

Je me raidis, choquée qu'il ait osé dire ça.

Je me retournai et ne pus m'empêcher de remarquer qu'il portait ses vêtements de la veille. Je ravalai le fiel dans ma bouche.

— Je ne vais pas m'enfuir.

Je m'étais enfuie une fois, et cela n'avait pas été libérateur ; c'était même la plus grosse bêtise de ma vie.

Son regard était la flamme d'une allumette dans l'obscurité la plus totale.

— Je te retrouverai n'importe où, de toute façon.

À l'indifférence de sa voix, un frisson froid se déroula dans mon dos, parce que je le croyais. Toutefois, une nuance dans son expression suggérait qu'il ne laissait pas simplement un homme avec moi pour ma sécurité ou au cas où j'essayerais de m'échapper.

Je percutai, soudain immobile. Me soupçonnait-il d'avoir une liaison ? Cela avait du sens au regard de ses multiples allusions à mon infidélité.

Me prenait-il pour une idiote ? Il faudrait que je sois singulièrement écervelée pour poursuivre une relation clandestine, surtout après ce qui m'était déjà arrivé. Sans vouloir offenser Adriana, qui pensait avec son cœur rêveur et pas avec sa tête.

L'agacement bouillonna en moi.

Cet homme avait le droit de coucher avec qui bon lui semblait. La gorge nouée, j'imaginais qu'il avait précisément rempli sa soirée de cette façon, pendant que j'étais surveillée afin de m'empêcher de faire la même chose ? Telles étaient les règles dans ce monde, je le savais. Mais je ne l'avais compris que de loin, pas par l'intermédiaire de mon futur mari, pas personnellement. Là il s'agissait de l'homme avec qui je bâtirai un foyer.

L'agacement se mua en amertume et infecta mon sang comme du poison.

Je n'aurai jamais un mari qui me serait réservé. Toute ma vie, il me faudrait le partager. Et cette vérité me sembla soudain si réelle, si crue, que des frissons de rage rendirent ma poitrine douloureuse.

Mes yeux s'étrécirent, exactement comme à l'église, la première fois.

Son regard imita le mien.

Je n'avais pas envie de l'informer qu'il n'y avait pas d'autre homme. Cela ne changeait rien de toute manière.

Mon cœur ne serait jamais à lui.

C'était mon unique possession, et jamais je ne la céderai.

Dans la voiture, jusqu'à la boutique, Nonna et Adriana m'observèrent d'un air vide, sans ciller. Sur le siège passager, Benito gardait le silence, et Mamma bavardait, survoltée et nerveuse, à propos du mariage.

Là où la plupart des filles rêvaient de leur mariage, qui se devait d'être parfait, je le voyais trouble, à travers un film plastifié. Comme si la robe dans la vitrine du magasin se trouvait derrière une baie vitrée pleine de traces de doigts. Mon mariage ne serait pas basé sur l'amour, mais sur un simple transfert de pouvoir de mon père à mon époux.

Cependant, alors que mes talons cliquetaient sur le trottoir et que ma respiration se raccourcissait à chaque pas, une sensation animait ma peau. Vibrait dans mes veines. De l'excitation. De l'*avidité*. Avec une triste flamme d'espoir vacillant en arrière-plan.

La vitrine était limpide, une superbe robe blanche exposée derrière la baie.

Je n'aimais pas l'homme que j'allais épouser. Je ne le pouvais pas. Posant mon doigt sur le verre, je laissai une trace pour protester contre le faux espoir dispensé par cette vitrine.

Ma mamma, qui tenait la porte ouverte, m'examinait attentivement.

— Un jour avec les Russo, et ma fille devient *stupida*.

— Avec nos gènes ? marmonna Nonna, qui franchit l'entrée. À quoi d'autre t'attendais-tu ?

Je refermai la porte sans bruit. Une prise de conscience navigua sur ma peau, de la tête aux pieds, alors que Nico me lança un regard depuis l'arrière de l'îlot.

Ses coudes sur le comptoir, son pistolet était démonté devant lui. Il astiquait l'élément dans sa main très attentivement, comme s'il était préoccupé – ou peut-être qu'il était méticuleux avec ses armes.

— As-tu trouvé une robe ? demanda-t-il sur un ton léger, étonnamment exempt de colère.

La tension se relâcha dans mes épaules. Ma frustration s'était estompée au fil des heures, mais considérant la note sur laquelle notre dernier échange s'était conclu, je ne savais pas à quoi me préparer en rentrant.

Je m'appuyai contre la porte, le poids de la journée m'accablant d'un coup. À l'idée de la robe, un sourire naquit sur mes lèvres.

— La robe parfaite.

— Parfaite, hein ?

— Mmm, fis-je, et comme cette conversation semblait trop guindée et trop formelle, j'ajoutai : elle est hors de prix.

Cela me valut un léger sourire.

— Bien évidemment.

De toute façon, son coût n'avait en rien influé sur ma décision. Au premier coup d'œil, j'avais su que c'était la bonne. Un coup de foudre pour une robe. Je questionnais le bien-fondé de ce mariage, mais aujourd'hui, j'avais réalisé que je n'en aurais qu'un seul. Je n'allais pas le bâcler sous prétexte que l'union n'était pas l'histoire d'amour du siècle.

Nous avions trouvé quatre robes roses pour les demoiselles d'honneur, à la place des jaunes que maman avait choisies pour Adriana. Et considérant que les demoiselles d'honneur de ma sœur étaient moi et trois cousines directes, je n'avais pas eu besoin de procéder à des changements pour la réception. Peut-être que cela aurait pu être déprimant mais, pour ma part, je trouvais cela excessivement pratique.

Je lançai mes escarpins du bout du pied.

— Mamma a pleuré.

— Vraiment ?

— Sangloté, pour être précise, soupirai-je, au souvenir de la scène.

— Je regrette d'avoir loupé ça.

Cette conversation était naturelle, décontractée, malgré la légère tension dans ses mouvements. Je me mordillai la lèvre et entrai dans la cuisine. Je pris un verre dans le placard, le remplis au robinet comme s'il n'y avait rien de plus normal que tous ces gestes du quotidien que j'accomplissais sans me soucier de sa présence. En réalité, elle me perturbait au point que ma nuque était parcourue de frissons.

Tout en cherchant quelque chose à dire, mon attention s'arrêta sur un nouvel appareil. Quelque chose pesa lourdement dans ma poitrine.

— Tu as acheté une machine à café ?

— Je m'en voudrais que tu te transformes en une créature inhumaine.

Une délicate attention… que je détestais, parce que je ne me souvenais pas que quiconque ait déjà anticipé mes besoins avant que je formule une requête.

Je ravalai la boule dans ma gorge.

— Le téléphone sur le plan de travail est pour toi, dit-il.

Mon regard se tourna vers l'appareil, que je pris. En toute honnêteté, j'avais apprécié la liberté de vivre sans téléphone ces six derniers mois.

— Je ne suis pas sûre d'en vouloir un, répondis-je.

— Il est à toi, Elena. Garde-le sur toi *en permanence.*

Je me demandais si c'était approprié de lui demander de dire « s'il te plaît ».

— Ace, dis-je en lisant son nom programmé dans mes contacts. Affreusement présomptueux d'enregistrer ton numéro dans ton téléphone.

Je tournai la tête à temps pour entrevoir son sourire, même s'il était concentré sur sa besogne.

— Tu es mienne, ma chère *épouse.*

« Ma chère épouse » aurait été un charmant surnom entre un homme et sa fiancée, si ce n'est que son ton possessif bourré d'ironie gâchait tout. Cela dit, six mois plus tôt, je m'étais rendu compte que je n'étais pas fan des mots doux. Une chaleur se propagea dans mon corps.

— Je ne suis pas encore ton épouse, observai-je.

— Tu joues sur les mots, rétorqua-t-il avant de remarquer mes joues empourprées. Je n'avais jamais vu de femme rougir au sein de la Cosa Nostra avant toi.

Il n'était pas nécessaire de le souligner.

— Cela t'ennuie ?

— Pas une seule seconde.

Il détourna son attention de son arme pour passer un doigt sur sa joue d'un air songeur.

Le souffle court, je me rapprochai de l'îlot auquel je m'agrippai.

— Merci pour la cafetière et le téléphone.

En face de moi, l'éclairage tamisé conférait à ses yeux des nuances d'or fondu.

— Pas de quoi.

La tension grimpa entre nous, se faufila entre mes jambes et s'y ancra pesamment. Je voulais le remercier d'une tout autre manière. Je voulais voir ce qu'il y avait sous sa chemise blanche. Je voulais savoir le peu d'effort qu'il lui faudrait déployer pour me maintenir immobile. Je voulais éteindre ce feu qui brûlait en moi depuis que j'avais fait sa connaissance. Je le voulais *lui*.

Son regard trouva le mien, et le doré se rétracta sur le pourtour. Mon pouls pirouettait dans une étrange danse.

— Tu m'accompagnes au travail ce soir.

L'indifférence dans sa voix annihila la tension qui s'éparpilla aux quatre coins de la pièce.

J'expirai.

— Pourquoi ?

— J'ai besoin de Luca et je n'ai confiance en personne d'autre pour veiller sur toi.

Je fis comme si cela ne me faisait pas passer pour une gamine de deux ans.

— Prévois-tu de rencontrer des problèmes particuliers ce soir ?

— Comme tous les soirs.

Je fronçai les sourcils.

— Et tu veux m'entraîner dans ton bourbier ?

— Je ne te laisserai pas périr, assura-t-il avec une pointe d'humour noir dans ses yeux. Toi et moi, nous n'en sommes qu'au tout début.

31

« On ne peut pas peindre New York tel qu'il est,
mais plutôt tel qu'on le ressent. »
Georgia O'Keeffe

Elena

La tenue la plus appropriée pour une sortie en boîte de nuit en ma possession était un haut à bretelles blanc et pailleté aux manches fendues sur le côté qui se prolongeaient par de fines lanières reliées au poignet. Complété par mes talons blancs, restés près de la porte, l'ensemble devrait être approprié.

Devant le miroir de la salle de bains, je considérai non sans contrariété le fer à friser dans le second tiroir. En faisant ma toilette ce matin, j'avais trouvé du shampooing aux fleurs de cerisier et du savon dans la douche. Une femme séjournait ici assez régulièrement pour laisser des produits de toilette. Que ferais-je s'il la ramenait à la maison pendant que j'étais là ? Quelque chose d'acide m'attaqua l'estomac.

Je tâchai d'analyser pourquoi cela me troublait à ce point. Si ç'avait été Oscar Perez, j'aurais été reconnaissante pour la nuit de répit. Toutefois, avec cet homme… l'idée me nouait la gorge en raison d'un sentiment inexpliqué.

Je me servis du fer à friser. Puis je retouchai mon maquillage, sans le charger.

Je me chaussais près de la porte de derrière quand Nico descendit l'escalier. J'aurais aimé que mes doutes concernant cet absurde shampooing féminin atténuent mes réactions physiques en le voyant. Au lieu de quoi mon corps vibra quand il apparut en costume noir, arborant un air grave qui pénétra sous ma peau. Son charme était tellement intemporel qu'il se serait fondu dans n'importe quelle période historique.

Je ne pouvais pas cultiver de ressentiment ou d'anxiété à l'égard de ce qu'il était susceptible de faire à l'avenir. Pas question de vivre de cette façon. Mieux valait avancer un jour après l'autre, et laisser l'inévitable trouver une issue le moment venu.

— Comment est-ce possible que je sois prête avant toi ? plaisantai-je, adossée à la porte.

Le coin de ses lèvres se relevant, il prit ses clés puis tapota le clavier du système de sécurité à proximité de la porte du bureau.

Comme il ne répondait pas, l'incertitude me saisit. Il paraissait plus distant depuis notre échange de la matinée. À quoi m'attendais-je ? J'étais sûre qu'il me soupçonnait de fréquenter un autre homme, pour autant je n'avais pas clairement contesté. Je lui avais dit que je n'avais pas envie de l'épouser, que je n'étais pas vierge, ce qu'il voulait assurément étant donné qu'il avait choisi Adriana. Ou peut-être qu'il la préférait à moi ?

D'ailleurs, pourquoi voulait-il de moi ?

Il pouvait avoir la fille qu'il voulait. N'importe quelle vierge d'ici à la côte Ouest serait enchantée pour peu qu'elle ferme les yeux sur sa réputation.

Je réalisai alors que je voulais qu'il me désire moi.

Là où une profonde attraction pour lui crépitait depuis la première rencontre, quelque chose d'autre commençait à éclore, pulsant comme un rythme fébrile sur un moniteur cardiaque. Je pouvais entendre ses bips résonner. Presque le sentir vrombir dans ma poitrine. Mais cela n'émanait pas de moi.

C'était plus viril, avec un parfum de sueur et de whiskey.

Lumières urbaines scintillantes. Talons hauts et robes courtes. Excès d'alcool et sexe sans lendemain suspendus dans l'air telle une fatalité. Nous entrâmes par l'issue latérale du club, au cœur de la vie nocturne à son apogée.

C'était la première fois que je mettais les pieds dans une boîte de nuit. Je n'avais jamais été au nombre de ces filles qui attendaient d'être admises dans le club de mon fiancé. Et qui, à ce que j'en savais, avaient éventuellement couché avec lui. L'embarras serpenta dans mon ventre. Comment le satisfaire alors qu'il avait eu des partenaires largement plus expérimentées ? Imaginer que je pourrais l'ennuyer au lit portait un coup dur à ma féminité. Il n'avait même pas essayé de m'emmener jusque dans sa chambre, se contentant de me donner un orgasme comme s'il me remettait un cadeau de mariage, avant de disparaître.

Contemplative, je me mordillai la joue. La possibilité qu'il n'ait pas envie de coucher avec moi consolidait mon désir. Rien que sa main sur mon bras, ou sa présence à mes côtés me réchauffaient intégralement.

Nico m'escorta dans un couloir à moquette rouge peu éclairé dans lequel flottait une odeur récente de cigarette. N'était-ce pas illégal d'autoriser de fumer dans un établissement new-yorkais ? Un sourire me vint : *sans doute son crime le plus répréhensible.*

Un rythme électro pulsait à travers les murs, des lumières

violettes et bleues clignotant dans le couloir comme si elles s'échappaient de la piste de danse. Nous descendîmes une volée de marches menant à une lourde porte métallique. Nico se tenait si près derrière moi que sa veste touchait mon dos. Au-dessus de ma tête, il donna cinq coups puissants, séparés d'une brève pause.

Peu après, la porte s'ouvrit sur une hôtesse brune, en robe moulante.

— *Signor* Russo.

Elle lui adressa un sourire lumineux, qui retomba sitôt que son regard descendit sur moi. Elle plissa les yeux, ses faux cils et tout le reste suivant le mouvement. Son maquillage était l'œuvre d'un maître, je devais l'admettre, mais sa moue dédaigneuse, alors qu'elle me toisait comme si j'étais une prostituée ramassée sur le trottoir, était d'une incorrection flagrante.

Super. Ma première sortie avec Nico, et j'étais la femme la moins populaire de la ville.

Autrefois, par manque de courage, j'aurais évité l'affrontement d'une manière ou d'une autre. Néanmoins, j'étais sur le point d'épouser un leader de la mafia. Je ne pouvais pas permettre à une serveuse de me rabaisser. Malgré l'impression de faire quelque chose d'un peu ridicule, de jouer à des jeux immatures, je tendis la main dans mon dos et entrelaçai mes doigts avec ceux de Nico.

Il se figea, surpris par mon geste, mais bien vite, ses doigts serrèrent les miens. Puis je sentis une petite tape sur mes fesses, qui m'incitait à avancer. Le geste m'embrasa de partout, mais par chance, il n'empourpra pas mon visage.

Je n'accordai plus un regard à la serveuse, même si je gageai qu'elle avait compris le message. Il pouvait faire tout ce qui lui chantait, avec qui il voulait, mais pas devant moi. Il me devait un minimum de respect, ce que je doutais que Nico me refuse.

Je lâchai sa main avant de m'engager dans un petit escalier métallique. Clignant des yeux, je découvris l'endroit.

Une atmosphère dense pesait dans l'air, du genre que je n'aurais pas soupçonné dans ce type d'endroits. Pour commencer, il me semblait identifier deux femmes en comptant l'hôtesse qui nous avait ouvert. L'écrasante majorité était des hommes, aussi bien en costumes qu'en bermudas et polos.

Les tables de poker étaient réparties autour d'un vaste espace, les joueurs occupant les places mettant en péril les économies d'une vie entière, chacun à une étape différente des enjeux.

Je suivis Nico au bas de l'escalier, observant la salle de jeu manifestement illégale. Une partie de cartes s'acheva, les cinq joueurs se levèrent, allumèrent une cigarette et se regroupèrent dans un coin de la salle.

— Fumer aux tables est interdit ? demandai-je à Nico.

— C'est autorisé. Le plus souvent, c'est révélateur, donc ils attendent la fin de la partie.

Intéressant.

J'aimais apprendre des trucs bizarres de ce genre.

Je le bombardai de questions jusqu'à son bureau, à propos des bénéfices engrangés en une nuit (à peine 20 000), et sur le pourquoi il n'y avait que deux femmes (trop distrayantes).

Les jeux d'argent étaient suffisamment sérieux pour que toute distraction soit proscrite. Personne ne m'accorda la moindre attention, pendant que nous traversions la salle. Les hommes aux tables étaient statufiés par la concentration, et les fumeurs transpiraient suite à leurs pertes ou répandaient la nouvelle de leurs gains par SMS.

Son bureau était un carré impeccable muni d'un élégant canapé bleu, d'un bureau en acajou assorti de deux fauteuils visiteurs, d'un écran plat et d'un minibar. Je posai ma pochette sur la table basse en verre, pendant qu'il démarrait l'ordinateur.

Malgré les murs en béton, les tapis orientaux dorés et bleutés et l'unique œuvre d'art exposée, la pièce était accueillante et confortable.

J'examinai la toile, suspendue derrière un panneau de verre brillant. Des tons pastel, des coups de pinceau épais quoique sophistiqués. Sans avoir l'âme d'artiste de ma sœur, je reconnus le style. J'avais regardé un documentaire sur le déclin de l'art moderne. Il démontrait que ce que nous considérons comme de l'art de nos jours n'était qu'un pâle reflet du talent et de la fougue picturale d'autrefois.

— Je n'aurais pas deviné que tu admirais Monet, commentai-je en lui lançant un regard.

Son attention était focalisée sur l'ordinateur, mais un petit sourire flotta sur ses lèvres. Il se releva, une main sur le bureau, l'autre tapant sur le clavier. Il tapait si vite qu'on aurait dit un scientifique fou appuyant sur de gros boutons rouges destructeurs.

— Ma mamma avait un faible pour lui.

Mon ventre se réchauffa en l'entendant parler de sa mamma avec un ton aimant.

— Elle avait des goûts exquis.

Il eut un petit rire amer et chassa son amusement derrière sa main, comme s'il prenait conscience d'avoir commis une bourde. J'avais l'impression d'avancer en terrain miné, mais je devais poursuivre.

Je levai un sourcil.

— Tu n'aimes pas Monet ?

— Je le garde dans mon bureau, non ?

— Ce n'est pas pour cette raison qu'il est là.

Les épaules crispées, il pianota un peu plus vigoureusement sur le clavier.

— Tu m'analyses ?

Je contemplai les coups de pinceau, doux et pastel sur la toile.

— Tu sais ce qu'on dit chez nous, entre femmes ? Ne fais pas confiance à un homme qui traite mal sa mère.

Son regard brûla ma joue.

— Tu penses que je traitais mal ma mère ?

Je n'aurais su expliquer comment mais j'avais senti qu'apprendre à le connaître ne serait pas simple et que, ce faisant, je m'exposais à son agressivité. Il n'était pas du genre à partager son passé autour d'une table, pas même avec sa fiancée. Or, j'avais besoin de connaître mon futur mari. Une partie de moi insistait pour savoir et je haussai une épaule. Ce jeu nouveau auquel je me livrais égayait mon cœur.

— Suis-je supposée croire le contraire ?

Pour toute réponse, il souffla sans amusement. Il ne chercha pas à se défendre, si bien que mon ventre se noua car j'avais besoin de lui certifier que cela ne reflétait pas ma pensée. *À moins que si ?*

Une irritation dans ma gorge m'incita à m'excuser pour mes sous-entendus, mais il traversait le bureau vers la sortie et, me retournant, je le vis ouvrir la porte.

— James monte la garde dans le couloir si tu as besoin de quoi que ce soit. Ne bouge pas d'ici. Je n'en ai pas pour longtemps.

— Nico, un instant. Je n'aurais pas dû dire…

Nico appela un certain Lucky dans le couloir. Il reporta son regard sur moi.

— Non, tu as raison. Il vaut mieux que tu ne me fasses pas confiance. Je t'ai déjà menti depuis que nous sommes dans ce bureau.

Je déglutis.

— À quel propos ?

Il s'arrêta, une main sur la poignée.

— Je réponds systématiquement qu'elle était fan de l'artiste. C'est nettement plus facile que d'expliquer qu'elle était constamment défoncée, au point de ne pouvoir différencier un Monet d'une caricature griffonnée par un artiste de rue.

32

« Les histoires d'amour, les vraies, n'ont jamais de fin. »
Richard Bach

Elena

Lorsque la porte se referma dans son sillage, j'étais persuadée d'être la plus horrible personne au monde. Je ne savais rien du tout sur sa mère. J'avais présumé qu'elle avait succombé à un cancer, ou à une autre maladie, mais à présent, je me demandais si elle avait souffert d'une quelconque pathologie. J'avais imaginé que dans sa famille la femme était l'unique personne fiable et stable sur qui s'appuyer. Il n'avait même pas bénéficié de ce soutien.

Cette peinture avait appartenu à sa mère, et il l'avait conservée, même si elle n'avait probablement pas été le meilleur parent du monde.

Il traitait sa mère avec respect.

Il me fallait un verre.

Pendant que je me préparais tranquillement un gin tonic, un jeune homme de quinze ou seize ans fit irruption dans la pièce. La porte refermée, il arbora une expression stoïque. James étant dans le couloir, il devait être Lucky. En entendant ce surnom, j'avais imaginé un homme trapu avec un trèfle tatoué quelque part, pas un adolescent. Mon fiancé était sûrement en train de former ce pauvre gamin.

Je souris.

— Salut. Désolée, je ne sais pas comment tu t'appelles.

— Matteo, mais on m'appelle Lucky, répondit-il, les mains dans les poches de son pantalon de costume.

— Pourquoi t'appelle-t-on Lucky ?

— Je crois que c'est parce que j'ai de la chance, m'dame.

Je me laissai gagner par l'amusement.

— Enchantée, Lucky. Moi, c'est Elena, mais tu le sais certainement, vu que tu es mon baby-sitter.

Il rit d'un air embarrassé.

J'allumai la télévision et pris place sur le canapé. Pendant vingt minutes, je regardai les informations en sirotant mon verre, avec le brouhaha intermittent et le rythme des musiques électro au-dessus ma tête. Nico avait intérêt à être certain qu'une descente n'aurait pas lieu dans sa salle de jeu pendant que je me trouvais dans son bureau. Mais bon, cela ne me tracassait pas vraiment. Un agent du FBI faisait des apparitions à ses fêtes ; nul doute qu'il ait les autorités dans la poche.

Je soupirai. Lucky faisait tranquillement le guet près de la porte comme le bon soldat en formation qu'il était. Je pris un paquet de cartes sur une table basse et retournai la boîte dans ma main.

— Lucky, veux-tu jouer aux cartes avec moi ?

— Bah, fit-il en se passant la main sur la nuque, j'suis pas Ace.

Je fronçai les sourcils, peu certaine de comprendre.

— Je me disais juste que ce serait un bon moyen de tuer le temps, étant donné que nous mourons tous deux d'ennui.

Il eut un petit rire.

— Hmmm…

— Cela t'est interdit, peut-être ?

À quel point mon fiancé était-il strict avec ses hommes ?

Un coin de ses lèvres remonta.

— Je ne dois regarder dans votre direction que lorsque vous me parlez.

J'avais ma réponse…

— Une partie, soupira-t-il.

Comme il n'avait pas l'air sûr de lui j'hésitai, redoutant de lui attirer des ennuis. Mais il marchait déjà vers le canapé, et la vérité était que l'attente et le silence commençaient à m'insupporter.

— Es-tu de la famille de Nico ? demandai-je.

— Je suis son cousin. Mon père était le frère du sien.

Plus grand que moi, Lucky était maigre et élancé. Encore un garçon. Je me demandai comment était Nico à son âge. Probablement autoritaire et habitué à parvenir à ses fins.

Nous avions choisi de jouer au poker, et quand je précisai que nous n'étions pas obligés de parier de l'argent, Lucky me regarda comme si j'étais barjot. Je ris. Un vrai petit Russo en devenir.

Donc je jouai au poker avec cet ado, en misant de l'argent que je ne possédais pas.

Je perdis.

Fut un temps où je jouais souvent. Nonna aimait particulièrement le poker, et parfois, quand ma mère avait envie d'une « soirée en famille », nous nous réunissions tous pour jouer.

— Lucky, dis-je en réarrangeant mes cartes, comment est morte ta tante ?

— Caterina ? Overdose, je crois. J'étais bébé.

Je soupirai. *Ouaip, une horrible personne.*

— Où est Nico ce soir ?

J'étais sûre à 99 % qu'il ne me le dirait pas, ce qui me laissait

1 % de possibilité. Quand ses épaules se crispèrent légèrement, mon alarme intérieure s'activa.

— Je ne sais pas, finit-il par lâcher.

— Mais si, tu sais, l'accusai-je.

Il me regarda les yeux écarquillés.

— Oui, mais je ne te le dirai pas.

— Pourquoi donc ? répliquai-je en feignant la stupéfaction.

— Ace me ferait la peau si je parlais affaires avec vous.

— Comment le saurait-il ?

Sans un mot, il secoua la tête.

— Soit.

Je posai mes cartes sur la table basse et me levai.

— Où allez-vous ? me demanda-t-il d'une voix fébrile.

— Danser là-haut.

Il bondit sur ses pieds.

— Non… attendez.

Je marquai une pause devant la porte, lui tournant le dos.

— James est dans le couloir, il ne vous laissera pas passer, renchérit-il.

— Mais ce serait mauvais pour toi si tu me laissais filer, n'est-ce pas ?

Trois secondes s'écoulèrent.

— Bon d'accord, grogna-t-il d'une voix de petit garçon.

Un sourire flotta sur mes lèvres.

— Il s'occupe de l'homme qui a mis votre sœur en cloque.

Je me figeai, inspirai longuement, puis me dirigeai vers le minibar.

— Encore perdu.

Trois parties plus tard (au lieu d'une) soit Lucky avait de la chance, soit j'étais médiocre.

Dans un soupir, je lançai mes cartes sur la table basse, certaines se dispersant par terre. J'en étais à mon troisième verre, et ma tête en ressentait les effets.

Nico s'était absenté depuis bientôt deux heures, et je commençais à me faire du souci. Il m'avait recommandé de ne pas lui faire confiance, alors comment être sûre qu'il tiendrait sa promesse vis-à-vis de Ryan ?

— Ce qui nous fait 2 000 au total, annonça Lucky avec suffisance.

Je grognai intérieurement. Chez les Russo, les garçons étaient aussi impitoyables que les hommes.

— 2 000, hein ? reprit une voix mécontente.

Lucky bondit sur ses pieds pour la troisième fois de la soirée.

— Patron…

— Stop.

Le gamin la boucla.

Concentré sur moi, Nico avança. Il était plein d'assurance, comme s'il était allé courir et qu'au lieu de transpirer, il exsudait de la confiance en soi. Son humeur électrique m'affectait comme un virus contagieux.

— Fiche le camp d'ici, Lucky, ordonna-t-il sèchement en déboutonnant sa veste, suite à quoi son cousin obtempéra. Quitte encore une fois ton poste, et je te jure que tu seras cloué au lit une bonne semaine.

— Oui, patron, bafouilla Lucky avant de refermer la porte derrière lui.

— Pour quelle raison mes hommes me désobéissent quand tu es là ?

— Essaye de leur demander gentiment, dis-je en me mordant la joue pour masquer mon amusement. Un « s'il te plaît » n'a jamais tué personne, tu sais.

— Sans doute, répondit-il avec une lueur amusée dans les

yeux. Cela semble être ton expression de prédilection dans des circonstances précises.

Les joues soudain brûlantes, j'inspirai d'un coup sec. Me sentant rougir de partout, je réorientai la conversation.

— J'ai perdu 2 000, avouai-je sans vergogne, comme si cela faisait partie de mon quotidien.

Nico tira sur sa cravate, un petit sourire aux lèvres.

— Tu n'as rien perdu. Il a triché.

Je restai interloquée.

— Comment le sais-tu ?

— C'est moi qui lui ai appris.

Lucky… chanceux, c'est vite dit.

— Il aurait gagné même sans tricher, admis-je en soupirant. Je suis nulle pour bluffer.

— Je ne sais pas pourquoi mais j'en doute.

Il vint vers moi, les mains dans les poches, et plus il se rapprochait, plus j'oubliais de respirer.

Je ne savais pas du tout comment réagir, ni pourquoi cela ne semblait pas insignifiant. Du coup, j'optai pour une réponse simple.

— Je ne sais pas repérer les tricheurs.

J'avais l'impression qu'on me mangerait toute crue dans la famille Russo. Même un ado m'avait ridiculisée.

Nico s'accroupit devant moi et ramassa une carte sur le sol. Mon cœur tambourinait comme la pluie contre un carreau. Il se tenait assez près pour que je puisse lui passer la main dans les cheveux.

— Il faudra y remédier, tu ne crois pas ?

Entre son index et son majeur, la carte se volatilisa avant que j'aie pu l'attraper.

Mes yeux s'écarquillèrent.

— Comment as-tu fait ?

— Simple tour de passe-passe.

Tricher dans la famille Russo était la norme, au point que faire disparaître les cartes soit « simple ».

— Montre-moi, insistai-je.

L'amusement fit pétiller son regard.

— Commençons par la base, afin que je puisse te laisser seule deux heures sans me ruiner.

Je me renfrognai.

Pendant qu'il rassemblait le reste des cartes, je remarquai des meurtrissures récentes sur ses phalanges. Il se releva, retira sa veste et s'installa dans son fauteuil de bureau. Je suivis ses mouvements en me mordillant la lèvre.

— Tu joues souvent ? demandai-je.

Il s'adossa, un coude sur l'accoudoir.

— Avant oui, moins maintenant.

— Pourquoi cela ?

— Je dois faire tourner les affaires.

— Lucky a laissé entendre que tu étais doué. Mais je ne sais plus si tu es bon joueur ou bon tricheur.

Un sourire sombre dansa sur ses lèvres.

— On dirait que tu l'as fait parler.

Oh ! je connaissais ce ton, et ça ne présageait rien de bon pour Lucky.

— Pas vraiment. Je l'ai menacé de monter danser s'il refusait de répondre à mes questions.

— Et que voulais-tu savoir ?

J'avalai ma salive.

— Où tu étais ce soir.

— Dire que je croyais que mes affaires étaient le cadet de tes soucis, plaisanta-t-il.

— Certaines de tes affaires sont devenues personnelles.

— Ça, je ne le sais que trop bien.

Dans ses paroles, peu audibles, perçait une pointe de sarcasme. Je n'étais pas certaine de ce que cela signifiait, mais ensuite, il chassa mes doutes.

— Il est vivant, comme je m'y suis engagé. Ta *famiglia* se charge de le remettre dans le droit chemin en ce moment même.

Je frémis.

— Il aura la vie sauve ?

— Il aura la vie sauve.

Soulagée, j'expirai profondément et laissai ma tête basculer contre le dossier du canapé.

— Je te remercie, dis-je doucement.

— Nous savons tous deux que je n'ai pas agi par charité.

Mes joues s'embrasèrent à l'évocation de notre marché. Il n'avait pas encore profité de sa récompense. Il n'était donc pas pressé. Ou alors il ne tenait pas à ce que je sache que, dans le fond, il pouvait se montrer charitable…

Le temps que Nico traite ses e-mails, je me servis de mon téléphone pour explorer les centres de table de mariage sur le site de la wedding planner. Faute d'options, je réduisis mes choix à un court vase globulaire au contour piqué de perles ainsi qu'à une version épurée, à poser sur un support en verre.

Je transférai les illustrations à ma mère, qui me répondit : « Les deux ont l'air de sortir d'une vente de charité. »

Pour moi, les vases étaient simples et classiques.

Ma mère était expansive, fière, et tenait à ce que les tables de mariage le montrent. Raison pour laquelle je refusais de recycler ce qui avait été acheté pour Adriana – ma mère en étant la commanditaire. Tête inclinée, je les examinai une fois de plus, sans toutefois parvenir à me décider.

Nico avait eu une courte conversation téléphonique, pendant laquelle j'avais réalisé que je pourrais aisément m'habituer à son timbre de voix grave en fond sonore. Et cela, même lorsqu'il parlait de ses affaires, et donc du « produit » qui avait tué sa mère.

À présent, silencieux, il répondait à un courriel, ou rédigeait un rapport sur le prochain type dont il gâcherait la vie. J'allais me marier avec lui. Je ne m'étais jamais définie comme une femme en mal d'attention, mais à cet instant, je voulais la sienne. Entière, et aussi exaltante qu'à l'accoutumée.

Un peu anxieuse, je me levai, contournai son bureau et me postai à côté de lui. Il dirigea son regard vers moi puis s'adossa dans son fauteuil.

— Je n'arrive pas à choisir le centre de table, dis-je.

— Montre-moi.

Au lieu de prendre mon téléphone dans ma main, il m'attira sur ses genoux. La surprise fit s'emballer mon cœur. Son bras, qui m'entourait solidement la taille, semblait davantage me brûler que me soutenir. Je m'ajustai, une main sur son épaule. Il était si large, si chaud et si ferme. Je fis comme si la position ne m'affectait aucunement, alors qu'en réalité il me fallut un moment pour me rappeler pourquoi je le consultais.

Je tournai la tête de façon à le regarder. Ma respiration se raccourcit quand je réalisai que ses lèvres se trouvaient tout près des miennes. Son regard chaud semblait lire un peu plus mon âme à chaque seconde qui passait.

Son corps pressé contre le mien me réchauffant de l'intérieur, la tentation de me pencher vers lui devenait purement physique. Une attraction puissante, comme s'il était mon centre de gravité. Je sentais son haleine, les battements vigoureux de son cœur.

Je pouvais abolir la distance entre nous et l'embrasser, ainsi que je l'avais fait une fois, dans une voiture martelée par la pluie.

Ce que ce serait facile : enfoncer mes doigts dans ses cheveux, suivre le contour de son visage avec ma main, poser ma bouche sur la sienne.

Je savais que ce serait le meilleur baiser de ma vie.

C'est pourquoi, à la place, je lui présentai les vases.

33

« La simplicité est la sophistication suprême. »
Léonard de Vinci

Elena

Je détestais sa voiture et le fait qu'elle soit imprégnée de sa présence. Je suffoquais dans cet espace mais, étrangement, je ne parvenais pas à trouver cela complètement déplaisant.

Je détestais sa voiture.

En revanche, j'aimais sa façon de la conduire.

L'aisance avec laquelle sa main s'emboîtait parfaitement sur le volant, l'assurance sans prétention avec laquelle il occupait le siège conducteur, son respect des limitations de vitesse qui semblait entretenir sa courtoisie de façade.

Cela me rappelait le murmure du tissu touchant le sol, le frottement de ses dents sur ma nuque, sa main tirant mes cheveux.

Mon pouls se canalisa entre mes cuisses, si fort que je resserrai les jambes l'une contre l'autre.

Je n'étais pas du genre à parier en temps normal, mais là je miserais tous les biens mal acquis de mon père sur l'hypothèse que cet homme se comportait au lit comme au volant. Avec un contrôle et une assurance absolus.

Sans un mot, Nico nous conduisait vers les quartiers résidentiels, les lampadaires clignotant et s'estompant sur son expression placide. Plus tôt, il avait sélectionné le vase le plus simple en déclarant « toujours faire simple », ce à quoi je ne pouvais qu'acquiescer.

Après cela, il m'avait à peine adressé deux mots. Alors qu'il était silencieux, je me rendais compte que j'aimais sa voix. Je voulais savoir ce qu'il dirait. Il y avait des phrases entières dans cette tête qui attendaient d'être prononcées avec son accent traînant, et je voulais chacune d'elles. Mais je ne pouvais ni ne désirais approfondir le pourquoi.

D'abord douce, la pression entre mes jambes se renforça au point que je doive évacuer la tension.

— Elle roule vite ? demandai-je.

Il pencha la tête sur le côté pour capter mon regard. Il le retint un court instant, avant de reporter son attention sur la route.

— Très vite.

Je pinçai ma lèvre entre mes dents en cherchant un moyen de répondre.

— Mais encore ?

Sans me regarder, il eut un petit sourire.

— Montre-moi.

Les mots franchirent mes lèvres dans un souffle, bas et suggestif.

— Sûrement pas.

Je levai un sourcil.

— Pourquoi ? Tu as la frousse ?

Il me décocha un regard amusé et malicieux.

— Entre la peur et l'imprudence, il y a tout un monde.

Je ne savais pas pourquoi réfléchir à cette question ne m'aidait pas, toujours est-il que le fait qu'il ait dit cela me procurait du soulagement. J'avais un frère intrépide, je n'avais pas envie que mon mari le soit aussi. Cependant, je n'étais pas encore disposée à renoncer ; son attention suscitait un frisson en moi.

— Tu veux dire que jusqu'à présent, tu n'as jamais frimé avec une femme dans ta voiture ?

— Ne déforme pas mes propos.

— L'as-tu déjà fait alors ?

— Quand j'avais seize ans, probablement.

De nombreuses années plus tôt donc, pourtant une pointe d'envie s'invita en moi. Quelle fille revêtait suffisamment d'importance à ses yeux pour qu'il cherche à l'impressionner en crânant ? Je rejetai cette pensée.

— Je m'apprête à épouser un Russo. Ne penses-tu pas que je devrais savoir de quoi il retourne avant que ce soit trop tard ?

Le regard qu'il me lança était de la fougue pure.

— Il est déjà trop tard.

Mon pouls frémit, mais je m'obligeai à soupirer.

— Ce n'est pas grave. Si tu te dégonfles…

Il secoua la tête, puis accéléra si subitement que la vitesse me cloua au siège. Pour toute réponse, il jeta un regard dans ma direction, une étincelle brilla dans ses yeux au son de mon rire nerveux. Je surveillais le compteur… 140… 160… 175.

Nico conduisait comme si nous roulions simplement à 90 : décontracté, sans la moindre émotion. L'afflux d'adrénaline crépitait dans ses veines. Il passa le cap des 200 avant de devoir ralentir pour emprunter la sortie.

Ivre de désir, d'énergie et de vitesse, je baissai la vitre pour laisser l'air chaud caresser mes joues. Nous arrivâmes un quart d'heure plus tard, et si ce n'était pas exactement comme rentrer à la maison, je m'y sentis tout de même à *ma place*.

L'adrénaline en baisse, circulait péniblement dans mes veines, à la manière d'un train à court d'essence. Sa disparition progressive me laissait une sensation de chaud et de froid sur la peau, mes nerfs vibrant dans l'air.

Il coupa le contact, et les petits crépitements du moteur chaud se répercutèrent dans l'habitacle par la vitre baissée. L'air urbain tiède, le clair de lune argenté et une forte tension se mélangeaient dans l'espace qui nous séparait. Dans le silence tendu qui suivit, ma respiration s'alourdit.

J'étais sûre que la vérité était aussi claire que les échos du match de football qui s'échappaient par la fenêtre des voisins. Il était évident que je désirais cet homme. Avec lui, je perdais irrémédiablement mon calme et le contrôle de moi-même. Ce qui me terrifiait le plus, c'était qu'au lieu de vouloir prendre les commandes, je préférais les lui remettre entièrement. Je voulais connaître ce que des centaines d'autres filles avaient expérimenté, peu importe que cette idée me rende verte de jalousie.

Si tant est qu'il sache tout cela, je doutais qu'il partage mon sentiment.

J'étais un objet.

Son second choix.

Il me fallut un moment pour réaliser que *Snap Your Fingers, Snap Your Neck* passait à la radio. La chanson, tout sauf romantique, était brutale et envoûtante, comme l'homme à côté de moi. C'était la chanson sur laquelle je l'avais embrassé. Si quelqu'un l'avait beuglée dans la voiture, nous n'aurions pas été plus conscients qu'elle passait.

J'ouvris ma portière de quelques centimètres pour m'isoler de la radio, mais je ne descendis pas. Quelque chose tambourinait dans ma poitrine. Un besoin inassouvi tout près d'éclater. Mes paumes étaient soudain moites.

— Nico…

Sa main s'approcha de mon visage. Les mots se coincèrent dans ma gorge. Comme si mon corps encaissait un coup, un souffle m'échappa alors que son pouce retraçait mes lèvres et mon menton.

— Rentre. J'ai des choses à faire.

La vérité était que je n'avais pas trouvé quoi dire, raison pour laquelle je ne pouvais que me réjouir qu'il m'interrompe. Mais alors que je me dirigeais vers la maison, un poids écrasant terriblement semblable au rejet prit place dans ma poitrine.

Dans ma chambre, je passai mon T-shirt des Yankees. Le corps frémissant d'indécision, le cœur battant à une vitesse qui me faisait me sentir en vie, je m'assis sur la banquette sous la fenêtre et regardai la lumière qui filtrait sous la porte du garage.

Je m'assoupis avant même d'entendre les marches craquer.

La nuque endolorie, je me réveillai lovée sur la banquette. Des rayons de lumière s'invitaient dans la chambre, dessinant des faisceaux de particules de poussière. Je salivai en humant l'odeur du bacon. Je me demandai si la cuisinière de Nico était là, bien que ce soit dimanche, et qu'elle ne soit censée venir que demain.

Encore à moitié endormie, je me dirigeai vers la salle de bains, me brossai les cheveux et les dents. Peut-être qu'il aurait été convenable que je me maquille légèrement, maintenant que je risquais à tout moment de croiser mon fiancé, mais franchement, cela n'avait jamais fait partie de mes préoccupations.

Je suivis les effluves de bacon, puis m'arrêtai net au pied de l'escalier. Une onde de chaleur se propagea dans mon estomac et se dévida dans mon corps soudainement. Les battements de mon cœur se groupèrent entre mes jambes. Une poêle chauffait sur le réchaud, mais je ne comptais pas la nourriture parmi mes fantasmes sexuels. Pas à ma connaissance, en tout cas. J'avais à peine entrevu cet homme autrement qu'en costume-cravate. Maintenant qu'il s'activait derrière l'îlot, à moitié nu, mon système nerveux reçut un choc.

Il était plus trapu que finement sculpté, son torse carré nettement taillé, et quand il passa la main sur ses abdos dénudés, mes joues empourprées auraient pu chauffer toute la maison. Vraiment, rougir m'empoisonnait l'existence.

Il tourna la page d'un magazine qui, manifestement, le captivait.

— Il me semblait t'avoir dit de brûler cette horreur, dit-il sur un ton tranquille.

Je déglutis, à court de répartie parce qu'il était trop tôt, et qu'il y avait *tellement* de peau. Son tatouage s'étalait jusqu'à l'épaule, sur un bras, laissant le reste bronzé, ferme et *ouh là là*. Quand j'ouvris la bouche, il en sortit ceci :

— Pourquoi ? Pour qu'on se balade tous les deux dans une tenue inappropriée ?

Ses lèvres se redressèrent, même s'il ne s'embêta pas à me regarder.

— Je ne sais pas, ça me semble platonique comparé à tes supplications enfiévrées…

— Compris, bredouillai-je. C'est bon, mais je ne brûlerai pas mon T-shirt. Tu vas devoir te convertir, dis-je avec le plus grand sérieux, tout en m'approchant de la cafetière.

Sa réponse prit la forme d'un bref rire amusé, sa manière de me faire savoir que cela ne se produirait *pas*.

Je préparai le café, concentrée comme si la tâche requérait toute mon attention, parce que sa nudité faisait danser les papillons dans mon ventre. Mais je fus rapidement distraite et me surpris à fixer son dos.

Subitement, je décidai que j'avais un faible pour les dos masculins, avec un bémol pour le revolver glissé sous la taille de son pantalon d'intérieur qui m'attirait peu. Pas étonnant qu'il soit resté en vie – il ne quittait jamais son arme. Une petite cicatrice arrondie marquait son flanc, et je me demandai alors où se situaient les deux autres blessures par balles.

— Qui t'a appris à cuisiner ? demandai-je, le regard sur la poêle à frire.

Il se retourna, les deux mains sur l'îlot.

— Tu insinues que tu ne sais pas cuisiner du bacon et des œufs ?

Renfrognée, je déplaçai mon poids sur l'autre pied.

— C'est-à-dire que…

Il eut un sourire narquois et charmant à la fois.

— Je commence à m'interroger sur les bénéfices de ce mariage.

Je me mordis la lèvre.

— Pareil pour moi.

Il rit, un son grave et jovial qui fit louper un battement à mon cœur. Je n'entendais son rire sincère que pour la seconde fois, et soudain, je sus que je m'y habituerais aisément.

Le café en préparation emplit la cuisine d'un riche arôme terreux. Nico avait opté pour la qualité, même si pour avoir ma dose, j'étais capable d'avaler du jus de chaussette réchauffé de station-service. L'horloge affichait 7 h 30.

— Notre espèce de mariage signifie que je dois fréquenter ton église ?

Il sourit, puis dissimula sa bouche derrière sa paume.

— Ouais. C'est ce qu'implique notre *espèce de mariage.*

Songeuse, je fis la moue. Je n'étais pas particulièrement attachée à mon église – en fait, je savais que mon père soudoyait le prêtre. Par conséquent, faute de pouvoir me livrer librement en confession, je traînais mon lot de péchés à absoudre. Ma conscience était un vrai foutoir. À l'église de Nico, ce serait sans doute le même topo. Sans compter que je serais cernée par les Russo…

J'avalai ma salive.

— Alors je ferais bien de me préparer.

— Pas cette semaine. Nous sommes attendus ailleurs.

Je l'examinai un instant, une alerte titillant le fond de mon esprit. J'étrécis les yeux.

— Je suis certaine que c'est sans rapport avec le fait que ton prêtre n'apprécierait pas que je vive avec toi avant le mariage ?

Un infime éclat dans ses yeux confirma mes soupçons. Il me cachait à son ecclésiastique. Il voulait rester un catholique respectable, et bien que très éloigné de la vérité, ce n'en était pas moins admirable.

— Cela fait de moi ton petit secret inavouable.

Je pensais le taquiner, pourtant l'intensité de ma voix me fit sentir que cela me mettait mal à l'aise.

— Inavouable ? fit-il, avec un regard à la tonalité ardente du whiskey sur glace. Espérons-le.

J'essayai de prendre une inspiration mais mes poumons refusaient de coopérer. Je ne savais pas comment il pouvait se permettre ces mots d'esprit, comme s'il était imperméable à la tension sexuelle alors que moi j'avais besoin de rompre le contact visuel pour digérer l'échange.

— Je n'ai pas besoin de te garder secrète, Elena, déclara-t-il en s'affairant devant le réchaud. C'est juste que je n'ai pas la patience d'écouter les qu'en-dira-t-on sur ce que je suis censé faire avec ce qui n'est qu'à moi.

Qu'à moi. Les syllabes flottèrent dans la cuisine au-dessus de nos têtes comme une brise alanguie peu disposée à passer son chemin. Quelque chose remua dans les profondeurs de ma poitrine.

— À toi, hein ?

Il s'immobilisa et passa une main sur sa joue.

— Ma fiancée, rectifia-t-il avec le détachement de celui qui prend conscience d'une simple erreur, comme si *fiancée* revêtait un sens autre que *à moi*. Dans son milieu, la différence était de taille.

— Ma famille est au courant que tu vis ici, c'est l'essentiel. Ils ne diront rien, ajouta-t-il.

— Sinon tu leur fais la peau ?

Il jeta vers moi un regard paresseux.

— Sinon je leur fais la peau.

Le plus effrayant était que je ne sois pas en mesure de distinguer s'il était sérieux ou pas. Une partie de moi percevait la plaisanterie dans sa voix, alors qu'une autre rejouait le moment où il avait tiré une balle dans la tête de son cousin, par un dimanche après-midi ensoleillé.

Il me scanna de haut en bas, faisant s'embraser ma peau. Mais quand son regard rencontra le mien, une note de douceur s'imposa au premier plan.

Je n'ai pas de secrets, Elena.

Il me mentait.

Et je ne trouvais qu'une seule raison plausible à cela. Une partie de moi la rejetait, l'autre fondait sous l'effervescence qu'elle générait en moi.

Il me gardait secrète pour préserver ma réputation.

Peut-être avait-il des motifs égoïstes, n'empêche que mon cœur doubla de volume. Mais la culpabilité le fit se dégonfler aussi sec. Selon toute vraisemblance, je lui causais plus de complications que je n'en valais la peine. Les chiffres recopiés sur le bout de papier caché dans le fond de mon sac de sport à l'étage pesaient sur ma conscience.

— Je ferais mieux d'habiter chez moi jusqu'au mariage, offris-je.

— C'est ici chez toi.

— Tu sais ce que…

— Non.

D'accord.

Peu enclin à négocier, semblait-il.

Il sortit deux assiettes du placard.

— Je croyais que tu courais tous les matins.

Je l'entendis à peine, distraite par son torse nu.

Je plissai les lèvres.

— Finalement ce n'est pas mon truc.

Il me regarda de travers.

— Si tu décides que c'est finalement ton truc, sers-toi du tapis de course dans la chambre d'amis, là-haut. Tu ne peux plus arpenter les rues comme autrefois.

Je souris avec douceur.

— Tu n'as pas ton pareil pour me faire me sentir libre.

J'échouai à l'égayer.

— Et pour la danse, qu'as-tu prévu ?

Je ne m'étais pas inscrite à un cours depuis le récital, et je ne pensais pas le faire. Cependant, je n'étais pas sûre de trouver meilleure excuse pour m'aérer.

— Je n'ai pas décidé.

Pendant qu'il remplissait deux assiettes, je servis le café. Cet homme m'avait fait jouir et cuisinait mon petit déjeuner. L'orgasme, je l'avais espéré, mais le petit déjeuner, je ne l'avais même pas imaginé. Je commençais à me demander ce que je pouvais lui apporter. Je faisais pâle figure dans la peau de l'épouse.

Appuyé au plan de travail, il m'accorda son attention la plus despotique.

— Si tu souhaites reprendre la danse, nous devrons te trouver un nouveau studio.

Je réfléchis.

— Pourquoi ?

— Je ne me sens pas en confiance sur le territoire de ton père.

Je plissai les yeux.

Le remarquant, il me retourna mon regard.

— Tu es affreusement loyale envers les mauvaises personnes, remarqua-t-il avec désapprobation.

— Envers ma famille, tu veux dire ? Ces personnes-là ? fis-je, un sourcil levé. Il n'y a rien de louche sur le territoire de mon père.

Son expression, pas le moins du monde impressionnée, criait haut et fort *coups de feu tirés d'une voiture en marche.*

Comme je n'avais rien de substantiel à répondre, je bottai en touche.

— Et si je n'étais pas en confiance sur *ton* territoire ?

— Tu n'es plus une Abelli pour très longtemps. Si tu veux danser ou je ne sais quoi, ce sera dans mes rues, décréta-t-il avant de poursuivre d'un air sombre. Et pas question de perturber qui que ce soit.

Un frisson me parcourut alors que je réalisai que, sous peu, je deviendrai Elena *Russo.* Je me forçai à soupirer pour camoufler mon émoi.

— Tu es effroyablement tyrannique aujourd'hui.

— Ça frise la psychose, pas vrai ? plaisanta-t-il, le regard étincelant. J'ai des progrès à faire, je crois.

Pendant que nous nous fixions, à un mètre de distance, un courant s'engouffra dans la cuisine. Un souffle languide, chaud et suggestif. Mon cœur marquait les rythmes soutenus d'un tambour. Il se tenait près de moi à demi nu, *tellement* viril. Et je sus que si je restais silencieuse, il se produirait quelque chose. Rien ne serait plus comme avant. Un malaise teinté d'anticipation et d'une pointe de panique me submergea.

Je savais que quelque chose dans l'étape à venir me briserait le cœur.

— Vas-y, soufflai-je. Que je sache à quoi m'attendre.

Ma requête trancha l'épaisse brume, clarifiant l'air.

Il m'observa une seconde de plus. Secoua la tête. Puis s'écarta du plan de travail.

— Prends ton petit déjeuner. Nous décollons dans vingt minutes.

— Où va-t-on ?

Il s'empara d'un magazine, qu'il lâcha devant moi. La publicité vantait le *Salon Automobile Show and Shine.*

Comment s'habillait-on pour aller au salon de l'automobile ?

34

« La mode se démode, le style jamais. »
Coco Chanel

Elena

Avec un infini regret, je découvris que Nico était matinal.

Là où il me fallait une heure ou deux pour avaler mon café et me mettre en marche pour la journée, il préparait le petit déjeuner, passait un jean et ce fameux T-shirt blanc, et était prêt à décoller aux aurores.

Faille identifiée. Juste à côté de la question de ses troubles mentaux. Quoique ces problèmes aillent de pair.

— Tu es jolie, me dit-il en quittant l'allée.

Comme une imbécile, je devins rouge jusqu'à la racine des cheveux.

Après un petit rire silencieux, il lança *Last Resort* de Papa Roach, montant le volume au point de m'emplir les tympans.

Tout au long de la journée, « tu es jolie » se rejoua dans le fond de ma tête jusqu'à l'usure. Une observation simplissime qui, pour cette raison, comblait ma poitrine de bien-être. Je recevais souvent des compliments, et peut-être que cela semblait superficiel, comme si je les estimais mérités. Or, c'était non seulement contraire à ce que je pensais, mais je n'en voulais pas. Dans ma vie, les belles filles finissaient comme Gianna : à masquer la tristesse dans leurs yeux derrière des pupilles dilatées.

Enfant, j'étais observatrice. J'aspirais à décortiquer le monde et à déchiffrer son sens, mais ce que je trouvais, c'était moi-même, une petite fille devant un miroir fixant une vie sans amour, toute vide.

En vérité, je n'avais pas été tout à fait honnête. J'avais, depuis toujours, l'âme d'une romantique. À tel point que la perspective de ne pas rencontrer le grand amour me donnait l'impression de me retrouver une fois de plus sur ce parking désert, sans rien d'autre que de la neige et le souffle du vent polaire.

Ce n'était pas malin de rougir à son compliment, juste après avoir utilisé le fer à friser de sa copine (ou maîtresse, à ce que j'en savais), pour me boucler les cheveux avant de les assembler en queue-de-cheval. Néanmoins, avec une force inédite, je ne pouvais que souhaiter qu'il ne s'agisse pas de Gianna. Insouciante et désinhibée, elle était mon antithèse, moi qui étais… tellement terne, en comparaison. Et avec une trivialité que je devais certainement partager avec elle, je m'inquiétais de devoir porter les mêmes escarpins deux jours de suite, juste parce qu'ils étaient les mieux assortis à ma robe d'été.

Au cours de cette heure de route, j'arrêtai mon choix sur les fleurs de mon bouquet et les arrangements de table, pendant que Nico négociait au téléphone ou montait trop fort le son de la radio pour bavarder. Sans que ce soit un rendez-vous romantique, la parenthèse avait quelque chose de confortable.

Les voitures étincelaient sous le soleil, entre les visiteurs qui déambulaient sur le parking. Il faisait une chaleur étouffante, comme si le soleil déchargeait sa colère sur le monde. Par méconnaissance, je m'attendais à des animations ou je ne sais quoi.

Cependant, les seuls divertissements étaient les voitures. C'était dans des moments tels que celui-ci que je me réjouissais que mes pensées demeurent privées.

Il n'y avait certes pas de spectacle, mais mon expérience ne fut pas monotone pour autant. Je me sentis maintes fois comme l'une de ces voitures à admirer, quand l'attention de Nico me trouvait, enflammant ma peau avec un regard profond qui ne me faisait penser qu'à une seule chose. Je me demandais s'il était aussi attentif avec toutes ses femmes, puis me rabrouais aussitôt de l'avoir pensé.

— Reste à côté de moi, m'avait-il recommandé en arrivant.

Une partie tenace de ma personnalité voulait savoir ce qu'il ferait si je m'éloignais.

La curiosité était l'un de mes gros défauts.

Comme il était occupé à échanger quelques mots avec le propriétaire de plusieurs voitures, je m'écartai en prétendant admirer une décapotable. Trente secondes s'écoulèrent avant qu'une présence intimidante me frôle le dos.

Sa voix, tout près de mon oreille, était rauque et suave, mais aussi *indignée*.

— Tu n'espères quand même pas que je vais te suivre toute la journée ?

Je hochai la tête, mon cœur battant la chamade.

— Tu es bien obligé.

Il ne me touchait pas, même si d'aussi près, le timbre grave de sa voix heurtait ma nuque.

— Je n'ai pas d'obligation.

La douce brise estivale jouait sur ma peau, pendant que les gens marchaient autour de nous, mais je n'avais conscience que d'une seule personne, d'un seul homme.

Tu es jolie.

À moi.

— Mais peut-être que tu en as envie, murmurai-je.

Deux battements de cœur. Trois.

Il aurait pu réfuter, invoquer n'importe quelle raison pour nier, au lieu de quoi il choisit de laisser un silence chargé de non-dits s'étaler entre nous.

Avant ce jour, notre lien se constituait à parts égales d'exaltation et de crainte. Aujourd'hui, le premier sentiment se retirait au point de s'effacer comme une photo rangée dans le fond d'un tiroir.

De temps à autre, je tirai sur la corde et m'éloignai de lui, lasse de l'entendre parler mécanique avec les rares personnes qu'il estimait intéressantes et je sentais son regard suivre chacun de mes gestes, alors même qu'il poursuivait sa discussion. Je pris également conscience d'une chose : il aurait beau fréquenter d'autres femmes, je serais la seule et l'unique qu'il appellerait *ma femme*. Révélation qui s'accompagna d'un vrombissement énergique dans ma poitrine. Un bourdonnement si dévorant que je ne pouvais me contraindre à éprouver autre chose qu'un sentiment de satisfaction.

— Nicolas, dis-je au bout d'un certain temps, me protégeant les yeux du ciel pour diriger mon regard vers le fond du parking. Je ne vois pas de grande différence avec ta Gran Torino.

Nico s'arrêta à côté de moi, concentré sur un SMS. Je ne l'avais jamais vu ivre, mais je le soupçonnais d'être alcoolique. En revanche, côté boulot, il ne levait jamais le pied. Je commençais à me dire qu'*accro au boulot* était un diagnostic plus juste.

— Comment connais-tu le modèle de ma voiture ? demanda-t-il sans relever les yeux.

— J'ai acquis des connaissances approfondies dans le domaine automobile.

Je souris, étant donné que je n'étais même pas fichue de conduire.

Il me lança un regard, l'amusement illuminant ses yeux ambrés.

— Je te crois sur parole, dit-il avant de ranger son téléphone, en balayant le parking du regard. Elle est de 1970. La mienne est de 1972.

Je marquai un temps d'arrêt. Fichtrement perspicace, considérant qu'à cette distance, il ne pouvait pas lire la fiche sur le pare-brise.

— Comment le sais-tu ?

— Simple supposition, répondit-il lentement.

Mouais…

— Et la rouge, quelle année ?

J'indiquai la suivante dans la rangée à côté de la Gran Torino.

Il lança un coup d'œil à la voiture.

— 1971.

Un sourire releva le coin de ses lèvres.

— C'était le film, c'est ça ? Tu la connais à cause du film ?

Je me renfrognai.

C'était la quatrième fois que je l'entendais rire. Je ne savais pas quand j'avais commencé à compter, mais à présent, je me demandais si j'arrêterais un jour.

J'eus tôt fait d'apprendre qu'il n'avait pas émis une « simple supposition », ainsi qu'il l'avait affirmé. En fait, en le questionnant, je réalisai qu'il était capable de me fournir la marque, le modèle et l'année de toutes ces voitures, cela d'un seul regard. Il était une véritable encyclopédie de l'auto, bien que trop modeste pour l'admettre.

Je l'observais, fascinée d'une certaine manière par ses brèves réponses, et je pris une photo mentale quand il me regarda, et que le soleil l'éclaira parfaitement. Transpercée par son regard avide, quelque chose de chaud prit naissance dans ma poitrine et se déploya dans tout mon être au fil de la journée, s'entremêlant au point de ne plus jamais pouvoir se dissiper.

— Comment en sais-tu autant sur les voitures ? demandai-je pendant que nous marchions côte à côte.

La chaleur étant accablante, je relevai ma queue-de-cheval pour dégager ma nuque moite.

— Cela m'a évité de m'attirer des ennuis, dit-il pour toute réponse.

Sans doute faisait-il référence à son adolescence. Quel genre d'ennuis rencontrait un jeune Nico ?

La poitrine alourdie par la culpabilité, je me remémorai ma maladresse à propos de sa mère, la veille au soir. Mes parents étaient loin d'être irréprochables, mais j'avais grandi en sécurité, aimée par une famille qui s'occupait de moi. Je me demandai qui avait aimé Nico. Son papa lui avait sûrement témoigné la même affection que le mien avec Tony, ce qui avait de quoi me préoccuper. Et je doutais qu'une mère toxicomane soit un tant soit peu attentionnée ou encourageante.

— Nico, commençai-je, avant de m'interrompre, hésitante.

J'étais tentée de vérifier mes suppositions directement auprès de lui. Je voulais tout savoir, mais je savais qu'il ne me révélerait rien. Voilà pourquoi je dis simplement :

— J'ai soif.

— Ah, donc quand tu veux quelque chose, c'est Nico, plaisanta-t-il. Viens. Allons te chercher quelque chose à boire.

Pas une fois je n'avais vu mon père quitter la maison autrement qu'en costume complet. Or, l'homme à mes côtés était en bottines, jean et T-shirt blanc. En dépit de quoi il ne se fondait quand même pas dans la masse. C'était comme si tout le monde savait qu'il portait une arme sous son T-shirt. À moins qu'ils ne discernent la Cosa Nostra dans ses yeux.

Nous choisîmes une table de pique-nique en bordure du parking, pour siroter une bouteille d'eau. Nico sortit deux verres puis, les coudes sur les genoux, examina la foule. Après les coups de feu tirés d'une voiture auxquels j'avais assisté moins d'une semaine plus tôt, mon bien-être devrait probablement me tracasser. Mais la vérité était que je ne pensais pas qu'il y ait une autre personne dans ce monde apte à me procurer un sentiment de sécurité aussi entier.

J'essayai de faire comme si je ne sentais pas qu'il me scrutait. Mais après quelques instants à sentir mon pouls se détraquer, je craquai.

— Pourquoi tu me fixes ?

Un battement de cœur. Deux.

Il répondit d'une voix bourrue, le regard inébranlable :

— Peut-être parce que j'en ai envie.

Quelque chose de plaisant et de chaud enserra mon cœur.

Nous étions arrêtés devant les Gran Torino, et mon espièglerie se mit en action. Je vagabondai jusqu'à la voiture suivante et l'examinai comme si je m'y connaissais. Et sachant qu'il possédait un modèle de 1972, je lançai :

— Je pense que j'ai un faible pour celle de 1970.

Il s'abstint de me regarder, mais un sourire rusé plana sur ses lèvres.

— Approche et répète un peu ça.

Des papillons s'agitèrent dans mon ventre, si bien que je dus me mordre la joue pour me retenir de sourire.

Il était 9 heures du matin, un dimanche, quand je me rendis compte que je n'étais pas simplement attirée par mon fiancé. J'étais, d'une manière douloureusement insensée, totalement et radicalement dingue de lui.

Le temps de reprendre la voiture, j'avais les pieds en compote et un coup de soleil sur les épaules. À quoi s'ajoutait une faim de loup. Il n'était que 14 heures, mais j'avais mes petites manies concernant l'heure de mes repas, et voilà que j'avais sauté le déjeuner *et* le second petit déjeuner.

Pendant qu'il conduisait, je regardai le monde défiler, la tête contre la vitre. Puis je me redressai, confuse.

— Nico, il me semblait que cette partie du Bronx appartenait aux Capello ?

Il s'humecta les lèvres sans dire un mot. Un rire incrédule m'échappa alors.

— Oh ! c'est pas vrai. T'es barjot. Nous ne pouvons pas passer par ici.

Il me décocha un regard empli de malice.

— Nous avons déjà établi que je suis fêlé.

Regardant par la vitre, je me sentis comme une criminelle recherchée en terre étrangère. Je ne pouvais croire que je venais de parcourir tranquillement les rues des Capello, la famille avec laquelle mon père entretenait une relation neutre, émaillée de quelques tensions.

— Tu vas me faire tuer, annonçai-je.

Il secoua la tête avant de me fixer d'un regard gorgé d'intensité.

— Tu penses honnêtement que je laisserai quiconque te tuer ?

Non. La réponse fusa dans ma tête, instantanée et viscérale.

Ses mots me rassérénèrent, même si je ne savais qu'en penser. Par nature, je marchais dans les clous, et la seule fois où j'avais dérogé aux règles, cela avait coûté la vie d'un innocent. Je savais que Nico se souciait peu de la loi du territoire, même des codes et de l'étiquette de la Cosa Nostra. Et cette journée n'avait fait que le confirmer. J'évitais les ennuis ; il leur courait après.

— C'est dangereux, contrai-je.

Le silence emplit la voiture. Il passa son pouce sur sa lèvre inférieure et me jeta un regard, une main sur le volant.

— Tu me fais confiance ?

Qu'il me l'ait déconseillé la veille au soir retentissait entre nous. Je déglutis, parce que son intonation, à bas volume mais sans douceur, se frayait un chemin dans ma poitrine, filant droit vers la zone que j'essayais de couper du monde. Là, il me disait que je pouvais. Que je le *devais*.

Je devais épouser l'homme.

Je n'étais pas obligée de lui faire confiance.

Cependant, tout ne tourne pas autour de ce que nous devons faire, mais de ce que nous *voulons* faire.

Je reportai mon attention au-dehors, sur cette partie interdite de la ville dans laquelle il m'emmenait. Tout cela était si peu familier que mon estomac se noua, mais la présence bienfaisante à côté de moi, le puissant battement de cœur que j'avais ressenti la veille, le parfum masculin, l'ensemble devenait familier. Nécessaire.

Faute de savoir mentir, je répondis sans détour :

— Oui, murmurai-je.

Et de toute ma vie, je n'avais jamais aussi été certaine de quoi que ce soit.

35

« Noir comme le diable, chaud comme l'Enfer,
pur comme un ange, doux comme l'amour. »
Charles Maurice de Talleyrand

Elena

Nous fîmes un crochet par son bureau, où une pizza m'attendait sur la table basse. Je grognai.

Nico émit un souffle amusé et poursuivit jusqu'à son fauteuil de bureau, où il passa des appels téléphoniques durant une heure. Possiblement plus, car une fois que j'eus le ventre plein, déjà assommée par le soleil, je m'assoupis sur le canapé. Je m'abandonnai à un sommeil léger, dans lequel je pouvais vaguement entendre son timbre grave et désormais réconfortant.

Trois heures plus tard, j'émergeai dans un bureau déserté.

Légèrement désorientée, je clignai des yeux puis détachai les vestiges de ma queue-de-cheval. Je me démêlai avec les doigts, remis mes talons puis m'aventurai dans le couloir. Les tables de jeux étaient figées, le sous-sol silencieux à l'exception de rares échos de voix masculines.

Je me dirigeai dans la grande salle, avisai Lorenzo, Lucky et

Luca dans un box du fond, des cartes en main. Je me demandai comment se déroulait une partie entre tricheurs.

Ne trouvant pas Nicolas, j'eus l'envie soudaine d'inspecter l'étage du club. Puisque je devais épouser quelqu'un qui ne respectait pas les règles, j'avais peut-être besoin de sortir de ma zone de confort et d'apprendre à me mettre à son niveau. Sur la pointe des pieds, pour que mes talons ne cliquettent pas, j'avançai vers l'escalier et me faufilai par la porte.

L'espace était élégant, mais confortablement aménagé. La vaste piste de danse délimitée par des panneaux clignotait en violet, bleu et orange. Une longue série de fauteuils rouges capitonnés était agencée autour des tables rondes en bois, un miroir recouvrant le mur opposé. Un escalier conduisait à l'étage, où se trouvaient probablement les salons VIP. J'espérais que Nico n'autorisait pas les activités véreuses, au risque de prendre mes désirs pour des réalités.

Un instant après, je décidai de redescendre avant que mon absence soit remarquée. Au premier pas, je m'aperçus que je n'étais pas seule.

— C'est donc vous, la charmante Elena.

Je me statufiai.

La voix ne me disait rien, cependant j'avais découvert que ces temps-ci, j'étais la cible privilégiée des commérages, en conséquence de quoi ce n'était pas surprenant qu'il me connaisse.

Me retournant, je croisai un regard rustre mais aiguisé, comme si ces deux aspects se livraient bataille. Sa nature impitoyable exsudait de son costume Armani, effet contredit par son physique plaisant, ses vêtements raffinés et sa posture décontractée. Je le perçus comme un caméléon qui adoptait aisément la façade de son choix.

— Désolée, je ne pense pas avoir le plaisir de vous connaître.

Son rire discret sonnait comme des notes de musique emportées par le vent.

— Nous ne nous connaissons pas. Je ne suis qu'un second fils.

La valeur de sa déclaration aurait certes dû avoir disparu au XXe siècle, je comprenais pourtant ce qu'il entendait par là. J'étais la preuve vivante de la philosophie vieillotte de la Cosa Nostra – mon mariage en premier lieu.

En tant que fils cadet, il n'hériterait pas de grand-chose, ni du titre ni des affaires, et il serait attendu de lui qu'il travaille pour son père, puis pour son frère aîné. Il serait à tout jamais le second choix, sous-estimé.

— Navrée de l'entendre.

Il se gratta la joue, amusé, puis je crus l'entendre murmurer :

— Pas étonnant qu'il vous appréciait.

Je ne le connaissais pas suffisamment pour le questionner, toutefois l'emploi du passé – *appréciait* – piqua ma curiosité. Je n'étais pas supposée converser en tête à tête avec un inconnu, mais de toute façon, Nico ne laisserait pas entrer quelqu'un en qui il n'avait pas confiance, si ?

Le pas mal assuré, je couvris la distance qui nous séparait. Cet inconnu saisit ma main et pressa légèrement ses lèvres sur le dessus. Au même instant, je lui demandai :

— Vous semblez savoir qui je suis, alors que je ne sais rien sur vous. Vous avez sans doute un nom ?

— Vous pouvez m'appeler Sebastian, dit-il avant d'ajouter, un éclat subtil passant dans ses yeux, Perez.

Quelque chose de froid me transperça, et instinctivement, j'arrachai ma main de la sienne. C'est alors que je me rendis compte que son accent prononcé était colombien.

Il soupira comme si ma réaction était autant amusante qu'énervante.

— C'est la troisième fois que ça m'arrive. Je commence à me demander comment je vais séduire les filles dans cette ville.

La légèreté de son ton et la teneur de son propos me fit chanceler. Cependant, alors qu'il enfonçait les mains dans ses poches et se retournait pour survoler la salle du regard, je réalisai qu'il était sans doute encore plus manipulateur que son frère. Ce que je voulais savoir, c'était à quel point il était *pervers*.

Je m'interrogeai : les accusations étaient-elles fondées ? Oscar traînait-il une mauvaise réputation avec les femmes ? D'après ce que j'avais vu, il semblait bénéficier de suffisamment d'attention féminine, mais cela ne s'appliquait qu'au sein de notre cercle, et s'il avait certaines… tendances, je supposais qu'il ne les aurait révélées à personne de la Cosa Nostra. Du moins, pas avant d'avoir sécurisé un mariage avec une femme de la famille, et de l'avoir emmenée en catimini en Colombie. Un destin auquel j'avais le sentiment d'avoir échappé de peu.

— Vous savez, il vous aimait bien, dit-il. Et même beaucoup.

Un goût désagréable emplit ma bouche. Être désirée par Oscar Perez me donnait l'impression d'avoir contracté une MST.

— C'est un bel endroit, observa-t-il, en s'aventurant dans la boîte. Tout de même, n'est-ce pas intéressant de vous trouver ici. Je croyais qu'Ace épousait votre sœur ?

Je déglutis.

— Changement de programme.

Il lâcha un « ah » teinté d'ironie.

— Vous savez, reprit-il, un jour, mon frère était ivre et il m'a dit que votre voix était semblable à la douce caresse d'une femme.

— C'est très… (Je me retins de grimacer.) Gentil.

Il gloussa, comme si mettre les gens mal à l'aise le faisait jubiler.

— Vous lui inspiriez des sonnets. Aimeriez-vous en entendre quelques-uns ?

— Je… ne pense pas.

— Excellente réponse. Certains étaient… (Il se retourna, avec un petit froncement de sourcils.) Rustres.

— Vous n'êtes plus le second fils, soulignai-je.

Une lueur d'un noir absolu traversa ses yeux.

— Non.

Mon ventre se resserra.

— Est-ce pour cela que vous venez ?

J'eus à peine prononcé ma question qu'une vague de tension brute longea mon dos. Mon corps se pétrifia, mais Sebastian resta de marbre, les mains dans les poches, tandis qu'il levait les yeux vers l'homme derrière nous.

— Elena. Descends.

Des mots glacés et distants. Ceux d'un patron qui exprimait une intention de contrôle absolu. Un frisson glissa sous ma peau.

— *Immédiatement*, gronda-t-il.

Je me retournai pour m'exécuter.

Je savais que je n'étais pas faite pour enfreindre les règles…

Nico ne m'octroya pas un regard. Il restait concentré sur le Colombien dressé au milieu de sa discothèque, dont je commençais à croire qu'il n'avait pas été invité.

Le Nico qui se tenait devant moi avait une présence intimidante, implacable, et il semblait prêt à exploser au moindre faux pas. Je ne pus m'empêcher de noter que l'homme que je connaissais m'avait caressée avec les mêmes mains qu'il utilisait pour tuer.

Je passai devant lui en prenant le chemin du couloir, mais quelque chose immobilisa mes pas à l'angle, la tension était suffisamment épaisse pour me faire suffoquer. J'avais une folle envie de voir comment Nico conduisait ses affaires. Par pure curiosité.

— Tu as cinq secondes pour expliquer comment tu t'es introduit dans mon club.

Le rire de Sebastian ne fit pas grand bruit.

— Droit au but, hein ? fit-il sur un ton aussi sophistiqué que son costume. Fort bien. J'ai mis les caméras de surveillance de l'entrée en circuit fermé, après quoi j'ai eu recours à la bonne vieille tactique de la carte de crédit.

— Cette porte est sécurisée par deux cadenas à chaînes.

Je pouvais sentir son sourire ruisseler jusque dans le couloir.

— Que puis-je dire ? Il en aurait peut-être fallu trois.

Au silence qui heurta mes oreilles, je sentis que Nico fulminait.

— Si tu veux repartir avec toutes les parties de ton corps intactes, parle.

— Mon frère n'était sans doute pas l'un de tes meilleurs amis.

L'impatience rampait dans l'air, j'inspirai lentement.

— Perez, dit Sebastian. Oscar. (Une pause.) Tu vois, mon frère était méfiant, même franchement paranoïaque, au sujet de quelqu'un qui voulait sa mort. Je ne peux pas dire que je n'ai jamais songé à le faire moi-même. En fait, l'idée me séduisait depuis l'âge de sept ans…

— Abrège, le coupa Nico.

Sebastian soupira.

— Soit. Il était tellement parano qu'il a fait appel à un détective privé. Quelqu'un qui le suivait à la trace pour s'assurer que personne d'autre ne le suivait, rit-il. Ironique, non ?

Il y eut un blanc, comme s'il attendait que Nico confirme. Ce dernier resta muet. Il se contentait probablement d'un regard intimidant.

— Bon, continua Sebastian. Donc, la raison pour laquelle je suppose que mon frère et toi n'étiez pas amis est que ce détective privé a des photos de toi l'abattant d'une balle dans la tête.

Mon pouls s'arrêta en dérapant bizarrement. Puis, Nico répondit simplement :

— Ça m'étonnerait que tu sois venu me révéler l'identité de ce détective privé.

Je me mis aux aguets, tout mon être était en alerte.

Sebastian rit.

— Si je le faisais, on le retrouverait flottant dans le fleuve le plus proche d'ici. Sans compter qu'il m'a remis les photos. Il ne les aurait même pas prises s'il avait su qui tu étais. Il a bien failli me claquer dans les pattes quand je le lui ai fait remarquer.

— Un homme perspicace, railla Nico. Toi, nettement moins. Dis-moi ce que tu veux avant que je décide que je n'en ai rien à foutre.

— Disons simplement que mon frère a fait capoter ses affaires. Il a perdu la plupart de ses contacts avec sa tendance à… bon, pour être honnête, il aimait les femmes. Les baiser, les tabasser, les découper. Un terrain peu propice aux négociations. Tu t'associes avec moi, et ces photos disparaissent.

Nico laissa filtrer un souffle moqueur.

— Tu es conscient que baser une relation sur du chantage n'est pas la technique la plus futée qui soit ?

— Ne me fais pas croire que, sans cela, tu aurais envisagé de recourir à un nouveau fournisseur ?

Nico était celui qui avait évincé Oscar… *pourquoi ?*

— Tu as de la bonne came ? finit par s'enquérir Nico.

— Le fin du fin.

— Parfait. Nous en reparlerons dans la semaine, dès que tu auras pris rendez-vous comme tout le monde. Où loges-tu ?

— Pourquoi ? répliqua Sebastian avec amusement. Tu veux me faire visiter la ville ?

— Pour m'éviter de perdre mon temps si je décide de te tuer, répondit un Nico impassible, avant que je décrète que j'en avais suffisamment entendu.

Avant de m'éloigner, je fus interpellée par les mots de Sebastian, qui provoquèrent en moi un besoin d'entendre la réponse de Nico.

— Dis-moi, se risqua Sebastian, pourquoi as-tu fait ça ?

Dans le lourd silence qui suivit, le ton cavalier de Nico me donna un pincement au cœur.

— Il avait quelque chose que je voulais.

36

« Il n'y a point de génie sans un grain de folie. »
Aristote

Elena

J'ignorais comment, mais le fait est que je savais.

Une intuition, dans le fond de mon esprit, émettait une onde d'incertitude à travers tout mon corps. Le pressentiment me tenaillait, exigeait d'être concrétisé, et avant de pouvoir m'en empêcher, je m'emparai de mon téléphone sur la table basse et consultai Tony par SMS.

Moi : Savais-tu qu'Oscar Perez découpait les femmes ?

Une minute plus tard, sa réponse arriva.

Tony : C'est quoi ce bordel, Elena ? Non.

Comme il savait que le SMS provenait de moi, Nico lui avait sûrement transmis mon nouveau numéro de téléphone. Je ne savais que penser de leur nouvelle amitié. En toute honnêteté, je n'étais pas convaincue d'apprécier.

Moi : Tu es sûr ? C'est de notoriété publique, on dirait.

Tony : Pourquoi mentirais-je avec ce genre de sujet ?

Le moment était venu de ferrer le poisson.

Moi : Peut-être parce que Papà m'avait promise à lui.

Mon téléphone sonna dans ma main, et je répondis d'un simple « allô ? ».

— C'est quoi ton problème ?

La voix de Tony suintait d'exaspération et d'inquiétude.

— Crois-tu sérieusement que Papà aurait validé le contrat s'il avait su qu'Oscar trempait dans ce genre de délire ?

Contrat.

Le mot plana au-dessus de ma tête, lourd et menaçant.

— Merci, Tony. C'est tout ce que je voulais savoir, dis-je avant de couper la communication.

Une notification tinta aussitôt.

Tony : Ne fais rien de zarbi.

Ma réponse, aussi juvénile qu'elle soit, était incontournable entre un frère et sa sœur.

Moi : C'est toi le zarbi.

Mon ventre fit un plongeon quand un magnétisme familier surgit dans le bureau, derrière moi. Hypnotique et explosive, sa présence caressait ma peau, s'enfonçait dans mes pores comme si elle me possédait. Cependant, elle évoquait aussi quelque chose de profond et d'incertain, comme être fasciné par le ciel verdâtre d'une tempête à l'approche tout en sachant que dès qu'elle éclaterait, elle balayerait tout.

Il avait quelque chose que je voulais.

Oscar m'avait *moi*… et d'un coup, il avait rendu l'âme.

Je voulais supprimer l'idée que Nico était l'auteur de ce que je commençais à le soupçonner d'avoir commis, ou plutôt, le *motif* de son acte, parce que l'idée seule allumait une petite flambée dans ma poitrine qui ressemblait curieusement à de l'espoir.

Sans espoir, il n'y a rien à perdre.

Avec, nous ne sommes que des dominos sur le point de basculer.

Mais, alors que sa présence saturait la pièce, le feu qui brûlait dans mon ventre ne cessait d'augmenter.

— Tu as vu ce que tu voulais dans la salle ?

Mes doigts se crispèrent autour du téléphone, comme s'ils avaient le pouvoir de m'ancrer dans la réalité.

— Pas particulièrement.

Derrière moi, je le vis appuyé au coin de son bureau, son regard perçant rivé à moi.

— Je n'aime pas tellement que tu discutes seule à seul avec un pseudo-Escobar.

À son ton, c'était peu dire.

— Je peux tout de même discuter avec toi ?

Je haussai un sourcil, laissant entendre qu'ils n'étaient guère différents sur le plan de la morale.

Son regard s'obscurcit.

— Tu ne *peux* pas, tu le *dois*.

Une question me démangeait : *Sinon, tu me forceras ?* Les mots se coincèrent dans ma gorge. L'humeur dans ce bureau n'était pas à la légèreté, mais aux balles et aux flammes. Un faux mouvement, et tout pétait.

Je ne pouvais respirer avec la menace qui étouffait l'oxygène restant. Nous nous observions en silence, reconnaissant tous deux le désir particulier suspendu dans l'air comme le Monet au mur, sans qu'aucun de nous agisse en conséquence.

Le murmure froid de la nervosité secouait mes veines.

Je voulais être la meilleure chose qu'il ait jamais eue. Le consumer autant qu'il me consumait. Je voulais qu'il ne désire que moi, au point d'en éprouver une douleur primaire. Néanmoins, je ne pensais pas pouvoir concurrencer les femmes plus expérimentées qu'il avait fréquentées. Et j'avais une propension au perfectionnisme : ce que je ne pouvais accomplir sans fausse note, je ne m'y attelais pas.

— Étais-tu ami avec Oscar ?

Les mots luttèrent pour se faire entendre dans la tension ambiante.

Une grimace derrière les yeux, il se repoussa du bureau.

— Non.

— Travaillais-tu avec lui ?

Il récupéra les clés de voiture sur son bureau et roula des épaules, comme si le simple fait d'évoquer Oscar le mettait sur les nerfs.

— Non.

— Même pas… ?

— Je ne connaissais pas ce type, Elena, cracha-t-il.

Mes sourcils froncés mimèrent misérablement la stupéfaction. En vérité, un miel chaud nappait mon cœur, pénétrait mes veines et mes vaisseaux.

Il avait quelque chose que je voulais.

Et à présent, je savais qu'il s'agissait de moi.

Nico

Dans les haut-parleurs, *Dirty Diana* interprété par Shaman's Harvest fusionnait avec les ondes de tension refoulée qui irradiaient de mon corps. Si j'avais la moindre chance de me sortir de la tête l'idée de coucher avec la fille à mes côtés ne serait-ce qu'une minute, cette chanson, qui parlait d'une traînée prénommée Diana, la gâcherait.

Mon self control était malmené. J'étais tellement tendu que je sentais, peu à peu, le contrôle m'échapper, au point de devoir agripper le volant pour ne pas perdre mon sang-froid.

Je méritais un putain de trophée.

Parce que, concrètement, rien ne m'empêchait de laisser tomber. De glisser ma main entre ses cuisses, et d'introduire deux doigts en elle. De lui donner ainsi du plaisir, et de la laisser onduler le bassin contre ma paume, jusqu'à la jouissance. J'en brûlais tellement d'envie que je reniflais sa senteur, son goût. Ma bouche salivait, et je sentais quelque chose se crisper dans mon ventre avant de d'évaporer en une spirale ascendante.

Englouti par le désir sexuel et la rage, je coupai la musique.

Au diable Diana.

Au diable tous les crétins qui prenaient leur pied au même instant.

Une tension à couper au couteau et le bruissement du tissu, quand Elena croisa les jambes, résonnèrent dans la voiture. La nervosité de son geste en révélait davantage que son hâle, ses cuisses soyeuses et les pulsations de mon membre.

Une grimace tordit mes lèvres, et je l'effaçai avec ma paume. Je savais ce que dissimulait cette robe maintenant. L'image était gravée dans mon esprit. Non seulement elle avait le petit corps le plus affriolant de la Création, mais ses yeux noirs, doux et innocents, perçaient un trou dans ma poitrine. Elle s'était seulement assise sur l'îlot, disposée à me laisser faire tout ce qu'elle m'inspirait. Docilement. Consciencieusement. Bordel.

Elle essuya ses mains sur sa robe, l'abaissant, et une funeste partie de moi jubila à l'idée de la déstabiliser. Coup pour coup, et *tutti quanti.*

Je pouvais lui faire faire tout ce que je voulais.

Je pouvais tout prendre.

Je savais même qu'elle en raffolerait.

Mais quelque chose d'obscur et de profondément enraciné me retenait. Quelque chose qui me donnait envie de fumer dès que j'y pensais.

J'avais besoin de savoir que je n'étais pas le remplaçant d'un amour perdu. Qu'elle ne se projetait pas avec un autre. Que c'était ce qu'elle voulait, pas une obligation au regard d'un tempérament docile ou d'un sens du devoir.

Quand je l'avais trouvée en pleine conversation avec Sebastian Perez, pendant une fraction de seconde, j'avais cru qu'elle l'avait fait entrer, qu'il était celui qui lui avait offert la bague qui ne la quittait pas. L'aigreur m'avait irrité la gorge, un goût acide dans ma bouche. Elle m'appartenait. Et j'étranglerais quiconque le contesterait.

Elle vivait chez moi jusqu'au mariage parce que je ne tolérais pas la possibilité que Salvatore essaye de me priver d'elle. L'idée me procurait une douleur méconnue, un creux dans la poitrine, et il était exclu que je le supporte deux semaines sans rien faire.

Cela dit, j'étais content de ne pas avoir buté Sebastian.

Son sens des affaires n'était pas pour me déplaire.

Aussitôt garé dans l'allée, j'éteignis le moteur et sortis de la voiture. Une microseconde de plus enfermé avec elle, et j'aurais craqué.

Pendant qu'elle me suivit vers l'arrière, je ne pus m'empêcher d'être sensible au moindre de ses mouvements. En chemin, son talon se coinça dans le gazon et elle faillit perdre l'équilibre. Je reculai pour la rattraper et la stabiliser, sans me préparer à ce qu'elle bascule contre moi.

Sous l'impact, je serrai les dents. Son corps était amplement pressé contre mon flanc, de la poitrine aux hanches, et bordel, ce que ça me démangeait.

Doux Jésus, cette fille.

Si je résistais jusqu'à demain, ce serait un putain de miracle.

Elena

Le bruit sec de mes talons résonnait sur le parquet, mon cœur répercutant chaque réverbération contre mon sternum.

Cela ne faisait que quelques jours que j'étais arrivée ici et m'étais tenue pour la première fois devant cette porte. L'incertitude d'alors demeurait, mais quelque chose s'était métamorphosé. Le tiraillement dans le bas de mon ventre s'était développé, comblant chaque espace disponible de mon corps. Je pouvais le sentir – lui – partout, alors qu'il ne me touchait même pas.

Nico bidouilla le système de sécurité, pendant que je me débarrassais de mes escarpins. Puis, au pied des marches, il me lança un regard. Ses yeux sombres, chatoyants, abritaient une profondeur insondable.

— Tout va bien ?

— Très bien, dis-je doucement, bien qu'à deux doigts d'imploser s'il ne me touchait pas.

Il amorça un hochement de tête avant de grimper lentement l'escalier, me laissant en bas, fiancée et seule. *Amoureuse et ardente.* Je restai sur place un instant, avec pour unique compagnie les craquements de la maison.

Je me rendis à petits pas dans la cuisine, me servis un verre d'eau que je posai sur l'îlot sans en boire une seule goutte. Je me cramponnai au plan de travail et, les yeux fermés, laissai s'accumuler la pression engendrée par ce que j'avais besoin qu'il me donne au point d'avoir l'impression que cela s'était substitué à l'oxygène.

Je grimpai les marches grinçantes de l'escalier et m'arrêtai sur le palier lorsque j'entendis la douche couler dans sa salle de bains. L'indécision me rongeait par petits bouts, me laissant à vif et nue. Ce serait facile de détacher ma robe et de le retrouver sous la douche. Il ne me repousserait pas, même si ce n'était pas mon premier souci.

À la place, je m'enfermai dans la salle de bains du couloir. Je fis couler l'eau chaude et me lavai les cheveux avec le shampooing d'une autre femme. Puis je les coiffai avec le sèche-cheveux. Seulement couverte d'une serviette, je fis halte dans le couloir, l'hésitation vibrant sous ma peau.

La porte de ma chambre refermée derrière moi, je m'adossai au panneau de bois, et les yeux au plafond, je respirai. Mon cœur jouait la mélodie de la peur, de l'incertitude, du besoin. Après avoir revêtu un T-shirt et un short, je m'attardai au milieu de la pièce.

Il avait quelque chose que je voulais se réverbérait avec ses intonations graves dans ma tête. Ce fut ma dernière pensée avant de me retrouver dans le couloir, juste devant sa porte fermée.

Une fois que je l'aurais ouverte, je ne pourrais plus faire machine arrière. Je savais que tout changerait, mais ce qui m'échappait encore sur le moment était que… rien n'était déjà plus comme avant.

37

« Vous ne pouvez blâmer la pesanteur
de tomber amoureuse. »
Albert Einstein

Elena

Il ne releva pas les yeux quand je poussai la porte.

Pourtant il savait que j'étais là.

Il était assis sur le côté du lit, les coudes sur les genoux, le regard perdu sur le sol. Le danger tourbillonnait dans l'air comme des volutes de fumée. Il semblait aussi possessif que des chaînes, ressemblait au clair de lune et avait la saveur de l'obsession.

Des rayons argentés dardaient par la fenêtre, illuminant son corps sans toutefois révéler son expression. Maintenant que je me tenais si près de lui, respirant son air, sentant sa présence à même de consumer la mienne sans aucun effort, jusqu'à ce que je cesse d'exister, l'élan de courage qui m'avait conduite là se désintégrait.

Mon cœur déchaîné essayait de s'échapper par ma gorge, et un tremblotement gelé se mêla à mon sang, laissant ma peau chaude au toucher. J'ignorais qu'il était possible de désirer aussi fort quelque chose et de le redouter à parts égales. L'hésitation freinait mes pieds et tirait sur mon cœur. Néanmoins, je sus soudain que même si je me ravisais et rebroussais chemin… je ne me libérerais pas.

Chaque parcelle de mon corps en feu, je marchai vers lui. Je glissai une jambe entre les siennes pour qu'il les écarte plus largement. Ma peau étant sensible comme si elle venait d'être épilée, le frottement de son pantalon eut un effet abrasif sur l'intérieur de ma cuisse. Il ne me regardait pas, de même qu'il n'ajusta pas sa position pour me laisser de la place entre ses jambes. Ma respiration et le tambourinement de mon cœur palpitaient dans l'air avant que le silence les dissolve.

Ma main survola sa nuque puis s'enfonça dans ses cheveux épais. Il laissa échapper un souffle muet, nerveux. Une abondante chaleur capiteuse émanait de son torse nu, et je l'absorbais comme si j'étais accro. Mes doigts se perdirent dans ses cheveux soyeux, en agrippant une poignée comme quelques jours auparavant.

Ses mains, légères comme des plumes, survolèrent l'arrière de mes cuisses, et mon pouls crépita comme un feu. Mes seins étaient nus sous mon T-shirt, lourds et tendus si près de son visage. Il n'avait qu'à relever la tête pour poser sa bouche sur l'un de mes mamelons, pour les délester de cette pression.

Ses doigts, plus fermes sur mes cuisses, pétrissaient ma chair, la caressaient. Quelque chose dans mon ventre me tirailla de l'intérieur quand la chaleur impétueuse de ses paumes se diffusa sur ma peau. Chaque geste appuyé suscitait une pulsation entre mes jambes, qui se mua en vide déplaisant. Mon souffle devint saccadé, superficiel, pendant qu'il restait silencieux, comme si ses gestes nécessitaient toute sa concentration.

La brume dans l'air commença à s'épaissir, à s'enflammer, à *brûler* à chaque inspiration.

Mon ventre se contracta quand ses mains s'aventurèrent sous mon short en coton, aguichant le galbe de mes fesses d'une manière que je commençais à croire unique. Ses paumes se perdirent en dessous, saisirent mes fesses à deux mains. Un soupir guttural s'échappa de sa bouche alors qu'il malaxait ma chair. Des picotements, torrides et moites, se multiplièrent entre mes jambes, et mes doigts s'enroulèrent dans ses cheveux.

Il trouva mon string en coton, qu'il abaissa lentement. Mon corps bourdonnait d'impatience, mais juste avant qu'il atteigne le point où j'avais besoin de lui, il écarta mon sous-vêtement sur le côté et le laissa revenir en place en claquant. Le mouvement frotta mon clito, générant une sensation incandescente le long de mon dos qui me fit tanguer. Quand mon autre main trouva sa nuque pour me rattraper, mes ongles courts griffèrent son cou.

Il secoua la tête pour esquiver le toucher, comme s'il l'abhorrait, un râle résonnant du fond de son torse. Ma main s'écarta. Je n'avais pas le temps d'évaluer sa réaction à cause de ses doigts qui s'aventuraient sous mon string, si bas qu'ils frôlèrent l'entrée interdite avant de se figer. Le contact était étranger pour moi, mais j'étais tellement excitée que je me surpris à remuer les hanches en quête d'un frottement.

Un grognement jaillit de mes lèvres quand son doigt me pénétra. Son « putain » bourru dévala mon échine. Il me baisait lentement, et à chaque va-et-vient, la pression qui s'accumulait entre mes jambes était telle que j'avais l'impression de me liquéfier.

Ma tête bascula en arrière, ma paume trouva sa nuque, mes ongles la griffant sur toute sa longueur. Comme il se tendit, je pris conscience de mon geste et laissai retomber ma main. Trop tard. En représailles, il me flanqua une tape sous les fesses, qui fit délicieusement vibrer mon sexe et s'enrouler mes orteils. Une piètre punition, selon moi, mais lorsqu'il retira son doigt, une douleur désespérée persista.

Une sensation brumeuse avait infiltré ma peau, mon esprit, mes inhibitions et les coins de ma vision. J'avais un unique besoin, ne pensais qu'à ça, et c'était physiquement impossible de partir avant de l'avoir assouvi.

Ses jambes s'écartèrent, et sans hésiter, je m'avançai pour occuper toute la place. Son regard rencontra le mien ; le brasier qu'il nourrissait était du plomb en fusion, plus noir que les ténèbres. Nos lèvres se touchaient presque. Assez pour que nos haleines se mélangent. Assez pour s'embrasser.

Je réalisai à quel point j'étais vulnérable en cet instant, car si cet homme m'invitait à l'embrasser, je le ferais. Je ferais tout ce qu'il me demanderait. Mais il ne dit pas un mot. Il continuait de m'examiner tout en respirant l'air qui m'entourait comme s'il était à sa disposition.

— Enlève-la, articula-t-il.

Il ne faisait pas allusion à mes vêtements. Il regardait mon visage, mais il aurait aussi bien pu fixer son attention sur ma main gauche. Maintenant je comprenais que ce n'étaient pas mes ongles dans son cou qui l'avaient dérangé – c'était ma bague.

J'avalai ma salive et tentai d'y voir clair malgré le trouble qu'il avait semé dans mon esprit. Je m'étais juré de ne pas retirer la bague avant d'avoir fait mon possible pour réparer mes torts. Pour autant que je déteste l'admettre, je visualisais ce moment plutôt comme un rappel de la culpabilité qui me dévorait. Cela étant, la vérité était qu'il ne s'agissait plus seulement de ce que je voulais.

J'avais *besoin* de lui. Plus que de vertu ou d'équité.

Je savais qu'il ne fallait pas que je couche avec Nico, ma duperie étant encore si fraîche que j'en sentais le goût dans l'air.

Mais, alors que j'ôtais la bague et la laissais glisser de mon doigt à mes pieds, je compris qu'après tout, je serais une Russo acceptable.

L'ardeur et la satisfaction émanaient de son corps. Sans plus réfléchir, je saisis le bord de mon T-shirt à deux mains et m'en défis d'un geste ample.

Il grogna, et avant que j'aie baissé les bras, sa bouche happa mon sein, le suça lentement tout en passant ses dents sur la pointe. Une chaleur blanche me frappa comme un éclair entre les cuisses, avant de pulser désagréablement à cause du vide que je ressentais. Je chancelai contre lui, une main remontant sur sa nuque pour s'égarer dans ses cheveux.

Sa main abaissa le devant de mon short, frôlant ma peau sensibilisée, me saisissant dans sa paume avec une brutalité qui me fit me dresser sur mes orteils. Il me pétrissait à pleine main, une pression ferme sur mon clitoris. La tête rejetée en arrière, je gémis.

— Toute mouillée, *putain*, gronda-t-il.

Il aspira mon téton dans sa bouche, deux doigts plongeant en moi. Une pression brûlante et douce m'emplit, menaçant de déborder, pendant que ses doigts s'affairaient. Rapidement puis langoureusement. Sans répit.

Peut-être que j'aurais dû éprouver de la gêne de mouiller autant, au point de remplir la chambre des sons produits par les mouvements de ses doigts. Mais ma peau était suffisamment enflammée pour avoir la sensation d'avoir été arrosée de kérosène, puis embrasée avec une allumette. Les flammes envahissaient mon bas-ventre, soulevant un brasier qui réclamait d'être alimenté. Sans quoi… je serais réduite en fumée.

— Oh ! mon Dieu…, gémis-je, les ongles enfoncés dans ses épaules, alors que j'étais si près de jouir, tellement près. S'il te plaît.

Il sillonnait chaque centimètre de ma poitrine, l'embrassant comme il le ferait avec ma bouche : avec ses lèvres, sa langue et ses dents. Ses doigts glissèrent hors de moi, humidifièrent mon clitoris, puis quand ils replongèrent, je succombai.

La pression éclata, devint tiraillements et flammes. Mes veines s'incendièrent comme une traînée de poudre à canon, projetant des flammes lumineuses derrière mes yeux. Un frisson agita mon corps, comme si trois verres d'alcool fort étaient directement déversés dans mon flux sanguin, avant qu'une chaleur indolente se propage.

Lors de la redescente, je réalisai que mes jambes ayant flanché, j'étais assise sur sa cuisse. Je n'avais pas encore rouvert les yeux quand ses lèvres touchèrent mon oreille et qu'un râle sortit de sa bouche.

— Bon sang, je n'ai jamais rien vu de plus excitant que toi.

La satisfaction que je ressentais étincelait d'une lueur orangée et gouttait dans ma poitrine comme un robinet mal fermé.

— Merci, soufflai-je, les joues suffisamment cramoisies pour les sentir se réchauffer. Sa main quitta mon short, une perte de contact qui me fit frémir.

Les paupières lourdes, les pupilles sombres et ivres de désir, il effleura mes lèvres de son pouce.

— Pas de quoi, répondit-il, avec une voix rauque comme s'il n'avait pas parlé depuis un certain temps.

Il laissa un filet moite sur ma bouche, et je sus qu'il provenait de moi. Je passai la langue sur ma lèvre inférieure pour le goûter.

Son regard s'illumina.

— Allonge-toi sur le lit, ordonna-t-il.

Sa langueur avait cédé le pas à une dureté autoritaire qui fit cogner mon cœur contre mes côtes.

Je m'écartai de lui et rampai sur le lit. En me couchant sur le dos, j'eus l'impression de m'étendre sur un nuage de Nico. C'était trop moelleux pour être lui, mais son odeur était bien présente : whiskey tiède, bois de santal et une senteur mystérieuse que j'associais à une agréable tentation et au danger.

Tout en soutenant mon regard, il enleva son pantalon de

survêtement. Mes joues s'embrasèrent, même s'il portait encore son caleçon, qui était aussi noir que les tatouages recouvrant son bras. Je déglutis en jetant un coup d'œil à son érection qui tendait le tissu. L'attente se mit à vibrer entre mes jambes. Il était si ferme que c'était la chose la plus sexy que je n'avais jamais vue.

Mon corps, langoureux et souple, planait encore après l'orgasme, mais tandis que cet homme me regardait et qu'il marchait autour du lit avec une obscurité explosive dans les yeux, mon pouls se mit à vaciller dans ma gorge.

La chair de poule recouvrit ma peau au moment où l'air conditionné libéra un courant de fraîcheur. Dans le tiroir de la table de chevet, il prit un préservatif qu'il lança sur la tablette. Le ventre serré, un bruit de surprise m'échappa quand, la main sur ma cheville, il me tira sur le côté du lit.

— Ce satané short, gronda-t-il en tirant sur la taille pour le descendre sur mes jambes en même temps que mon string.

Une partie *quelque peu* manipulatrice de moi savait exactement ce qu'il voulait dire. Ce short, coupé comme un sous-vêtement, je l'avais exhibé devant lui du temps où il était encore mon futur beau-frère.

Il lança mes vêtements derrière lui.

— Avais-tu l'intention de coucher avec moi, Elena ?

L'orgasme agissant comme un sérum de vérité, j'avouai dans un souffle :

— Oui.

Il saisit mes cuisses, les écarta puis jura à mi-voix. Son regard endurci se porta sur mon visage.

— Avec qui d'autre couches-tu ?

Son accusation me heurta en plein ventre, rendant amère chaque goutte de désir. Il persistait à me considérer comme une traînée, et je m'offrais à lui, jambes écartées ? Fulminant, j'éloignai mes cuisses de ses mains et me levai.

— Va te faire baiser, Nicolas.

Il plissa les yeux.

— C'est toi que j'ai envie de baiser.

— Dommage, ripostai-je en le repoussant sur mon passage.

Je n'avais pas fait un seul pas que son bras me ceintura, mes pieds quittant le sol, et qu'il me jeta sur le lit. L'air quitta mes poumons. Essoufflée, je cédai à l'irritation.

— Je ne suis pas une poupée dont tu peux disposer librement, je ne coucherai pas avec toi.

Il rampa sur le lit et s'agenouilla entre mes jambes.

— Personne n'a parlé de coucher ensemble, énonça-t-il.

Bien que je déteste l'admettre, mon corps, qui raffolait de sa voix, se réchauffa. Une vraie chiffe molle.

— Nico…

— Platonique.

Je bafouillai :

— Répète ça ?

Ses mains calleuses parcourent mes cuisses et les écartèrent, m'arrachant un soupir.

— Si tu veux que j'arrête, dis « platonique ».

Ce mot me rappelait à quel point je ne voulais pas que notre relation reste platonique.

Ses doigts se crispèrent à l'intérieur de mes cuisses pendant les quelques secondes qui suivirent. Comme je restais silencieuse, son regard s'assombrit au point que je puisse entrevoir son âme ténébreuse. Il s'allongea sur le ventre, l'anticipation aguichant toutes mes terminaisons nerveuses.

Je soupirai un « attends » peu convaincant, mais j'aurais mieux fait d'économiser mon souffle. Ce n'était pas le terme approprié, et même si je ne voulais pas passer pour quelqu'un de faible, je ne voulais pas non plus prononcer le mot « platonique ». En appui sur les mains, je le contemplais, et alors qu'il enfouit son visage entre mes cuisses et me huma, ma tête partit en arrière.

J'avais un jour affirmé que tout ce que Nico faisait, il le faisait à fond.

Mince, je ne pensais pas si bien dire.

Ses bras autour de mes cuisses, les soulevant un peu, il passa sa langue de mes fesses à mon clitoris. La vapeur qui s'infiltra dans mon sang, me mit en feu. J'empoignai le drap en haletant.

C'était si obscène, mal, *inapproprié*, que c'en devenait délectable.

Un son grave et teinté de plaisir jaillit de sa gorge.

— Tu es dérangé, chuchotai-je. Recommence.

Pour la toute première fois, Nico m'écouta.

Le passage de sa langue flamboyante me fit violemment frissonner. Un flou étourdissant chassa toutes mes pensées, au profit du désir sensuel et de la déraison. C'était tellement torride, enflammé comme une comète chutant depuis l'espace. Mes hanches ondulaient sous sa bouche, pendant qu'il me léchait à profusion.

Chaque onde explosive fusionnait en une douleur creuse entre mes cuisses, jusqu'à ce que je me sente exclusivement *vide*.

J'avais besoin de lui. D'une manière écervelée, archaïque, qui frisait la démence.

Et si cela faisait de moi une traînée, je m'en contrefichais.

— Nico… arrête.

Je découvris que sa docilité était un cas isolé, parce qu'alors que je tentais de me dégager, il me maintint plus fermement. Cependant, un court instant, je perdis mon objectif de vue, mes yeux roulant en arrière dans leurs orbites.

Trop vide.

Je tirai le plus fort possible sur ses cheveux, après quoi il daigna enfin me concéder un peu d'attention. Le doré dans ses yeux s'était consumé, se muant en charbon. Ils se plissèrent aux coins. Sans que je dise un mot, il décrypta mes besoins sur mon visage.

Il léchait et mordillait mon ventre et mes seins en rampant sur moi. Son corps recouvrait le mien à présent. Il était lourd. Une masse bouillante et *merveilleuse* qui faisait frémir ma peau de béatitude. Les mains autour de ma tête, il sema des baisers dans mon cou.

Sa langue s'était posée sur chaque partie de mon corps, alors que je l'avais à peine touché. La nervosité me parcourut sitôt que mes mains glissèrent de part et d'autre de son dos, et quand elles se posèrent sur ses abdos, il ferma les yeux, mâchoires contractées.

Mes doigts suivirent la ligne velue sous son nombril mais, au bord de l'élastique de son caleçon, j'eus un temps d'hésitation. J'avais certes eu un amant, pour autant, je ne savais pas tout sur la manière de toucher un homme.

— Plus bas, dit-il en serrant les dents.

L'attention et le doute encourageant les battements de mon cœur, je descendis la main et saisis son érection à travers le tissu. Son front retomba contre le mien, un grondement monta dans son thorax. Il pressa son sexe contre ma paume.

Je sentis malgré le sous-vêtement combien il était brûlant, dense, long et dur, d'une suprême masculinité. Toute hésitation rejetée par un nouvel accès de désir, je glissai les doigts sous le caleçon pour l'envelopper pleinement.

— Ah putain, gronda-t-il.

Tellement torride et lisse. Le tenir dans ma main emplit mon bas-ventre de fièvre. J'imaginais par avance ce que je ressentirais en l'accueillant en moi. Mon vagin se mit à pulser. Ma main descendit vers la base de son membre, puis remonta.

— J'en ai envie, dis-je sur un soupir.

Sa main se posa sur ma joue.

— Demande gentiment, fit-il d'une voix éraillée, en mordillant le contour de mon menton.

Quand je le pressai dans ma main, il siffla et me décocha un regard entre ses paupières étrécies. Je tirai avec douceur en murmurant à son oreille : « s'il te plaît ».

Le regard sombre et nonchalant, il se laissa retomber sur le dos près de moi et ôta son caleçon. Le visage écarlate, je le regardai s'emparer de son érection à la base et attraper le préservatif sur la table de nuit.

L'action était tellement bestiale, si étonnamment provocante, que quelque chose s'anima en moi. Avant de comprendre ce que je faisais, je me plaçai à califourchon sur ses hanches. Les mains de chaque côté de lui, je me penchai pour embrasser son cou comme s'il s'agissait de sa bouche.

— Putain.

Sa main se porta derrière ma tête, ses doigts se nouant dans mes cheveux.

Son goût reflétait sa senteur, et je n'en avais jamais assez. Je m'affairai partout sur lui, mes mains explorant ses biceps, ses pectoraux, ses cheveux. J'embrassai sa gorge avec ma langue, mordillai le lobe de son oreille et suçai son cou.

— Assez, grommela-t-il de frustration, me forçant à arrêter en tirant sur mes cheveux, dans ma nuque.

Je me relevai, les paupières alourdies. Mes seins, en effleurant son torse, dispersèrent des crépitements de plaisir jusqu'entre mes jambes, si bien que je me languis de le sentir en moi. Je me frottai sur son érection. Cela alluma une fournaise en moi qui me fit relâcher la tête et enfoncer les doigts entre les draps.

— Attends, dit-il d'une voix tendue, déchirant l'emballage du préservatif entre ses dents.

J'étais fébrile. Je m'agitai, sujette à une fièvre *vide* et intolérable qui me rendait incontrôlable. Je roulai des hanches sur lui, me tenant à son torse pour frotter mon humidité le long de son sexe.

Juste au moment où il saisit le préservatif, il se figea, puis émit un grognement si profond que je le sentis vibrer sous ses côtes. Je m'étais frottée avec tant de vigueur que son gland s'était introduit en moi. Il était tellement large qu'il me tiraillait. Un tremblement me traversa de part en part, mes expirations laborieuses et irrégulières. Mes doigts recourbés sur ses abdos, je m'enfonçai encore un peu sur lui. La douleur se changeant en une délicieuse plénitude, je poussai un soupir rauque.

Son corps se tendait à l'extrême sous mes mains. L'emballage du préservatif se froissa dans son poing.

— Pas. De. Préservatif, dis-je d'une voix hachée.

Possible que ce soit la chose la plus idiote et impulsive que je n'aie jamais faite, mais je ne voulais pas me servir d'un préservatif qu'il réservait aux filles de passage ou, encore pire, à une régulière. Je voulais être différente ; il *fallait* que je le sois.

Avec un gémissement, je m'abaissai sur la moitié de son érection. Ensemble, nous la regardâmes disparaître en partie en moi. J'étais tellement comblée que cela m'élançait. Pendant que je me maintenais ainsi, mes cuisses chauffaient comme après un marathon.

Son regard demeurait au point de jonction, avec un air sombre proche de la folie. Puis, dans un grognement, m'allongea et me pénétra tout entière.

Je poussai un cri, le dos arqué sur le lit. J'étais remplie, *trop* remplie. Je repoussai son torse pour qu'il se retire un peu, mais il resta enfoui au point que je le ressente dans mon estomac. Le poids de son corps couché sur moi m'écrasait, même s'il se tenait d'une main au lit et enveloppait ma tête de l'autre.

Nous restâmes un instant dans cette position, immobiles, son torse se soulevant contre le mien, sa respiration accélérée caressant mon cou.

Ses lèvres effleurèrent mon oreille.

— Tu veux connaître un secret ?

Sa voix rocailleuse me fit frissonner, mais je me gardai de répondre, cherchant un moyen de respirer malgré sa présence en moi.

— Je n'avais jamais pénétré une femme sans capote.

Il frotta son visage dans mon cou. Sa voix était chaleureuse et alanguie, en dépit de ses dents serrées.

— Et je crains que tu n'aies créé un monstre.

Il reprit une poignée de mes cheveux, dans ma nuque, puis il me prit, encore et encore.

Sa peau contre la mienne. Un frottement de dents. La masse de son corps sur moi. *Implacable.* C'était d'une telle intensité que je luttais pour inspirer, pour trouver n'importe quoi qui ne soit ni fougueux ni lui. Bientôt, l'intensité se relâcha, mon corps brûlant collé au sien. Chaque poussée commençait à attiser une étincelle dans mon intimité qui ne pouvait être assouvie que par la poussée suivante. Mes ongles appuyés sur ses biceps suscitèrent un tremblotement sous sa peau.

Juste sous mon oreille, d'une voix rauque qui me faisait dérailler il souffla :

— Je suis trop bien en toi.

Puis :

— Tellement étroite, putain.

Et :

— Toute trempée pour moi…

Ses louanges absorbées par ma peau remplissaient chaque espace de mon corps d'une fervente satisfaction.

Chaque fois que nos bassins se frottaient, une moiteur se propageait à partir de mon clitoris. Des gémissements surgissaient de ma gorge à chaque va-et-vient, comme s'il les débusquait tour à tour.

Je n'étais plus que chaleur, flamme et plaisir.

— Putain, reste silencieuse, gronda-t-il à mon oreille, sinon ce sera plié avant que je sois prêt.

Je m'efforçai de ne plus émettre un son, sans succès. C'était comme cesser de respirer.

Il recouvrit ma bouche avec sa paume, l'autre main tenant résolument mes cheveux. C'était éprouvant, restrictif et ultra-*addictif.*

Et soudain je sus que c'était *cela* qui m'avait attirée en Nicolas Russo. Ce qui m'avait charmée. Peut-être que la Cosa Nostra m'avait infectée dès ma naissance parce que j'avais besoin de ça : de restriction, de domination, de le sentir partout. Je savais depuis toujours que ce serait ainsi, aussi intense, mais le vivre était incroyablement meilleur que tout ce que j'avais anticipé.

L'orgasme fut immédiat et si brutal que le tremblement qui me parcourut me fit claquer des dents. La chaleur pulsait dans le fond de mon ventre avant de se ramifier en fourmillements et en éclats de sensations on ne peut plus extraordinaires.

Quand je repris pied, il était immobile à l'intérieur de moi et me couvait de son regard d'un noir profond comme la nuit. Il ôta sa main de ma bouche, et les traces de dents m'amenèrent à réaliser que je l'avais mordue en jouissant.

— Qui te baise ?

Je frissonnai.

— Toi.

— Qui d'autre ?

— Juste toi, murmurai-je.

Un grondement approbateur jaillissant de son torse, il posa son front contre le mien.

— Je vais jouir en toi, après quoi je te baiserai encore.

Ses lèvres planaient au-dessus des miennes. Si près qu'avec une lente poussée et une respiration tendue, elles effleurèrent ma bouche si légèrement que c'était comme si cela ne s'était jamais produit.

Je pouvais presque sentir ses lèvres contre les miennes, glissant, léchant et mordant. Moites, souillées, rugueuses. Parce que c'était ainsi que Nico embrasserait. Je voulais l'expérimenter si farouchement qu'une bataille opposait ma tête et ma bouche.

Il aurait le goût du whiskey et des mauvaises décisions.

Cette fois, ma tête l'emporta.

Il demeura ainsi, nos lèvres séparées de quelques millimètres, pendant qu'il s'engouffrait profondément et lentement en moi, avec une intimité qui me donnait l'impression qu'il frictionnait ma peau avec du papier de verre au point de me laisser à vif et exposée.

Mais je ne pouvais y échapper, pas avec son poing dans mes cheveux et son corps sur moi. Pas avec ses obscénités qui ne cessaient de se réverbérer dans mes oreilles. Pas avec la chaleur qui se déployait dans ma poitrine à la simple mention de son nom.

Je l'avais laissé entrer en moi.

Et maintenant, mes chances de l'en faire sortir étaient nulles.

38

« L'amour est comme un virus.
Il peut toucher n'importe qui, n'importe quand. »
Maya Angelou

Elena

Les battements de cœur sont capricieux. Un instant, ils sont là et le suivant, ils s'arrêtent. Ils font rage, puis s'apaisent, tranquilles comme une mer d'huile. Ce que j'ignorais, c'est qu'ils se modifient. Ils rayonnent, se réchauffent et se dilatent. Ils souffrent et se languissent d'une raison de s'amplifier.

Mes battements cardiaques avaient une prédilection pour le romantisme.

Ils se mirent à sauter, se multiplier, se gorger d'un contentement aussi épais que le miel et aussi brûlant que le soleil. Ils me jouèrent toute la panoplie, avant que ma peau se refroidisse pendant que, le regard vers le plafond, je m'évertuais à les dédaigner.

Je ne pouvais pas tomber amoureuse de cet homme.

Je préférais ne jamais connaître l'amour que d'endurer une histoire à sens unique. J'en avais assez vu pour mépriser cette éventualité.

Je ne pouvais aimer un homme qui me traitait comme de la

marchandise, ou pire, comme un joli petit oiseau en cage, et pas comme une épouse. Si je savais quelque chose sans l'ombre d'un doute à propos des soldats de la Mafia, c'était que le concept de la fidélité dépassait leur entendement. Mes battements de cœur s'emmêlèrent, se nouant en une boule étouffante et inconfortable dans le fond de ma gorge.

Je portais son odeur. Il était partout sur moi, ce que j'avais réclamé poliment. Il fallait que quelqu'un me protège contre moi-même avant que je m'agenouille et ne lui déclare mon amour. Autant rectifier le tir après qu'il aura fini d'en sauter une autre.

L'amertume me perfora la poitrine, et je m'apprêtai à me lever pour m'en aller lorsqu'une main de fer saisit mon poignet. Sûrement que ses battements de cœur se réjouissaient qu'il ait enfin réussi à emballer sa fiancée, la fille facile. Mais en un coup d'œil, la rancœur se métamorphosa en un autre type de torture. Quand était-il devenu aussi douloureusement séduisant ? Je bataillais pour ne pas masser mon pincement au cœur.

Sans dire un mot, il me scruta d'un air paisible, tout en inhalant péniblement. Voilà qu'à présent je ne pouvais m'empêcher de suranalyser – les possibilités et les retombées – et cela ne penchait pas en ma faveur.

L'échange de regards devenu insoutenable, je tentai de dégager mon poignet mais il ne me lâchait pas. Son expression ne dévoilait même pas une pointe d'émotion, comme s'il avait la capacité à me retenir sans trop d'efforts. Comme s'il lui était facile de me garder là à tout jamais.

Au bout d'un instant, ses doigts se détachèrent de mon poignet. Enfin libérée, quelque chose s'affaissa dans ma poitrine mais je rejetai cette sensation pour ne pas avoir à l'analyser. Je m'extirpai du lit et, au premier pas, quelque chose s'enfonça dans la plante de mon pied. En arrêt, je baissai les yeux. La bague était là, oubliée, comme l'adorable garçon qui me l'avait offerte. Mon ventre s'entortilla.

Sans me questionner, je la ramassai. Un afflux de tension longea mon dos, provoquant un picotement qui descendit le long de ma colonne vertébrale. Le silence était pesant, il n'était pas nécessaire de parler pour comprendre.

Nico haïssait cette bague, et je ne pouvais que supposer qu'il la savait liée à un homme – ou le croyait. Seule Adriana savait, quoique tout ce que je lui avais révélé à propos de l'incident c'était qu'*il* me l'avait donnée.

Ma promesse demeurait, avec ou sans la bague à 50 centimes mais… je tergiversai.

De toute ma vie, je n'aurais pas d'autre homme que celui avec qui je me trouvais. Nous le savions aussi bien l'un que l'autre, et cela me destituait de tous les avantages que j'aurais pu avoir dans le monde extérieur. Si un homme savait que vous vous en remettiez à lui et à nul autre, que vous ne pouviez même pas le *quitter*, qu'est-ce qui pouvait bien l'encourager à rester fidèle ?

Il avait le dessus dans tous les aspects de notre relation. Peut-être que la seule chose qui me sauverait était que Nico ignorait que l'homme qui m'avait donné la bague l'avait fait sans arrière-pensée. Sans doute que s'imaginer que sa fiancée est amoureuse d'un autre couperait en deux l'ego de tout grand patron, a fortiori celui de Nico qui était démesuré.

Je pouvais tout lui dire. Mettre mon âme à nu et jouer franc jeu. Être une personne ouverte, en espérant que le bien l'emporte.

Mais il n'était pas impossible que je sois aussi manipulatrice que lui.

C'était peut-être pour moi la seule façon de survivre.

Je remis la bague à mon index et sortis de la chambre.

Nico

Je n'avais jamais rien haï de toute ma vie.

J'exécrais les Zanetti qui avaient assassiné mon père et mon oncle lors d'une fusillade cinq années plus tôt, et même si je leur avais collé un plomb dans la tête comme ils le méritaient, je ne les haïssais pas non plus.

Comme pour le regret, je n'avais pas de place pour la haine.

La haine altérait la constitution d'une personne. Elle la rendait imprudente. La haine anéantissait son hôte.

Je ne m'étais jamais permis de haïr qui que ce soit, parce que j'aimais la vie.

Mais en cet instant, je pouvais affirmer que je haïssais quelque chose. Ou plutôt deux choses. Cette fichue bague et le gars qui la lui avait offerte.

La haine faisait un mal de chien, comme inhaler du gaz lacrymogène, recevoir un coup de poing dans la gorge et se faire poignarder en même temps. C'était ma comparaison, déduite de mes épreuves et de mes erreurs en tant que soldat de la Mafia. Ajoutez une dose de poison qui ronge de l'intérieur, et vous obtenez de la haine.

Fait chier.

La poitrine comprimée, chaque respiration m'irritait les poumons.

Je me redressai, et avant que je me rende compte que je la tenais, je propulsai une lampe contre le mur. La céramique vola en éclats dans un fracas susceptible de réveiller tout le voisinage. Je respirai profondément et secouai la tête. Elle l'avait assurément entendu. Elle se plaisait à souligner que j'étais psychopathe – autant me montrer sous ce jour.

Mon regard se focalisa sur ses vêtements, en tas sur le sol. Ils restaient là, portant sûrement son odeur. Je les ramassai et les déposai dans le premier tiroir de ma commode à côté de son soutien-gorge de maillot de bain blanc. Pour les récupérer, elle n'aurait qu'à demander gentiment.

J'envoyai un SMS à Luca et enfilai un costume aussi sombre que mon humeur. Il fallait que je décampe de cette foutue baraque avant de faire une bêtise, comme exiger qu'elle oublie tous les hommes qu'elle avait croisés, hormis moi.

Au lieu de prendre une cigarette dans ma table de nuit, je pris le paquet entier. Je comptais le fumer jusqu'à la dernière.

Sa porte était fermée et la lumière éteinte quand je passais devant sa chambre. L'énervement me gagna à la pensée qu'elle ne soit pas venue constater les dégâts. La dernière fois que j'avais lancé un objet contre le mur, j'étais assez jeune pour qu'on me châtie d'un coup de pied dans les côtes. Peut-être qu'elle devrait endosser la responsabilité de mes pétages de plombs.

Je relevai la porte du garage, et appuyé à l'établi, je tirai longuement sur ma cigarette. Je pouvais encore sentir son parfum sur mes mains, et chaque fois que je rapprochais ma clope de ma bouche, un souvenir d'elle s'imposait.

Punaise, elle était le meilleur coup de ma vie. À cette pensée, un frisson sillonna mon dos. Mâchoires crispées, je tentai de refouler l'étrange sensation. Cela dit, mon corps continuait de vibrer comme si elle n'avait pas cessé de me toucher – ses petits ongles roses plantés dans mes biceps, sa main autour de ma queue, son odeur partout sur moi. Méchamment *douce*. Cramponné à la table, je laissai ma tête pendre entre mes bras.

J'aurais mieux fait d'opter pour l'alternative proposée par Salvatore quand il avait découvert qu'Adriana était enceinte : une parcelle de son territoire qui m'aurait rempli les poches, et que je lorgnais depuis un petit moment, parce qu'Elena semait le trouble dans ma tête, me faisait dégommer le mobilier et fumer plus que de raison. Sans compter que j'avais le *très* mauvais pressentiment que, pour peu qu'elle se fende d'un *s'il te plaît*, je lui donnerais tout ce qu'elle voulait.

Je l'avais baisée sans capote, *zéro protection*.

J'avais vingt-neuf ans, et avant aujourd'hui, je n'avais jamais été assez crétin pour faire l'impasse sur le préservatif. Maintenant j'étais foutu ; du moins, avec ma petite fiancée. Je n'avais jamais eu de relations avec une femme que mes cousins ne baisaient pas aussi, ou même, Tony. En aucun cas, je ne leur faisais confiance pour être sains, raison pour laquelle je me protégeais. Les dents serrées, je me questionnai sur l'histoire sexuelle d'Elena. Je voulais savoir combien de partenaires elle avait eus, leurs noms, et tout ce qu'ils lui avaient fait afin de lui prodiguer le double, et de lui faire oublier leur existence.

Je me demandai si elle prenait la pilule, avec l'espoir troublant qu'elle ne la prenne pas. Je voulais un lien irrévocable avec elle. Je voulais écrire mon nom sur sa peau, faire tous les trucs tordus pour lui faire comprendre qu'elle était mienne. Comme l'enfermer dans ma chambre et la nourrir à la main. Avec indifférence, je terminai ma cigarette en réfléchissant à la logistique de ce projet.

Les phares de Luca illuminèrent l'allée. Sortant de la voiture, il rentra sa chemise dans son pantalon et arrangea ses poignets.

— Au hasard, je dirais que la petite princesse rose t'a mis en rogne et a pourri ma soirée.

Le ridicule sobriquet qu'il lui avait inventé me fit secouer la tête, et j'allumai une nouvelle cigarette.

— Étonnant que tu te sois dégoté une fille, avec ta sale tronche.

Un sourire aux lèvres, il se passa la main sur la bouche comme pour essuyer quelque résidu.

— Il t'a fallu la payer ? demandai-je, écoutant la ville au loin.

Les sirènes, les crissements de pneus, les moments forts des matchs sportifs que le voisin John regardait du matin au soir la fenêtre ouverte. Il comptait parmi mes tueurs à gage, et j'envisageai de l'augmenter pour qu'il répare son putain d'air conditionné. Si j'avais envie de passer mes journées à écouter la chaîne sportive, j'allumerais la télé.

Luca se servit une bière dans mon frigo.

— J'aurais peut-être dû, grommela-t-il en décapsulant la cannette, avant de s'asseoir sur une chaise de jardin. Elle a parlé de toi d'un bout à l'autre.

— Intéressant.

Inhalant profondément pour chasser le parfum d'Elena de mes narines, je humai les senteurs de fin d'été : la pelouse fraîchement tondue, l'huile de vidange, la fin de la canicule et les effluves de la ville parfois acres.

Un coin de sa bouche se releva.

— Isabel.

— Ah. Si tu t'imagines que je sais comment lui fermer son clapet, tu te goures.

Il éclata de rire.

En fait, je connaissais plusieurs techniques, mais je n'avais pas envie de parler d'Isabel. L'agitation courant encore sous ma peau, je sortis du garage et m'appuyai à ma Mustang garée dans l'allée.

Penser brièvement à Isabel me rappela qu'elle venait le lendemain matin. Elle était ma cuisinière et, sans mentir, une femme de ménage lamentable, mais aussi, jadis, une maîtresse régulière. Du moins, le lundi et le jeudi, quand elle travaillait chez moi. Elle était une commodité, jusqu'à ce qu'elle couche avec Tony et provoque des drames à n'en plus finir. Je ne la touchais plus depuis une bonne année, et ne la croisais que rarement.

Je m'interrogeais sur le sort qu'il était préférable de lui réserver. Même un homme de la Cosa Nostra n'exhiberait ni une maîtresse ni une ex devant sa fiancée. Et connaissant Isabel, elle redoublerait de malice pour mettre Elena mal à l'aise en évoquant notre courte aventure. Elena s'en soucierait-elle, d'ailleurs ? Une douleur irradia dans mon torse à la perspective qu'elle s'en fiche.

— Ta princesse rose va faire sa connaissance demain, dit Luca, la vraie question est de savoir comment elle va le prendre.

Un mouvement à la fenêtre du premier étage attira mon attention.

Je tirai profondément sur ma cigarette et aperçus le regard d'Elena derrière la vitre. Une lampe éclairait délicatement son reflet, ses cheveux noirs emmêlés et ses yeux doux. Mon rythme cardiaque s'emballa à une vitesse inaccoutumée.

J'avais obtenu satisfaction, ce que je pensais avoir besoin pour éradiquer mon obsession pour Elena, afin que je cesse de faire une fixette sur elle et reprenne le cours de ma vie. Mais en la regardant, une pulsation douloureuse s'éveilla dans ma poitrine, juste derrière le sternum. Comme un hématome qu'elle aurait provoqué d'un simple regard.

Tout en l'observant les yeux plissés, je recrachai un nuage de fumée.

— On verra bien.

39

« La vie est d'une grande simplicité
mais nous nous acharnons à la compliquer. »
Confucius

Elena

Les oiseaux pépiaient. Le soleil transperçait agréablement la fenêtre. Et j'avais l'impression d'avoir été rudement chevauchée, usée jusqu'à la corde. Un élancement persistait entre mes jambes, et ma peau était hyper sensible, comme si les mains brutales et les joues mal rasées de Nico m'avaient écorchée.

À ce rappel, une chaleur m'inonda de la tête aux pieds, en dépit du bon sens. Mes sentiments pour lui étaient inconstants et horripilants, même pour moi. J'aspirais à suivre un chemin tout tracé, avec maturité et considération, mais il semblait improbable de trouver cela auprès de lui. Il soufflait le chaud et le froid. Il était doux, puis ardent. Grossier, puis il éliminait un homme pour m'avoir.

Je ne pensais pas à lui avec mon cerveau mais avec un tout autre organe.

Doté d'un pouls.

Je m'étais endormie dans son odeur qui était restée sur ma

peau, dans mes cheveux, partout, la poitrine débordante d'une sensation de bien-être. À ceci près qu'un certain malaise me taraudait, depuis le fracas qui avait retenti dans sa chambre peu après mon départ, suivi d'une hostilité qui filtrait sous sa porte.

La violence était un élément normal de mon quotidien, cependant c'était la *cause* qui me tracassait.

Peut-être que Nico réalisait finalement que je venais avec un bagage que je n'étais pas prête à lâcher. Et je ne pouvais qu'imaginer qu'il regrettait de ne pas épouser une vierge. Il n'aimait pas partager, cela ne faisait aucun doute.

Peut-être que je ne correspondais pas à ce qu'il pensait vouloir.

Peut-être qu'il allait me rendre maintenant qu'il m'avait mise dans son lit.

Mon père le zigouillerait s'il s'y risquait, mais Nico ne craignait jamais d'outrepasser les règles. En même temps, si mon père n'approuvait pas notre union, ainsi qu'on le disait, il se réjouirait peut-être que Nico se ravise ?

Ma gorge se serra. J'avais cru que c'était ce que je voulais – ne pas épouser Nico – mais réflexion faite… quelque chose s'entortillait fermement autour de mes poumons. Et ce n'était pas parce que cela atomiserait ma réputation déjà entachée.

Avec un petit pincement au cœur, je m'arrachai à mon lit et descendis le couloir direction la salle de bains où je pris une longue douche chaude. Mes bras et mes jambes étaient endoloris, alors que je n'avais pas du tout été active. Me sentait-il encore quelque part ? Pensait-il autant à moi que je pensais à lui ?

Je ne l'avais pas revu entre-temps et je n'étais pas sûre qu'il soit repassé par la maison. Le cas échéant, il devait déjà être retourné travailler. Je pouvais sentir qu'il n'était pas là ; la maison était trop calme et ne sentait pas le bacon.

Je sortis de la douche, me séchai et m'enveloppai dans une

serviette. Au moment où j'attrapai la poignée, la porte s'ouvrit, et un corps qui empestait la fleur de cerisier me percuta. Une vraie collision, mon front se cognant au sien avant que je sois projetée de quelques pas en arrière.

— Ouille.

— C'est quoi ce bordel ? marmonna une voix féminine.

Des yeux plissés de femme se concentrèrent sur moi. Grimaçant, je me frottai le front, avant que l'arôme fruité rencontre de nouveau mon nez.

Fleur de cerisier.

Ma gorge se referma.

Le shampooing.

Je me doutais qu'il y avait une autre femme dans le tableau, mais je n'avais pas anticipé que je me retrouverais en face d'elle, en serviette.

— Qui diable êtes-vous ? s'enquit-elle d'un ton cassant, en se massant également le front.

Je l'examinai de la tête aux pieds, en même temps qu'elle me scrutait. Nous nous mesurions du regard, comme si nous portions la même robe lors d'un gala. Dans notre cas, nous couchions avec le même homme.

Nous nous ressemblions vaguement. Outre ses cheveux châtain foncé de longueur moyenne, nous avions des traits doux et une morphologie similaire. *Charmant.* Nico avait son type de femme et j'étais un ajout au groupe de ses coups d'un soir.

— Vous savez parler ? Ou vous avez perdu votre langue ? railla-t-elle, les mains sur les hanches, en me toisant d'un air condescendant. Je ne vois pas mieux pour expliquer qu'Ace vous ait ramenée chez lui.

Je cillai.

Je n'avais jamais eu à répondre à une attaque aussi acerbe. Jamais entendu pareille vacherie proférée par une femme ailleurs qu'à la télévision. Si l'un des hommes de ma famille l'avait entendue, elle l'aurait payé cher. Regards assassins et menaçants ? Naturellement, mais uniquement parce que les hommes sont imperméables à ce genre de choses.

Pour moi, il était clair que Nico ne partageait pas les mêmes valeurs concernant le respect accordé aux femmes de sa vie. Sans quoi il ne l'aurait pas laissée entrer. Ma poitrine se serra. *Et ce n'était que le début.* Il allait exhiber des filles devant moi comme si j'étais une moins que rien. Peut-être qu'il pensait que je ne méritais pas son respect parce que je n'étais plus vierge.

Les mains moites, je sentis mon cœur se glacer. En dépit de quoi quelque chose de bouillonnant et d'amer m'envahissait lentement. *De la rage.* Une bague à 50 centimes l'exaspérait suffisamment pour qu'il balance un objet contre le mur, mais je devais partager une salle de bains avec sa poufiasse ?

Mon regard indifférent trouva celui de l'intruse, après quoi je répondis à sa question :

— À l'occasion, fis-je en relevant une épaule. Mais bon, j'évite de blablater avec des peaux de vache avant 9 heures du matin.

Je jetai un regard à l'horloge murale, qui indiquait qu'il me restait cinq heures de marge.

Cela lui en boucha un coin.

— Eh bah, fit-elle, la mâchoire tombante, quelle sale garce !

— Vous me bloquez le passage.

Elle plissa les yeux, mais s'effaça pour me laisser sortir.

— Vous savez, susurra-t-elle sur un ton mielleux. Je me demandais pourquoi Luca était en bas. Il doit être là pour vous assister durant votre marche de la honte.

— Je pense rester encore un peu, rétorquai-je en passant devant elle.

— Vous pensez rester ? répéta-t-elle comme si j'avais un grain.

— Vous avez tout compris.

Je remontai le couloir, le cœur empli d'une frustration qui me trouait la poitrine. Avant que je sache ce que je faisais, je fis halte devant la chambre de Nico.

— Au fait, lançai-je en me retournant pour la regarder avant d'ouvrir la porte, nous allons bientôt manquer de shampooing. Pourriez-vous en racheter ?

Ses joues s'embrasèrent juste avant que je referme la porte derrière moi.

Je restai un instant dans la chambre de Nico, appuyée contre la porte, à fixer le mur. Ma poitrine se resserrait. Je ne m'étais jamais sentie aussi frustrée. Voire aigrie par la manière dont mon père avait choisi de réagir suite à mes transgressions passées, mais jamais vraiment *furieuse*. Ce sentiment me brûlait d'une flamme amère, incisive. Sentant les larmes monter, je battis des cils pour les retenir. Hors de question que Nicolas Russo me fasse pleurer.

Toute ma vie, je m'étais préparée à cela. Je m'étais menti à moi-même, puis j'avais prié pour, le moment venu, croire à mon mensonge : à savoir que je n'avais pas plus besoin d'amour que de fidélité.

J'avais érigé des murs. Et d'une manière ou d'une autre, il les avait dégommés en un laps de temps risible.

Je voulais remonter le temps et m'abstenir d'entrer dans la chambre de Nico, la nuit passée. Un instant plus tôt, le souvenir de ses mains convoquait des impressions de chaleur et de plaisir. À présent, elles étaient des taches résistantes au lavage.

À en juger par les poêles qui s'entrechoquaient dans un fracas excessif, je pouvais affirmer sans risque qu'*Isabel* et moi n'avions pas accroché. J'avais percuté peu après avoir refermé la porte que c'était lundi, jour où la cuisinière était attendue.

« Isabel vient le lundi et le jeudi », m'avait informé Nico. Puis il avait fait allusion au ménage, possiblement pour évoquer par une formule codée leur plan cul, ou alors elle était la domestique la moins consciencieuse de la profession. Mon regard s'égarant dans la chambre en désordre, je remarquai les bris de lampe sans sourciller.

Depuis que je le connaissais, je supportais ses jeux immatures qui me mettaient dans des situations embarrassantes. Comme maintenant, où je m'enfermais dans sa chambre, en serviette, pour indigner sa maîtresse. Je me cognai l'arrière de la tête contre la porte. Il me faisait me comporter en imbécile, et je détestais cela.

Je traversai le couloir et enfilai ma plus jolie robe. M'habiller avec goût me galvanisait immanquablement, même si aujourd'hui, ce ne fut pas d'un grand secours. Je me maquillai tout en subissant le raffut d'Isabel, coupé par un « Oh mon dieu mais tais-toi, femme », grommelé par un Luca exaspéré.

Je descendis l'escalier, soulagée de découvrir la cuisine et le salon vides. Je n'avais pas envie de recommencer à me montrer cruelle ; c'était éreintant.

La porte du bureau étant entrebâillée, les chuchotements de Luca et Isabel s'échappèrent alors que je mettais la cafetière en route. Je vérifiai mon téléphone, qui se rechargeait sur le plan de travail. Ma mère évoquait des détails du mariage dans un SMS, mais rien de plus. Je souhaitais communiquer avec Adriana, mais je savais qu'elle avait dû rendre son téléphone. J'étais sur le point d'appeler sur le fixe, quand les bavardages dans la pièce voisine firent place à des bruits suspects de… baisers.

Je grimaçai.

Cela me rappela les moments d'embarras avec Gabriella, à la

différence près que, cette fois, les rôles étaient inversés : j'étais la copine, et plus la sœur. Je n'appréciais absolument pas ce point de vue.

Un gémissement.

Je remuai les pieds. Allaient-ils sérieusement batifoler en laissant la porte ouverte ? Ils savaient forcément que j'étais juste à côté ; le café coulait, et les craquements des marches étaient assez bruyants pour réveiller les morts.

— Merde, toussa Luca.

Ouaip, ils se tripotaient.

Je ne pouvais que présumer qu'Isabel faisait de son mieux pour me mettre mal à l'aise, et Luca, qui n'était qu'un homme, ne savait pas dire non au sexe.

Le ventre noué, j'imaginai Nico à l'intérieur avec Isabel au lieu de Luca. Comme je devais m'accoutumer à cette possibilité, je m'obligeai à croire que c'était lui. Je laissai le pincement se déployer dans ma poitrine au point de pouvoir en garder une cicatrice.

Je sélectionnai le numéro de Benito et lui adressai un SMS.

Moi : Viens me chercher, stp.

Trois petits points se dessinèrent aussitôt, indiquant qu'il répondait.

Benito : Tu sais que je ne peux pas.

Je m'y attendais, mais j'avais la sensation que les murs se refermaient autour de moi et comprimaient mes poumons. Si je ne sortais pas de suite, je finirais par m'asphyxier.

Moi : S'il te plaît. Je veux juste discuter avec Adriana.

Benito : Appelle à la maison.

Moi : Non, j'ai besoin de la voir.

Benito : Tu me gonfles, Elena.

Moi : S'il te…

Benito : Bordel, les filles, vous me faites faire n'importe quoi.

Soulagée, j'inspirai à pleins poumons.

Benito : Ace est là ?

Moi : Non. Juste Luca.

Benito : N'oublie pas de le prévenir.

Moi : Ouais, je sais, Benny.

Benito : Pas la peine de m'appeler Benny. Je me dépêche.

J'emportai une tasse de café dans ma chambre, où j'attendis son arrivée. Quand je reçus son SMS annonçant qu'il était devant la maison, je me hâtai de descendre, et trouvai Luca et Isabel toujours aussi actifs. Cela faisait vingt bonnes minutes, au bas mot. J'hésitai. Rester une seconde de plus était au-dessus de mes forces, mais l'idée d'affronter l'un ou l'autre me retournait l'estomac.

Je dénichai une feuille de papier et notai en peu de mots que Benito était passé me chercher, que je resterais deux heures chez moi. Ma main tremblota en inscrivant *chez moi*. Dans mon esprit, la maison de mes parents n'était plus la mienne, mais aujourd'hui, *ici*, c'était le dernier endroit où je me sentais à ma place.

Étant donné que Benito m'attendait dans la rue, je passai par l'entrée principale, mais ce n'était pas la seule raison. Je ne voulais pas sortir par l'arrière, au cas où Luca m'entende. Dans un coin de mon esprit, j'avais conscience qu'il risquait de ne pas me laisser partir, ce qui n'était pas une option. Le cœur pétri d'incertitude, je laissai la porte-moustiquaire se refermer sans bruit.

Je me glissai sur le siège passager.

Benito rédigeait un message, sans doute destiné à une fille infortunée. Ça me faisait plaisir de le voir, et pour une raison dérangeante, mes yeux s'emplirent de larmes.

— Faut que je te parle de celle-là, Elena, commença-t-il en lançant son téléphone dans la console centrale. Blonde, grande… et des jambes. Ouah !

Il leva un pouce pour signifier sa perfection, puis tourna les yeux vers moi. Sa main retomba, et son expression se durcit.

— Qu'est-ce qu'il t'a fait ce salopard ?

— Rien, répondis-je en secouant la tête et en m'essuyant les yeux. Je suis juste idiote en ce moment.

Il plissa les yeux.

— *Elena.*

Je me réfugiai contre lui, les bras noués autour de son cou. Il sentait le gel capillaire à 100 dollars et sa sempiternelle eau de toilette.

— Je ne sais pas comment tu peux séduire les filles en t'arrosant de parfum. Je t'ai reniflé depuis la porte.

Il m'étreignit en retour.

— Ça les fait accourir par centaines.

— Merci d'être venu me chercher.

Ses bras se resserrèrent autour de moi.

— Tu dois me le dire, s'il te fait du mal.

Ce n'était pas une question, même si cela en donnait l'impression. Nous savions tous deux que dans ce cas, il serait impuissant. Dans la Cosa Nostra, personne ne touchait à une femme mariée, ou ne se mêlait des affaires d'un couple. Cela ne concernait personne, qu'importe qu'il y ait maltraitance.

— Je te le dirais, mais il ne m'a pas touchée.

Je m'écartai et attachai ma ceinture.

— Alors, quel est le problème ? demanda-t-il en séchant une larme sur ma joue avec son pouce. Tu vas avoir tes règles ? Les Anglais ont débarqué ?

Je pouffai.

— Tu m'as manqué.

— Tu m'as manqué aussi, cousine. Allons à la maison.

La maison.

Dans sa bouche, ça ne sonnait pas plus juste.

40

« Si le soleil et la lune se mettaient à douter,
ils s'éteindraient sur-le-champ. »
William Blake

Elena

Les tic-tac de l'horloge se répercutaient dans la pièce silencieuse.

Mamma avala un peu de vin et me regarda.

Sur le canapé adjacent, Nonna me scrutait comme si elle savait que la nuit dernière j'avais eu une relation sexuelle époustouflante avant le mariage.

Je devins écarlate.

Elle sourit comme un chat.

— Prends un peu de salade de fruits, Elena, offrit Mamma en posant son verre de vin pour pousser une assiette en travers de la table basse. Je l'ai préparée hier soir.

— Je n'ai pas faim, Mamma.

Toutes deux arrondirent les yeux comme si j'avais révélé mon désir d'entrer au couvent. Je regrettai soudain de ne pas avoir goûté sa salade.

Ma mère posa sa main sur sa poitrine.

— Je savais que Russo abusait d'elle.

Je soupirai.

— Il ne…

— Par pitié, railla Nonna. C'est consenti, ça saute aux yeux.

Elle m'inspecta comme si j'étais une future mariée en robe blanc cassé.

— Nadia, gronda ma mère. Ce n'est pas ce que je voulais dire.

— Évidemment. Tu es la plus grande prude que la Terre ait jamais portée.

— Il ne me maltraite pas, compris ? (Mal à l'aise, je croisai les jambes.) Je n'ai pas faim, c'est tout.

Mamma ne semblait pas me croire, et l'expression de ma grand-mère se durcit aussi.

— Tu as tout le temps faim, marmotta Nonna.

— Ce n'est pas vrai, répliquai-je comme une gamine.

Mamma secoua la tête.

— Nous n'aurions pas dû fermer les yeux. (Elle avança l'assiette vers moi.) C'est ce que ton père a fait de pire à ce jour.

Je levai un sourcil. *De pire ?*

Nonna s'offusqua.

— Tout le monde s'en fichait quand il a livré Adriana sans se poser de questions.

— Détrompe-toi, contesta Mamma.

— Tu parles. Je me souviens clairement que tu m'as dit : « Fais confiance à ton papà. »

— Adriana se serait adaptée sans problème. Toi…

Elle s'autocensura.

— Moi, quoi ? relevai-je calmement, les joues toutefois brûlantes de frustration.

Ils ne s'étaient pas tracassé pour Adriana parce qu'ils la pensaient capable de se débrouiller seule. Ce qui ne s'appliquait pas à moi.

Elle fit la moue et repoussa l'assiette.

— Pourquoi tu ne manges pas cette salade ?

— Pour la troisième fois, je n'ai pas faim.

— Elle nous fait une dépression, murmura Nonna à ma mère.

J'expirai.

— Je ne suis pas déprimée.

— Alors mange ces fruits, insista Mamma.

— Oui, *cara mia.* Tu dois manger ces fruits. Tu es trop maigre.

— Elle n'est pas maigre, protesta ma mère. Elle est juste comme il faut.

Nonna m'étudia d'un air critique.

— Des seins, et rien d'autre, dit-elle avant de murmurer. Il ne faut pas s'étonner que ce Russo ait jeté son dévolu sur elle.

Je m'offusquai.

— Si j'étais déprimée, ce genre de remarque ne me redonnerait pas le moral.

Elles m'observèrent comme si je venais de concéder que j'*étais* déprimée.

Mamma s'empressa de pousser l'assiette devant moi. Un centimètre de plus, et elle atterrirait sur mes genoux.

— Tu te sentiras mieux quand tu auras le ventre plein.

Je serrai les mâchoires.

— Nom d'un chien. Je ne mangerai pas cette foutue salade, Mamma.

— Nous ne pouvons pas t'aider si tu n'y mets pas du tien, dit Nonna entre ses dents.

Je me massai les tempes.

— Pourquoi pensez-vous que je ne suis pas capable de me débrouiller ? J'ai autant d'assurance qu'Adriana quand cela est nécessaire.

— Bien sûr que nous le savons, répondit ma mère un peu trop

prestement. Mais tu n'es pas toujours aussi… stable, émotionnellement parlant.

Elle referma la bouche comme si elle réalisait que c'était plus accablant que de me reprocher mon manque de confiance.

— Continue de t'enfoncer, Celia, grommela Nonna, en sirotant son café. À ce train-là, tu atteindras bientôt la Chine.

J'accusai le choc.

— Stable émotionnellement ?

Mamma jouait avec la fermeture de son gilet comme si l'objet était soudain devenu intéressant.

— Le terme est sans doute mal choisi.

— Je t'en prie, Celia, éclaire nos lanternes, la pressa Nonna en souriant largement. Je trépigne d'impatience.

— Tout ce que je veux dire, c'est que tu es plus conciliante que ta sœur… plus docile, et un homme tel que Russo pourrait en profiter.

J'ouvris la bouche pour nier, puis réalisai qu'elle n'avait pas forcément tort. Soudain, il était clair pour nous trois que j'avais tenu moins d'une semaine avec Nico avant de rentrer et que j'avais perdu l'appétit.

— Plus simplement, continua ma mère, nous pensons que Russo ne te convient pas.

— *Nous ?* releva Nonna, stupéfaite. Qui ça, nous ? Ne me fais pas dire ce que je n'ai pas dit.

Je gloussai, même s'il n'y avait rien de drôle.

— Depuis le début, je n'ai jamais cru qu'il était bien pour moi, mais peu importe. L'affaire est conclue, comme dit Papà.

Mamma se rembrunit.

— Ton papà ne donne pas l'impression d'approuver ce mariage. Il est d'une humeur de chien cette semaine.

— Ne minimise pas, Celia. Il s'est comporté en vrai goujat.

— Si tu dis à ton papà que tu n'es pas heureuse avec Russo, il réétudiera peut-être la question.

Je déglutis. N'étais-je pas heureuse ? Aujourd'hui, vraiment pas.

— Même si Salvatore se ravise, dit Nonna, je suis sûre qu'Elena est aussi sûrement en cloque que ta seconde fille.

Mamma fit une mine désapprobatrice.

— Ne sois pas vulgaire, Nadia.

— *Oh ! Madonna, salvami.* Je me demande comment tu as pu mettre trois enfants au monde. Tu es plus délicate qu'une vierge.

Une migraine s'installant derrière mes yeux, je me levai.

— Je t'assure, Nonna, je ne suis pas enceinte. Je prends la pilule depuis des années.

Nonna fusilla ma mère du regard.

— Je comprends mieux pourquoi tes filles sont des pouffes sur les bords. Tu les encourages quasiment !

— Vaut mieux être une pouffe que sénile, marmonna ma mère alors que je m'éclipsais.

Les rideaux étaient tirés, comme si quelqu'un était en deuil. Une bosse se dessinait sous l'amas de couvertures sur le lit. Pas très grande, elle beuglait *Seven Nation Army.* Je soulevai le duvet et me glissai dessous avant de le rabattre sur ma tête. Nous étions couchées sur le flanc, face à face, l'iPod d'Adriana diffusant de la musique entre nous.

À la fin de la chanson, je mis sa playlist sur pause.

— Que demande une sœur à une autre ?

Elle se retint de lever les yeux au ciel, un petit sourire naissant sur ses lèvres.

— Dis-moi ?

— Acceptes-tu d'être ma demoiselle d'honneur ?

Sans surprise, elle fit la grimace comme si elle était face à une décision ardue.

— Ton fiancé a envoyé Ryan à l'hosto.

C'était son fiancé moins d'une semaine plus tôt, mais à présent que c'était le mien, elle avait tôt fait de me tenir pour responsable de ses agissements.

— Je sais, ou plutôt, je m'en doutais. Je suis désolée, Adriana.

— J'ai cru qu'ils allaient le tuer.

Sa voix tremblotait de soulagement.

Une part de mon cœur se décomposa en petits bouts, laissant derrière elle un vide désagréable.

— Mais ils ne l'ont pas fait.

— Non, fit-elle en suivant les contours de son iPod. Je sais que c'est grâce à toi. Tu sais toujours quoi faire.

Une boule enfla dans le fond de ma gorge. *Si seulement c'était vrai.* Punaise, j'avais parfois l'impression d'être ficelée sur un radeau perdu en mer. Et aujourd'hui était l'un de ces jours.

— Tu l'aimes pour de vrai, hein ?

— Oui.

Mes yeux me picotèrent.

— Ça fait quoi ?

Son regard rencontra le mien, sourcils froncés.

— De quoi parles-tu ?

— D'être amoureuse.

— Mais…

Elle cligna des yeux, jeta un regard sur ma main gauche.

Ça fit tilt. Évidemment, elle me croyait amoureuse. J'étais une incorrigible romantique, pas fichue de mentir à mon entourage, encore moins à moi-même. Je n'étais pas du genre à cumuler les aventures sans lendemain, ce que tout le monde savait.

Je fis tourner ma bague, prise d'un rire amer.

— Je ne connaissais même pas son nom, Adriana. Je ne le *connais* pas.

— Alors pourquoi t'es-tu enfuie ? Je pensais que tu l'avais rencontré je ne sais où, que tu étais tombée amoureuse et que tu étais partie le rejoindre.

La culpabilité me vrilla le cœur. J'étais une sœur navrante. Je ne me confiais pas à elle et j'avais convoité son fiancé. Si je trépassais avant de me confesser, j'irais droit en enfer.

Je détournai le regard.

— Tu te rappelles ce petit manège musical que je remontais à longueur de temps quand nous étions petites ?

— Oui, il était rose.

Je souris.

— C'est ça. Nonno me l'avait offert pour Noël. Depuis ce jour, mon rêve était de voir un vrai manège. Un rêve d'enfant un peu stupide. Mais ça ne s'est jamais produit… tu connais Papà, toujours occupé. (Je m'éclaircis la voix.) Bref, le soir où je me suis sauvée… je crois que je ne pouvais plus supporter d'attendre. J'ai saturé, à tous points de vue. Oscar Perez, l'idée qu'un type comme lui soit mon avenir. Devoir m'obliger à sourire. Refouler ma personnalité au profit d'une personne que je ne pensais plus pouvoir être. Ça m'a pris d'un seul coup ; mes poumons se sont fermés, je ne pouvais plus respirer. Sur le moment, mon unique certitude était que si je ne quittais pas la maison, j'en crèverais. Le manège, sur ma commode, était un rappel moqueur de mes rêves les plus fantaisistes. Je voulais en concrétiser rien qu'un seul, aussi trivial que cela puisse paraître. Alors j'ai filé en douce, pris le bus…

Devant ses yeux écarquillés, je ris.

— Je n'ai même pas pris le temps de réfléchir que c'était l'hiver, que la fête foraine ne serait pas ouverte. J'imaginais probablement que le manège serait recouvert d'une fine pellicule de neige. Quoi qu'il en soit, il était agent de sécurité dans un centre commercial des environs, il est venu voir ce que je faisais, seule sur un parking déserté. Et je ne sais pas… tout est parti de là. Je lui ai dit que j'étais paumée, que je n'avais pas d'argent ni d'endroit où dormir. Il m'a emmenée chez lui, pour réfléchir à une solution.

— Il avait dans l'idée de coucher avec toi, murmura Adriana.

Je ris.

— Possible. N'empêche qu'il semblait gentil et sincère. Il était charmant, il me plaisait bien… mais je ne l'aimais pas.

Le silence se prolongea entre nous, un poids avait quitté mes épaules. Avant cet instant, je n'avais pas conscience d'avoir à ce point besoin de partager mon aventure.

— Je serai ta demoiselle d'honneur, répondit-elle tranquillement.

— Dieu soit loué, dis-je une main sur la poitrine, soulagée. Sinon j'aurais dû demander à Sophia. Et, imagine son discours !

Son rire insouciant dériva dans la chambre.

— J'ai rendez-vous chez le médecin aujourd'hui.

— Oui ?

— Oui.

Je souris.

— J'ai du mal à croire que je vais devenir tata.

Elle déglutit.

— Elena, j'avais une peur bleue qu'ils le tuent s'ils l'apprenaient…

Je savais qu'elle tentait d'expliquer pourquoi elle avait forcé sur la bouteille récemment.

— Et maintenant, j'ai encore plus peur d'avoir nui au bébé.

Je tirai doucement sur ses cheveux.

— Ça va aller. Un Abelli est plus résistant que ça. Tu crois que quelques verres de vodka feraient du mal à Tony ?

Elle sourit.

— Une *balle* n'a pas fait de mal à Tony. Benito ne rate pas une occasion de s'en plaindre, d'ailleurs.

Nous rîmes d'une légèreté qui nous faisait défaut depuis un certain temps. L'amusement s'estompa, cédant le pas à un calme confortable.

— L'amour..., commença-t-elle. Je crois que ça donne l'impression de tomber... et qu'il est le seul à pouvoir te rattraper.

Je réfléchis un instant.

— Ça m'a l'air flippant.

Elle rit.

— Pas flippant... exaltant.

— Parle pour toi. Tu n'as pas froid aux yeux.

— Tu es sûre que tu n'es pas amoureuse ? me demanda-t-elle une nouvelle fois, les yeux dans les yeux.

— Non, je te promets.

— Mouais, grommela-t-elle.

Avant que je puisse la questionner, un vacarme nous parvint du rez-de-chaussée. Un claquement de porte, des voix masculines, des cris...

Je me redressai sur le côté et rejetai les couvertures.

Un poids me tomba sur l'estomac lorsque j'identifiai la voix de Nico.

— Oh ! ça craint...

Le pouls fébrile, je bondis du lit et m'élançai dans le couloir.

Je m'arrêtai net en haut de l'escalier.

Si quelqu'un confectionnait des cauchemars sur mesure, celui-ci serait le mien. La colère qui imprégnait l'air était si dense qu'elle touchait ma peau. Luca, Lorenzo et Ricardo étaient rassemblés dans le vestibule, sur le qui-vive.

Quelque chose chavira dans ma poitrine lorsque Nico et Benito, nez à nez, se saisirent par le col.

Nico repoussa Benito contre le mur avec tant de vigueur qu'un vase bascula de la console et se brisa.

— Tu as outrepassé les limites…

— Demande-moi plutôt ce que j'en ai à foutre de tes limites.

Mon cousin le repoussa d'une trentaine de centimètres.

— Peut-être que tu t'y intéresseras un peu plus quand j'aurais tracé la limite avec ton putain de cadavre, grogna Nico.

Avant même que j'aie cligné des yeux, ils se braquaient réciproquement leur arme sur la tempe.

Mon cœur se transforma en bloc de glace.

La porte d'entrée s'ouvrit à toute volée, tapant contre le mur. Papà, mon frère et Dominic déboulèrent.

Des revolvers furent pointés en tous sens.

Cazzo.

Je crois que j'ai sérieusement merdé.

41

« Nous naissons tous fous. Quelques-uns le demeurent. »
Samuel Beckett

Elena

— Quelqu'un ferait bien de m'expliquer ce qui passe, illico ! mugit Papà.

Quand son regard tomba sur moi, en haut des marches, il eut un temps d'arrêt, puis son expression se fit encore plus ombrageuse. Il secoua la tête, me désignant d'un geste vague avec son arme.

— Va dans ta chambre, Elena.

Mes pieds s'exécutèrent instinctivement.

— Reste ici.

Le timbre de Nico était grave, en pleine possession de ses moyens.

Il adoptait la posture même du chef en cet instant. Tout en fermeté.

Je m'immobilisai, l'indécision gelant mon sang.

Nico s'éloigna de Benito et fit face à Papà. Mon cousin et mon père visaient sa tête avec leurs revolvers, tandis que le sien était relâché le long de sa jambe. Une sueur froide sinuait dans mon dos.

Papà et Nico se fixaient du regard, communiquant avec les yeux. Technique que seuls les parrains de la Mafia pouvaient comprendre.

— Tu vas beaucoup trop loin, cracha mon père. Elena n'est pas à toi tant que vous n'êtes pas mariés. Et pour rappel, le mariage n'a pas encore eu lieu.

— Laissez-moi clarifier une chose, Salvatore, gronda Nico. Elle m'appartient depuis l'instant où le contrat a été signé.

— On s'en fout du contrat. De toi aussi, Ace.

Débordant de sarcasme, Nico se passa la main sur le menton.

— Vous revenez sur votre engagement ?

— Je confirme.

Mon cœur battant à tout rompre menaçait de s'éjecter de ma poitrine.

Nico fit un pas vers mon père.

— Voulez-vous connaître le meilleur moyen de me déclarer la guerre, Salvatore ? Poursuivez sur cette voie.

J'écarquillai les yeux. *Ce n'est pas possible…*

La mâchoire de mon père se crispa. Tony et Dominic, impassibles, restaient muets, leur attention et leurs revolvers rivés sur les Russo présents dans l'entrée.

— Approche, Elena, ordonna Nico.

Papà décocha vers moi un regard menaçant.

— File dans ta chambre ! Sur-le-champ !

L'indécision m'entortillait si violemment l'estomac qu'elle me donnait la nausée. Je ne savais pas quoi faire, qui écouter. Pourquoi fallait-il que cela m'arrive ? *J'ai laissé un petit mot…* J'aurais dû savoir que Nico aurait estimé cela insuffisant.

Il coula un regard dans ma direction. Ses yeux étaient cerclés de noir, ses iris semblables à des abysses iridescents. Ma conscience s'affûta. Il ne dit rien, quoique cela soit superflu. Il voulait que je le choisisse, et il me le montrait. C'était l'acte le plus vulnérable que je ne l'avais jamais vu accomplir, et le fait qu'il me révèle une partie de lui que peu de personnes avaient entrevue fit pulser ma poitrine.

Les mains moites et le souffle court, j'agis en fonction de ce qui était enraciné en moi depuis l'enfance. Écoutant mon papà, je fis un pas vers ma chambre.

Alors, quelque chose m'arrêta.

Si je prenais le parti de mon père, il en résulterait sans doute violence et mort. Possiblement une *guerre*.

Mais pas seulement.

Une pression dans le creux de mon estomac m'attirait dans la direction opposée. Une zone près de mon cœur se glaçait et se vidait au regard du petit pas que j'avais effectué.

Durant cet instant d'hésitation, la tension planait au-dessus de ma tête comme un redoutable nuage.

Mon papà m'avait vendue à Oscar Perez.

Nico l'avait abattu pour moi.

J'esquivai le regard de mon père pendant que je descendais l'escalier, mais son courroux était tellement intense qu'il me grillait la peau. J'inspirai un peu d'air à l'instant où Luca enroula son bras costaud autour de ma taille, comme craignant que je change de camp.

Mon regard rencontra celui de Tony. Lui qui, en temps normal, était le premier à dégainer au son du mot *guerre*, ne semblait pas partager les velléités de mon père, sans quoi il ne m'aurait pas laissée près de lui. Peut-être qu'il était en meilleurs termes avec Nico depuis qu'ils s'étaient tabassés. Quelle qu'en soit la raison, j'étais reconnaissante.

J'avais déjà causé la mort d'un homme.

Je ne survivrais pas à ça une seconde fois.

Luca m'escorta comme une détenue jusqu'à la voiture, son bras semblable à une entrave chaude autour de ma taille.

Nico et les autres étant restés à l'intérieur, je priai pour qu'ils enterrent la hache de guerre, façon chefs de la Mafia, ce qui impliquait une quelconque forme de violence mais pas une *guerre*.

— La prochaine fois, au lieu de filer à l'anglaise, lança Luca d'un ton cinglant, je te parie que si tu lui demandes ce que tu veux, il te l'accordera.

— Je ne suis pas partie en douce. Tu étais un peu *occupé* (mon regard s'endurcit), j'ai laissé un petit mot sur l'îlot.

Il plissa les yeux.

— Je n'ai pas trouvé de petit mot.

Je cillai. *Comment ?*

Il observa mon expression avant de secouer la tête en bougonnant : « Putain d'Isabel. »

Assise en tailleur sur le lit, j'ouvrais et refermais le Zippo.

Si tu lui demandes ce que tu veux, il te l'accordera.

J'avais abouti à la conclusion que Nico me rendait aussi folle que lui. Parce que *demander* était la solution facile pour résoudre un problème, chose que je n'aurais pas hésité à employer avec n'importe qui d'autre. C'était simple : dès que Nico entrait dans l'équation, toute pensée rationnelle me quittait.

J'ouvris le briquet d'une pichenette, et l'espoir se ralluma avec la flamme.

Rien ne m'obligeait à le voir avec les autres filles, à partager une salle de bains avec elles. L'espoir n'était qu'une braise, sa lueur à peine vacillante, parce que la perspective qu'il touche d'autres femmes me charcutait la poitrine, ne laissant qu'une plaie sanguinolente.

Cependant, l'infidélité était un dénominateur invariable chez un mafieux. Comme un surfeur et sa planche. Un écrivain et sa plume. Ils étaient inséparables. Et demander serait une démarche infructueuse.

Loin des yeux, loin du cœur.

Je pouvais vivre sans savoir.

Mes doigts faiblirent autour du briquet lorsque le ronronnement du moteur me parvint. Par la fenêtre, je vis Nico descendre de voiture et se diriger vers le garage. Luca s'y était enfermé à notre retour, il y avait près d'une heure.

En rentrant, j'avais trouvé mon petit mot froissé dans la poubelle. *Putain d'Isabel*, en effet. Je faisais certes tout de travers mais je n'avais pas disparu sans prévenir personne, ainsi que Nico devait le croire.

La honte pesait plus lourdement sur mes épaules à chaque minute passée à patienter. Dans tous mes états, j'avais décidé de quitter la maison sur un coup de tête, comme cela m'arrivait rarement.

Luca sortit du garage et se massa la joue avant de remonter en voiture. Debout, j'attendis que Nico vienne me trouver, en vain. Je m'étais demandé pendant une heure comment il réagirait, ce que j'allais lui dire, et maintenant qu'il était rentré, une agitation me poussait à crever l'abcès.

Je descendis et sortis par le jardin. Je me tenais devant le garage, le ciment chaud sous mes pieds nus. Nico agrippait l'établi. Un verre de whiskey était posé à proximité. Ses épaules se contractèrent sitôt qu'il sentit ma présence.

Son regard s'orienta vers moi. Sombre, ardent, et toutes les émotions intermédiaires. Un frisson survola mon dos, et sans réfléchir, je marchai vers lui. Je ne m'attendais pas à ce que sa main rugueuse enveloppe mon visage et effleure ma joue. Mon cœur s'embrasa comme la flamme d'un Zippo.

Il fit un petit bruit satisfait quand j'appuyai mon visage sur son torse. Sa main glissa de ma joue à l'arrière de ma tête, ses doigts se frayant dans mes cheveux.

Il sentait *si* bon. Sa présence me procurait un sentiment de confiance : confort, sécurité et *besoin*, tout-en-un. Il existait un nom pour cela, mais je ne savais pas lequel.

— Je suis désolée, murmurai-je. Je ne voulais pas provoquer un tel remue-ménage.

Il poussa un souffle, entre l'incrédulité et l'amusement, et je crus l'entendre marmonner : « Voici donc la Douce Abelli. »

Il avait fait quelque chose de proscrit pour tout soldat de la Mafia en exhibant sa maîtresse devant sa fiancée, et d'une certaine manière, je me retrouvais à m'excuser pour les conséquences.

Ma nonna et mamma avaient raison.

Cet homme allait me dévorer toute crue.

Mais il était si chaud et me faisait me sentir à ma place à tel point qu'il était difficile pour moi de m'en soucier.

Il enroula son poing dans mes cheveux et inclina ma tête vers lui. Son regard prit un air sévère.

— Où est ton portable ?

Je réalisai subitement que je ne l'avais pas pris avec moi. J'avais perdu l'habitude, depuis le temps que j'en étais privée.

— Je l'ai oublié.

— Pratique.

J'avalai ma salive.

— J'ai laissé un petit mot.

— C'est ce que j'ai appris, lâcha-t-il, son regard tombant sur ma main. Où l'as-tu trouvé ?

Je baissai les yeux sur le briquet, m'apercevant que je l'avais emmené avec moi.

— Par terre, après ton coup de sang avec mon frère.

— Tu l'as conservé.

— Oui.

— Pourquoi ?

J'hésitai, un mensonge se formant sur ma langue avant que je le ravale. Je me sentais tellement coupable à propos d'aujourd'hui que je ne pouvais pas me permettre de mentir.

— C'était le tien, murmurai-je.

Dans le silence qui s'éternisa, je pouvais entendre mon cœur battre.

Boum-boum.

Boum-boum.

— Tu es pardonnée, dit-il d'une voix éraillée.

Une forte pression s'envola de mes épaules.

— Tu ne sortiras plus de cette maison sans me prévenir, ordonna-t-il avec dureté. Compris ?

Je hochai la tête.

— Dis-le.

Je me forçai à le regarder dans les yeux.

— Je ne sortirai pas de la maison sans te prévenir.

Mes poumons se ratatinèrent car ce n'était pas une promesse que je pouvais tenir. Pas dans l'immédiat.

— Si tu veux voir ta famille, je te conduirai.

Je mâchonnai ma lèvre inférieure.

— Mon papà risque de te tirer dessus.

— Possible, admit-il avec détachement.

Quelque chose se tordit dans ma poitrine à cette possibilité et me fit me sentir creuse.

Il pressa mon dos contre la table, ses mains m'encadrant, puis se pencha pour m'embrasser dans le cou. Dans un soupir, j'inclinai la tête. Je ne m'étais pas préparée à ce que les choses prennent cette tournure, même si, à l'évidence, je devinais difficilement les réactions de Nico.

— Je peux te demander un truc ?

— Je t'écoute, répondit-il d'une voix traînante dans mon cou.

Ce fut plus fort que moi.

— Je ne veux plus d'Isabel ici.

Ses lèvres retracèrent les contours de mon oreille, et durant plusieurs secondes, je retins mon souffle.

— Accordé.

J'eus un pincement au cœur.

Sa main remonta sur ma cuisse, autour de mes fesses, amenant mon corps contre le sien. Il sema une traînée de baisers le long de ma gorge.

— Je peux te demander autre chose ? murmurai-je.

Je le sentis sourire dans mon cou.

— Tu es très exigeante, aujourd'hui.

Je déglutis.

— Pas de femme… pas ici, d'accord ?

Il cessa de bouger et, le cœur gros, je craignis d'être allée trop loin. Qu'il refuse.

— C'est ce que tu veux ?

Non. Je veux te suffire.

Je veux qu'il n'y ait que moi.

— Oui.

Il laissa passer un silence, dans lequel la hâte de connaître sa réponse s'enroula étroitement autour de mes poumons.

Son visage remonta devant le mien. Nos regards se verrouillèrent. Nos bouches n'étaient qu'à quelques centimètres l'une de l'autre.

J'avais résisté quand il m'avait demandé de retirer une simple bague, et même de l'embrasser. Ce refus se dressait entre nous, mêlé aux effluves d'huile de moteur et d'été.

Ce qu'il ignorait, c'était que sous peu, je gâcherais tellement tout qu'il ne me ferait plus jamais confiance.

Un pouce longea ma lèvre, mon menton.

— Accordé.

L'étau autour de mes poumons se relâcha, malgré un malaise persistant. Aussi épais que du goudron, aussi noir que la nuit. Pareil à un serpent venimeux dans un paradis tropical.

— Tu es infiniment loyale envers ta famille, remarqua-t-il calmement. Pourtant, tu m'as écouté moi, et pas ton père. Pourquoi ? Pour éviter une guerre ?

C'est ce qu'il espérait. Je le voyais à sa façon de me regarder, avec une sorte de détachement forcé.

J'avais fait ce qui semblait juste.

Une douleur méconnue apparut dans ma poitrine. Le besoin qu'il sache.

Je rencontrai son regard, aussi doré que son verre de whiskey.

— Peut-être que c'était ma volonté, murmurai-je.

Il me scruta si longuement que mon pouls repartit au galop. Il ferma les yeux et secoua la tête.

— Viens, rentrons.

Il me prit par la main et m'entraîna avec lui.

Je le suivis.

Il était le confort, la sécurité et le besoin, tout-en-un.

Cela portait un nom.

Mon chez-moi.

42

« Un baiser qui n'est jamais goûté est perdu
pour toujours et à jamais. »
Billie Holiday

Elena

Sans me lâcher la main, il referma la porte de derrière.

Essoufflée, je le laissai m'entraîner sur le canapé. Il s'assit, et debout entre ses jambes, j'attendis de connaître ses envies. J'étais prête à me plier sans retenue à toutes ses requêtes. Je n'aurais su dire si c'était mon cœur soumis ou mon cœur romantique qui cherchait un moyen de s'épanouir.

Ses mains parcoururent rapidement mes jambes, remontèrent ma robe afin de dénuder mes cuisses. Ma peau frémissait par avance. Ses mains étaient faites pour moi, aussi bien leur morphologie, leur rudesse que leur chaleur la plus extrême. Soudain, je me demandai ce que je deviendrais sans la possibilité de les sentir sur moi.

Il tira sur l'arrière de mes genoux pour que je le chevauche.

Poitrine contre torse. Cœur battant contre cœur battant. Ma robe rose contre sa chemise et sa cravate noires. Nous étions tellement différents, réalisai-je alors. Le grand et la petite. Le coriace et la gentille. L'autoritaire et la docile.

Nous respirâmes un instant le même air, avant qu'il se penche et que ses lèvres remontent sur ma gorge.

— Tu sens merveilleusement bon, croassa-t-il.

Sa barbe naissante aguicha mon cou, son visage descendant vers ma clavicule, avant de se presser entre mes seins.

— Et cette poitrine…

Je soufflai, mes mains explorant son torse.

— Ma nonna prétend que tu veux m'épouser pour mes nibards.

— Faux, dit-il, et je le sentis sourire contre ma peau. Pour ça aussi.

Je poussai un petit cri quand sa main frappa mes fesses d'un coup sec. Il tira ma robe sur mes épaules, révélant mon soutien-gorge blanc sans bretelles. Ma poitrine picotait sous ses mains qui les pétrissaient et les palpaient à travers le tissu.

— Mes seins et mon cul, donc ?

Mes mots se fondirent dans un gémissement, car il serra mes seins l'un contre l'autre, passa sa langue en travers avant de suçoter mon mamelon. Ma tête retomba nonchalamment, une brume haletante m'entourant.

Il saisit mon entrejambe à pleine main.

— Tu as aussi le plus délectable mi…

— Nico, l'interrompis-je, chaque millimètre de ma peau embrasé.

Un petit rire le secoua.

J'adorais la sonorité de son rire, la manière dont son timbre brûlant coulait furtivement dans mon dos.

Je frissonnai.

Son pouce provoca un sillon de chair de poule sur mon bras.

— Tu as froid ?

Je secouai la tête, pinçant ma lèvre inférieure entre mes dents.

— Je suis nerveuse.

Il dégrafa mon soutien-gorge. Je me retrouvai seins nus, ma robe autour de la taille. Ses pupilles noircirent de désir.

— Pourquoi ?

Mes mains glissèrent sur ses abdos qui se contractèrent à mon contact, puis encore plus bas. Avec mon doigt, je dessinai la boucle de son ceinturon.

— Je veux faire quelque chose, susurrai-je, insinuant que je voulais lui faire plaisir, le goûter, promesse qui plana intensément dans l'air.

Son regard remonta instantanément sur mon visage. Les veines vibrant d'anxiété, j'entrepris de détacher sa ceinture. Il se contracta. Je me penchai de façon à presser mes seins sur sa chemise et mes lèvres dans son cou. Son parfum que je chérissais tant me donnait le tournis. Le visage dans le creux de son épaule, j'essayai de m'en imprégner pleinement.

Sa main saisit l'arrière de ma tête, glissa dans ma nuque.

— Pourquoi ça te rend nerveuse ?

Je déglutis.

— Parce que je ne l'ai jamais fait.

Je tentai de m'agenouiller devant le canapé, mais sans crier gare, il empoigna une mèche de mes cheveux. La tourmente et l'incrédulité ombrageaient son regard.

— Tu mens, accusa-t-il sans ménagement.

J'eus un petit rire, alors qu'en vérité j'étais affreusement vexée.

— Tu t'apercevras bien vite que non.

Ma nervosité croissante frémissait sous ma peau. J'avais les mains humides, mais je me retins de les essuyer sur ma robe. Comme une imbécile, je me demandais combien de fellations on lui avait prodiguées, et combien avaient été réalisées par des femmes expérimentées.

Pour la seconde fois, je tentai de me dérober mais il me serra plus solidement. Il m'observait avec une tension palpable. J'avalai ma salive, consciente de la tension entre nous. Soutenant son regard, je fis glisser la bague sur mon doigt puis la laissai retomber. Son poing se détendit, alors je m'abaissai devant lui.

Il s'étira, comme s'il prenait ses aises et qu'une femme agenouillée à ses pieds faisait partie de son train-train quotidien. *Purée, ce mec.* Il ne me facilitait jamais la tâche.

Je déboutonnai son pantalon, le son de la fermeture générant un écho séduisant dans la pièce. Il s'appuya à l'accoudoir pour me regarder.

Je fus prise d'un moment de doute. Je savais que, faute d'expérience, je n'allais sûrement pas l'impressionner. Il avait pour sa part largement prouvé ses talents dans le domaine du sexe oral, si bien que je craignais de le décevoir.

— Tu comptes fixer mon entrejambe toute la journée, ou tu vas me libérer de mon pantalon ?

Il avait la posture d'un roi, exigeant et impatient. Malgré tout, il me semblait tout près de s'abandonner, à en juger par la crispation de ses épaules et la tension qui naviguait dans ses yeux.

Les mains tremblantes, j'abaissai son caleçon et pris son érection dans ma main. Comment allais-je faire entrer son membre dans ma bouche ? Malgré la partie de moi pleine d'appréhension, une surprenante ténacité m'exhortait à essayer. Il était merveilleusement lisse et chaud. Dur et épais. Ç'avait été si bon de le sentir en moi que je souhaitais l'en remercier. Je me penchai et frottai son érection sur ma joue.

Ses cuisses s'ouvrirent plus largement, sa main effleurant sa bouche alors que l'autre s'enroulait sur l'accoudoir.

Excitée, je fis glisser son gland sur mon visage avant de le prendre entre mes lèvres. Je tendis la langue et le léchai, à la façon d'une expérience. Je répétai mon geste, de la base à l'extrémité.

Son ventre se contracta, un léger gémissement lui échappa. Sa réaction était tellement excitante qu'un bourdonnement appréciateur remonta dans ma gorge, pendant que je le couvrais de petits coups de langue, sans louper un seul endroit.

— Cesse de tourner autour, dit-il sévèrement.

Eh bien, il était d'humeur changeante quand on lui offrait une fellation.

Je le considérai entre mes paupières à demi closes.

— Suce, me somma-t-il.

D'une manière perverse, son ton despotique déclencha une onde brûlante entre mes jambes. J'obéis, ma langue s'enroulant autour de son gland avant de l'aspirer dans ma bouche.

— Putain oui, comme ça, lâcha-t-il, la tête renversée en arrière.

Ma poitrine frottait ses cuisses, provoquant des décharges de plaisir à travers mon corps. Je le suçai, cette fois en le prenant davantage dans ma bouche, puis en opérant des va-et-vient.

— C'est exactement ça, murmura-t-il, sa main saisissant mes cheveux pour contrôler le rythme de ma tête, s'enfonçant un peu plus dans ma bouche à chaque mouvement. Regarde-moi, ordonna-t-il durement.

Je levai les yeux vers lui.

— Putain, grommela-t-il.

Quand il s'engouffra assez loin pour toucher le fond de ma gorge, j'eus un haut-le-cœur, et mes yeux s'embrumèrent. Sur un grognement, il m'écarta de lui. La respiration alourdie, il appuya la tête contre le dossier et m'examina, le regard alangui.

J'essuyai ma bouche d'un revers de la main.

— Qu'est-ce qui ne va pas ?

— Je vais jouir, répondit-il simplement.

Je fronçai les sourcils.

— C'était rapide.

Ce que je voulais dire, c'est que je n'étais pas prête à m'arrêter, mais je réalisai aussitôt que cela pouvait laisser entendre qu'il était éjaculateur précoce.

Il eut un rire railleur.

— Je vais te baiser méchamment pour ça.

Je m'empourprai.

Il me considérait tranquillement de son regard enfiévré.

— Enlève tout et viens là.

Je me relevai, baissai ma robe et mon string sur mes jambes. À peine l'avais-je enfourché que sa bouche dévora mon sein. La fougue me consumait, un afflux se déversant directement dans mon sang. Il me touchait, avec rudesse et urgence, ce qui alimentait ma ferveur.

Ses cheveux triturés par mes mains, il suçotait et mordillait mes seins, ma gorge et mon cou. Il malaxait et frappait mes fesses, me frottant sur son érection.

— Lève-toi, dit-il d'un ton rauque.

Sans tarder, il me tira contre lui et m'amena sur son visage. Je gémis, une cuisse calée contre le dossier du canapé, une main sur son épaule. Il me suçait et me léchait, mes hanches ondoyant contre sa bouche. Ma peau s'enfiévrait. La pression ne cessait de s'accumuler.

— Bientôt, gémis-je.

J'agrippai ses cheveux, juste avant que l'orgasme me soulève, mes jambes tremblantes et ma respiration suspendue. Je glissai sur ses genoux, pantelante. Avant que je comprenne ses intentions, il attrapa mes hanches et plongea en moi.

Le souffle coupé par le choc, une douleur m'emplit.

— Nico, ça fait trop mal.

Ses mains s'adoucirent sur moi.

— Merde, ma puce, pardon.

Penché en avant, il captura ma lèvre supérieure entre les siennes, m'embrassant en tirant agréablement sur la chair.

Nous réalisâmes ensemble ce qui se produisait à la seconde où sa bouche se détacha de la mienne.

Il s'immobilisa.

Mon pouls patina avant de s'arrêter bizarrement.

L'embarras inonda mon flux sanguin ; chaud comme le whiskey sec, mais gelé comme les glaçons. Il était au tréfonds de moi, à une profondeur douloureuse, mais je ne sentais rien d'autre que les picotements de ma bouche, là où il m'avait embrassée. J'humectai ma lèvre, et son regard obscurci suivit mon geste. Je pouvais sentir un peu de moi, mais malheureusement pas assez de *lui*.

L'air s'était solidifié. L'indécision faisait trembler mes mains. Les battements de mon cœur dansaient, se réchauffaient, pulsaient comme s'ils étaient enfin en vie.

Je ne pouvais plus m'arrêter.

Traversée par un tremblotement, je me penchai en avant, afin que nos haleines se mélangent. Plus près encore, jusqu'à ce que ma bouche rencontre la sienne. Tellement douce, tellement lui, tellement *mienne*. Quand il entrouvrit ses lèvres, je pressai les miennes tout contre et dardai ma langue dans sa bouche. Un grognement surgit des profondeurs de son thorax, ses mains resserrant mon bassin.

Je me reculai, dans l'espoir de reprendre mon souffle. Puis, je l'embrassai de nouveau. Lentement, je léchai l'intérieur de sa bouche. Sa main sur l'arrière de ma tête, il aspira ma langue. Je gémis, mes doigts glissant sur sa cravate. Le baiser suivant fut brutal, ses dents m'éraflèrent, puis se fit humide et sensuel. Mon sang martelait mes tympans, bouillait dans mes veines, attisé comme de l'essence au contact d'une flamme.

Il me remplissait tellement que, avec sa bouche sur la mienne, je me sentais submergée. Complète. *Consumée*. Je souhaitais ne jamais remonter prendre de l'air à la surface.

Il voulut calmer le baiser mais je refusai d'arrêter. Je ne *pouvais* pas.

J'écrasai ma bouche sur la sienne, passai doucement la langue sur sa lèvre, subtilisai son souffle à la sortie de ses poumons. J'aimais tant sa saveur. Un mélange de moi, de whiskey et de vanille.

Il mordit ma lèvre inférieure, sa façon de me dire stop.

— Baise-moi ou pousse-toi.

Son brusque changement d'humeur me fit vaciller. Mais j'en compris bien vite la raison. Il était furieux que je ne l'aie jamais embrassé, et maintenant, il me le refusait à son tour. Mes yeux se plissèrent, même si je n'étais pas plus affectée que ça. N'importe quel autre homme de la Cosa Nostra n'aurait aucunement respecté ma volonté de ne pas l'embrasser, mais pas lui. Maintenant que j'essayais de le dévorer, le fier patron en recevait un rappel.

J'ondulai des hanches, d'abord lascivement. L'irritation me donnait l'impression de me tenir devant une flambée trop rougeoyante, dont la chaleur était toutefois vitale. Je nouai les bras autour de ses épaules, le visage dans son cou.

Un frisson survint, la pression et la chaleur croissant à mesure que je frottais mon clitoris sur son sexe. Ses mains descendirent dans mon dos, saisirent mon derrière et me plaquèrent sur son torse. Pour l'instant, je me limitai à me frotter contre lui sans le baiser, mais cela ne semblait pas l'embêter.

La sensation de lui au fond, toujours en moi, me projeta vers la jouissance. Un *mmm* au bord des lèvres, je me soulevai un peu puis redescendis.

— Putain, tes gémissements…

Il fit taire le suivant en m'embrassant. Ses paumes se ruèrent sur mes omoplates, s'étalèrent autour de ma taille. Un frémissement se déploya sous sa peau dès que je me mis à monter et à descendre.

Ses mains me cramponnant sans réserve.

Ses dents mordillant le contour de ma joue.

Ses lèvres remontant mon cou jusqu'à mon oreille.

— Tu vas recommencer à me priver de ta bouche ?

Je secouai la tête.

— Parce qu'elle est à moi ?

— Oui, susurrai-je.

Il émit un râle avant de saisir fermement ma nuque et de m'embrasser avec fougue. Un baiser mouillé et chaotique. Débridé et sauvage. Puis sa langue glissa et me lécha avec paresse, comme s'il s'appliquait à goûter chaque centimètre de ma bouche. La chaleur envahit ma poitrine puis tout mon être.

Il me laissait m'habituer à le baiser avant que ses mains guident mes mouvements de haut en bas. L'agréable pression devint de plus en plus *torride*. Il m'embrassait tant et plus, jusqu'à ce que je ne puisse plus respirer.

Lorsqu'il baissa la tête pour que sa bouche s'empare de mon téton, la pression me dépassa. Dans une envolée de tremblements, le plaisir explosa puis, enfin, se dissipa. La respiration rapide et désordonnée, j'appuyai mon front contre le sien.

Son corps se tendit, ses mains serrées autour de ma taille, il me berçait.

— Demande-moi de jouir en toi.

— Jouis en moi, *s'il te plaît*, soupirai-je tout près de ses lèvres.

Il enfouit le visage dans mon cou, poussa un grognement viril qui me recouvrit de frissons et me mordit assez durement pour laisser une marque.

Je laissais mes bras autour de ses épaules, mon souffle caressant sa gorge. Sa présence imprégnait ma peau à chaque inspiration. Son contact, son goût et son parfum comblaient les fissures de mon cœur. Il était en train de devenir une drogue, une addiction qu'il me faudrait satisfaire au quotidien. Suite à ma dernière dose, l'euphorie se prolongeait dans mes veines et détendait mes membres.

Il était un engouement, un désir insatiable, un *besoin*, et j'étais sûre que c'était à sens unique. Mais alors que mes doigts longèrent sa cravate et se posèrent sur sa poitrine…

Boum-boum.

Boum-boum.

Boum-boum.

Son cœur battait la chamade pour moi.

43

« Nous ne nous souvenons pas des jours, mais des moments. »

Cesare Pavese

Nico

Je caressais son dos, émerveillé par sa douceur. Elle était si menue et si fragile dans mes bras que, sans forcer, je pourrais lui ôter la vie. À cette idée, ma gorge se serra.

Si j'ignorais comment faire avec elle, mais je savais que je la garderais. Chaque fois que je la voyais, mon sang surchauffait, gravant au fer-blanc le mot *mienne* dans ma poitrine. Si c'était seulement le Russo avide en moi qui cultivait cet engouement, il se serait envolé à l'instant où elle avait déserté mon lit. Aujourd'hui chaque membre de la famille Abelli savait que ça n'était pas arrivé.

J'en étais arrivé à la conclusion que je m'en balançais qu'elle en préfère un autre : elle n'en avait pas la possibilité. Tout simplement. Je m'interdisais de fouiller son passé parce que je savais que si je découvrais un élément que je n'appréciais pas, et plus spécifiquement, un *amoureux*, je ne serais plus à même de traiter la question avec clairvoyance. Et la pensée de susciter son mépris creusait un trou douloureux dans ma poitrine.

Son haleine caressant mon cou, je passai les doigts dans ses cheveux. Une sacrée tignasse. Je les écartai de son visage pendant qu'elle me suçait. Elle n'avait pas menti, c'était sa première pipe. Une agitation enivrante me gagna. Possible qu'elle soit moins expérimentée que je le supposais.

Qu'est-ce qu'elle n'avait pas encore testé ? Je voulais la totale. Tout. Le besoin de l'interroger me chatouillait le bout de la langue, toutefois je m'enjoignais de me retenir. Je ne voulais pas parler ni même *penser* à son parcours sexuel. J'avais le sentiment que l'unique résultat serait un objet de décoration pulvérisé.

Elle m'avait choisi à la place de son père.

Et le moins qu'on puisse dire était que cela m'avait rempli de satisfaction.

Ses ongles qui s'aventuraient dans mes cheveux, dans ma nuque faisaient frissonner mon dos.

— Nico, nos familles vont-elles s'entretuer le jour du mariage ?

— Possible, répondis-je, amusé.

Elle inclina la tête, sa chevelure soyeuse glissant en travers de mes mains.

— Je crois que mon père ne t'apprécie pas beaucoup.

Je ris.

— Comme la plupart des Abelli.

— Moi, si, murmura-t-elle.

Oh là !

— Ah oui ?

— Oui.

Une flamme s'éleva en moi.

— Tu seras prochainement une Russo, ça ne compte pas.

Elle promena son doigt dans mon cou.

— Le week-end prochain.

Demain. Mais pour l'instant, elle n'avait pas besoin de le savoir.

Après que son papà avait menacé de revoir ses positions, j'avais décidé de ne pas courir le risque d'attendre. Elena était mienne, et demain, elle prendrait mon nom pour en attester.

— Je pense que nous organiserons deux ou trois événements d'ici là, dit-elle. Des moments d'interaction entre nos familles. (Une pause.) Pourquoi pas au casino ?

J'eus un petit rire.

— Probablement pas la meilleure des idées, mon chou.

— Oh ! fit-elle en riant, un son qui me toucha au cœur. J'avais oublié que vous n'étiez qu'une bande de tricheurs.

— Nous le sommes, rectifiai-je.

— Nous, répéta-t-elle d'une petite voix, comme si elle l'éprouvait sur sa langue. Et je voulais savoir quel goût ça avait.

Elle s'allongea, et de voir ses seins nus devant moi, ma queue se raidit à nouveau. Je remontai mon caleçon sur mon érection naissante, pour m'empêcher de la toucher. Elle était irritée, et je culpabilisais suffisamment de lui avoir fait mal. Mais bon, je ne le regrettais pas maintenant que j'avais pris possession de sa bouche.

Elle défroissa ma cravate, ses doigts descendant le long de mon torse et sur mon ventre. Je pouvais rester là, laisser cette femme me toucher toute la journée, sans jamais me lasser. Elle leva ma main, et son pouce se balada sur mes phalanges.

— Les verrai-je intactes un jour ?

Je les survolai d'un coup d'œil.

— Peu probable.

Elle ajusta sa paume sur la mienne pour mesurer la différence.

— Tu as frappé Luca ?

— Ouais.

Et même tellement fort que j'étais étonné de ne pas lui avoir endommagé plus que la peau. Le petit con avait le visage en acier.

Elle sourit.

— Quelle honnêteté.

— Toujours.

Son regard attrapa le mien, un petit pli entre ses sourcils. La vache, elle était trop belle. Ça me faisait mal de la regarder.

— Tu répondrais franchement à n'importe quelle question ? Sans mentir ?

Je replaçai une mèche de cheveux derrière son oreille.

— Je serai honnête mais il y a certaines choses que tu n'as pas besoin de savoir.

Sa main faiblit contre la mienne, et soudain, je réalisai que ma formulation prêtait à confusion. Elle pensait que je faisais référence aux femmes. Bordel, je n'avais pas touché une fille depuis que je la connaissais. À vrai dire, j'étais tellement obsédé, que ça ne m'intéressait même plus. Je voulais juste continuer à alimenter mon obsession pour elle. La baiser, l'embrasser, la bouffer, encore et toujours, cela jusqu'à ma mort. L'idée d'en être privé me donnait la nausée, comme si je souffrais d'une grippe carabinée.

— Des choses qui concernent mes affaires, Elena, précisai-je.

Concentrée sur nos mains, elle entrelaça nos doigts. Puis elle posa la tête sur mon épaule.

— J'ai entendu dire que tu étais impitoyable.

Un sourire affleura mes lèvres.

— Et tu crois tout ce qu'on raconte ?

— Juste à ce que je vois. Pourquoi as-tu tué ton cousin ?

Mes lèvres se rapprochèrent de son oreille.

— Il pointait son pistolet sur ta tempe.

Elle fut parcourue par un frisson. À ce moment-là, je savais déjà qu'elle m'était destinée.

— Nico ?

— Quoi ?

— Ta semence coule sur ma cuisse, chuchota-t-elle.

Bordel. C'était ce que j'avais entendu de plus bandant de toute ma vie. Ma queue se mit à palpiter.

Je localisai le filet humide sur sa cuisse. D'un geste du doigt, je le repoussai dans sa vulve. Elle refit son petit *mmm* essoufflé qui me rendait taré. J'étais excité comme un beau diable. Si elle ne se détachait pas de moi, j'allais la pénétrer alors que je m'étais promis de m'abstenir.

— Je dois aller bosser, annonçai-je. J'ai une réunion avec ton frère.

Elle se contracta.

— Ne le tue pas, s'il te plaît.

Un son railleur m'échappa. Je ne supportais pas sa loyauté envers lui. Je la voulais entièrement. C'était irrationnel, je le savais, mais j'ignorais comment gérer mes sentiments à son égard. Tout était amplifié avec elle. Passionné. Et impulsif.

— Je ne vais pas le tuer. Ton papà et moi avons décidé de ne plus travailler ensemble. Tony fera office d'intermédiaire en quelque sorte.

— Oh ! fit-elle la gorge serrée. Essaye de ne pas le laisser te tuer non plus.

— Sinon quoi ?

Elle marqua une pause, comme si elle n'avait jamais réfléchi à la question et ne connaissait pas la réponse. Je compris qu'elle préférait esquiver quand elle commença à recouvrir ma gorge de baisers. Ses lèvres survolèrent le contour de ma mâchoire, avant de se poser sur les miennes. La chaleur rejaillit entre mes jambes. Elle intensifia son baiser, sa langue s'introduisant dans ma bouche, et mon sexe durcit à se rompre. *Merde.* Je m'emparai d'une poignée de cheveux et la tirai en arrière.

Ses yeux étaient profonds comme l'obscurité, sa bouche gonflée et rosie.

— Et s'il le faisait ? insistai-je.

Elle resta un instant silencieuse, suçotant sa lèvre entre ses dents.

— Quand ça se saura que j'ai vécu sous ton toit, aucun homme ne voudra plus de moi.

L'irritation me brûla la poitrine. Ce n'était pas la réponse que j'escomptais, et c'était très éloignée de la vérité. N'importe quel homme renoncerait aux économies de toute une vie et à son testicule gauche pour Elena.

— Il n'y a pas d'autre homme pour toi, maugréai-je.

Ses lèvres se tordirent.

— Tu y veillerais, même mort ?

— Absolument, dis-je, sans vraiment savoir ce que je disais.

— Si quelqu'un pouvait mettre à exécution une menace même mort, ce serait toi.

Je me rembrunis, peu certain que ce soit un compliment.

— Prends-tu la pilule ?

Ses joues se recouvrirent d'un voile rose. Elle était assise sur mes genoux, les seins sous mon nez, ma jouissance trempant ses cuisses, et elle continuait de rougir pour une question élémentaire.

— Ouais, répondit-elle en triturant l'extrémité de ma cravate.

— Quand arrêteras-tu de la prendre ?

Elle cilla, puis rit d'incrédulité.

— Tu es fou, déclara-t-elle avant de lâcher ma cravate et de se mettre debout.

— J'ai posé une question, Elena.

— Et je choisis de ne pas y répondre, Nico, éluda-t-elle en se dirigeant vers la salle de bains nue comme un ver.

La voir ainsi me fit grogner intérieurement.

— Tu ne vas pas la prendre éternellement.

— Certes, mais j'aimerais me marier avant de l'envisager.

Je me massai la mâchoire.

Parfait. Nous en discuterons demain dans ce cas.

*

— Ta décision est absurde, Ace.

Tony occupait le canapé de mon bureau, un bras en travers du dossier.

Je lui jetai un bref regard.

— Ai-je sollicité ton opinion ?

Il passa la main sur son sourire.

— J'ai supposé que tu aimerais la connaître, voilà tout.

— Mauvaise supposition, répondis-je sur un ton mordant. Si nous mettions sur papier la liste de tes conneries, le bouquin serait plus volumineux que la Bible.

Il s'enfonça un peu plus sur le canapé.

— Tout ce que je fais est prémédité. Ça mouline plus rapidement que la moyenne dans ma tête.

— Je sens l'odeur de ton baratin d'ici. Sérieux, je ne sais pas comment tu as pu rester en vie jusqu'à maintenant.

Il ricana.

— T'es juste furax de pas pouvoir me buter.

— Je n'ai jamais essayé de te buter.

— Contestable. Mais je sais que tu ne tenteras rien dorénavant. Ma sœur te plaît, et elle m'aime.

Sa sœur me plaît ? Le terme était-il approprié ? Ça sonnait médiocre, en comparaison de mes sentiments pour Elena.

L'avertissement de Gianna me revint en mémoire.

Parce que tu tomberais amoureux d'elle. Et elle ne t'aimera pas en retour.

Dingue. Gianna avait raison.

Merde. C'était pas pour me plaire ça.

Je tapotai le bureau avec mon stylo et refusai de rebondir sur sa ridicule affirmation. Tony rit, et je serrai les dents.

— Enfin, le Russo au cœur noir est mordu.

Je secouai légèrement la tête.

— Il y a une énorme différence entre toi et moi, Tony. Mordu ou pas, je ne suis pas une putain de carpette.

Le regard de Tony se durcit, mais il se contenta de relever les pieds sur la table basse.

— Jenny te balade par le bout de la queue, et tu la laisses faire. Autant lui offrir un gode-ceinture.

— Tu sais, ça ne me dérangerait pas que tu ne prononces plus son nom.

— Et ça ne me dérangerait pas que tu enlèves tes pompes de ma table.

Sans bouger les pieds, il ajusta sa cravate et posa sa main bandée sur son ventre.

— J'ai un rencard ce soir.

— Tu sais, les filles qui sortent avec tous les types à la ronde se défraîchissent.

Sa mâchoire frémit.

— J'aime ma sœur, Ace, mais on ne peut pas dire que ta fiancée soit de la première fraîcheur non plus.

La contrariété s'amplifia dans ma poitrine, et son regard s'éclaira de plaisir quand il constata qu'il avait fait mouche.

— Si tu veux glander là et m'écouter parler de ta sœur au lit, ne te gêne pas. Ça fait rejaillir les bons souvenirs.

Il retira une peluche sur sa veste de costume.

— Si ça ne tenait qu'à moi, je n'aurais pas laissé Elena s'installer chez toi avant le mariage.

— C'est une bonne chose que les décisions ne dépendent pas de toi, ripostai-je. New York se dessècherait sous tes flamboyants accès de colère.

— Si je mettais le feu à la ville, c'est qu'elle mériterait de calciner.

J'eus un rire mitigé.

— Ce serait plus probable qu'un homme jette des pièces à ta copine et l'emmène faire un tour.

Il tira sur son col, le regard animé.

— C'est pas une pute, bordel.

— J'aurais juré le contraire. En échange de ma montre, elle se serait pliée à tous mes caprices.

— Comme toutes les nanas. Tu passes pour un crétin, à te balader partout avec cette montre à 35 000 dollars.

J'aurais aisément adhéré à ce qu'il venait de dire, avant de rencontrer Elena – à son image des *nanas*, pas à mon air *crétin* - mais maintenant, je ne pouvais pas l'imaginer se donner pour une montagne d'argent. Et ce n'était pas parce qu'elle possédait une fortune.

Punaise, nous n'avions pas encore commencé à évoquer les affaires qu'un mal de tête émergeait déjà derrière mes yeux.

— On se met au boulot ?

— Sans problème, Ace. Mais je dois te dire un truc, d'abord.

Je lâchai mon stylo sur mon bureau.

— Je meurs d'impatience.

— Pour je ne sais quelle raison, probablement une histoire de cul, Elena t'a choisi, et je respecte son choix. Mais si tu lui fais du mal, je serai obligé de te tuer.

Je ris.

J'étais sûr que je préférerais me trancher le bras gauche que de la faire souffrir, mais pour rien au monde je n'admettrais devant lui qu'elle était ma plus grande faiblesse.

Mon regard se glaça.

— Puisque nous en sommes à écarter les menaces, si tu me refais une connerie assez grosse pour qu'on braque une arme sur sa tête, je t'écorche vif. Pigé ?

Il eut un sourire en coin.

— Pigé, frangin.

Mon dieu. Dès demain, cet idiot serait mon beau-frère.

À mon retour, l'horloge indiquait 2 heures du matin. Tony et moi avions bouclé la réunion sans s'étriper – une réussite, selon mes critères. Après quoi d'autres besognes m'attendaient. Une corvée qui laisserait des taches rouges sur ma chemise.

Les poubelles près du garage débordaient de sacs, et un petit sourire me vint quand je découvris ce qu'Elena avait jeté. Elle était une créature fascinante dont je ne savais jamais prédire l'action suivante.

Luca fit ses adieux après m'avoir synthétisé les activités divertissantes d'Elena. Je savais qu'il se lassait de devoir rester ici – sans compter que j'avais besoin qu'il reprenne du service – mais je n'avais personne d'autre de confiance. En temps normal, j'aurais confié ce genre de responsabilité à Lorenzo. Mais avec Elena ? Pas question. Je me demandai brièvement si les eunuques existaient encore.

En toute honnêteté, je détestais l'idée de la laisser seule avec un homme, mais sa sécurité passait avant tout. Une alerte dans le fond de ma tête ne cessait de me rappeler qu'elle avait tenté de fuir il y avait six mois de cela. Était-elle partie parce que son père était mesquin, ou pour un autre homme potentiellement encore en vie ? Mes dents se serrèrent.

En montant, je décidai qu'il me fallait trouver une solution pour que les marches arrêtent de craquer. Elles faisaient un bruit d'enfer.

Toute la soirée, j'avais eu hâte de rentrer. Juste pour pouvoir passer la nuit à satisfaire Elena, avec délicatesse, tranquillement. Je voulais faire durer le plaisir, absorber ses gémissements, la faire transpirer et trembler sous moi. J'avais une érection colossale à cette seule perspective.

Après un détour par ma chambre, où je trouvai le lit vide, un grognement se répercuta dans ma gorge. Je poussai la porte de la chambre d'amis et la découvris profondément endormie. Par la fenêtre entrouverte, un souffle d'air soulevait les rideaux fins. Les lampadaires projetaient un halo doré sur son visage, image qui me procura un pincement au cœur.

Je m'agenouillai près d'elle. Elle dormait sur le côté, face à moi, une cuisse hors des couvertures. Elle était vêtue d'un minuscule T-shirt qui remontait jusque sous ses seins et d'un putain de *string*.

La courbe de ses fesses nues, juste là, m'implorait de la mordre. Mon membre me poussait à la réveiller. *Merde.* Je me frottai le visage et secouai la tête une fois. Je ne pouvais pas m'y résoudre.

Ses lèvres légèrement ouvertes laissaient passer sa respiration légère et régulière. L'ombre de ses cils noirs planait sur ses pommettes. Je l'admirai un bon moment. Elle devait être en paix avec sa conscience pour arborer une expression aussi lisse. Je voulais la préserver en l'état, veiller à ce qu'elle n'ait plus jamais matière à se tracasser.

Mince, j'étais bel et bien mordu.

Si la perfection avait un visage, un corps, une voix, ce seraient ceux de cette fille.

Mon pouce survola sa pommette arrondie.

À la vue de sa bague, ma gorge se referma. L'avertissement de Gianna emplit ma bouche d'amertume.

J'étais décidé à tout faire pour que cette fille veuille de moi, ait besoin de moi, m'aime. Plutôt mourir que de renoncer à elle.

44

« Nous sommes plus vivants lorsque nous sommes amoureux. »
John Updike

Elena

Ça sentait l'air frais et l'attente. Un vent tiède soufflait par la fenêtre entrebâillée, et je réalisai que je l'avais laissée ouverte toute la nuit. Cela ferait du tort à la facture d'électricité de Nico, même s'il avait sans doute les moyens d'alimenter la ville de New York en énergie pendant des années.

Je me levai, refermai la fenêtre et me dirigeai vers la salle de bains. Une fois que je m'estimai à peu près présentable, je descendis au rez-de-chaussée. Mes pieds s'immobilisèrent sur le palier, mais hélas, cette fois, ce n'était pas à cause d'un Nico à demi nu que je m'arrêtai.

Mes lèvres articulèrent un « non » silencieux.

— Si, dit Nico.

Les battements de mon cœur rebondissaient comme une boule de flipper dans ma cage thoracique.

Mon regard alla de lui en costume trois-pièces noir à la robe blanche étalée sur le dossier du canapé. Un léger malaise se diffusa dans mon corps, heureusement combiné à autre chose. Une graine de plaisir, de soulagement, germa et enfla comme un ballon de baudruche. Je n'avais pas réalisé que vivre avec cet homme sans être mariée m'incommodait jusqu'à cet instant – et ce n'était pas par peur des conséquences sur ma réputation. Si tant est que j'aime les libertés permises par notre société progressiste, mon cœur saignait pour la Cosa Nostra, pour tout ce qui était romantique et pour le cadre structuré de la tradition. Par conséquent, l'idée qu'il se lasse et annule notre mariage sifflait telle une alarme glacée dans mon sang.

Je voulais être mariée, avoir un mari à moi, mais la petite vie tranquille dont j'avais rêvé serait entachée par les ombres des autres femmes. Je ne pouvais pas partager. Pas cet homme. Cette pensée me retournait l'estomac, raccourcissait de moitié ma respiration, faisait irradier une douleur dans ma poitrine.

— Pourquoi as-tu assassiné Oscar Perez ? bredouillai-je.

Les mains dans les poches, Nico s'appuya contre l'îlot. Son regard était aussi calme et profond que la mer.

— Parce que tu étais mienne.

J'avalai ma salive malgré la boule dans ma gorge. Quand bien même je ne le pensais pas capable de mentir, il esquivait. Soudain je sus que les palpitations de mon cœur seraient plus invivables que toutes les douleurs physiques qu'Oscar aurait pu m'infliger.

— Peut-être que tu as déjoué le destin.

La voix semblable à un murmure, j'examinai la robe d'été blanche sur le canapé.

Je ne regardais pas Nico mais ce n'était pas nécessaire pour savoir que mes mots chatouillaient une corde sensible. Les flammes de son regard me brûlaient la peau.

— Le destin est autant un leurre que les déesses de la destinée, rétorqua-t-il. Même si les Parques existaient, la dernière chose sensée à faire serait te marier avec Oscar Perez.

— Les Parques me destineraient donc à *toi* ? Tu n'es pas un saint.

— Un saint, est-ce ce que tu veux, Elena ?

Non, c'est toi que je veux. Mais je ne veux pas de la peine de cœur qui ira de pair avec toi.

— Nico, nous ne nous connaissons pas… je ne connais même pas ton second prénom.

— Angelo. Maintenant monte te préparer. Nous partons dans une heure.

Je ne bronchai pas.

— J'ai déjà choisi ma robe, Nico… elle est parfaite.

Je m'exprimais comme une fille frivole, mais c'est ainsi que j'étais. Il aurait dû savoir dans quoi il s'engageait. Je me demandais comment il avait pu faire publier les bans sans moi, puis réalisai que c'était sans doute l'acte illégal le plus facile à acheter.

— Je veux mon mariage, déclarai-je fermement.

— Tu es certaine de vouloir deux cérémonies avec moi ? On dirait que tu peux à peine digérer la première.

La voix teintée d'irritation, il prit son téléphone pour répondre à un SMS.

— Je préfère en avoir une seule. Le week-end prochain. Je ne bouge pas d'ici aujourd'hui.

Je me retournai mais ne fis pas trois pas avant que son bras s'enroule autour de ma taille et me soulève, les pieds dans le vide.

— Nous nous marions aujourd'hui, Elena. Pas demain ni le week-end prochain. Aujourd'hui.

Mon dos était pressé contre son ventre, mes orteils frôlaient le parquet. Ce n'était pas ainsi que j'avais imaginé qu'un homme proclamerait son envie de m'épouser ; en fait, c'était plutôt primitif et tyrannique.

Je me débattis. Juste pour me rendre compte que je n'avais aucune chance de lui échapper.

— Lâche-moi, Nico.

Serre-moi plus fort.

— Vas-tu emmener cette robe dans ta chambre pour te changer ?

— Tu veux une vierge, protestai-je. Tu préférais Adriana à moi.

Je m'efforçais de me libérer de son bras, mais c'était comme tordre de l'acier.

Son rire se répercuta contre mon dos.

— Est-ce ce que tu penses ? Que je préférais ta sœur bizarroïde à toi ?

Mes dents grincèrent quand il me laissa retomber sur mes pieds.

— Elle n'est pas bizarroïde.

— Ton père prétendait que tu étais inapte au mariage. Je n'ai pas eu le choix.

Absorbant la nouvelle, ma poitrine s'allégea. Je me retournai face à lui et rencontrai son regard. Il semblait vouloir me recadrer par le sexe et se contrôlait à grand-peine. Un frisson navigua à travers mon corps.

Je triturai le bord de mon T-shirt.

— Je veux mon mariage, Nico.

Sa main calleuse caressa mon visage.

— Tu l'auras. Mais tu deviendras Elena Russo dès aujourd'hui, pas plus tard.

— Elena Russo, murmurai-je, ma joue posée dans sa paume.

Ce nom s'auréolait d'un goût d'espoir et de bonheur. Mais une fois les mots évanouis, un très léger arrière-goût de cœur brisé perdurait.

Des klaxons, les cris d'une altercation avec un chauffeur de taxi et le vacarme du Grand Concourse : l'artère principale du Bronx se fondait en un bruit blanc dans mon esprit. Mon pouls battait dans ma gorge, pendant que nous marchions vers la mairie. À quelques pas des portes, je me retournai. Nico attrapa ma main moite, et avec un petit gloussement, m'entraîna dans l'édifice. Je notai au passage que Luca levait les yeux au ciel. Il était notre témoin, mais je me fis la réflexion que j'aurais préféré le sans-abri devant lequel nous étions passés à quelques rues d'ici.

Nous n'eûmes pas à patienter. Une réceptionniste à chignon blond nous escorta là où nous devions aller, son air gêné révélant qu'elle savait qui nous étions. Je m'interrogeai sur le montant du pot-de-vin que Nicolas avait versé à la Ville de New York pour ce service. À moins qu'il n'ait pas eu à débourser 1 centime. Il était le roi de la Cosa Nostra, après tout.

Mes rapides battements de cœur donnèrent le *la* d'un bout à l'autre de la cérémonie. Je n'avais conscience que du gazouillis de l'adjoint, de la sueur froide qui enserrait mon corps, et de Nico. Sa présence et le parfum discret de son eau de toilette m'enveloppaient dans leur familiarité, brisant le mantra assourdissant de mon pouls.

— Oui.

Un mot énoncé par un parrain de la Mafia, mais son regard avait la couleur dorée du bourbon à la vanille. Après quoi il promit de m'aimer, de m'honorer, de me chérir et de me protéger, faisant une croix sur toutes les autres pour ne garder que *moi*. Vu sa manière de s'exprimer, on aurait presque pu y croire.

Je répétai les serments quand ce fut mon tour, puis vint le moment d'échanger les alliances. Je regardai la bague à 50 centimes à ma main gauche. Nettement moins coûteuse que celle dont Nico m'avait dit sur la route qu'elle avait appartenu à sa mère. Le silence contrit dans la salle toucha ma peau. Le juge s'éclaircit la gorge. Luca consulta sa montre. Je portais la bague au majeur, mais tout semblait indiquer que Nico ferait une scène si je ne l'ôtais pas, raison pour laquelle je la changeai de main. Nico me passa la bague de sa mère, faisant écho aux paroles de l'adjoint.

Il aimait sa mamma. Mon cœur piqua un sprint à cette pensée, suivi d'un salto et d'une pirouette avant de s'incruster dans ma peau.

Je l'embrassai sur les lèvres. Douces et tendres, un crève-cœur.

Soudain j'étais Mme Nicolas Russo.

Dehors, le soleil new-yorkais tapait sévèrement, comme des rayons de feu dans un ciel limpide.

— Tu as été super, railla Luca. L'adjoint n'a cru qu'à deux ou trois reprises que nous t'avions kidnappée.

Je m'arrêtai au beau milieu du trottoir. La nervosité, encore crépitante dans mes veines, cédait lentement le pas à un flot étourdissant de soulagement. Nico se décala devant moi, et mon regard se leva vers le sien. J'avais l'impression d'avoir été retournée à l'envers au cours des vingt dernières minutes, mais à présent, au cœur de ma ville, avec cet homme à mes côtés, je me sentais plutôt comme si j'avais coupé le ruban de la ligne d'arrivée.

— Nico, et si le destin existait et que les Parques nous destinaient l'un à l'autre ?

Il glissa ses mains dans ses poches, son regard s'éclaira.

— Sans doute que je devrais trouver ces Parques et les anéantir.

Je me mordis l'intérieur de la joue pour réprimer un sourire et secouai doucement la tête.

— Tu es fou.

Il émit un rire, regarda le ciel et marmonna, presque inaudible : « Fou de quelqu'un. »

Mon corps entier se figea, à l'exception de mon cœur, qui doubla de volume. Je voulais prétendre que je ne l'avais pas entendu, mais j'étais tétanisée comme une biche dans les phares d'une voiture. Son regard appuyé s'intensifia quand il réalisa que sa remarque ne m'avait pas échappé. Il m'examinait, son indifférence me faisant me sentir mal à l'aise.

Luca patientait non loin, grimaçant comme s'il regardait un film de Noël, style comédie romantique.

J'avalai ma salive.

— J'ai faim, annonçai-je.

Luca fit un petit bruit amusé.

— Le frigo d'Ace était plein, avant que tu balances tout aux ordures.

Je plaidais coupable. Sauf que Luca avait sorti les sacs à ma demande. Je me mordis la lèvre. Je n'allais tout de même pas ingurgiter les plats préparés par Isabel. Ma réaction m'avait paru sensée sur le moment…

Le regard de Nico, guère étonné, pétillait d'amusement. Il avait sûrement remarqué que le frigo était vide ce matin.

En marchant vers le restaurant, mes réticences à propos de notre mariage s'évaporèrent sous la lumière du soleil, le petit vent et son « fou de quelqu'un ». Malgré tout, il ne fallut pas longtemps avant qu'un mauvais pressentiment s'installe dans mon esprit, au rappel du bout de papier au fond de mon sac.

45

« Honnêtement, je lis encore des contes de fées,
et c'est ce que je préfère. »
Audrey Hepburn

Elena

Le silence au retour aurait pu être attaqué avec un pic à glace. Luca était rentré de son côté, nous laissant Nico et moi, mari et femme, engloutis dans un silence troublé.

Je crevais d'envie de savoir ce qu'il pensait. Regrettait-il ses choix ? J'avais surfé sur bon nombre d'émotions au fil de la journée, mais ce n'était pas pour autant que j'aurais souhaité la modifier. Peut-être qu'au début, le mariage stimulait comme une drogue, parce que même au cœur de la tourmente, je me sentais revigorée, *incassable*. Était-ce l'effet que cela faisait d'être une Russo ?

Nico gardait une main sur le volant, le soleil étincelant sur son alliance en argent. Sûrement qu'il porterait ce rappel de ma présence à son doigt partout où il irait. Je n'avais pas tilté qu'il se mariait autant avec moi que je me mariais avec lui. Je ne pouvais sans doute pas exercer sur lui un contrôle semblable à celui qu'il exerçait sur moi, mais en un sens, je détenais une partie cruciale de Nicolas Russo.

À peine rentrés, Nico se dirigea vers le minibar. Il avait bu un verre au déjeuner, et je commençais à le soupçonner d'avoir besoin d'alcool pour assimiler notre mariage. *Un super moyen de regonfler sa confiance en soi.* Cela dit, j'étais mal placée pour lui faire la morale, étant donné que je me comportais comme si j'étais coincée sur un nuage de terreur.

Honnêtement, j'étais contente de bénéficier d'un second mariage, vu que j'avais foutu en l'air le premier.

Une main sur la porte, je me déchaussai.

— Je ne m'étais jamais mariée avant aujourd'hui.

Nico fit sauter le bouchon d'une carafe à whiskey.

— Moi non plus.

— Vraiment ? fis-je en parodiant la surprise. Avec ta réputation, j'étais sûre que tu avais tout un harem et que tu massacrais tes femmes l'une après l'autre pour te divertir.

Un sourire aux lèvres, il se retourna.

— Nan, j'ai des hommes pour se charger du sale boulot.

J'opinai comme si je comprenais.

— Égorger des épouses est un sale boulot.

Prenant un élastique sur l'îlot, je dégageai mes cheveux de ma nuque.

— Tout ça pour dire que, lorsque tu te lasseras de moi, j'espère que tu me laisseras un peu d'avance.

Il m'étudiait, une main dans la poche. Son regard brûlait à la manière d'une allumette, comme quelques jours plus tôt quand il avait déclaré : « Où que tu ailles, je te retrouverai. » Un frisson, à la fois chaud et froid, dévala mon échine. Soudain, j'eus la sensation d'avoir été parachutée dans un conte de fées tordu, où la princesse s'éprend du méchant roi et choisit de rester dans sa tour bien que la porte ne soit jamais fermée à clé.

Depuis le début, mon intuition était la bonne. Je n'avais aucune chance de survivre à cet homme… mais il était trop tard à présent. Il ne me restait plus qu'à prendre du bon temps aussi longtemps que cela durerait.

Les bras frissonnants, je marchai vers lui pieds nus. Il faisait un froid de canard dans cette maison, et Nico était en toutes circonstances aussi chaud qu'une fournaise. Autant qu'il partage un peu de sa chaleur.

— Tu ne t'ennuies pas encore avec moi, j'espère ?

Il se passa la main sur la joue.

— Tu as quelques jours devant toi, à vue de nez.

M'imposant dans son espace, je saisis l'extrémité de sa cravate.

— Seulement quelques jours ? (Je respirai à pleins poumons.) J'ai intérêt à les prolonger au maximum, alors.

Dressée sur la pointe des pieds, je tentai de l'embrasser mais il tourna la tête.

Encore récemment, sa réaction m'aurait consternée, mais je le connaissais mieux désormais. Cela aidait aussi qu'il ait une érection, que je sentais contre mon ventre. Aussi ignorai-je son dédain, préférant presser mes lèvres le long de sa mâchoire. Il s'était rasé dans la matinée, et pour une fois, il ne piquait pas. Je traçai une ligne de baisers le long de sa gorge, étourdie par sa saveur et son odeur.

Il porta son verre à ses lèvres comme si je n'étais pas en train de bécoter son cou.

— J'aurais cru que tu préférerais te jeter du pont de Brooklyn pour en finir au plus vite.

— Non.

Je secouai la tête, promenai ma langue le long de sa gorge, prenant son érection dans ma paume. Il repoussa ma main.

— Pourquoi pas le pont de Washington, cela dit, continuai-je. C'est nettement moins haut.

Je reposai la main sur son érection, la massant sur toute la longueur. Il me laissa faire, amarré à cet agaçant verre de whiskey. Je l'embrassai jusqu'au coin de sa bouche, et finalement, il tourna la tête et aspira mon soupir. Le baiser fut mouillé et brutal, avec une pointe d'agacement. Ma langue serpenta entre ses lèvres, une flamme pulsant dans mon bas-ventre.

Il mordit ma lèvre inférieure.

— Tu me rends totalement dingue.

— Ne me tiens pas pour responsable de tes névroses.

— Tu *es* mes névroses.

— Impertinent, murmurai-je contre ses lèvres.

Il posa son verre, saisit ma nuque puis m'embrassa, profondément et lentement jusqu'à ce que mon cœur palpite entre mes jambes. Le feu se déchaîna dans mon sang. Je me plaquai contre lui, mes ongles explorant son ventre et tirant sur la boucle de sa ceinture. Un son rauque monta dans sa gorge, mais ses lèvres ralentirent contre les miennes. M'apercevant qu'il s'écartait, je gémis de frustration.

— Nico…

Son pouce cajola ma bouche.

— Sûrement qu'une femme qui fait une tête d'enterrement à son mariage n'a pas envie de coucher avec son mari.

— Détrompe-toi, protestai-je.

Le sexe était une chose, le mariage en était une autre.

Pourquoi mélangeait-il systématiquement les deux ?

Ne comprenait-il pas avec quelle force je voulais de lui ? Les mots jaillirent sans que je puisse les freiner.

— Je pensais à toi, tu sais… avant que nous soyons fiancés.

Je rougissais si intensément que mon décolleté était en feu, mon cœur battant.

Il eut un très rapide temps d'arrêt.

— Ah ouais ?

Une sensation d'étroitesse saisit mes poumons – un mélange de peur, de gêne et de vulnérabilité. Mais il fallait qu'il sache que je le voulais. En vérité, j'avais besoin de lui d'une façon insondable mais je ne pouvais laisser personne en connaître la profondeur, surtout pas lui. Puisant le courage tout au fond de moi, je me dressai sur la pointe des pieds pour lui parler à l'oreille.

— Après ce moment dans la cuisine, chez mes parents, j'étais tellement excitée que je n'arrivais plus à penser… je suis montée dans ma chambre et je me suis allongée sur mon lit. Ensuite j'ai introduit mes doigts en moi, en faisant comme si c'étaient les tiens.

Trois battements de cœur résonnèrent contre mes tympans.

— Bon sang, grogna-t-il avant d'attraper mes hanches, de me soulever et d'unir nos bouches.

Enfin. Mes jambes se nouèrent autour de sa taille, mes mains dans ses cheveux.

M'emportant à reculons vers l'escalier, il m'embrassait comme s'il ambitionnait de ne faire qu'une bouchée de moi. Il était affreusement égoïste avec ses baisers. Il m'embrassait seulement quand il en avait envie, il mordait, contrôlait l'intensité, les mouvements de langue, la pression de nos lèvres.

Sa bouche s'aventura dans mon cou pendant que je déboutonnais son gilet de costume et sa chemise. Je voulais sentir sa peau contre la mienne, quelque chose que je n'avais expérimenté qu'une unique fois et dont j'avais une folle envie. Je les défis tous, hormis ceux aux poignets, ce qui était impossible puisque ses mains me pelotaient les fesses. Je tirai sur son T-shirt blanc pour l'extraire de son pantalon et glissai mes mains en dessous, sur sa peau, son ventre et son torse torrides. Il siffla entre ses dents. Quand il tomba sur moi, sur le lit, l'air quitta mes poumons.

Il tira sur ma robe et le son distinctif d'une bretelle déchirée crissa.

— C'était une Chanel, protestai-je contre ses lèvres, toute pensée anéantie dès qu'il baissa mon soutien-gorge et suçota mes seins.

Ses mains pressèrent le contour de mes fesses, et je soupirai quand ses doigts se faufilèrent dans ma petite culotte, aguichant mon clitoris et mon entrée.

— Tu mouilles, putain, grogna-t-il.

Je me raidis quand ses doigts me pénétrèrent du *mauvais* côté.

— Nico, haletai-je.

Sous mes mains, un frémissement se répandit sur son torse. Il ralentit, embrassa ma joue et murmura près de mes lèvres :

— Dis-moi d'arrêter et je le ferai.

Je ne me définissais pas comme une aventurière, mais soudain je sus que j'étais prête à tout pour sentir cet homme frémir de la sorte.

Son regard se liquéfia devant mon absence de réponse. Scrutant mon visage, il enfonça un doigt en moi. La sensation était étrange, mais je m'enflammai en réaction à sa respiration saccadée, à la tension dans son corps, comme s'il luttait pour se retenir.

Deux de ses doigts en moi, un troisième dans mon anus. Il entreprit d'aller et venir lentement, m'arrachant un grognement. La lenteur avec laquelle ses doigts me baisaient me mettait au supplice. La plénitude, intense, exquise, frôlait la jouissance. Quand il embrassa ma gorge, je tremblai sous lui.

Je cramponnai les draps dans mes poings serrés, plantai les talons dans le matelas, et lorsque je jouis, il aspira mes cris dans sa bouche. La subtilité de son baiser s'évanouit. Il mordit mes lèvres et ma mâchoire. Aspira ma langue. Nos dents cliquetaient.

C'était décousu et obscène. Tout comme lui.

— Je vais te baiser lentement, susurra-t-il à mon oreille.

Ce qu'il fit.

De toutes les manières possibles.

*

La cuisine. Le salon. La douche. Le couloir. Son lit.

Sept jours passèrent, durant lesquels je m'adaptais à Nico, au sexe, à tous les coins et à toutes les possibilités de le pratiquer.

Selon moi, ce n'était pas sain.

Je respirais, dormais et consommais exclusivement Nicolas Russo.

La première fois que je me risquai à quitter son lit, après le mariage, il m'attrapa par le poignet et me regarda d'un air nonchalant. Cette fois, il comptait me garder éternellement. Pas une fois il ne s'était plaint de la bague, si bien que je supposais qu'il l'acceptait, maintenant que je portais également son alliance.

Je dormais dans son lit. Parfois avec le visage sur son torse. Parfois en cuillère, son bras autour de moi. *Dans tous les cas* il était pressé contre moi. Toujours avec ses mains sur moi et son odeur partout. Je ne savais ni comment ni quand cela s'était produit, mais il s'était débrouillé pour abattre mes barrières et s'implanter dans chaque partie de moi.

Quelque chose m'émouvait profondément.

Quelque chose de chaud et de fragile.

Quelque chose qui se déroulait comme une corde.

Il n'alla pas travailler au cours de ces sept jours.

Il m'apprit à tricher aux cartes. Le sexe. Préparer une omelette.

Sa mamma était fine cuisinière, d'après lui. « Quand elle n'était pas défoncée », s'était-il empressé de spécifier.

J'assimilais toutes les informations qu'il partageait, y compris les plus infimes. Bien vite, je détiendrais toutes les pièces du puzzle.

Lentement mais sûrement, j'apprenais à cuisiner.

— Crois-moi, Mamma, c'est trop dilué, soupirai-je au téléphone.

— Tu n'as pas correctement préparé le roux.

— J'ai appliqué tes consignes à la lettre !

— Mes recettes sont *buono*, Elena. C'est toi le problème.

Après quelques-unes de ces conversations, je découvris que Google était un bien meilleur professeur. Nico était certes capable d'accommoder une omelette mais il était aussi inapte que moi pour tout le reste.

Nous nous faisions livrer la plupart de nos repas, ce dont il ne se plaignait pas. En fait, il ne se plaignait jamais de rien. Même pas quand, prise du besoin qu'il m'accorde son attention, je le dérangeai au bureau, et pas davantage quand je m'assis sur ses genoux pendant qu'il marchandait au téléphone. S'il est vrai que son côté autoritaire et despotique demeurait, je le découvrais plus détendu, plus prévenant que je n'avais imaginé qu'un homme de sa trempe puisse être.

J'aurais aimé qu'il soit odieux. Car, dans peu de temps, je ne mériterais rien de mieux.

Il m'embrassait avec douceur et lenteur. Me caressait les cheveux. Me laissait choisir le film, même nous ne vîmes jamais la fin une seule fois cette semaine. Une fois que son pouce commençait à dessiner des cercles autour de mon nombril, je désirais ardemment que sa main descende un peu plus bas, et il ne me refusait rien.

Son corps recouvrait le mien, si lourd, si *parfait*.

Peau nue contre peau nue. L'exigence avec laquelle il basculait ma tête pour intensifier son baiser. La brutalité de sa paume autour de ma gorge. Ses mains brûlantes me marquant au fer.

Un vaste méli-mélo. Une sensation en fusion dans ma poitrine.

Le visage dans son cou, je le humais. Son musc était comme de la nicotine, la drogue pénétrant par tous les capillaires, pour se déverser dans mon organisme.

Le dernier fil de la corde claqua.

Puis il ne restait rien d'autre que moi, lui, et une altitude vertigineuse.

Exaltant, m'avait averti Adriana.

Sur la souffrance, elle n'avait pas dit un mot.

46

« Je suis tombée de mon nuage rose avec un bruit sourd. »
Elizabeth Taylor

Elena

L'éclat chatoyant du soleil sur ma peau ne pouvait pas lutter contre le froid qui s'était infiltré dans mon ventre au cours de la nuit. J'étais restée des heures les yeux ouverts, écoutant la respiration de Nico, en proie aux questionnements.

Pour le bien de ma conscience, de ma santé mentale, pour son bien à *lui*, ne rien faire n'était pas une option.

J'aurais aimé être différente, une personne qui se pardonnerait et tournerait la page, histoire de ne pas devoir gâcher la petite part de confiance que Nico avait en moi, et le pousser dans les bras d'une autre. Pour que je ne sois pas contrainte d'anéantir la satisfaction qui m'emplissait dès qu'il approchait.

Il était réveillé et, à en juger par le creux dans le matelas, assis sur le côté du lit. Son regard survola ma peau, mais je n'ouvris pas les yeux. Et s'il lisait dans mes pensées ?

Son pouce effleura ma pommette.

— Tu vas flemmarder toute la journée ?

Je hochai la tête.

— Dommage, j'ai très envie de ta célèbre soupe diluée.

— Ne sois pas vache, murmurai-je.

Il eut un petit rire.

— Je t'avais prévenu que j'étais nulle en cuisine, mais tu as quand même décidé de te marier avec moi, me défendis-je.

— Tu as aussi dit que tu dépensais sans compter, et tu ne le fais pas.

— Attends un peu que je parte en virée shopping.

Il rit, puis je retins mon souffle quand il tira sur la couverture. Mes paupières s'ouvrirent d'un coup.

— Nico, je me gèle !

J'étais nue. La semaine écoulée, quand je n'étais pas nue, je ne portais qu'un T-shirt et une petite culotte. Les meilleurs jours de ma vie.

Il s'allongea sur moi. Je glissai mes bras sous son T-shirt blanc pour dérober un peu de sa chaleur. J'étais sûre que cet homme avait la faculté de supporter une nuit dans l'Arctique sans manteau, grâce à la quantité de chaleur qu'il générait.

J'aimais qu'il soit grand parce que je me sentais petite et protégée avec lui. La vérité était que j'aimais tout en lui, et c'était irréversible. Je fonçais droit au désastre, à toute vitesse, comme un train qui ne pouvait s'arrêter pour éviter la fille qui se tenait sur les rails, les yeux écarquillés.

Avec lui couché sur moi, je ressentais une sensation de parfaite plénitude. Sa main alla de ma joue à ma nuque. Ses lèvres déposèrent un baiser léger sur les miennes.

— Tu es belle à en crever.

Le timbre éraillé de sa voix étreignit mon cœur, l'éroda avec sa touffeur et la morsure acide de la culpabilité. Avant, je détestais ce mot, « belle ». Trop terne, dans toutes les langues. Toutefois, il roulait sur ses lèvres avec cette sincérité que mon cœur romantique avait toujours pensé qu'il méritait.

Lorsqu'il m'embrassa, je fondis sous lui, mes mains caressant les muscles harmonieux de son dos.

Ses lèvres descendirent dans mon cou.

— Tu sais ce que tu représentes pour moi, n'est-ce pas ?

Mon cœur cessa presque de battre. Ma conscience tournoyait si vite que tout devenait flou.

Pourquoi ?

Pourquoi me faisait-il cela ?

Une infinité d'émotions, du bonheur à la colère envers ma situation, rejaillirent à la surface et vibrèrent sous ma peau. Les larmes brûlaient à l'arrière de mes yeux. J'étais tellement crispée qu'il l'avait nécessairement remarqué, pourtant il ne fit que m'embrasser la gorge, comme s'il avait anticipé ma réaction.

Une douleur me transperça la poitrine.

Son front se posa sur le mien. Inhalant l'air sorti de mes lèvres, il m'embrassa tendrement. Puis il se leva subitement, déclara qu'il serait dans son garage, avant de quitter la chambre, me laissant frigorifiée.

Après son départ, je restai allongée pendant deux minutes à écouter les aiguilles d'une pendule lointaine, laissant le froid envahir ma peau jusqu'à l'engourdissement.

Si je ne le faisais pas maintenant, je ne le ferais jamais.

Pas s'il continuait à me dire ce genre de choses.

Encore moins s'il les prononçait comme s'il n'avait jamais été aussi sûr de quoi que ce soit de toute sa vie.

Les mains tremblantes, j'enfilai un jean, des baskets, et un gilet tout en jetant un regard par la fenêtre de la chambre d'amis. Les bras noirs de graisse jusqu'au coude, Nico se dirigeait vers l'établi. Il n'avait pas mis une seule fois les pieds dans son garage ces sept derniers jours, mais hier soir, il avait dit qu'il devait finir de remonter la commande des soupapes. Cela sonnait comme un long projet. Des heures durant lesquelles Nico serait occupé, sans que Luca ne suive mes faits et gestes avec son œil de lynx. C'était une occasion en or.

Fourrageant dans mon sac de sport, je retrouvai le petit papier ainsi qu'une lettre que j'avais rédigée des mois plus tôt, et glissai le tout dans ma poche arrière. Mon cœur faisait écho à mes pas précipités dans l'escalier. J'attrapai de l'argent sur la console, puis m'arrêtai devant mon portable. Un fort désir m'exhortait à le prendre ; je m'étais engagée à l'emporter partout avec moi. J'avais aussi promis de ne pas quitter la maison sans l'en informer. Désobéir me procurait une sensation nauséeuse, mais je savais qu'il avait inséré un GPS dans mon téléphone.

Je sortis côté rue et refermai prudemment la porte-écran.

Je descendis les quelques marches et me pétrifiai quand mon regard se heurta à celui d'un homme qui, sous la véranda de la maison à notre gauche, fumait une cigarette. Le voisin dont les fenêtres ouvertes laissaient constamment filtrer des tournois sportifs. Le sceau de la Cosa Nostra était gravé dans ses yeux.

Un malaise me serra le ventre.

Il recracha de la fumée en m'examinant.

Si je ne donnais pas l'impression d'agir en toute normalité, je serais interrompue avant d'atteindre le trottoir. Je lui offris mon timide sourire de Douce Abelli, comme si j'avais été surprise en pleine marche de la honte. Je ne pensais pas que Nico avait annoncé notre mariage pour l'instant, mais, le cas échéant, c'était foutu.

Une seconde après, le voisin m'adressa un léger hochement de tête.

J'éprouvais un infime soulagement, même s'il ne m'inspirait

pas confiance. Il était à la solde de mon mari, après tout. Pendant que je traversais la rue le plus normalement possible, son regard touchait mon dos à chaque pas. Les petits cheveux dans ma nuque se soulevèrent.

Dès que je sortis de son champ de vision, je hâtai le pas jusqu'à l'arrêt de bus. Seuls deux filles asiatiques et un Africain avec des écouteurs attendaient. D'après mon appli, le bus devait passer précisément maintenant.

Trois minutes s'écoulèrent.

Je m'agitai. *Magne-toi.*

Deux minutes de plus.

Une sueur froide trempait mon dos.

Une partie de moi croyait que, pour peu que je lui demande, Nico m'aurait prêté main-forte, mais une autre en doutait. Auquel cas, je laisserais définitivement passer mon unique opportunité.

Jamais je ne pourrais oublier qui était mon mari, que si c'était une femme de sa famille qui avait été retrouvée avec un homme, Nico aurait été celui qui l'aurait abattu en pleine tête.

Le répit m'envahit quand le bus freina le long du trottoir dans un crissement strident. Je montai à bord et choisis un siège dans le fond.

Retirant la bague de mon doigt, je la retournai dans ma main. Le soulagement escompté se teintait en réalité de regret, au fur et à mesure que mon domicile disparaissait. Mais je devais le faire, pour éliminer la pression de mes épaules, corriger cette injustice de la seule manière possible. Je glissai la bague dans ma poche, et priai pour que Nico comprenne. Il le fallait.

Je me tenais devant la porte vitrée de chez Francesco. La vitrine avait été remplacée, probablement au profit d'un modèle résistant aux balles. Malgré l'écriteau annonçant que le restaurant était fermé, et les panières vides, la porte n'était pas verrouillée.

Mes yeux s'ajustèrent à la faible luminosité. J'eus la chair de poule au souvenir des échanges de tirs fugaces. La salle était toutefois immaculée. Aucun signe qu'une fusillade avait eu lieu. Les marmites cliquetaient dans la cuisine, et j'entendis la voix de mon oncle percer le brouhaha.

Je fis un pas vers sa direction. Une fille, dont la queue-de-cheval blonde se balançait, émergea de l'arrière-salle, portant un bac de verres neufs.

— Elena, coucou !

Je tressaillis. Elle parlait assez fort pour qu'on l'entende jusqu'en Chine.

— Coucou, Sarah. Mon oncle est là ?

— Oui ! Dans la cuisine. Je vais le chercher !

— Ne t'embête pas, bredouillai-je. Je préfère lui faire la surprise.

— Cool ! Motus et bouche cousue.

Elle verrouilla ses lèvres et jeta la clé. Posant le bac sur le comptoir, elle me sourit comme si nous partagions un grand secret avant de retourner dans l'arrière-salle. Sarah travaillait ici depuis plusieurs années. Zio aimait à dire qu'elle était un *sole che cammina.* Un soleil ambulant. On ne pouvait mieux la décrire.

En dépit de sa mimique de la bouche cousue, elle ne tiendrait pas sa langue bien longtemps. Le secret éclaterait comme un pur rayon de soleil. Je pris le couloir entre les toilettes et les salles de restauration privées, et m'arrêtai devant une porte en bois.

Ne sois pas fermée. S'il te plaît.

Trouvant la porte ouverte, j'expirai, et montai les marches deux à deux. L'appartement occupait la moitié de la surface du restaurant, et il y faisait en permanence une chaleur accablante en raison du soleil qui tapait à longueur de journée. Je m'installai au bureau de Zio.

Une goutte de sueur sillonna paresseusement dans mon dos.

J'allumai l'ordinateur en tapotant quelques touches. Lorsque l'écran exigea un mot de passe, je marmonnai une rapide prière pour que Zio ne l'ait pas modifié au cours des six dernières années.

Dulce. Sa dernière épouse.

Le disque arc-en-ciel tournoya une éternité, et quand la page d'accueil s'afficha, un second soupir jaillit entre mes lèvres.

Du temps où Adriana et moi étions petites, quand nos parents avaient un dîner, ils nous déposaient ici. La plupart des gamins regardaient des films Disney et grignotaient des en-cas fruités chez leur baby-sitter. Je m'asseyais sur les genoux de Zio, à son bureau, pendant qu'il maquillait ses comptes, et me laissait goûter de minuscules gorgées de scotch.

Je l'avais regardé transférer de l'argent des centaines de fois, mais, de mémoire, les logiciels étaient moins variés que maintenant.

S'il te plaît, Mémoire, ne me lâche pas maintenant.

Cinq minutes plus tard, je localisai ce que je cherchais, à l'instant où mes terminaisons nerveuses menaçaient de perforer ma peau.

J'entrai les coordonnées bancaires du compte personnel de Nico puis du mien.

Puis un montant à sept chiffres.

Et Transférer.

En sortant de la banque, mon épaule se cogna contre quelqu'un.

— Oh ! pardon, m'exclamai-je, accordant un regard au passant. Mon ventre chuta comme une ancre sur mes orteils.

Sebastian.

— Tiens, tiens, qui voilà ?

Visiblement intrigué, il lissa sa cravate bleu marine.

Mon cœur palpitait dans ma gorge. C'était probablement ce qui pouvait m'arriver de pire – tomber sur un récent associé de mon mari, mais après tout ce que j'avais accompli, je n'allais pas reculer maintenant.

— Dites-moi, vous savez que vous parlez comme le cliché du malfaiteur ? répliquai-je en tentant de m'enfoncer dans l'agitation de la ville.

Sebastian me rattrapa, ses Ferragamo se synchronisant avec mes baskets.

— Oh ! Elena, c'est que je suis un malfaiteur, ironisa-t-il, une tonalité lugubre s'ajoutant à son léger accent colombien, tout en regardant autour de lui. Pourquoi ai-je le sentiment que vous vous promenez seule ?

J'esquivai.

— Alors, ça y est, vous avez réussi à chopper une fille ?

Avec un petit sourire, il passa son pouce sur sa lèvre inférieure, sa montre en or brillant au soleil.

— *Sí.* J'ai trouvé des dames merveilleusement arrangeantes.

— Des dames ? Pas des prostituées ?

— *Ay*, Elena. Vous me faites de la peine, dit-il la main sur le cœur. Accordez-moi vingt minutes et je saurai vous persuader, grâce à mon charme, d'ôter… (Il baissa les yeux.) ce jean.

— Et vous commencez votre numéro de charme en me suivant ?

— Non. Je vous suis parce que je commence à croire que vous êtes bel et bien seule. Si je vous laissais, mon nouvel associé tenterait de m'abattre.

Je levai un sourcil.

— Tenterait ?

— Je suis coriace, dit-il avec un clin d'œil.

Nous fîmes halte au feu rouge. Sebastian roula des épaules

sous son costume gris joliment taillé, alors que les passants s'amassaient à l'angle.

— Où avez-vous appris à parler couramment anglais ? demandai-je.

S'il tenait à être intrusif, moi aussi.

Il enfonça les mains dans ses poches.

— Ma mère est australienne. J'ai vécu toute ma scolarité à Sydney.

Logique. Voilà pourquoi Oscar avait le teint clair. Son frère, lui, avait hérité du hâle latin.

Je fronçai le nez.

— C'est truffé de serpents et d'araignées là-bas.

— Exact. Mais vous faites face à de plus gros problèmes, ici, souligna-t-il, grimaçant alors qu'un chauffeur de taxi hurlait à un cycliste de dégager.

Le feu passa au vert. Sebastian me suivit jusqu'à l'arrêt de bus. Je fis un crochet par le kiosque pour acheter un billet mais mes doigts hésitèrent sur l'écran quand Sebastian lâcha avec décontraction :

— Deux.

— Non, murmurai-je, mais merci quand même.

— Si tel est votre souhait, Elena. Je comptais passer un coup de fil à Ace, de toute façon.

Il plongea la main dans sa poche mais avant qu'il saisisse son téléphone, je retins sa main. Il ébaucha un sourire en coin.

— Vous voyez ce que je veux dire ? J'ai à peine commencé à vous faire du charme que vous brûlez de me toucher.

Je déglutis.

— Ne lui téléphonez pas.

Une ombre traversa son regard.

— Pourquoi pas, Elena ?

— Juste… ne faites pas ça.

— Êtes-vous en fuite ?

— Non, je vous le jure. Mais il y a une chose que je dois faire à tout prix.

— Avec des milliers de dollars dans votre poche ? demanda-t-il sur un ton railleur.

Je hochai simplement la tête.

— Et un parrain de la Mafia hors de lui, lancé à votre poursuite ?

Autre hochement de tête.

Il secoua la tête, les dents serrées.

— Eh merde, grommela-t-il. Cette ville commençait à m'ennuyer de toute manière.

Sa main ressortit de sa poche, son regard sombre croisa le mien.

— Deux. Billets. Elena.

À défaut d'avoir le choix, je pris deux billets.

47

« Je n'ai pas tué un seul homme qui ne l'avait pas mérité. »
Mickey Cohen

Nico

Le ventilateur vrombissait, les gouttes de sueur trempaient mon dos sous un soleil de plomb. Je séchai mon cou et lançai le chiffon sur l'établi. Submergé par la tension, je flanchai, attrapai un paquet de cigarettes dans un tiroir, et m'en grillai une. J'inhalai jusqu'à ce que mes poumons me brûlent et que la nicotine circule dans mes veines en un flot apaisant.

À vrai dire, je n'étais pas d'humeur à bricoler sur ma voiture. J'avais plutôt envie de baiser ma femme, ou même de la contempler. Tout m'agréait. Mais je m'étais réfugié là pour une raison. À l'intérieur, elle était omniprésente. Le son de sa voix. Son savon dans ma douche, ses vêtements dans ma chambre. Ses élastiques à cheveux et ses petites notes pour préparer le mariage sur la moindre surface. Le léger grattement de ses ongles sur ma nuque, chaque fois qu'elle posait les fesses sur mes genoux.

Putain, j'étais tellement transporté que je n'étais pas sûr de savoir comment revenir. J'avais besoin de quelques heures pour cogiter, ou pour mariner dans la contrariété parce que je n'avais pas réussi à lui faire enlever sa bague de pacotille. Je la voulais. Ses sourires authentiques. Sa loyauté. La moindre partie d'elle. J'avais tâté le terrain tout à l'heure, mais vu comme elle s'était raidie, elle n'en était pas au même stade que moi. De loin.

Je secouai un peu la tête.

Le pire s'était produit. J'aimais cette femme. Et maintenant, ma plus grande vulnérabilité vivait hors de mon corps, dotée de doux yeux marron et de longs cheveux noirs. Beaucoup d'hommes adoreraient m'atteindre *via* mon point sensible ; raison pour laquelle je m'étais fermé à toute vulnérabilité. Mais le plus surprenant était ce calme qui l'accompagnait, cette certitude que j'étais prêt à mourir pour la défendre.

Mon portable sonna sur la table, et je décrochai sans vérifier l'écran.

— Oui ?

— Bonjour, je suis Judy d'AMC Gold. J'aimerais parler à Nicolas Russo.

— C'est moi.

— J'aimerais juste vérifier votre date de naissance auparavant.

C'est elle qui me téléphonait, non ? Je me massai un sourcil avant d'épeler les chiffres.

— Parfait, merci. Une activité suspecte a été signalée sur votre compte, j'appelle pour vérifier auprès de vous si vous l'avez autorisée.

Appuyé à la table, j'expirai la fumée.

— Quel genre d'activité suspecte ?

Bon sang, toutes mes activités étaient suspectes.

— Un virement depuis votre compte épargne aujourd'hui, le 16 août, à 11 h 42.

Je me figeai.

— Quel montant ?

— 2 millions de dollars, monsieur.

Je passai ma langue sur mes dents, un rire railleur fusant.

— Cette transaction a été avalisée ?

Elle hésita.

— Oui, monsieur. Il est stipulé dans votre dossier de ne pas signaler vos transactions, mais vous êtes un excellent client, c'est pourquoi nous préférons vous avertir, au cas où vous ne l'ayez pas personnellement autorisée. Vous avez soixante jours pour contester les frais…

— Le virement était autorisé.

Carrément pas. Mais je ne traitais pas avec les voleurs par les canaux habituels.

— Vous m'en voyez soulagée, dit-elle avant de clarifier sa voix avec embarras, sachant manifestement qui j'étais. C'est une excellente nouvelle. Je le notifie immédiatement dans votre dossier. Bonne journée, monsieur.

L'appel terminé, mon regard s'égara vers la fenêtre de la chambre d'amis. Le soleil brillait d'un éclat aveuglant sur la vitre, mais pendant que je la regardais d'en bas, un froid anormal s'enracina au creux de mon ventre. Après une dernière bouffée, j'écrasai ma cigarette sur la table en bois.

Je me dirigeai vers la maison, ouvris la porte du jardin et trouvai la cuisine et le salon silencieux. L'air frais frappa ma peau, cependant qu'à l'intérieur, mon flux sanguin bouillonnait. La maison était vide, il n'y avait que l'air conditionné et le son de mes bottes sur le parquet quand j'entrai dans la cuisine.

Son téléphone étant sur le plan de travail, je m'en emparai au passage.

Tandis que je grimpais les marches, leur abominable craquement déchira l'air et s'insinua de façon irritante sous ma peau. Je roulai des épaules pour repousser l'étrange sensation.

Avec un calme factice, je fouillai toutes les pièces. Ma chambre – la *nôtre*. Les chambres d'amis. Les salles de bains.

Toutes étaient vides.

Quelque chose se noua dans ma gorge et me perfora la poitrine.

Elle avait fui. Elle m'avait piqué de l'argent avant de se barrer. Pour retrouver un autre homme ? Il était mort, presque enterré.

Tous ses vêtements étaient là, de même que son sac, mais peut-être n'en avait-elle pas besoin. Ils l'auraient éventuellement ralentie.

J'inspirai profondément et descendis l'escalier, téléphone à l'oreille. La tonalité, mêlée au bourdonnement sanguin dans mes oreilles, semblait lointaine.

— Allister.

La froideur de Christian glissa jusqu'à moi.

— Retrouve ma femme, dis-je d'une voix cassée. Sa banque se trouve dans le centre. Si elle n'est pas déjà passée, ça ne saurait tarder, continuai-je, tendu. Essaie probablement l'arrêt de bus aussi.

Le silence s'étira.

— Laisse-moi une heure.

La communication coupée, je rempochai mon téléphone. Je tenais encore le sien dans mon autre main. Sans m'en rendre compte, je le propulsai à travers la pièce, le pulvérisant contre le mur.

— Putain de merde !

D'un geste du bras, j'envoyai valser toutes les carafes du bar, puis le meuble entier. Le verre éclatait et dérapait en travers du parquet. L'odeur puissante de l'alcool renversé sur mes bottes me piquait les narines. L'amertume me mordait le torse. Je me passai les mains dans les cheveux, laissant un calme inquiétant m'envahir.

« Fou », disait-elle de moi.

C'était méconnaître les extrêmes que ma folie pouvait atteindre.

J'avais donné une heure à Christian, après quoi je retournerai la ville, une rue après l'autre.

Les flammes vacillantes crépitaient dans le brasero. Assis au bord du siège, les coudes sur les genoux, une brûlure constante irradiait dans ma poitrine. J'entendis la porte de derrière claquer sans pour autant lever les yeux. Je ne me souvenais même pas du SMS que j'avais envoyé à Luca, mais à peine arrivé, voilà quelques minutes, il avait filé à l'intérieur sans un mot.

— Il fait un peu chaud pour faire un feu, commenta-t-il, de la chaise de jardin en face de moi.

Muet, je regardais fixement la flambée dévorer le tissu rose.

— Tu brûles déjà ses vêtements ?

À l'aide du tisonnier, je repoussai le T-shirt des Yankees dans les flammes.

— Écoute, Ace, je sais que tu débordes de colère (à mon regard noir, il marqua une pause) mais bon, elle a laissé tous ses vêtements roses ici…

— Boucle-la, Luca, aboyai-je d'un ton cinglant.

Je ne voulais pas entendre ses théories stupides sur ce qui l'avait motivée à se carapater. Rien à foutre. Non, inexact… cela m'importait tellement que j'étais vert de rage.

Il leva les mains, rouvrit la bouche.

— Je dis juste que je l'imagine mal fuir loin de ses parents, c'est tout.

— Elle l'a déjà fait.

Il secoua la tête.

— Elle ne s'est pas enfuie. Elle n'a pas même quitté la ville.

J'émis un rire acerbe, admettant que ce serait plus logique qu'elle reste pour sa famille que pour moi.

— Tu n'as pas les idées claires, Ace. Putain, jette un œil dans ta baraque.

Déjà fait. C'est pourquoi je restais dehors.

Mon regard aux paupières étrécies trouva le sien.

— Pourquoi tu prends sa défense ?

— Je ne la défends pas. Elle m'oblige à porter une putain de cravate rose à votre mariage. (Il grimaça.) Quand son père apprendra que tu l'as laissée filer, elle sait qu'il réagira par la violence. Elle n'est pas sotte. Je ne fais que rassembler les faits, et ça ne colle pas.

Pour moi, tout s'expliquait parfaitement. La bague ridicule. Sa nervosité ce matin. Elle en aimait un autre, et avait tout laissé pour le retrouver. La gorge nouée, une sensation de vide enfla dans ma poitrine.

— 2 millions, Luca. Tu m'aides à y voir clair ?

Il laissa le silence se prolonger.

Je regardais obstinément les flammes. Je ne savais pas ce que je ferais quand je l'aurais retrouvée, mais Luca n'avait pas tort. J'avais les idées embrouillées la concernant. Elle resterait ma femme à tout jamais, ce qui n'impliquait pas que je sois épris d'elle, surtout si elle ne l'était pas de moi.

Mon téléphone sonna, je répondis.

Christian débita une adresse, mon rythme cardiaque grimpant en flèche.

— Juste pour te prévenir, Ace. Elle n'est pas seule.

Ses mots me heurtant comme un coup en pleine poitrine, je crispai les doigts autour du téléphone.

— Entendu.

48

« Je pense que l'amour se paie avec des larmes amères. »
Édith Piaf

Elena

— Vous savez, observa Sebastian en se grattant la joue, je connais mal New York mais, à première vue, ce quartier n'est pas l'un des mieux fréquentés.

Il était assis à côté de moi sur le banc vert, poisseux à cause des sodas renversés et d'autres trucs auxquels je préférais ne pas penser. Si quelqu'un devait personnifier une pancarte clignotante « dépouillez-moi », ce serait lui, dans son costume gris impeccable, avec une montre en or et des boutons de manchette qui brillaient au soleil. J'avais sélectionné ma tenue pour une raison précise, ce qui était inutile maintenant qu'il me suivait comme un petit chien. Je ne m'inquiétais pas tellement pour ma sécurité, cela dit. Derrière son apparence bon chic bon genre et vaniteuse, la noirceur de sa profession se reflétait dans ses yeux pour peu que le soleil les éclaire sous le bon angle.

Il s'installa confortablement sur le banc.

— Et maintenant, que faisons-nous ? Nous attendons ?

— C'est ça.

Le trottoir opposé de la rue, parsemé de détritus, était bordé par une rangée de maisons décaties. Des vitres basses à barreaux, des façades à la peinture écaillée, des clôtures grillagées affaissées. Je me concentrai sur la grise, suffisamment loin pour que nous soyons en partie cachés par quelques arbres, mais assez près pour que je puisse surveiller la porte d'entrée.

Il m'avait fallu trente minutes pour localiser la bonne maison, intégralement remplie de pensées me ramenant sept mois en arrière. J'aurais aimé pouvoir dire que mon souvenir de lui était poignant et inoubliable, mais, en vérité, il était un fantôme dans mon esprit, l'unique lien me retenant encore étant la culpabilité.

Sebastian regarda un groupe de garçons qui faisaient semblant de se tirer dessus en mimant un pistolet avec les doigts, dans le petit parc sur notre droite.

— Ils pourraient travailler pour vous et mon mari, ironisai-je.

Il rit.

— Dans quelques années, dit-il avant de poser son bras derrière moi. Ôtez-moi d'un doute, vous savez qu'il va vouloir me tuer, n'est-ce pas ?

— Sachant cela, pourquoi avoir insisté pour me suivre ?

Je secouai la tête, incrédule, bien que saisie par une sueur froide.

— Je ne lui dirai pas que vous étiez dans le coup.

Il poussa un soupir joyeux, son regard suivant une voiture de police qui passait devant nous à une lenteur suspecte.

— Oh ! Elena, il sait déjà.

Les petits cheveux dans ma nuque se hérissèrent.

Un mouvement sur le côté m'alerta, si bien que je luttai pour ne pas m'avancer au bord du banc. Je ne voulais pas attirer davantage l'attention sur moi, étant donné qu'un baron de la drogue colombien était déjà assis à mes côtés.

— On dirait que ça mord, remarqua Sebastian.

La cinquantaine, elle avait des cheveux blonds grisonnants ramenés en chignon bas, et les traits tirés, tels que seule une surcharge de travail pouvait en provoquer. Elle marchait dans notre direction, après avoir traversé la rue, vêtue d'une tenue bleue, sans pour autant appartenir au corps médical. Elle blanchissait le linge dans une maison de retraite du quartier, de 4 heures du matin à midi, après quoi elle prenait son service dans une station-service jusqu'à minuit.

Elle était blonde, comme *lui*, mais leurs similitudes semblaient s'arrêter là. Bien que, pour être honnête, je ne gardais qu'un vague souvenir de son physique. Mes ongles s'enfoncèrent dans mes paumes au moment où elle grimpa les marches de son perron, tout en cherchant ses clés dans son sac. Elle s'arrêta, baissa les yeux sur ses pieds. Je retins mon souffle pendant qu'elle se penchait pour ramasser le sac vert rempli d'argent.

Je ne me souvenais que de bribes de ce week-end fatidique. L'écho bourdonnant contre mes tympans quand mon oncle *lui* avait tiré une balle dans la tête, le jet de sang chaud éclaboussant mon visage ayant teinté en rouge d'autres souvenirs devenus flous. Mais je me rappelais clairement qu'*il* se tuait à la tâche : trois emplois, des heures interminables que je n'aurais jamais crues possibles. La plupart du temps, j'étais restée seule dans l'appartement de son ami, en prison pour vol à l'étalage, pendant qu'il trimait pour aider sa mère et sa sœur cadette encore lycéenne.

Il voulait que cette dernière poursuive ses études, pour qu'elle n'ait pas la même vie que lui, qui cumulait les heures sans parvenir à joindre les deux bouts. Pour ces familles, c'était comme un manège inarrêtable. Ce dont je me souvenais, c'était du sang, de ses yeux éteints, et de l'amour avec lequel il évoquait sa famille. Il était prêt à tout pour celle-ci, et je ne voyais pas comment rester les bras croisés alors que j'avais les moyens de les aider.

Elle ouvrit le sac d'argent. Son sac à main tomba sur le seuil, quand sa main vola à sa bouche. Ce sac contenait 50 000 dollars en billets. C'était tout ce que j'avais pu retirer à la banque dans un délai aussi court, probablement grâce à mon nom de famille. Légalement, j'étais encore une Abelli, et je me demandais quelles faveurs ils m'auraient accordées si je m'étais présentée sous le nom de Russo. Le reste de l'argent lui était transmis par chèque, et là, je prenais des risques, en espérant qu'elle l'encaisse au plus vite. Nico avait le pouvoir de clôturer mon compte sans délai, ou même d'annuler le virement, s'il invoquait la fraude, encore que cela prenne du temps.

Tout d'abord, elle sortit la bague, et je massai mon doigt nu avant qu'elle la replace dans le sac. Ensuite, un petit mot que je lui adressais. La gorge serrée, je la vis le déplier. Peu après, ses épaules furent secouées par des sanglots, et elle se laissa glisser pour s'asseoir sur les marches. Une larme coula sur ma joue, et je l'essuyai. Je ne méritais pas de partager son chagrin ; tout était ma faute.

Je connaissais *son* nom depuis plusieurs mois. Je n'avais pas pu passer à côté, lors des recherches que j'avais menées sur son décès, afin de trouver les coordonnées de sa mère. Nous avions un accord : il ne me révélerait pas son nom avant de connaître le mien. Et comme, ayant perdu la vie, il n'était plus en mesure d'entendre le mien, j'avais fait semblant de ne jamais avoir découvert le sien.

Quelques minutes plus tard, elle se releva, se sécha les joues et rentra chez elle.

La pression s'envola de mes épaules comme un oiseau. Je ne pouvais pas lui ramener son fils, mais je pouvais faciliter leur avenir, à elle et à sa fille. Mettre le manège sur pause, afin qu'elles puissent en descendre, avant qu'il se relance pour emporter le reste de leur voisinage.

Sebastian détacha une poussière sur son costume.

— C'est tout ? Je m'attendais à quelque chose de plus… cataclysmique.

À défaut de pouvoir répondre, je secouai la tête. J'avais le souffle bloqué et les veines gelées.

— Aucune importance. Le voilà, annonça-t-il dans un soupir.

La voiture de Nico pila au beau milieu de la rue. Il s'en éjecta, claqua la portière et se dirigea vers nous, la mine placide. Il était le parrain de la Mafia en cet instant, mais quelque chose de l'authentique Nico rôdait dans ses yeux. Des profondeurs versatiles qui m'enserrèrent la poitrine.

Sebastian se leva.

— Je ne suis pas mécontent que tu débarques enfin.

Je me recroquevillai, mais le temps d'un battement de paupière, Nico saisit Sebastian, extirpa son arme logée dans le creux de ses reins, et le frappa d'un violent revers qui le fit reculer de deux pas.

Sebastian, immobile, penchait la tête sur le côté.

— Tu sais, dit-il, en nettoyant le sang sur sa lèvre d'un geste de la main. Je le prends un peu personnellement.

Calmement et sans un mot, Nico dirigea son revolver sur sa tête. Mon cœur cessa de battre, et je bondis sur mes pieds pour me placer en bouclier.

— Nico, ne fais pas ça !

— Grimpe dans la voiture, objecta-t-il, le regard rivé sur Sebastian.

— Non, murmurai-je. Il n'a rien à voir avec tout ça.

Son regard envenimé rencontra enfin le mien.

— Lui as-tu ouvert la porte de mon club ?

Je cillai.

— De quoi parles-tu ?

— L'as-tu fait entrer dans cette foutue boîte ?

Faisant un pas en arrière, je me cognai contre Sebastian. Je n'avais jamais vu Nico aussi furieux, si bien que mon cœur tentait de s'extraire de ma poitrine.

— N-non, bredouillai-je. Pourquoi aurais-je fait ça ?

Un éclair de lucidité survint. Il me suspectait de vivre une histoire avec Sebastian ?

— Tu fais fausse route. Laisse-moi t'expliquer, l'implorai-je.

Un coup d'œil vers les gamins dans le parc révéla qu'ils nous observaient avec de grands yeux.

Sebastian m'écarta de son chemin pour s'approcher de Nico, le bout du canon touchant son front. Il n'y avait plus trace de son allégresse ; son regard n'était qu'obscurité.

— Elle n'aurait pas besoin de ton argent pour se sauver avec moi, Russo. Ni de traîner une heure dans un quartier merdique.

La voiture de Luca ralentissant derrière celle de Nico, je murmurai une rapide prière pour qu'il puisse le ramener à la raison. Mon mari et Sebastian s'observaient. Mon sang tambourinait bruyamment dans mes oreilles, au point de couvrir tous les autres bruits.

— Nico.

Son regard dérapa vers moi. Assez polaire pour me figer sur place.

— Monte. Dans. La. Voiture.

— S'il te plaît, ne lui fais pas de mal.

Sa mâchoire frémit.

— Oblige-moi à me répéter, et tu pourras lui dire adieu.

L'estomac retourné, je marchai vers la voiture. En m'éloignant, un frisson me glaçait le dos, mes nerfs anticipant l'explosion d'un coup de feu.

Quelques voitures tournaient au ralenti, bloquées derrière l'Audi de Nico à cheval sur les deux voies. Je montai, refermai la portière et m'enveloppai dans l'odeur de cuir mêlée à la sienne.

Ils échangèrent quelques mots. Ils étaient apparemment calmes et raisonnables. Au moment où le soulagement commençait à germer, Nico lui asséna un second coup avec son revolver. Courroucé, Sebastian cracha du sang. Luca saisit le bras de Sebastian et le poussa vers sa voiture.

Nico traversa la rue. Il portait encore son jean et son T-shirt maculé de graisse. J'aurais préféré qu'il se change. Je pouvais affronter un chef en costume noir, mais ce Nico m'intimidait. Il était tellement plus profond.

Il se glissa sur le siège et claqua la portière. L'épaisse tension qui irradiait de lui aspirait tout l'air présent dans l'espace étriqué. Son poing se serra puis se relâcha avant qu'il démarre. L'atmosphère était chargée d'hostilité ; une minuscule étincelle et ça ferait boum. Il me fallut cinq minutes pour rassembler le courage de prononcer un mot.

— Nico…

— Pas un mot de plus, Elena, gronda-t-il.

Quelque chose s'empara de mon cœur et le déchiqueta.

Après ce que j'avais accompli, je n'avais pas l'énergie de le défier. Seuls les crissements des pneus, le brouhaha de la ville et mes battements de cœur affligés résonnaient dans la voiture. Tout ce que je voulais, c'était rentrer chez moi, poser mon visage sur son torse et présenter mes excuses. À l'avenir, je n'aurais plus de secrets pour lui.

Mon papà conservait ses coordonnées bancaires dans un coffre-fort, dont même Tony ne connaissait pas le code ; celles de Nico traînaient sur le plan de travail. C'était trop tentant, probablement mon unique chance. Les hommes comme lui étaient supposément faits du même bois. Voler Nico aurait dû être comme voler mon père, cependant ça ne faisait pas le même effet. J'avais l'impression d'être coupable de la plus haute trahison.

Nous ne prenions pas le chemin de la maison. Je n'osais dire un mot, mais à mesure que je comprenais où il me conduisait, un vide déchirant se déployait dans ma poitrine.

Il se gara, je descendis de voiture et le suivis. Je me tenais à côté de lui dans l'ascenseur, où il continuait d'éviter mon regard. Un tintement, puis les portes de l'appartement-terrasse coulissèrent. Chaque respiration, même la plus superficielle, me faisait souffrir.

Un homme brun en costume était posté dans le petit couloir. Je le reconnus vaguement, sans parvenir à mettre un nom sur son visage. Il salua mon mari d'un discret hochement de tête.

Nico ouvrit la porte, son regard fixe au-dessus de ma tête.

— James restera devant la porte. Il a un téléphone que tu peux utiliser si tu as besoin de quelque chose.

Sa voix était impersonnelle.

Je voulais dire quelque chose, n'importe quoi, pour qu'il me regarde.

— Je veux mon téléphone.

Ses yeux fuyants se posèrent enfin sur moi. Je me languissais qu'il me touche, de ses mains rugueuses sur mon visage, de sa voix grave dans mon oreille.

— Tu avais un téléphone. Tu as fait le choix de ne pas t'en servir.

— Je m'en servirai maintenant, dis-je, faute de mieux.

Sa mâchoire se contracta.

— Je t'en ferai livrer un.

Il m'en fera livrer un.

Ainsi, il en avait fini avec moi ? Sans me laisser m'expliquer ? Peut-être qu'il s'en moquait. Je l'avais dépouillé et ça il ne pouvait le pardonner. Les yeux me picotant, je battis des cils pour repousser les larmes.

— Merci.

Son rire âpre fit peu de bruit. Il secoua à peine la tête.

— Luca ne va pas tarder à t'apporter ton sac, m'informa-t-il en s'apprêtant à partir.

— Nico.

Il s'arrêta, de dos, les épaules tendues.

— Je suis désolée, dis-je d'une petite voix.

Plusieurs secondes s'écoulèrent, et à l'instant où je le crus sur le point de répondre, il disparut, et referma la porte derrière lui.

Le regard vide, je fixai la porte jusqu'à ce que la léthargie se change en un sentiment de désespoir qui me laboura la poitrine, déroba mon cœur et fit monter des sanglots dans ma gorge.

49

« Donc l'amant doit combattre pour des mots. »
T.S. Eliot

Elena

Les pulsations de mon cœur volaient en éclats, l'une après l'autre, laissant une plaie vive dans ma poitrine.

Ma vision s'embrumait derrière mes larmes et le miroitement du soleil sur le carrelage. Dès que je m'étais effondrée, elles avaient afflué comme si j'avais ouvert une vanne longtemps condamnée. Je disposais certes d'un appartement somptueux, mais je ne sentais rien d'autre que du froid et du vide. Le gouffre gagnait du terrain, au point de menacer de m'engloutir.

Il avait été approprié d'assimiler Nico à une addiction, considérant que je me sentais en sevrage. Je commençais à me rendre compte que c'était encore plus dramatique : il s'agissait d'amour, donc d'une peine de cœur.

Je me rendis dans la suite parentale, fis couler la douche et, sous le jet d'eau, me remis à pleurer. Des solutions désespérées pour arranger les choses tourbillonnaient dans mon esprit, mais dès que je repensais à sa froideur, elles s'écrasaient contre le mur.

La nausée me vrilla l'estomac.

Je m'étais appliquée à ne pas tomber amoureuse de lui, pourtant je l'aimais tant que son rejet me rendait malade physiquement. J'en aurais ri, pour peu que mes sanglots m'aient laissé un tant soit peu d'énergie.

Je fermai les robinets de la douche, m'enroulai dans une serviette et repartis dans la chambre. Mon sac m'attendait près de la porte et, en le voyant, j'eus un pincement au cœur. J'éprouvai une pointe de vulnérabilité à l'idée que Luca m'ait entendue pleurer. À n'importe quel autre moment, cela aurait été humiliant, mais la torpeur dans laquelle je baignais chassa cette pensée.

Au lieu de m'habiller avec mes vêtements, je sortis l'un des T-shirts unis de Nico de la commode, et l'enfilai. Quand bien même il avait tiré un trait sur moi, pour ma part, je n'étais pas prête à faire la même chose. Il me manquait déjà, et je sentais une abominable sensation physique de perte.

Je me mis au lit en plein milieu de l'après-midi. Il me paraissait démesuré sans Nico. J'avais dormi avec lui pendant une semaine, et maintenant il y avait un grand vide sur le matelas, à la place qu'il aurait dû occuper.

Je me demandais s'il laisserait une autre femme dormir dans son lit. Ma poitrine me brûla et se comprima à cette perspective. Je haïssais toute femme qui le toucherait, entendrait ses chuchotements et profiterait de son entière attention. Je les exécrais éminemment alors qu'elles n'étaient même pas réelles.

En tout cas, je comprenais désormais pourquoi les femmes restaient avec des hommes, dans ce monde, quoi qu'ils fassent ou disent. *Par amour.* Pourquoi n'était-ce pas réciproque ?

Étendue, je regardai le soleil décliner derrière l'horizon jusqu'à ce que le sommeil m'emporte enfin.

*

Des lumières rouges et jaunes, floues derrière les baies vitrées, coloraient la chambre plongée dans l'obscurité. Clignant des yeux, je lus qu'il était 1 heure sur le radio-réveil, puis basculai sur le dos. La peur me sauta sur la poitrine, immédiatement remplacée par un soulagement si intense que j'en eus le souffle coupé.

Assis au bord du lit, de dos, les coudes sur les genoux, il laissait errer son regard au-dehors.

Par sa simple présence, mon cœur entreprit de se rafistoler. Mais je savais qu'il se briserait à nouveau sitôt qu'il reprendrait ses distances.

— Commence par le commencement, articula-t-il d'une voix éraillée.

Chaque cellule de mon être se remplit de désespoir, *d'envie* et d'expectative.

Je m'assis.

— À partir d'aujourd'hui ou… ?

— De l'hiver dernier, quand tu as disparu.

Après une inspiration fébrile, j'exposai le comment et le pourquoi de ma fuite. Tout, d'Oscar au manège, jusqu'à *lui*. Comment je l'avais rencontré, que j'avais été forcée de regarder mon oncle l'assassiner et, afin de tout révéler au grand jour, que j'avais couché avec lui.

Ses épaules se crispèrent.

— Tu réalises que tu lui as donné quelque chose qui m'appartient, n'est-ce pas ?

J'ouvris la bouche et la refermai. Rien de plus typique de la part de Nico que de revendiquer mon corps avant même de m'avoir rencontrée.

— Combien ? s'enquit-il.

— Combien de quoi ?

— D'hommes, tonna-t-il.

Je fus tentée de rétorquer « toi d'abord », histoire de souligner qu'il faisait deux poids, deux mesures. En vérité, seulement une microscopique partie de moi voulait savoir combien il avait connu de partenaires. Je tirai sur un petit fil qui dépassait du duvet.

— Deux, murmurai-je. Toi et lui. Je n'ai même pas embrassé d'autre homme. Je t'en donne ma parole.

Dans l'immobilité de la pièce, j'écoutais battre mon cœur pétri d'espérance, tandis qu'il regardait droit devant lui. Il portait toujours les mêmes vêtements, et je me demandai ce qu'il avait fait toute la journée, avec qui il l'avait passée, s'il avait un peu pensé à moi.

— Dis-moi ce que tu faisais avec Sebastian, reprit-il.

— Je suis tombée sur lui devant la banque. Je lui ai interdit de me suivre mais… il est obstiné.

— C'est un abruti fini, grommela Nico.

Est. Au présent. Autrement dit, il avait la vie sauve. J'en fus soulagée.

J'entrevoyais un très léger reflet de lui dans la vitre, recouvert par les lumières orangées de la ville. Il baissa les yeux sur ses mains.

— Est-ce que tu l'aimais ?

Un soupçon de sensibilité perçait dans sa voix par ailleurs indifférente.

Il n'était plus question de Sebastian.

— Non, dis-je. Je le connaissais à peine.

Il émit un souffle ironique, se passa la main dans les cheveux puis dans la nuque, avant de secouer la tête.

— Ta sœur semble avoir une tout autre impression.

Je fermai les yeux en me remémorant notre ultime conversation, et son « oh-oh ». Je fis rouler ma lèvre inférieure entre mes dents.

— Ce sont ses suppositions, rien de plus.

Des sirènes se réverbérèrent contre les murs de l'immeuble,

avant que le silence revienne nous écraser. Une tension extrême persistait en filigrane.

— La bague ? demanda-t-il.

— Je la portais parce que je me sentais coupable, pas parce que je l'aimais.

— Portais ?

— Je l'ai remise à sa mère aujourd'hui, dis-je, avant d'ajouter à mi-voix : Je travaillerai pour te rembourser.

— Tu te figures que l'argent est le fond du problème ?

Et quoi d'autre ? me gardai-je de répliquer.

Son regard accrocha le mien dans la vitre.

— Sais-tu combien d'hommes te feraient du mal pour me nuire ?

J'ignorais comment me rattraper, quoi dire pour qu'il me pardonne. Tout semblait tellement vain, une partie de moi était convaincue que je ne méritais même pas son pardon. J'observai mes doigts qui trituraient un fil.

— Je suis désolée.

— Putain, Elena, ce n'est pas aussi simple.

Il secoua la tête d'un air écœuré qui me vrilla l'estomac.

Il ne pouvait plus me voir en peinture.

Je l'aimais, et il me détestait.

L'arrière de mes yeux me piquait, une larme mouilla ma joue.

— Si je te répugne autant, pourquoi es-tu là ?

Pas un bruit, puis un changement dans l'air m'alerta qu'il s'apprêtait à se lever. En réaction à un élancement dans ma poitrine, je le rattrapai par le bras. Il ne pouvait pas partir. Cette idée seule arrachait chaque point de suture autour de mon cœur.

Il se contracta, mais resta assis. Je m'avançai lentement, m'agenouillai derrière lui. Ma peau frémit au contact de sa présence et de sa chaleur. Ma main glissa de son bras à sa taille, et je déposai un baiser dans sa nuque.

— S'il te plaît ne pars pas, murmurai-je.

Un frisson parcourut son corps.

— Il n'y a pas eu d'autre homme depuis que je te connais, dis-je, mon front appuyé contre sa nuque. Personne d'autre que toi.

Il saisit ma main sur sa taille, me retourna et me fit sortir du lit. Nos regards se percutèrent avec la brutalité d'un tir en plein cœur. Un choc tellement intense que je tombai à genoux entre ses jambes pour me soustraire à la brûlure de son regard, renforcée par la proximité.

Son pouce retraça mes lèvres.

— Pourquoi m'avoir refusé ta bouche, alors ?

Je détournai les yeux, incapable de livrer la vérité en le regardant dans les yeux.

— Les hommes comme toi brisent le cœur des femmes… Je ne voulais pas t'aimer.

Sa voix grave emplit mes oreilles.

— Et ça a marché ?

Mon rythme cardiaque battait la chamade.

— Non, soufflai-je.

Un doux bruit montait dans sa gorge, un mélange de satisfaction et de hargne. Sa paume effleura ma joue, ma tête se pencha sur le côté, la passion exaltant chaque synapse.

— Regarde-moi.

Mon regard se tourna vers le sien, sombre et brûlant.

— Tu m'as menti effrontément.

J'acquiesçai, me rappelant ma promesse de ne pas sortir sans le prévenir.

— Tu n'as pas emporté ton téléphone.

Hochement de tête.

Sa main descendit dans mon cou.

— Tu m'as volé.

Je déglutis sous son contact.

Ses doigts se resserrant, il me fit me lever. Alors que nous nous tenions debout, les yeux dans les yeux, un frissonnement me survola. Ses lèvres frôlèrent les miennes.

— J'ai cru que je devenais fou à force de me demander où tu étais, tempêta-t-il.

J'opinai.

— Tu ne sais pas, gronda-t-il. Je ne peux pas rester loin de toi plus d'une putain de journée, et tu ne peux pas te volatiliser sur un coup de tête.

Je secouai la tête, mais sa main remontant vers mon menton stoppa mon geste.

— Tu. Ne. Sais. Pas.

Il pressa ses lèvres sur les miennes, avec douceur, ses sautes d'humeur embrouillant ma raison. Il approfondit son baiser, et je fondis comme du beurre, mon cœur rayonnant, et s'autoraccommodant. Je gémis quand sa langue se fraya entre mes lèvres, mes mains encerclant son visage.

Ses paumes s'aventurèrent à l'arrière de mes cuisses, à l'orée de mes fesses nues. Il calma son baiser, puis s'écarta pour me contempler dans son T-shirt.

Son regard s'embrasa.

— Enlève-le.

La peau hypersensible, je relevai le T-shirt au-dessus de ma tête. Je me dressai devant lui, nue et haletante. Il souleva mon sein vers sa bouche et aspira mon mamelon. Je poussai un petit cri sous sa morsure.

— Putain, je suis tellement énervé contre toi, bébé.

— Mais tu ne vas pas me laisser ici ?

— Non, râla-t-il. Je ne peux pas te baiser correctement, ici.

Il serra mon entrejambe dans sa main et enfonça deux doigts.

Le soulagement combiné à une onde de chaleur imprégna mes veines.

Il m'embrassa, cette fois en déversant chaque parcelle de son exaspération. Un baiser profond, agressif et dévorant. La réalité s'effaça, ne laissant que lui : son ardeur, son parfum, et mon cœur avide qui se sentait un peu plus entier à chaque contact de ses mains.

La fougue du baiser tourna à la démence. Une folie essoufflée et vorace. Son poing tirait sur mes cheveux, ses lèvres et ses dents arpentant mon cou. Je serrais mes bras autour de ses épaules, mon corps contre le sien. Il se leva en me portant, pour me laisser retomber sur le lit. Son corps lourd s'étirant sur moi, je soupirai.

Sa bouche sur la mienne, il remonta le long de ma cuisse et guida son érection entre mes jambes. Des étincelles claquèrent en moi avant de se dissoudre et de provoquer un besoin d'aller plus loin. Comme je tirai sur sa chemise, il se redressa pour l'ôter. Il mordilla mes seins et mon ventre, sa bouche dérivant de plus en plus bas. Quelque chose titilla mon subconscient.

— Attends, dis-je d'une petite voix, cillant pour dissiper la brume saturée de désir dans mon esprit.

Les mains de Nico se crispèrent sur mes jambes, alors qu'il embrassait l'intérieur de ma cuisse puis l'autre, et avant qu'il touche le point où il se dirigeait, et que je ne perde toute pensée logique, je bredouillai :

— Platonique.

Il se raidit, mais arrêta tout, son regard brûlant d'envie et de frustration.

J'avalai ma salive.

— Je ne veux pas continuer s'il doit y avoir d'autres femmes, Nico. Je ne peux pas.

Il me scruta pendant deux secondes tendues.

— Tu me suffis.

Mon cœur se dilata. Je réalisai soudain que même s'il avait prononcé ces mots au début, je ne l'aurais pas cru. Mais maintenant, un sentiment inexplicable me disait qu'ils sonnaient vrai.

Il pressa son visage entre mes jambes, et l'extase m'enfiévra.

Je l'embrassai durant des heures, lui fis l'amour jusqu'à la douleur, ce qui me laissa un rappel de lui en moi. Il était encore fâché contre moi. Je le sentais dans chaque morsure, chaque tape sur les fesses, et tout ce que j'avais dû promettre pour avoir droit à mon orgasme : ne pas m'exposer au danger en sortant seule. Emmener mon téléphone partout, sous peine qu'il le colle sur ma main. Ne pas le voler. Et de toujours porter ses T-shirts à la maison, sans rien d'autre.

Ce n'était pas une liste déraisonnable, je devais l'admettre, encore que le dernier point soit purement égoïste. Je promis tout, à cause de trois mots.

« Tu me suffis. »

Le métronome dans ma poitrine pulsait à un rythme différent. Celui des nuits sans sommeil, de ses mains autoritaires et de ses T-shirts blancs.

La tête sur son torse, j'écoutais battre son cœur, vigoureux et synchronisé avec le mien.

Abstraction faite du milieu dans lequel j'étais née, je me considérais comme une personne d'une grande moralité et honnête. Peut-être que mes racines étaient trop profondes, ou que l'amour fournissait à une femme une raison de laisser resplendir son côté sombre parce que, soudain, je sus que je n'hésiterais pas à mentir, tricher et voler pour cet homme.

Je réduirais le monde en cendres pour lui.

Il était le roi de la Cosa Nostra.

Et entièrement à moi.

50

« Si tu ne tardes pas trop, je t'attendrai toute ma vie. »
Oscar Wilde

Nico

Je clignai des yeux, agressé par le soleil qui inondait la fenêtre comme si le paradis déferlait sur moi. Voilà pourquoi je détestais dormir dans cet appartement. Il n'y avait pas de rideaux.

Tendant le bras en travers du lit et réalisant qu'il était vide, je sentis ma poitrine dégringoler. Au son des casseroles et des poêles qui s'entrechoquaient, le soulagement fut instantané. Je me frottai le visage. *Mon Dieu.* Je voulais une femme, et j'écopai d'une crise cardiaque somnolente.

Après l'avoir laissée ici, hier, je m'étais rendu au club, avec la ferme intention de dézinguer Sebastian Perez d'une balle dans le crâne, qu'il ait touché Elena ou pas. Il détenait ma femme et avait omis de me contacter. J'avais disjoncté, pendant qu'il était tranquillement assis dans un parc à côté d'elle et papotait depuis une bonne heure. Je ne savais pas ce qui m'avait retenu de renvoyer son corps en Colombie par colis – bon, si, je le savais. Sebastian était un embobineur de première, et j'admirais son habileté à tirer son épingle du jeu.

Il avait veillé sur elle pendant sa mission dans le quartier pourri d'East Tremont. Si je l'avais interceptée trop tôt, cette fichue bague serait toujours à son doigt, je continuerais de croire qu'elle était amoureuse d'un autre et elle cultiverait encore ses secrets, jusqu'à ce qu'elle ait lavé sa conscience.

Je me levai, pissai et enfilai un caleçon avant d'aller voir ce que concoctait ma voleuse de femme.

Les infos en sourdine dans le salon, elle s'affairait devant la gazinière, vêtue d'un de mes T-shirts qui lui arrivait sous les fesses. Ses cheveux noirs emmêlés retombaient dans son dos et, bordel de merde, rien qu'à la voir, mon torse se réchauffa. Je me rapprochai d'elle, et glissai une main sous le T-shirt.

Elle poussa un petit cri, sa main se portant à sa poitrine.

— Oh ! mon Dieu ! Nico ! Tu m'as fichu une sacrée frousse.

Tant mieux. Maintenant, elle sait un peu mieux ce que j'ai ressenti hier.

Je caressai ses fesses nues avant de l'attirer contre moi, en jetant un œil par-dessus son épaule.

— Que fais-tu de bon ?

— Ton petit déjeuner.

Je considérai les œufs brûlés dans la poêle.

— Ça ne se passe pas comme tu veux ?

— Non, soupira-t-elle.

J'eus un petit rire.

— Tu n'es pas bonne cuisinière, bébé.

Elle se laissait distraire trop facilement, par tout et n'importe quoi : la télé, lire, avaler des céréales, se vernir les ongles. Elle avait la capacité de concentration d'un enfant.

— Pour bien faire, il faut surveiller la cuisson jusqu'au bout.

— Je n'ai pas bougé du réchaud, cette fois, insista-t-elle. Mais ma mère a téléphoné sur ton portable. Forcément, j'ai répondu, et elle n'en finissait plus de rabâcher qu'elle était morte d'inquiétude parce que mon téléphone était éteint. Je lui ai dit que la batterie avait dû se décharger.

Pas la peine que je stipule qu'il était en morceaux, sur le sol de mon salon. En fait, nous logerions ici le temps que Luca fasse du ménage, afin qu'Elena ne sache pas que, de rage, j'avais démonté la maison. Et comme elle me rappelait qu'elle m'avait encore fait péter les boulons, je lui flanquai une claque sur la fesse.

— Aïe ! s'exclama-t-elle. Pourquoi tu me tapes ?

— Parce que tu m'as volé. Menti. Au choix.

Elle marqua une pause, ses réflexions pleines de culpabilité virevoltant dans l'air autour de nous. Je soupirai, me retournai et rapprochai son visage de mon torse. Elle enroula ses bras autour de moi, le contentement fredonnant dans ma gorge.

Peut-être que je ne devrais pas croire un mot de son explication, mais le fait est que je la croyais. Autrefois, elle me semblait indéchiffrable, mais c'était sûrement parce qu'il m'était difficile de me concentrer sur son visage. À présent, je pouvais voir ses pensées imprégner ses doux yeux marron et les entendre dans sa voix. Il lui restait du chemin à parcourir avant d'être une Russo, mais je l'accompagnerai jusqu'au bout.

Elena

Une douleur cinglante sur ma fesse me fit pivoter. Je me massai pour atténuer les picotements.

En caleçon, les cheveux encore mouillés de la douche, Nico me lançait un regard noir tout en brandissant la serviette qui lui avait servi de fouet.

— Rappelle-moi ce qui se passe ce soir.

Je roulai des yeux comme si j'étais énervée, alors qu'en réalité, je dus me mordre la joue pour m'empêcher de sourire.

— Des strip-teaseurs, répondis-je en me dirigeant vers la chambre. Tu sais, des hommes qui dansent en se déshabillant.

Nico et moi avions passé une seconde nuit dans l'appartement, même si j'aurais préféré rentrer à la maison. Mais comme je passais tout mon temps à le couvrir de baisers, jour et nuit, peu importait l'endroit où nous dormions, tant qu'il était là.

J'avais reçu un appel de ma mère à 8 heures ce matin, et Nico m'avait tendu son téléphone avant de se rendormir pendant que je digressais sur mon enterrement de vie de jeune fille organisé le soir même, d'où le coup de serviette sur ma fesse.

Je me dirigeai vers mon sac, posé sur la commode, et cherchai des vêtements avant qu'il marque ma peau nue.

Il me talonnait.

— Pas question qu'un homme pose les mains sur toi, Elena.

Je me retournai en faisant la moue.

— Les strip-teaseurs touchent les filles ?

— Ça s'appelle une *lap dance*, bébé, gronda-t-il.

— Oh ! fis-je nonchalamment, en me retournant. C'est bon à savoir.

— Pourquoi c'est bon à savoir ?

— Il faut que je m'épile.

Pour mon trait d'esprit, il me lança sur le lit, et je m'esclaffai avant même de toucher la couette.

— Quelle abrutie a jugé bon de faire appel à des strip-teaseurs pour ta fête ? interrogea-t-il, exaspéré.

— T'es complètement fêlé. Je te taquine ! Nous allons dans un cabaret burlesque, soupirai-je, mes mains en appui derrière mon dos. Tu n'es vraiment pas marrant.

Les yeux plissés, il se leva au pied du lit.

— Suis-je censé trouver hilarant que d'autres hommes te touchent ?

Un sentiment de vulnérabilité monta dans ma gorge.

— Tu fais trop souvent deux poids, deux mesures, Nico. Je sais que tu sors dans un club de strip-tease ce soir, et que tout le monde se réjouira de financer toutes tes *lap dance.*

Je savais qu'il était exclu de lui interdire les clubs de strip-tease – il en possédait au moins un – mais l'idée qu'une femme pose les mains sur lui me rendait malade.

— Comment sais-tu où je vais ? Je ne suis même pas au courant.

— Benito l'a dit à ma mère.

— Benito, grimaça-t-il. Comment le sait-il, ce couillon ?

Comment pouvait-il insulter mon cousin ? Tout le monde appréciait Benito.

— Qu'aimerais-tu faire à la place, Nico ?

Un club de strip-tease était l'idée la plus ennuyeuse qui soit pour enterrer la vie de garçon d'un mafieux. L'un de mes cousins s'était marié l'an passé, et des prostituées avaient été payées pour la nuit entière. Je le savais parce que Benito m'avait demandé par SMS comment savoir s'il plaisait à une femme qui avait déjà été rémunérée pour coucher avec lui.

— Je préférerais annuler. Ça me contrarie de te déposer chez tes parents.

— Pourquoi ?

— Je n'ai pas confiance en ton papà.

— C'est ton beau-père maintenant. Il va falloir apprendre à bien t'entendre avec lui.

Il exhala un souffle amusé en se passant les mains dans les cheveux.

— Dis donc, tu traînes une flopée de casseroles.

Je me renfrognai.

Il plongea son regard intense dans le mien.

— Personne ne te touche, Elena, quoi que tu fasses ce soir. Tu saisis ?

— Personne ne *te* touche, lui retournai-je.

Nous nous fixâmes un instant, réalisant à quelle rapidité nous montions tous deux dans les tours. Désopilant, vu que nous étions mariés, mais aussi excitant, par sa possessivité et son exigence. Il était *mien* et personne d'autre n'était autorisé à l'avoir.

— Nous avons un marché, dirait-on, déclara-t-il avec lenteur, avant de me tirer par la cheville et de s'étaler sur moi.

Le bonheur gonflant ma poitrine comme un ballon, je me demandai s'il était possible d'aimer quelqu'un au point d'éclater.

Le bolide de Nico était à l'arrêt devant le domicile de mes parents depuis deux bonnes minutes, lui sur le siège passager, nerveux et silencieux. J'attrapai la poignée de la portière, mais il actionna la fermeture avant que je puisse sortir.

— Nico, nous ne pouvons pas passer la nuit ici, soupirai-je.

Son regard croisa le mien.

— Les soirées, on s'en tape. Rentrons à la maison. Je te baiserai en douceur toute la nuit.

L'amusement bouillonna dans ma gorge.

— Ton vocabulaire est d'un romantisme achevé.

Il se passa la main sur la bouche.

— Qui te conduit, déjà ?

— Dominic, et les deux hommes que tu as banni secrètement du club.

Il esquissa un petit sourire.

— Tu es une petite fouine.

— Tu parles fort au téléphone.

— Tu as de l'argent sur toi ?

— Oui.

— Ton portable ?

— Oui, dis-je, même si je ne voyais pas pourquoi il m'en avait absolument fallu un neuf.

Il leva une épaule. Peut-être que ç'avait été plus simple d'en racheter un que de récupérer le mien à la maison. Nous n'y étions pas encore retournés. Il me fallait à tout prix trouver une tenue pour ce soir, même si de toute façon, ma garde-robe était pour l'essentiel restée chez mes parents.

Quand Benito sortit sous le porche, Nico l'observa, pensif.

— Tu comptes annoncer que nous sommes mariés ?

— Naturellement, je veillerai à ce que tout le monde sache que je suis légalement liée à Nicolas Russo.

Son regard amusé se tourna vers moi.

— Je n'aurais jamais pensé épouser une femme aussi impertinente.

— Est-ce une déception ?

Sa main dans ma nuque, il rapprocha mon visage du sien.

— Il y a pire. (Il m'embrassa profondément et lentement.) Tu vas t'amuser ce soir ?

— Possible, murmurai-je près de ses lèvres. Mais tu me manqueras comme jamais.

— Mince, tu es émouvante quand tu ne me voles pas.

Je m'empourprai.

— Vas-tu me laisser travailler pour te rembourser ?

Il s'esclaffa.

— Sais-tu combien tu as détourné ? Il te faudrait vingt ans, au minimum.

— Eh bien… je ne m'en irai pas de toute façon, si ?

Son regard me transperçait.

— Non. Je pense que je vais te garder.

— Nico… je te demande vraiment pardon pour l'argent…

— Il n'y a pas de quoi. Je suis impressionné, dit-il, une pointe d'humour dans la voix. Il y a peut-être déjà un petit Russo en toi.

Je tapotai l'encadrement de la porte et me raclai la gorge.

— Bonsoir, Papà.

Il releva les yeux de sa paperasse avec une expression énigmatique.

— Je crois comprendre que tu t'es mariée.

Tout le quartier l'avait sûrement entendu tellement Mamma avait hurlé en voyant ma bague. Pas un cri de joie, plutôt un assentiment horrifié.

Je remuai devant l'entrée.

— Exact.

— Il ne m'a pas demandé la permission d'avancer le mariage, grommela Papà.

— Tu n'as pas sollicité mon avis, avant de me vendre à Oscar Perez.

Mes récriminations énoncées, mon cœur battit à tout rompre. Jusqu'à présent, je n'avais jamais eu le courage de tenir tête à mon père, quoi qu'il ait pu faire ou dire.

Sa mâchoire frémit, mais il se contenta de remuer ses documents.

— Je ne t'ai pas vendue. Tu sais comment ça marche, dans ce milieu, Elena. Si tu vivais en dehors du clan et prenais toutes les décisions qui te concernent, tu ne tiendrais pas longtemps. Ils ne feraient qu'une bouchée de toi. J'essayais de te protéger.

Sa vision de mon bonheur et de mon bien-être était tellement biaisée que je savais que nous ne concorderions sur aucun point, c'est pourquoi, aussi stupides que soient ses convictions, je laissai tomber.

— Je ne veux pas de conflits entre toi et mon mari.

Il partit d'un rire moqueur.

— Qu'est-ce qui te déplaît chez lui ? soupirai-je.

— C'est un escroc, irascible en plus.

J'ouvris la bouche pour contester mais la refermai. C'était un tantinet difficile de le nier.

— Quand il veut quelque chose, il le prend. Comme son père. Je savais que je n'aurais pas dû le laisser te voir avant d'épouser ta sœur.

— Pourquoi lui as-tu dit que j'étais inapte au mariage ?

— Parce qu'il ne te mérite pas ! vociféra mon père en abattant sa main sur le bureau. Oscar te comprenait. Il aurait été un bon mari pour toi.

J'eus un rire plein d'amertume.

— Il me comprenait ? Penses-tu que je sois aussi transparente que le verre ? Tu ne sais même pas qui je suis parce que, depuis mes dix ans, tu n'as pas passé un seul jour avec moi pour essayer de mieux me connaître.

Il secoua la tête.

L'émotion me prenait à la gorge.

— *Primo*, tu es mal informé sur le genre de personne qu'était Oscar. Creuse un peu et réfléchis au fait que tu étais à deux doigts de me vendre à lui. *Deuxio*, indépendamment de tes réserves envers Nico, je le connais depuis peu de temps, mais il me connaît mieux que quiconque. C'est mon mari, Papà… et il est voué à compter dans ma vie, que cela te plaise ou non. (Je déglutis.) Si tu tiens un tant soit peu à moi, tu te montreras poli avec lui.

Un instant de silence suivit. Alors que je m'apprêtais à prendre congé, sa voix m'arrêta.

— Bien que ce ne soit pas toujours flagrant, je t'aime, Elena et je veux ce qu'il y a de mieux pour toi. Tu viendras me trouver s'il te traite mal.

Je hochai la tête, même si je savais que ce ne serait aucunement nécessaire.

Pour la première fois de ma vie, je me sentais libre d'être moi-même. De proférer des jurons, de garder mes sourires pour qui les méritait, d'être parfois désagréable et de tomber amoureuse.

Nico ne me traitait pas comme si j'étais en verre. Il explosait le reflet de l'existence vide que me retournait mon regard.

Il m'apprenait à m'élever dans les airs.

51

« Une femme se doit d'être rose et câline pour un homme. »
Jayne Mansfield

Elena

— Sophia Anise ! Il me semblait que nous allions à un spectacle familial !

Mamma s'insurgea lorsqu'un danseur torse nu sauta sur une femme sur scène, qui se tourna face au public, une main sur la bouche, l'air choqué.

Sophia rejeta ses cheveux derrière son épaule en pouffant.

— Elena se marie ! Qui a envie d'un spectacle familial ?

Mamma avait confié à Sophia le soin de choisir le lieu et le spectacle et elle s'attendait à une soirée grand public ?

— J'adore ! s'enthousiasma Gianna. Je n'ai pas vu de spectacle burlesque depuis une éternité.

En arrivant, nous avions trouvé Gianna devant le club, en grande conversation avec le videur comme si elle retrouvait un copain d'enfance. Il s'était avéré qu'elle le connaissait depuis trois minutes. Le pauvre type se réjouissait sûrement de ramener une fille à la maison, alors qu'en réalité, Gianna était loquace avec tout le monde – à l'exception des agents du FBI.

Notre table était pleine, mais elle paraissait vide sans Adriana et Nonna. Ma sœur souffrait d'atroces nausées matinales. Nonna avait déclaré qu'elle était « malade comme un chien », ajoutant qu'elle l'avait bien cherché, à tomber en cloque hors mariage. Elle avait aussi précisé qu'elle devait rester à la maison pour veiller sur Adriana, mais en vérité, c'était juste un prétexte pour respecter l'heure du coucher, à 20 heures dans son cas.

L'éclairage scintillait, mes joues étaient brûlantes, et ma poitrine me semblait légère, comme si elle était remplie d'un bonheur sur le point de s'échapper. Je me levai.

— Besoin d'aller au petit coin.

— Eh bien, vas-y, dit Mamma. Inutile de l'annoncer à toute la salle.

Je ris.

Mamma leva les yeux au ciel.

— *Mamma mia.*

Appuyé au mur, bras croisés, Dominic m'examina. Il avait la classe en costume, mais affichait son air taciturne habituel.

— Je t'accompagne !

Gianna bondit sur ses pieds. Elle portait des escarpins en velours rose poudré, que je ne pouvais que lui envier.

— Non, non, non ! s'écria Sophia. Tu ne peux pas déjà avoir la vessie pleine ! La soirée ne fait que commencer !

— À peine dix-neuf ans, et elle sait déjà tout, bougonna ma mère, alors que je m'éloignais avec Gianna.

— On dit que les envies pressantes, c'est avant tout dans la tête, dit Gianna en me prenant le bras.

— Oh ! je ne sais pas trop. Je bois très peu, avouai-je.

— Vraiment ? Ace et toi êtes fort bien assortis, tu ne trouves pas ?

Je fronçai les sourcils.

— Nico a constamment un verre à portée de main.

— C'est vrai, rit-elle en me donnant un coup d'épaule. Mais il ne boit jamais en excès. La dernière fois que je l'ai vu ivre, ça remonte à six ans, et je peux t'affirmer que c'était avant tout une incitation à la sobriété.

— Pourquoi ?

— Euh, bah... (Elle soupira.) Ace t'en parlera mieux que moi.

— Tu as couché avec mon mari, me semble-t-il ?

J'étais trop alcoolisée pour filtrer les questions trop personnelles.

Elle se fendit d'un rire embarrassé.

— Ce n'est un secret pour personne, je suppose. Ça ne s'est produit qu'une seule fois, et nous étions tellement éméchés que nous n'en avons gardé aucun souvenir.

Que ce soit à cause des quelques verres que j'avais bus, ou parce que je l'avais deviné, le fait est que cela me toucha peu. Je savais que Nico n'était pas novice, et de toute façon, je n'aurais sans doute pas apprécié qu'il le soit. Sinon, il n'aurait pas été le même homme.

Nos petites affaires achevées, nous nous lavâmes les mains côte à côte.

— Alors tu es mariée, hein ? fis-je.

Elle roula des yeux en soupirant.

— Inutile de me le rappeler.

— Je suis désolée que ce ne soit pas un mariage d'amour.

Elle approcha son visage du miroir et appliqua une couche de rouge à lèvres cerise.

— Pas la peine. C'était mon choix.

— Sans mentir ?

— Ouaip, fit-elle dans un claquement de lèvres, après les avoir pressées pour répartir harmonieusement la couleur. J'avais vingt ans quand j'ai épousé Antonio. Il est mort trois ans plus tard. Après cela, j'ai eu des petits ennuis avec la loi, et Nico m'a donné le choix entre rentrer à Chicago ou me remarier.

Elle me tendit son tube de rouge à lèvres, et je m'apprêtais à décliner mais… pourquoi pas ? Elena Abelli ne portait jamais rien d'aussi voyant, mais j'étais Elena Russo désormais. J'en étalai une généreuse couche.

— Donc tu as choisi le mariage ?

— Voilà, dit-elle en me prenant la main gauche pour examiner mon alliance à la lumière. C'était tout vu.

Apparemment, sa vie dans son lieu d'origine manquait d'attraits.

— Tu vas me trouver monstrueuse, mais j'ai choisi le candidat le plus âgé pour des raisons évidentes.

— Je ne trouve pas cela monstrueux du tout.

C'était vrai. Je n'aurais pas le courage d'épouser un homme trois fois plus vieux que moi. Je ne pouvais même pas imaginer la nuit de noces sans en avoir des frissons d'horreur.

— Nico ne t'obligera pas à te remarier ? demandai-je.

Les yeux plissés, elle lâcha ma main.

— Non.

Tiens, tiens… sa façade exubérante recelait donc de la passion.

Je lui rendis son rouge à lèvres et pressai mes lèvres l'une contre l'autre, tout en considérant mon nouveau look dans le miroir avec un regard voilé.

— Il m'a juré fidélité, annonçai-je, l'alcool me déliant la langue.

J'ignorais pourquoi je partageais cela, mais il y avait quelque chose de libérateur dans le fait de se confier à une autre femme dans des toilettes.

C'était ce que les filles faisaient, et pour la première fois, je participais au mouvement.

Ses yeux noirs s'emplirent d'affection.

— Pauvre bichette. On dirait que tu es coincée avec lui pour de bon. Ace a beau avoir une âme d'escroc, il fait toujours exactement ce qu'il dit.

— Quel âge a ton cousin, au fait ?

La voix forte de Gianna se répercuta sur le trottoir d'en face. Dominic coula un regard vers nous, et sans exagérer, je gloussai.

— Il est trop jeune pour toi. Tu as, genre, dix ans de plus que lui.

Gianna se rembrunit et se stabilisa en se tenant au mur de brique.

— Il a dix-huit ans ? Il ne fait pas dix-huit ans.

— Non, vingt.

Je zigzaguai à sa rencontre et lui cognai l'épaule.

— Il est séduisant.

Dominic, debout sur le trottoir, faisait semblant de s'intéresser à ses SMS et de ne pas écouter notre conversation.

— Il est pas mal, dis-je.

Ses lèvres se relevèrent.

Benito était venu chercher Mamma et les autres un instant plus tôt, mais Dominic était resté en attendant que mon mari passe me prendre. Nico m'avait envoyé trois SMS au cours de la soirée, et j'avais répondu à chacun d'eux. Je méritais une médaille. *Tu t'éclates ?* Oui. *Tu veux rentrer ?* Non. *Tu as trop bu ?* Oui et non.

Deux minutes plus tard, sitôt que j'avisai mon mari sortant de la voiture, mon cœur grisé sauta de satisfaction. Je restai toutefois sur place – de guingois – mes talons de dix centimètres inadéquats après trois verres. Chiffre à partir duquel j'avais perdu le compte.

Nous apercevant Gianna et moi appuyées côte à côte contre le mur comme si nous étions incapables de tenir seules, Nico plissa légèrement les yeux.

Il s'arrêta devant nous, les mains dans les poches.

— Tu es totalement saoule.

Je hochai doucement la tête.

Le regard amusé, il promena son pouce sur sa lèvre inférieure.

— Tu peux marcher ?

J'acquiesçai mais ne bougeai pas. Sans quoi, Gianna basculerait.

Son regard s'égara, avant qu'il reparte s'entretenir avec Dominic. Mon cousin rangea son téléphone et regarda Nico dans les yeux. Que devais-je faire pour qu'il m'octroie ce genre d'attention ? J'observai mon mari pendant qu'il s'entretenait avec Dominic. Il était si magnifique que quelque chose me remua la poitrine.

— Viens, dit Nico en me prenant par la main. Rentrons à la maison.

— Mais Gianna…

— Dominic s'occupe d'elle.

— Oh… j'ai *tellement* bu ce soir.

Nico eut un rire franc.

— Ah oui ?

— Mais j'ai bien profité, bredouillai-je. Je me suis super bien amusée.

Dès que Nico m'ouvrit la portière, je m'affalai sur le siège. Il s'accroupit à côté de moi et boucla ma ceinture.

— Tu as traîné avec Gianna ?

— Oui !

Il se renfrogna.

— Pas de drogue, Elena.

— Bien, monsieur, pouffai-je.

— Je suis sérieux.

Me rappelant sa mamma, je redevins un peu plus sobre.

— Pas de drogue, dis-je.

— Promets-moi.

— Je te le promets, Ace.

Il fit un petit sourire.

— Ace, hein ?

Je hochai mollement la tête.

— Je teste.

Désormais, je l'appellerais *Ace* quand j'étais pompette, *Nicolas*, quand j'étais fâchée, et *Nico*, le reste du temps.

Son pouce caressa ma joue.

— Penses-tu gerber dans ma voiture ?

Je fronçai le nez.

— Pourquoi je gerberais ? J'ai une pêche d'enfer.

Il émit un son amusé.

— Putain, on ne va pas s'ennuyer.

Il referma ma portière, et je le regardai contourner la voiture derrière le pare-brise. Il ressemblait à un Don ce soir, et je mourais d'envie de rentrer à la maison et de lui arracher ses vêtements pour l'humaniser un peu.

Une fois qu'il fut installé sur son siège, ma tête roula sur l'appuie-tête pour le regarder.

— Comment se fait-il que tu sois aussi sublime ?

Il eut un petit rire.

— Un cadeau du ciel, j'imagine.

La main sur ma joue, il posa un baiser profond sur mes lèvres qui me fit fondre sur mon siège.

Je m'endormis quelque part entre la boîte de nuit et la maison, toutefois j'attendis d'accéder à la cuvette des toilettes pour vomir.

52

« L'amour est une étrange magie noire. »
Atticus

Elena

À travers les fenêtres hautes du vestiaire de la mariée accolé à l'église, le soleil illuminait des particules de poussière en suspension, semblables à de minuscules éclats d'or. Prise de nausée, je posai la main sur mon ventre en inspirant profondément.

Mamma tira sur les lacets, et je chancelai.

— Rentre ton ventre, Elena. J'ai à peine commencé à serrer.

Che palle. J'avais l'impression qu'elle m'étouffait.

— Pour l'amour du ciel, Celia, elle ne peut pas rentrer ses seins là-dedans, intervint ma grand-mère, assise dans un coin, *Vanity Fair* dans une main, une tasse de café dans l'autre.

— C'est son postérieur qui coince. Les lacets vont bailler au niveau des coutures si je ne peux pas la sangler convenablement.

Et elles se demandent pourquoi je déprimerais...

À peine eut-elle resserré le buste que je murmurai : « Oh non », avant de me couvrir la bouche, la nausée remontant dans ma gorge.

— Vite, Adriana ! La poubelle ! s'exclama Nonna.

Ma sœur sauta de son fauteuil, et je la rejoignis au milieu de la pièce, où je rendis mon petit déjeuner constitué de café et de toasts, dans la petite poubelle.

— *Che schifo*, grimaça ma mère.

Adriana me frottait le dos. Déjà coiffée et maquillée, elle portait sa robe de demoiselle d'honneur rose, qui dénudait ses épaules. Mes cousines, dans la salle d'en face, achevaient leur mise en beauté.

— Bienvenue au club, marmonna-t-elle. J'ai dégobillé trois fois ce matin.

Je le savais parce que je l'avais entendue à travers la porte de la salle de bains. J'avais passé la nuit chez mes parents, par respect des conventions. Nico s'y était opposé, mais je n'aurais qu'un seul mariage et je tenais à préserver la tradition imposant de dormir séparés la nuit précédant la cérémonie, même si nous étions déjà mariés. Je l'avais embrassé dans la voiture pendant dix minutes quand il m'avait déposée. Ce n'était qu'une seule nuit l'un sans l'autre, pourtant, en m'éloignant de lui, j'avais le cœur gros.

J'avais toujours imaginé l'amour comme un concept : un sourire authentique, un couple se tenant par la main, un compagnon pour la vie. À présent, je le savais à plusieurs dimensions, une présence affolante, possessive et irrésistible qui éclot dans la poitrine, dotée du pouvoir de vous faire vous sentir infiniment vivant ou de vous réduire en miettes.

Nonna s'éventa avec la revue.

— Encore une de tes filles qui n'a que ce qu'elle mérite, Celia. Elles se figurent qu'elles peuvent forniquer à tout bout de champ sans subir de répercussions.

Adriana leva les yeux au ciel et se rassit, sa bague de fiançailles chatoyant dans la lumière. Elle allait épouser son jardinier ; elle me l'avait annoncé la veille au soir. Sa bague était presque plus volumineuse que la mienne, ce que Ryan n'avait pas pu financer.

Sans doute que mon père l'avait achetée avant d'accorder à Ryan un court délai pour faire sa demande. Que cela lui plaise ou non, son amoureux avait intégré la Cosa Nostra.

J'attrapai mon verre d'eau sur la table et le pressai contre ma joue.

— Je ne suis pas enceinte, Nonna. Juste nerveuse.

— Pourquoi ? s'étonna-t-elle. Tu es déjà mariée.

Certes, mais là, c'était mon mariage. Le jour dont je rêvais secrètement depuis l'âge de cinq ans, avec de grands yeux émerveillés.

— Je tiens à ce que tout soit parfait.

— Tout le sera, certifia Mamma. Mais ôte ce verre de ton visage. Tu bousilles ton maquillage.

Elle me flanqua une tape sur la main. Alarmée, je sursautai. Le verre me glissa des doigts et se fracassa sur le sol.

— Mamma, râlai-je, le cœur tambourinant. Tu as failli tremper ma robe !

La main sur la bouche, elle éclata de rire. Nonna gloussa dans son coin. Adriana avait beau écarquiller les yeux, l'amusement se lisait sur ses lèvres.

— Sérieusement ? Suis-je la seule adulte ici ? grondai-je.

Leurs rires redoublèrent.

Je me retins de sourire pour ne pas les encourager.

Me rapprochant de l'évier, je me brossai les dents pour la troisième fois puis fis les cent pas autour de la pièce, tel un animal en cage. Il faisait une chaleur étouffante. La lourdeur ambiante s'immisçait sous ma peau, et avec la traîne de deux mètres épinglée à ma robe, j'avais l'impression de trimballer dix kilos de vêtements.

— Quelle fournaise. Mamma, enlève-moi cette robe. J'ai besoin de sortir m'aérer.

— Non ! mugit ma mère.

Nonna la considéra, ce qui mit mes sens en alerte. Je les examinai tour à tour.

— Qu'est-ce qui cloche ?

— Rien du tout, *cara mia*, me rassura Nonna en agitant la main. Tu ne peux pas sortir. Tu es coiffée et maquillée. Il ne faut pas que ton mari te voie ainsi.

— C'est le cadet de ses soucis…

— Tu as déjà gâché tes fiançailles en t'envoyant en l'air avec lui je ne sais combien de fois puis en t'enfuyant, nom d'un petit bonhomme. Tu vas m'écouter maintenant : tâche de ne pas porter la poisse à ton couple.

Je n'étais pas superstitieuse, mais je ne voulais pas non plus me chamailler avec elle. En outre, la pièce s'assombrissait, des nuages obstruant le ciel.

— Il va pleuvoir, n'est-ce pas ? soupirai-je. Ce serait bien ma veine.

— Oh non, *cara mia*, la pluie porte chance le jour du mariage. Elle symbolise la fertilité.

Nonna s'interrompit, fit la moue, puis reporta son attention sur sa revue en marmonnant.

— Mais nous savons que sur ce point, tout fonctionne.

Je secouai la tête, gagnée par l'amusement. Je n'étais pas enceinte et ne prévoyais pas de l'être de sitôt. Je n'avais que vingt et un ans, je voulais profiter de deux années à traîner nue chez moi, à faire l'amour sur le canapé et à me repaître de mon mari. Cela étant, je ne pouvais pas nier que l'idée d'un mini-Nico en moi m'emplissait le cœur de chaleur. À tout le moins, je devais auparavant apprendre à cuisiner, ce qui n'était pas gagné.

Les nerfs en pelote, je m'affalai dans un fauteuil. Je laissai aller ma tête contre le dossier, mais la redressai instantanément lorsque ma mère hurla que j'abîmais ma coiffure.

La porte s'ouvrit soudain. Sophia fit irruption en brandissant deux bouteilles de champagne.

— Que la fête commence ! s'écria-t-elle d'une voix perçante.

Un sourire flotta sur mes lèvres.

Et pas qu'un peu.

Un souffle froid caressa mon dos, mes pas se calant sur les douces notes jouées au piano. Mes mains moites agrippaient le bouquet devant moi, et trois cents paires d'yeux touchaient ma peau, bien que pendant un instant, je ne fus consciente que d'une seule.

Quelques rayons de soleil illuminaient les vitraux et retombaient devant ses pieds.

Whiskey et flammes. Nuits blanches. Peau tatouée, T-shirts blancs et mains autoritaires. Amour, désir charnel et bonheur. Il était tout.

Les violons de *Canon* de Pachelbel se dispersant à travers l'église, un frisson saisit la base de mon dos. J'avais le souffle coupé pendant qu'il me regardait marcher vers lui. Il avait le don de transmettre tant de choses en un regard, avec une intensité suffisamment puissante pour me figer sur place, ou assez bouleversante pour que mon cœur ne batte rien que pour lui.

Sa mère n'avait peut-être pas été un bon parent, mais sans elle, il n'existerait pas, et sans Nico – et sa façon de me regarder – eh bien, ce n'était pas un monde auquel je souhaitais appartenir.

Mon cœur sauta puis plongea dans ma poitrine, et je me libérai de son attention pour reprendre mon souffle. Mon regard tomba sur Mamma, qui sanglotait – de chagrin ou de bonheur, allez savoir – puis sur Papà, qui m'adressa un petit hochement de tête. Peut-être que tout se déroulerait sans encombre, après tout, parce que si mon père m'obligeait à faire un choix définitif entre lui et mon mari, je n'aurais pas besoin d'y réfléchir à deux fois.

Une félicité pure inondait mes veines. La seule chose qui me retenait de me dissoudre dans le bonheur était cette robe d'une lourdeur écrasante.

Mes yeux me piquaient quand Benito soutint mon regard, le pouce levé en signe d'approbation. Tony me décocha un clin d'œil, et Jenny, qui se tenait à côté de lui dans une robe rouge tapageuse, articula « oh mon Dieu ».

Cette fois, je répétai les mots du prêtre avec conviction.

Cette fois, le timbre de la voix de Nico me consuma.

Cette fois, j'embrassai mon mari sur les lèvres, de tout mon cœur.

Les invités nous acclamèrent, et mon enthousiasme fit rire Nico.

— Tu m'appartiens entièrement, murmurai-je au bord de ses lèvres.

Un ronronnement satisfait dans la gorge, il pressa un baiser sur ma bouche. Il faufila sa main dans la mienne puis me guida dans l'allée centrale. Une fois dans l'entrée, je bafouillai :

— C'était parfait.

Nico rit sans bruit, se tourna face à moi et caressa ma joue avec son pouce.

— Tu es parfaite.

Rouge comme une pivoine, je le regardai en battant des cils.

— Tu aimes ma robe ?

Sa main me prenant par la nuque, il m'embrassa profondément.

— Tu es splendide, bébé.

Je déglutis, une boule dans la gorge. Pour empêcher mes rougeurs d'incendier mes joues, j'extirpai sa cravate de son gilet de costume.

— Très joli. Le rose te va à ravir.

— Ah oui ? Et toi, tu ne portes pas de rose ?

Un sourire aguicheur étira mes lèvres.

— Tu aimerais le savoir, hein ?

Il arrangea sa cravate et m'examina d'un air inquisiteur.

— Je le découvrirai tôt ou tard. Plus tôt que tu ne le souhaites, si tu refuses de me montrer.

Levant les yeux au ciel, je remontai néanmoins le bas de ma robe pour dévoiler mes talons rose dragée. Je portais possiblement du rose par ailleurs, mais ce serait tout ce qu'il verrait pour l'instant.

Il sourit, frottant son pouce sur sa lèvre inférieure. Le boucan soulevé par les convives submergea la salle, et Nico me prit la main pour m'entraîner vers la porte.

— Que fais-tu, Nico ? Nous ne pouvons pas nous absenter.

— Nous n'allons pas loin, juste devant.

Je cillai.

— Pourquoi ?

— Besoin d'une cigarette.

Je fronçai les sourcils.

— Tu es obligé de fumer précisément maintenant ?

— C'est ce que j'ai dit, madame mon épouse.

Il me tint la porte ouverte. Je fus arrêtée par un grondement dans le ciel assombri.

— Nico, il va pleuvoir. Ma robe…

— Je t'en achèterai une neuve.

J'hésitai, mais clouée par son regard insistant, mes réticences fondirent comme neige au soleil. Cet homme était tout bonnement trop séduisant. Je m'étais promis de ne pas me marier avec un bel homme, et qu'avais-je fait ? Ce serait entièrement ma faute si la pluie s'abattait sur moi.

Je sortis, soulevant mes jupons et regardant mes pieds pour descendre prudemment les marches. Alors que je tirais ma traîne sur le trottoir, sur toutes sortes de déchets et de crasse, je me fustigeais de ne pas savoir dire non un peu plus fermement à cet homme.

Levant les yeux, mon cœur s'arrêta net.

Mon pouls repartit, cogna contre mes tympans et bloqua ma respiration.

Sur la chaussée craquelée, parmi le son lointain des sirènes et le goût de l'air urbain, les spots jaunes d'un manège clignotaient sous le ciel gris. Il se dressait là, statique, isolé et magnifique.

Je me rapprochai, la traîne de ma robe oubliée. Les yeux brûlants, une larme s'échappa sur ma joue. La présence familière de Nico câlinait mon dos.

Les premières gouttes de pluie descendirent du ciel et entonnèrent une sorte de musique sur le manège doré.

Sa voix rauque imprégna mes pensées.

— Il te plaît ?

S'il me plaît ?

Lentement, je me retournai pour le regarder. Face à mon expression, la confusion navigua dans ses yeux.

— Un problème ?

Il chassa la larme de ma joue.

Sous la pluie tiède et aérienne, je battis des cils pour en repousser les gouttes.

— Je t'aime, chuchotai-je.

Son regard flamboya, les battements de mon pouls emplissant l'espace qui nous séparait.

Aime-moi aussi. Aime-moi pour toujours.

Il se rapprocha. Son smoking frôlait ma robe, et, la main sur ma nuque, il susurra dans mon oreille :

— Et je t'aime, Elena Russo.

Nico était peut-être un hors-la-loi, mais là où le sens moral lui faisait défaut, il compensait en tant que mari.

Il m'aimait à tout jamais.

Remerciements

L'écriture de *Not a Saint* s'est étalée sur six mois, avec des hauts et des bas, et de soudaines périodes entre « C'est génial ! » et « Tout est bon à jeter ». Cependant, maintenant qu'il est achevé, écrire me manque déjà.

Je tiens à remercier mes amis et ma famille pour leur soutien à toute épreuve, la considération avec laquelle ils me demandent si j'écris toujours des « histoires porno ». Pour toujours et à jamais.

À mon mari. Merci d'être mon rocher, mon inspiration et de répondre à toutes mes questions sans ciller.

À mes bêta-lectrices. Tawni, tu mérites une phrase pour toi seule tellement tu es épatante. Emilia, Kristin, Samantha, Elizabeth, August et d'innombrables autres : merci ! Ce roman ne serait pas ce qu'il est sans chacune de vos suggestions. Vous êtes mon clan.

À mon éditrice Bryony. Ton attention aux détails a grandement amélioré ce texte. Et mes relectrices qui ont aidé à embellir chacune des phrases : Juli Burgett, Khalima Bolden et Jessica Bucher.

À Sarah d'Okay Creations pour la superbe couverture de la version originale. Et Stacey Ryan Blake pour la belle mise en page.

Aux blogueuses et critiques, qui participent à la promotion de ce livre. J'apprécie tous vos e-mails, articles et commentaires. J'écris par passion mais vous rendez l'aventure nettement plus plaisante.

Dernier point, et non des moindres, un roman n'est rien sans un lecteur. Alors merci de rendre *Not a Saint* tangible. Ça me touche infiniment.

Amitiés,

Danielle xo

Composé et édité par HarperCollins France.

Achevé d'imprimer en mai 2022.

CPI
FIRMIN-DIDOT

à Mesnil-sur-l'Estrée (Eure)

Dépôt légal : juin 2022.

Pour limiter l'empreinte environnementale de ses livres, HarperCollins France s'engage à n'utiliser que du papier fabriqué à partir de bois provenant de forêts gérées durablement et de manière responsable.

Imprimé en France